Über dieses Buch

Daniela ist eine junge Lehrerin, die in einem abgelegenen Moordorf den Menschen helfen will. Sie hat ihren Verlobten, das Elternhaus und den bürgerlichen Wohlstand verlassen, um einer Aufgabe willen, an der sie ebenso wie ihr Vorgänger scheitert.
Denn »solange man nicht sündigt wie sie«, heißt es von den Dorfleuten, »kann man ihnen nicht helfen«.
Aber nicht nur die Verhältnisse sind gegen Daniela; der Pfarrer des Dorfes gerät durch sie in einen unlösbaren Konflikt zwischen irdischer und himmlischer Liebe ...

Die Autorin

Luise Rinser wurde 1911 in Pitzling/Oberbayern geboren. Sie studierte Psychologie und Pädagogik und war von 1935 bis 1939 als Lehrerin tätig. 1940 erschien ihr erster Roman ›Die gläsernen Ringe‹. In den folgenden Jahren durfte sie ihren Beruf nicht mehr ausüben, 1944 wurde sie wegen angeblicher Wehrkraftzersetzung verhaftet. Die Erlebnisse dieser Zeit schildert sie in ihrem ›Gefängnistagebuch‹ (1946); ihre Autobiographie, ›Den Wolf umarmen‹, erschien 1981. Luise Rinser lebt heute als freie Schriftstellerin und Kritikerin in Rocca di Papa bei Rom. 1979 erhielt sie die Roswitha-Gedenkmedaille der Stadt Bad Gandersheim.
Im Fischer Taschenbuch Verlag liegen außerdem vor: ›Mitte des Lebens‹ (Bd. 256), ›Die gläsernen Ringe‹ (Bd. 393), ›Der Sündenbock‹ (Bd. 469), ›Hochebene‹ (Bd. 532), ›Abenteuer der Tugend‹ (Bd. 1027), ›Die vollkommene Freude‹ (Bd. 1235), ›Gefängnistagebuch‹ (Bd. 1327), ›Ich bin Tobias‹ (Bd. 1551), ›Ein Bündel weißer Narzissen‹ (Bd. 1612), ›Septembertag‹ (Bd. 1695), ›Der schwarze Esel‹ (Bd. 1741), ›Baustelle‹. Eine Art Tagebuch (Bd. 1820), ›Grenzübergänge‹ (Bd. 2043), ›Bruder Feuer‹ (Bd. 2124), ›Mein Lesebuch‹ (Bd. 2207), ›Kriegsspielzeug‹ (Bd. 2247), ›Nordkoreanisches Reisetagebuch‹ (Bd. 4233), ›Jan Lobel aus Warschau‹ (Bd. 5134).

Luise Rinser

Daniela

Roman

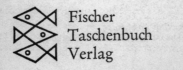
Fischer
Taschenbuch
Verlag

Fischer Taschenbuch Verlag
  1.– 25. Tausend: April 1970
 26.– 35. Tausend: Februar 1971
 36.– 43. Tausend: Juni 1972
 44.– 50. Tausend: März 1973
 51.– 58. Tausend: Januar 1974
 59.– 65. Tausend: Januar 1975
 66.– 73. Tausend: November 1975
 74.– 80. Tausend: Dezember 1976
 81.– 90. Tausend: Oktober 1977
 91.–100. Tausend: Dezember 1978
101.–110. Tausend: November 1979
111.–125. Tausend: Dezember 1980
126.–140. Tausend: August 1981

Ungekürzte Ausgabe

Umschlagentwurf: Jan Buchholz/Reni Hinsch

Fischer Taschenbuch Verlag GmbH, Frankfurt am Main
Lizenzausgabe mit freundlicher Genehmigung
des S. Fischer Verlages GmbH, Frankfurt am Main
© S. Fischer Verlag GmbH, Frankfurt am Main, 1953
Gesamtherstellung: Hanseatische Druckanstalt GmbH, Hamburg
Printed in Germany
580-ISBN-3-596-21116-6

Für C.O.

Erster Teil

Erstes Kapitel

Aus dem schon wieder anfahrenden Zug springt jemand ab, im letzten Augenblick; ein junges Geschöpf, Frau oder Mädchen, die einzige Reisende, die an dieser Station den Zug verläßt. Sie steht allein auf dem regennassen Bahnsteig, sie ist fremd.
Sie steht eine Weile regungslos, sie schaut dem Zug nach, der sich unaufhaltsam entfernt und schließlich ihrem Blick entschwindet, dann hebt sie langsam den Arm wie jemand, der ein Signal gibt, aber sie legt nur die Hand auf den Mund, eine sonderbare Bewegung für einen erwachsenen Menschen, die Bewegung eines Kindes, das ein unbedachtes, ein allzu kühnes Wort gesagt hat und es zu spät bemerkt. Diese Gebärde fällt dem mürrischen alten Stationsvorsteher auf, sie rührt ihn, er weiß nicht warum, und sie hält ihn davon ab, die leichtsinnige Reisende zu beschimpfen. Er begnügt sich damit ihr zuzurufen: Das hätte aber schlimm ausgehen können, Fräulein!
Die Fremde, so unerwartet angerufen, fährt ein wenig zusammen, dann greift sie nach ihren Koffern und geht durch die Sperre, stumm, niemand hätte sagen können, ob ihr Schweigen der Verlegenheit, dem Hochmut oder nur einfach der Abwesenheit entspringt. Der Vorsteher schaut ihr selbstvergessen mit trüben Augen nach. Dann schleicht er ins Büro zurück. Er ist ein müder alter Mann.
Wer war denn das? fragt ihn der Schalterbeamte. Der Vorsteher zuckt die Achseln.
Hübsche Person, sagt der Jüngere. Er bekommt keine Antwort.
Ein wenig später klopft es am Schalter, kurz und leise. Der Jüngere öffnet die Fensterklappe. Das Gesicht der Fremden, jung und blaß, erscheint in dem kleinen Ausschnitt.
Der Vorsteher horcht mit offenem Mund auf die großstädtische Stimme. Die Fremde will ins Moordorf. Ein weiter Weg. Wie soll sie dorthin kommen. Es gibt keinen Omnibus. Zu Fuß, das ist unmöglich, zwei Stunden, und bei diesem Wetter, es wird rasch dunkel werden, im November kommt die Nacht früh. Der Vorsteher mischt sich auf seine Weise ein; er hebt den Telephonhörer ab. Er tut es mit schlechtem Gewissen, denn private Gespräche durch das Diensttelephon sind nicht erlaubt. Das Ergebnis ist kläglich: das einzige Mietauto in dem kleinen

Marktflecken ist unterwegs, irgendwo; aber vielleicht ist der Wirt aus dem Moordorf noch im Ort. Der Vorsteher führt zwei, drei weitere unerlaubte Gespräche. Die Fremde wartet stumm mit unbewegtem Gesicht. Das letzte Telephongespräch endlich ergibt, daß der Wirt in einer Stunde vorbeikommen und die Fremde mitnehmen würde. Sie schlägt es aus, im Büro auf ihn zu warten. Sie stellt nur die Koffer ein. Dann geht sie fort, sie geht über den freien verlassenen regenfeuchten Platz hinter dem Bahnhof, eine aufrechte einsame Gestalt.
Sie wird die neue Lehrerin sein, sagt der Schalterbeamte.
Der Vorsteher beginnt mit kratzender Feder Formulare auszufüllen. Der Jüngere starrt durch das Fenster. Schade um die Person, sagt er; sie paßt nicht dorthin.
Von mir aus, murmelt der Vorsteher, ohne von seinen Formularen aufzublicken.
So ein hübsches junges Ding, flüstert der Schalterbeamte vor sich hin. Dann geht er zum Ofen, um nachzuschüren. Es hat begonnen zu regnen. Ein kalter Novemberregen. Er treibt die Fremde zum Bahnhof zurück. Diesmal nimmt sie das Angebot an; sie setzt sich neben den eisernen Ofen im Büro, aus dem plötzliche Windstöße in unregelmäßigen Abständen kleine Wolken von Ruß und Torfrauch treiben, die die Augen beizen, bis sie tränen.
Wollen Sie sich nicht lieber hierher ans Fenster setzen? fragt der Schalterbeamte. Aber die Fremde zieht es vor am Ofen sitzen zu bleiben, die Hände im Schoß gefaltet, abwesend, die Stirn in Falten gezogen, als denke sie angestrengt, doch vergeblich über etwas nach. Diese Vergeblichkeit macht sie verwirrt und gibt ihrem Gesicht, das zu anderen Zeiten vermutlich klar und sicher ist, einen Zug von Ratlosigkeit und Unruhe.
Schwer, ein Gespräch zu beginnen mit jemand, der so aussieht. Der Schalterbeamte versucht es.
Schlechtes Wetter für den Weg da hinüber.
Er deutet mit dem Kopf in die Richtung, in der jener Ort liegt, dessen Namen auszusprechen er nicht für der Mühe wert hält.
Nichts außer einem kurzen Nicken als Antwort.
Ein weiter Weg. Und durch den Wald.
Das macht nichts.
Die Fremde sagt es leise und hastig.
Der Schalterbeamte wirft ihr einen erstaunten Blick zu: Freiwillig geht da keiner hin.
Nicht? fragt die Fremde unbeteiligt. Man weiß nicht, ob sie richtig zuhört.
Nein, fährt er fort; aber Sie müssen wohl.

Die Fremde hebt rasch den Kopf. Ihr Gesicht ist plötzlich verändert. Die Ratlosigkeit ist wie weggeblasen, an ihre Stelle tritt eine Bestimmtheit, die fast Trotz ist. Sie erwidert nichts.
Der Schalterbeamte sagt unsicher: Ich meine ja nur. Es geht mich ja nichts an. Ich denke mir, Sie sind die neue Lehrerin.
Sie nickt, und im nächsten Augenblick kehrt der alte Ausdruck der Unsicherheit in ihr Gesicht zurück. Sie wendet es ab, sie blickt auf den feurigen Strich, der einen Riß im Eisenmantel des Ofens verrät.
Der Schalterbeamte kann nicht aufhören zu bohren: Es ist hart dort für ein Fräulein aus der Stadt.
Warum? Sie fragt es nach einer Pause und ohne aufzuschauen.
Warum? Das Moor, die Einöde, die Menschen, keine Gesellschaft.
Aber der Lehrer? Es ist doch ein Lehrer dort? Die Fremde stellt ihre Fragen, als ginge sie das alles nichts an, und nur ein sehr aufmerksamer Zuhörer könnte bemerken, daß sie die Antwort voller Spannung erwartet.
Der Lehrer? Der! Der säuft. Er ist alt. Mit dem werden Sie's nicht leicht haben.
So? Die Stimme der Fremden klingt mühsam. Und sonst, wer ist sonst dort?
Der Verwalter vom Torfwerk, der ist jünger, aber der ist nichts für Sie. Der Vorsteher wirft ihm einen schiefen Blick zu, dann sagt er nebenhin: Und die Buchhalterin vom Torfwerk. Und der Pfarrer.
Die Buchhalterin? Der Jüngere lacht verächtlich. Dann, als kämen ihm die Worte des Vorstehers erst langsam zum Bewußtsein, sagt er, plötzlich leiser geworden: Der Pfarrer, ja, aber ein Pfarrer ist doch keine Gesellschaft für ein junges Fräulein.
Der Unterton in seiner Stimme läßt die Fremde aufhorchen. Sie kann den Ton nicht deuten. Sie wird plötzlich lebhaft. Warum nicht?
Der Schalterbeamte wird sichtlich verlegen, er sagt eine Weile nichts, er tut, als hätte er dazu überhaupt nichts mehr zu sagen.
Trinkt er auch? fragt die Fremde.
Der? Nein, der nicht, der ...
Er zuckt die Achseln, dann fügt er widerwillig hinzu: Ich weiß nichts von ihm. Sie sagen allerlei über ihn. Der Erzbischof hat ihn dorthin geschickt, er soll Babel retten. Sie sagen, er sei ein Heiliger. Viele mögen ihn nicht. Aber die andern ...
Der Vorsteher addiert laut seine Zahlen, das Gespräch paßt ihm nicht.

Endlich rollt der Wagen des Wirts über den Bahnhofsplatz. Der Bierwagen, vollgeladen. Der Schalterbeamte trägt die beiden Koffer hinaus. Er tut es mit einem verwunderten Ausdruck, er kennt sich nicht mehr, er ist höflich wie nie zuvor in seinem Leben. Dabei ist diese Fremde gar nicht besonders freundlich zu ihm gewesen.
Der Vorsteher ist eine Weile allein mit ihr. Nach einem kurzen Kampf mit sich legt er ihr die Hand auf die Schulter, eine alte, vergilbte Hand, er räuspert sich, aber, nicht gewöhnt zu reden, beschränkt er sich darauf, seiner Hand größern Nachdruck zu geben. In seinen trüben Augen steht eine müde Wärme. Die Fremde, die anfangs mit einer unwilligen Bewegung geantwortet hat, scheint zuletzt ihre Schulter ein wenig enger in diese alte Hand zu drängen, für einen Augenblick nur, dann macht die Rückkehr des Schalterbeamten der kurzen Szene ein Ende. Die Fremde geht hinaus, sie geht rasch und entschieden, diese Entschiedenheit wirkt unnatürlich, übertrieben. Mit der gleichen eigensinnigen Entschlossenheit klettert sie hinten auf den offenen Wagen. Er fährt los, ehe sie richtig sitzt.
Der Schalterbeamte kehrt ins Büro zurück. Kalt, sagt er, ein ekelhaftes Wetter. Die Person tut mir leid.
Er bekommt keine Antwort. Der Alte hat wieder begonnen murmelnd seine Zahlen zu addieren.
Der Jüngere findet keine Ruhe. So eine junge Person, fährt er fort, die soll man doch nicht ausgerechnet dorthin schicken. Was die sich denken dabei, die sie da hinschicken. So ein junges Ding. Die wird verkommen dort.
Die verkommt nicht, sagt der Alte plötzlich laut und bestimmt, fast streitsüchtig.
Der Jüngere schaut ihn verblüfft an. Dann schweigt er, und die tödliche Langeweile des Büronachmittags zieht unwiderruflich von neuem ein.

Zweites Kapitel

Das Gefährt hat den kleinen Marktflecken bald durchquert und rollt hinaus in ein weites baumloses Land, eine traurige Steppe, fahlgelb und schwarz von verwestem Gras. Neben der Straße läuft ein Industriegeleis, schnurgerade, rostig, kaum benutzt in dieser Jahreszeit.
Die Fremde sucht vergeblich zwischen den Fässern ein wenig Schutz vor dem kalten scharfen Wind, der über die Ebene streicht. Sie hätte lieber auf dem Kutschbock gesessen, neben dem Wirt, der eine Decke um seine Schultern und eine andere

über seine Beine gelegt hat. Aber sie wagt nicht, ihn darum zu bitten. Er brütet stumm vor sich hin. Er ist betrunken, oder er schläft. Das magere Pferd findet seinen Weg allein. Bald beginnt es dunkel zu werden. Der kleine Marktflecken, der Bahnhof, die ganze Welt verschwindet lautlos in der feuchten finstern Novemberdämmerung. Schließlich verschwindet auch die Straße, die unaufhörlich unter dem Weg hervorrollt. Es gibt keinen Rückweg mehr.
Der Wind bringt ein seltsames klagendes Sausen mit sich, und bald beginnt die Straße steil aufwärts zu steigen, durch einen Wald, einen Kiefernwald. Der Wind saust in den Nadeln. Ein unaufhörlicher, an- und abschwellender Laut, ein trauriges grundloses Seufzen.
Plötzlich ruckt der Wagen zur Seite. Das Pferd scheut. Der Wirt, jäh geweckt, reißt es fluchend zurück. Ein Radfahrer ohne Licht flog vorbei, ein Gespenst, ein wehender schwarzer Mantel, der Wind pfeift in den Radspeichen, dann verschluckt das Dunkel die flüchtige Erscheinung.
Der Wirt schimpft hinter ihr her, in maßloser Wut. Du verrückter Hund, kannst Du kein Licht brennen? Fährt wie ein Narr. Und ohne Licht. In der Dunkelheit. Der rennt nochmal ins Unglück, dieser Idiot.
Er springt vom Wagen. Noch immer fluchend und murrend kramt er die Sturmlaterne unterm Sitz hervor, zündet sie an und hängt sie neben dem Kutschbock auf. Auch die Fremde klettert vom Wagen. Sie ist steif vor Kälte. Sie will ein Stück weit zu Fuß gehen, solange der Weg ansteigt, und sie will eine menschliche Stimme hören, gleichgültig was sie sagt. Nur nicht immer dieses klagende Sausen in den Kiefernnadeln hören.
Es ist auch gleichgültig, was sie fragt. Wer war denn das? Wer? Der Idiot vorhin? Das war der Pfarrer.
Die Stimme des Wirts ist voller Haß. Die Fremde hat keine Lust mehr zu fragen, aber er redet von selber weiter, einmal in Wut gebracht: Er fährt zu einem Kranken, und da meint er immer, es kommt drauf an, wer zuerst da ist, er oder der Teufel. So ein Narr, ein gottverdammter.
Dieser unverhüllte Haß erschreckt sie, und sie versucht das Gesicht des Wirts zu sehen. Es ist ein junges Gesicht, aber hart und grausam.
Warum sagen Sie, daß der Pfarrer ein Narr ist? fragt sie. Warum? Warum? Das werden Sie schon sehen.
Ohne Anlaß läßt er seine Peitsche auf den mageren Pferderücken niedersausen.
Die Fremde macht eine Bewegung, als wollte sie seinen Arm aufhalten, aber sie läßt ihre Hand auf halbem Weg sinken. Der Verzicht kostet sie ebensoviel Überwindung wie die leise

aber dringlich gestellte Frage: Was hat Ihnen der Pfarrer getan?
Der Wirt wendet sich nach ihr um. Sein Gesicht, einen Augenblick lang vom unruhigen Schein der Sturmlaterne getroffen, zeigt Verblüffung und Mißtrauen.
Was sollte er mir getan haben? Der kann mir nichts tun.
Seine Stimme klingt fest und höhnisch, aber die Fremde hört einen Ton von Unsicherheit heraus, der sie neugierig macht, nicht sehr, aber doch ausreichend, um eine weitere Frage auf ihre Lippen zu drängen: Wie lang ist er denn schon da?
Der Wirt antwortet verbissen: Lang genug, um alles in Unordnung zu bringen. Ein Jahr.
Unordnung? Die Fremde denkt daran, was ihr der Beamte an der Regierung gesagt hat: Sie kommen in ein Dorf, das voller Unordnung ist; die Schule ist verwahrlost, die Kinder sind ohne Zucht, die moralischen Verhältnisse sind schauderhaft, nun, Sie werden ja sehen.
Ist es denkbar, daß der Pfarrer Schuld an dieser Unordnung hat? Oder war hier von zweierlei Unordnung die Rede? Die Worte des Schalterbeamten fallen ihr ein: ›Sie sagen, er sei ein Heiliger.‹
Sie möchte gern schweigen, und sie schweigt auch eine Weile, aber dann wagt sie eine weitere Frage:
Wie meinen Sie das?
Statt einer Antwort saust von neuem die Peitschenschnur auf den feuchten Pferderücken nieder. Aber die Fremde ist hartnäckig.
Ein Pfarrer sollte eigentlich Ordnung schaffen, sagt sie; wieso tut er das Gegenteil? Tut er es wirklich?
Weiß der Teufel, das tut er. Seit er da ist, tut er nichts anderes. Hören Sie nur zu, wenn er abends mit den Torfstechern in der Kantine sitzt.
Die Fremde schweigt verwirrt. Ein Heiliger sitzt abends mit den Torfstechern in der Kantine. Sie versucht sich diesen merkwürdigen Pfarrer vorzustellen, aber es gelingt ihr nicht. Sie stellt keine weitere Frage, aber plötzlich faucht ein neuer Peitschenhieb durch die Luft und der Wirt schreit: Lassen Sie mich in Ruhe mit Ihrem Pfarrer, sag ich Ihnen.
Ein unerwarteter, ganz unvermittelter Ausbruch.
Sie fährt erschrocken zusammen, sie will erwidern, aber sie unterläßt es. Ein sonderbares Gefühl lähmt sie. ›Mit Ihrem Pfarrer.‹ So hat der Wirt gesagt. ›Mit Ihrem Pfarrer.‹ Diese paar Worte enthalten eine unerklärliche Süßigkeit. Man hat ihr, der Fremden, etwas zugesprochen, als Besitz zugeworfen, was den andern lästig ist und ein Ärgernis: den Pfarrer. Eine Brücke ist geschlagen zwischen ihr und diesem wildfremden

Ort. Eine unsichere, eine ganz und gar aus Nebel und Rauch gebaute Brücke.
Die Fremde wundert sich über dieses Gefühl, sie verscheucht es unwillig als etwas, das nicht von Wert und Dauer ist, einem Augenblick entsprungen, der beherrscht ist vom seufzenden Klagen der Kiefern, vom feuchten Westwind und vom schwankenden Schein einer Sturmlaterne.
Sie gehen schweigend aufwärts. Eine Weile später befiehlt der Wirt: Aufsteigen!
Die Straße beginnt eben dahinzulaufen, das Sausen verebbt, der Kiefernwald bleibt zurück. Es ist völlig dunkel geworden. Das schwache Licht der Laterne fällt auf dürres Schilf am Straßenrand. Die Luft riecht scharf nach nassem Torf. Zu sehen ist nichts mehr. Das Moor hat begonnen und damit der Nebel, der bis zur Haut durchdringt. Die Fremde hält sich an den Griffen ihrer Koffer fest. Diese beiden Koffer, sie sind das einzige Wirkliche für sie in dieser furchtbaren Fremde.
Endlich hält der Wagen, er hält mit einem harten Ruck. Schwacher Lichtschein fällt aus einigen Fenstern. Eine Baracke. Die Kantine. Eine Frau, hochschwanger, erscheint in der offenen Tür. Sie beginnt stumm Essigflaschen und Körbe vom Wagen zu zerren. Die Fremde steht rasch auf, um ihr zu helfen. Aber sie erntet mürrische Ablehnung.
Was tun denn Sie da? Wer sind Sie denn?
Der Wirt antwortet gleichgültig: Die neue Lehrerin; das kannst Du Dir doch denken.
So? Die Wirtin läßt einen geringschätzigen Blick über die großstädtische Fremde gleiten, dann geht sie ins Haus zurück.
Der Wirt lädt schweigend Fässer und Kisten ab. Um die Fremde, die frierend wartet, bis er ihre Koffer herunterreicht, kümmert sich keiner. Schließlich sagt er, mit dem Daumen in die Dunkelheit deutend, in der ein blasses Licht schwimmt: Sie wohnen da drüben. Dann fällt auch hinter ihm die Tür ins Schloß.
Die Fremde, die Lehrerin, Daniela, hätte gern etwas Heißes getrunken nach der langen Fahrt, aber sie fürchtet sich vor der schwangeren Wirtin und sie fürchtet sich vor dem Gegröl der Torfstecher in der Kantine. So nimmt sie ihre Koffer und geht auf das verschwimmende Licht zu. Der Weg führt eine Böschung hinunter, über das winterlich verwahrloste Industriegleis und über einen Graben, in dem Wasser gluckert. Mitten auf dem morschen Holzsteg bleibt sie stehen. Sie blickt ratlos um sich, sie sieht nichts als Nebel und Schilf, sie hört nichts als Wasser und Schilf und das Klappern von Blech im Wind, sie ist allein und im Exil. Sie zittert, vielleicht vor Kälte, vielleicht

vor Verlassenheit, aber sie ist erwachsen, sie weiß, daß es nichts hilft auf halbem Weg stehenzubleiben, sie ergreift von neuem ihre Koffer und geht auf das blasse Licht zu. Es brennt in einem Hausflur. Das Haus, ein einstöckiges Steinhaus, scheint neu zu sein, es riecht nach feuchtem Kalk. Die Wände im Flur zeigen dunkle nasse Flecken. Hinter einer der drei Türen wird gesprochen. Daniela zögert lange, ehe sie klopft. Niemand sagt herein und die Tür wird auch nicht sofort geöffnet. Schon will Daniela sich zurückziehen, da geht die Tür einen Spalt weit auf und ein dickes Mädchen mit zerzaustem Haar und halboffener Bluse zeigt sich. Eine Wolke von Zigarettenrauch und Schnapsgeruch dringt aus dem Raum.
Was wollen Sie denn?
Ich bin die neue Lehrerin. Wo ist mein Zimmer, bitte?
Das dicke Mädchen starrt die Fremde an. Dann schleicht sich in den mißtrauischen Ausdruck dieser schläfrigen Augen ein anderer: der des unverhohlenen Mitleids, und halb in den Raum zurückgewandt, in dem Daniela niemand zu sehen vermag, ruft sie fassungslos: Mein Gott, die neue Lehrerin.
Daniela, völlig verwirrt, versucht sich in aller Eile dieses maßlose und mitleidige Erstaunen zu erklären, aber eine grobe Stimme aus dem Zimmer schneidet das Gespräch ab. Mach die Tür zu, was gehts Dich an.
Das dicke Mädchen legt den Finger auf den Mund und deutet mit dem Kinn auf die Tür gegenüber, dann schlüpft sie in ihr Zimmer zurück, in dem sofort das murmelnde Gespräch wieder aufgenommen wird, unterbrochen von Gelächter. Es ist ein unanständiges, verworfenes Lachen, das ihren Abscheu erregt. Sie will es nicht hören.
Der Schlüssel zu ihrem Zimmer steckt. Beim Eintritt in den Raum, der nun der ihre sein soll, verschlägt es ihr den Atem. Es riecht dort wie in einem Keller, in einer Gruft. Sie reißt das Fenster auf, es sperrt sich, die Farbe klebt noch. Augenblicklich quillt der Nebel herein und mit ihm der beißende Geruch nach Torfrauch. Es ist besser, das Fenster wieder zu schließen.
Daniela sieht sich um in dem kleinen Raum: ein schmales Bett, ein alter Schrank, ein eiserner Ständer mit einer Waschschüssel aus Blech, ein nackter Tisch, ein Stuhl mit der Aufschrift ›Brauerei Burgfels‹, ein Eisenöfchen, kalt, und eine leere Holzkiste.
Sie setzt sich auf einen ihrer Koffer, sie ringt nicht die Hände, sie weint nicht, sie schlägt den Mantelkragen hoch und schiebt die Hände in die Ärmel, so sitzt sie da, eine Reisende auf dem Bahnsteig, den Anschlußzug erwartend.

Kein Zug wird kommen, um sie wegzuholen. Es führt zu nichts, so zu sitzen und auf irgend etwas zu warten. Nichts wird zunächst geschehen als das, was durch sie selbst geschieht. Noch irrt ihr Blick ratlos durch das kahle Zimmer und ihre Lippen sind unruhig, als kämpfe sie gegen Tränen. Noch sitzt sie da wie jemand dasitzten müßte, dessen Haus plötzlich lautlos in den Boden versunken ist, vor seinen Augen; er versteht nicht, er versucht den Fall durch Denken aufzuklären, vergeblich, es gibt keine Erklärung dafür, es ist geschehen, es ist unwiderruflich, aber ewig unbegreiflich, er starrt auf den Platz, auf dem noch eben das Haus stand, sein festgefügtes, ordentliches, schönes, gewohntes Haus, es ist nicht mehr da und ganz dunkel erinnert er sich, daß er selbst, unwissend, das Wort gesprochen hat, das diese schreckliche und unverständliche Veränderung bewirkte.

Welches Wort war es, das Danielas Leben zerschnitten hat, getrennt in zwei fremde Hälften, die nichts mehr miteinander zu schaffen haben? Da war ein Tag, ein heller, heiterer Tag, sie saß mit ihren Eltern am Mittagstisch, ihr Verlobter saß dabei, sie lachten, sie aßen gut, die Eltern haben Geld, der Vater ist hoher Beamter, das Haus glänzt vor Sauberkeit und Behagen, alles ist in Ordnung, das Leben liegt klar und sicher vor ihr, sie hebt das Glas, um dem jungen Mann zuzutrinken, den sie bald heiraten wird; da schiebt sich etwas zwischen sie und ihn, eine unsichtbare Hand drängt ihn und die andern zurück, weiter und weiter, schweigend, langsam, sie starrt auf den Raum, der zwischen ihr und ihnen entsteht und unaufhörlich wächst und wächst, sie sitzt wie gelähmt, die unbegreifliche, furchtbare Feierlichkeit des Augenblicks läßt ihr Herz stocken.

Ich werde ohnmächtig, denkt sie, aber sie wird keineswegs ohnmächtig, sie ist voll bei Sinnen, und plötzlich steht sie auf und geht. Niemand hält sie zurück, niemand ruft sie an. Sie findet sich wieder in einem Zimmer des Ministeriums, sie hört sich sprechen, mit erstaunlicher Beredsamkeit erklärt sie einem Mann dort, daß sie ihre Stelle als Deutschlehrerin aufgeben möchte, diese schöne einträgliche Stelle am Gymnasium, die sie trotz ihrer Jugend bekommen hat. Was will sie denn? Heiraten? Nein, sie will nicht heiraten, sie will eine andere Stelle, an einer Volksschule, irgendwo, irgendeine schwierige, besonders schwierige Stelle.

Der Beamte schüttelt verwundert den Kopf. Er kennt Danielas ordentliche vernünftige Eltern, er vermutet, daß dieses Geschöpf da einen kleinen Anfall von Hysterie erlitten hat, oder vielleicht ist ihre Verlobung in die Brüche gegangen. Er versucht Daniela auszuforschen, aber er merkt bald, daß es da nichts auszuforschen gibt. Dieses merkwürdige Mädchen blickt ihn ruhig und offen an, sie weiß was sie will, und sie will um jeden Preis, so scheint es, ihre Kraft erproben an einer besonders schweren Aufgabe. Nun, es gäbe, es gibt eine solche: ein Ort, mitten im Moor, weit entfernt von der Großstadt und von der Bahn, nichts als Unordnung, eine verwahrloste Schule, ein verwahrlostes Dorf... Er versucht sie abzuschrecken, mit großer Beredsamkeit schildert er die wüste Verkommenheit dieses Moordorfes, in dem sie nun sitzt, tief verwirrt, wie jemand, der nach einer Ohnmacht zu sich kommt. Wie sehr übertrifft die Wirklichkeit dieses nackten Zimmers alle ihre Vorstellungen von der Härte des Lebens! Schon beginnt sie sich zu fragen, ob sie wahnsinnig war, als sie den Entschluß faßte, hierher zu gehen. Beim Anblick der unüberbietbaren Häßlichkeit ihres Zimmers kommt ihr zu Bewußtsein, was sie aufgegeben hat: die Stadt, ihr Heim, die Gunst und Fürsorge der Eltern, die Liebe eines Mannes... Warum, wozu? Sie weiß es nicht. Um alles in der Welt, sie weiß es nicht.

Aber muß sie denn hierbleiben? Ist ihr Schritt unwiderruflich? Ist ihre Entscheidung für immer gültig? Sie kann aufstehen, augenblicklich, und von hier weggehen, sie kann morgen früh nach Hause fahren und erklären: ›Ich war verrückt. Wollen wir vergessen.‹ Ihr Vater wird alles wieder einrenken, alles wird sein wie vorher...

Warum erschrickt sie? Ist es ihr denn verboten, so zu denken wie jeder andere an ihrer Stelle auch denken würde? Wie kommt sie darauf, ein fast vergessenes Wort aus dem Vokabular ihrer Kinderzeit zu gebrauchen, das Wort ›Versuchung‹? Sie weiß plötzlich mit aller Schärfe: dies ist eine Versuchung. Aber sie versucht dem Wort seinen tiefen Schrecken zu nehmen, sie sagt sich, es sei nichts weiter damit gemeint als ein kleiner Schwächeanfall, der, gäbe sie ihm nach, sie lächerlich machen würde vor den Eltern, vor dem Verlobten und vor der Behörde. Stolz oder Eigensinn — gleichgültig, wie sie es vor sich nennt —, es trifft das wahre Wesen nicht, das sie bewegt, die einmal gewählte Wirklichkeit entschlossen anzunehmen und das augenblicklich Nötige zu tun: aufzustehen, ihre Koffer zu öffnen und auszupacken. Eine Reisende, die sich für eine Weile an einem fremden Ort einrichtet. Sie weiß nicht, daß sie angekommen ist — für immer, gleichgültig, ob sie hierbleiben wird oder nicht. Eine Reisende, die nicht mehr zu warten braucht.

Bald aber sind ihre Hände steif vor Kälte. Sie müßte Feuer machen in dem kleinen Eisenofen, aber womit? Sie könnte in die Kantine gehen und sich Torf ausleihen, oder im Haus nach Holz suchen, oder das dicke Mädchen fragen. Aber eins scheint

ihr so unmöglich wie das andere. Sie zieht es vor, ins Bett zu gehen. Das Bett ist frisch überzogen, aber die Wäsche ist klamm vor kalter Feuchtigkeit.
Da klopft es; das dicke Mädchen steckt den Kopf herein, sie ist jetzt gekämmt und die Bluse ist zugeknöpft.
Du meine Güte, sagt sie, bei Ihnen ists ja hundekalt. Und mit einem Blick auf die leere Holzkiste: Kein Mensch hat sich drum gekümmert, natürlich, und ich hab ja nicht gewußt, daß Sie heut ankommen. Mir sagt ja keiner was. Aber bei mir drüben ists warm. Kommen Sie, ich mach Tee, Tee mit Schnaps, das wärmt.
Daniela zögert, aber wer an ihrer Stelle hätte das Angebot dieser mitleidigen kleinen Hure ausgeschlagen?
Das Zimmer der Nachbarin ist überheizt, man erstickt fast darin, es riecht nach Torfrauch und billigem Parfüm, nach Bett und Schnaps. Man hat die unsauberen Kissen flüchtig glattgestrichen. Ein Mann, vielleicht vierzig Jahre alt, ein kräftiger schwarzer Kerl, hockt hemdärmelig am Tisch. Er ist der Verwalter des Torfwerks, er gibt sich Mühe, Daniela zu gefallen, er steht sogar auf, um sie zu begrüßen. Er scheint hier der Herr zu sein.
Mach doch endlich den Tee für das Fräulein, schnauzt er das Mädchen an. Sie wirft ihm einen gleichgültigen Blick zu und murmelt etwas, das völlig zu verstehen Daniela sich nicht erlaubt.
Der Verwalter räuspert sich.
Das ist so der Ton hier, sagt er, Sie müssen schon entschuldigen, man wird hier so.
Als ob Du vorher anders gewesen wärst, murmelt das Mädchen. Dann sagt sie laut und heftig: Wir sind hier alle so, daran werden Sie sich gewöhnen müssen. Aber das wird schwer sein für jemand wie Sie.
Wieder dieser mitleidige Blick, der Daniela verwirrt. Daraufhin wird es wieder still im Raum. Daniela und diese Menschen, was haben sie miteinander zu schaffen? Eine verzweifelte Verlegenheit trennt sie noch tiefer. Aber der Verwalter duldet diese Stimmung nicht, er weiß sich, und wie er glaubt, den andern zu helfen. Herrisch und mit plumper Munterkeit ruft er:
Trinken wir was, bis der Tee fertig ist.
Er wischt die Schnapsflasche mit der Hand ab und reicht sie Daniela, die Schnaps haßt und nicht aus der Flasche zu trinken versteht. Aber sie greift tapfer danach. Der Verwalter sieht zu, wie sie trinkt, er lacht darüber, daß sie sich verschluckt und daß ihr die Schnapsschärfe Tränen in die Augen treibt. Es ist ein grobes, aber kein böses Lachen.

Die Grete kanns besser, sagt er und nimmt Daniela die Flasche ab. Er und Grete trinken abwechselnd und in langen Zügen, sie sind es gewohnt, was wäre ihr Leben hier ohne Schnaps? Daniela bekommt ihren Tee in einer Tasse, die erst am Brunnen im Flur ausgewaschen werden muß und auch dann noch hartnäckige Kaffeespuren am Henkel zeigt. Aber Daniela ist dankbar. Zum erstenmal in ihrem Leben fühlt sie, daß es gut ist, nicht allein zu sein.
Wir müssen zusammenhalten, sagt der Verwalter. Er ist schon ein wenig betrunken, seine Zunge ist schwer. Grete, auf seinen Knien und noch nüchtern, wirft trocken und überlegen ein: Als ob das Fräulein zu uns halten könnte! Das weißt Du doch genau, daß sie das nicht kann. Sie gehört nicht zu uns.
Das kommt schon, das kommt, warts ab.
Er greift nach Danielas Arm, wird aber von Grete kräftig in seine Schranken zurückgestoßen. Hartnäckig führt er das einmal angeschlagene Thema weiter aus: Sie wird schon noch zu uns halten. Zu wem soll sie denn sonst halten? Zum Wirt, zu dem Gauner? Oder zu den Torfstechern, den faulen Schweinen? Oder zum Lehrer? Der wird kein Wort mit ihr reden, der ist voller Wut, weil man ihm eine Aufsicht schickt. Das sind Sie doch, nicht wahr, eine Aufsicht für den versoffenen Alten, sagen Sies nur.
Ach Unsinn, sagt Daniela bestürzt und ärgerlich.
Oder vielleicht wollen Sie lieber zum Pfarrer halten? Er lacht aus vollem Hals.
Ach sei still, sagt Grete und versucht ihm die Schnapsflasche zu entwinden. Es entspinnt sich ein kurzer, stummer, erbitterter Kampf. Daniela, ohne zu überlegen was sie tut, flüchtet zur Tür, aber ein merkwürdig dringlicher Ruf Gretes hält sie zurück. Bleiben Sie da, wir tun Ihnen ja nichts, ist ja schon vorbei.
Es klingt flehend, es klingt als hätte dieses dicke unsaubere Mädchen seine ganze Hoffnung, eine rätselhafte Hoffnung, auf Daniela geworfen, auf diese Fremde, von der sie durch eine unübersteigbare Barriere getrennt ist. Aber Daniela hört den Ruf, sie hört, ohne zu verstehen und sie kehrt an den Tisch zurück, sie schämt sich ihrer Feigheit. Diese Scham schlägt ihr eine Wunde, kaum merklich noch, aber alles, was ihr künftighin begegnet, wird dafür sorgen, daß diese Wunde nie mehr heilt.
Die ganze Szene hat nur wenige Augenblicke gedauert. Der Verwalter spinnt sein aufsässiges Gespräch weiter: Sie können ja zum Pfarrer halten, wenn Sie wollen.
Hör doch auf, sagt Grete gequält.
Er schiebt sie von seinen Knien.

Laß mich reden, das Fräulein muß wissen, was los ist.
Was wird schon los sein, murmelt Grete. Sie macht sich in einer Ecke zu schaffen, sie dreht den andern den Rücken.
Ja, ruft der Verwalter, geh Du nur. Du wirst es trotzdem hören. Der Pfarrer sagt, wir sind ein Ärgernis, die Grete und ich.
Er lacht rauh über diesen feierlichen Ausdruck, den er offenbar dem Wortschatz des Pfarrers entnommen hat.
Ein Ärgernis. Er wiederholt das Wort vergnügt, als sei es die Pointe eines Witzes. Dann fährt er plötzlich finster fort: Ich hab eine Frau in der Stadt. Aber die geht nicht hierher. Was kann ich dafür? Und die Grete, was kann denn sie dafür? Es ist halt so gekommen. Aber davon versteht der Pfarrer nichts. Was weiß denn ein Pfarrer vom Leben?
Du sollst nicht immer über den Pfarrer schimpfen, murmelt Grete. Was tut er Dir denn schon? Er muß seine Pflicht tun, er muß den Leuten ins Gewissen reden. Du brauchst ja nicht hinzuhören.
Ja, schreit er, Du hörst hin und kommst dann heim mit einem schlechten Gewissen und verdirbst uns alles, und was bleibt uns denn sonst, was haben wir schon vom Leben?
Was hat denn er vom Leben? fragt Grete schwermütig.
Der Verwalter schaut sie verblüfft an. Ja, sagt er, plötzlich ernüchtert, wir sind alle arme Teufel. Er auch, der Pfarrer. Sie auch, Fräulein.
Ich? fragt Daniela erstaunt, wieso denn ich? Und in einer heftigen Aufwallung von Trotz sagt sie laut: Ich bin freiwillig hierhergegangen.
Sofort bedeckt sich ihr Gesicht mit Schamröte. Sie hat das Geheimnis preisgegeben, aus falschem Stolz. Augenblicklich erhält sie ihre Strafe: Gretes gutmütig trauriges Gesicht zeigt unverhohlen Mißtrauen, und der Verwalter, verständnislos und tölpelhaft, lacht wie über einen guten Witz. Mitten im Lachen übermannt ihn die Trunkenheit. Sein Kopf fällt schwer auf den Tisch, er schläft rülpsend ein. Grete blickt achselzuckend auf ihn.
Er verträgt nicht viel, sagt sie und versucht diese Worte mit einem Ausdruck von Verachtung auszusprechen, aber es gelingt ihr nicht; ihre Stimme, heiser vom Trinken und Rauchen, verrät dumpfe und aussichtslose Liebe.
Daniela verabschiedet sich rasch.
Das Sausen der Kiefernnadeln und die bittere Reue über ihr ganz und gar überflüssiges Geständnis verfolgen sie bis Mitternacht, dann erst findet sie Schlaf.

Drittes Kapitel

Am Morgen ist das Wasser, das sie abends in die Blechschüssel gegossen hat, mit einer Eisschicht bedeckt. Aber vor der Tür steht eine Kiste mit Torf und Holz, ein elektrischer Kocher und ein Korb mit einem Messer, einem Beutel Tee, ein paar Scheiben Brot und mit der Tasse, die noch immer die alten Kaffeespuren am Henkel zeigt. Von Grete ist nichts zu hören. Aus ihrem Zimmer dringt das laute Schnarchen des Verwalters.

Daniela öffnet das Fenster. Nichts ist zu sehen. Nebel liegt über dem Moor, kalt und schwer. Vor dem Fenster stehen Kiefern, man sieht sie schwach wie Schatten, aber der Wind, ein leichter Morgenwind, saust in den Nadeln. An diesen traurigen Laut muß Daniela sich erst gewöhnen. Sie wird lernen müssen, nie mehr allein zu sein. Immer wird dieses unbegreifliche Seufzen um sie sein, dieses geheimnisvolle Sausen in den Speichen eines unsichtbaren Rades, das sich dreht und dreht und die Zeit mahlt und Danielas Kraft und jegliche Kraft, unaufhörlich.

Daniela schließt das verquollene Fenster; sie versucht, den Wind nicht mehr zu hören. Dann kramt sie einen kleinen Aschenbecher aus ihrem Koffer, ein hübsches Stück aus blau und goldenem Porzellan, sie stellt ihn vor Gretes Tür, mit einem Zettel: Dank für Ihre Hilfe.

Dann geht sie hinaus, sie geht aufs Geratewohl in den Nebel hinein, sie folgt dem halberstickten Ruf einer jämmerlich kleinen blechernen Kirchenglocke. Daniela hat keineswegs die Absicht in die Kirche zu gehen, aber sie denkt, daß neben der Kirche, wie üblich, das Schulhaus sein würde. Einige Schatten streichen an ihr vorüber, alte Weiber, alte Männer, bucklig vom Torfstechen, und Kinder, stumm, zerlumpt. Sie gehen in die Kirche, man hört das metallische Quietschen des Friedhofstörchens und das dumpfe Zufallen der Kirchentür, zehnmal, zwanzigmal, hintereinander. Nichts als Neugierde treibt Daniela, den Kindern zu folgen.

Sie hat nie eine ärmere Kirche gesehen. Ein kleiner Steinbau, kahl und nackt. Die Messe hat bereits begonnen. Daniela bleibt dicht neben der Tür stehen, ein Blick würde ihr genügen, aber sie bleibt länger als sie will.

Das also ist der Pfarrer, der unvermeidliche Gesprächsstoff, der Narr, der Heilige, der Eiferer. Er ist groß und breit. Das überrascht Daniela, die erwartet hat, einen Asketen zu sehen, ausgezehrt von Nachtwachen und Bußübungen. Sie gesteht sich eine schwache Enttäuschung nicht ein und noch viel weniger das Gefühl der Erleichterung, das der Enttäuschung folgt. Plötzlich wendet er sich um beim ›Dominus vobis cum‹, und sein Blick trifft die Fremde an der Tür. Vielleicht hat dieser Blick sie gar nicht wahrgenommen, vielleicht hat er überhaupt nichts wahrgenommen, es ist ein gesammelt abwesender Blick, der dennoch jedem gilt, auch Daniela. Sie ist ein wenig erschrocken und sie versucht sofort, den Eindruck zu zerstören. Ihre Augen verfolgen mit kalter Aufmerksamkeit seine Bewegungen; sie versucht, ihn bei einer Pose zu ertappen, einer Gedankenlosigkeit, aber sie bemerkt nichts dergleichen. Noch nie hat sie einen Priester mit solch männlicher Leidenschaft die Messe lesen sehen. Daniela kann nicht umhin, sich diesen Mann am Hochaltar oder auf der Kanzel eines großstädtischen Domes vorzustellen. Die Leute würden zu ihm strömen. Aber er ist hier, im Exil. Wie sie. Ob auch er freiwillig hierher gegangen ist? Vermutlich hat ihn seine Obrigkeit geschickt, der er blind und stumm zu gehorchen hat. Vielleicht ist er unaufhörlich damit beschäftigt, zu überlegen, wie er möglichst rasch wieder von hier wegkommen könnte. Vielleicht aber ist ohnedies seine Zeit im Exil bald abgelaufen, die Zeit der Prüfung, die man über ihn verhängt hat, und man wird ihm zur Belohnung irgendein höheres, ein hohes kirchliches Amt geben. Daniela weiß nicht, aber sie hält es für möglich, daß man auf solche Weise Karriere machen kann.

Mitten in diesen überflüssigen Gedanken trifft sie erneut ein Blick des Pfarrers. Diesmal ist sie sicher, daß er sie gesehen hat, aber sie weiß ebenso sicher, daß sie ihm um nichts mehr und nichts weniger bedeutet als jedes andere Geschöpf aus der zerlumpten Schar seiner Gläubigen: ein Lamm, das den Hirten braucht.

Ihr verletzter Hochmut, ihre kleine Eitelkeit treibt sie, versucherisch einen interessierten Blick des Pfarrers zu erzwingen. Vergeblich. Sein nächster Blick scheint nichts mehr von der Außenwelt wahrzunehmen. Ein plötzlich versiegeltes Gesicht. Man könnte es für die Maske äußersten Hochmuts halten, verriete nicht die Blässe, die immer leuchtender wird je mehr sich die Messe dem Höhepunkt nähert, die furchtbare Ergriffenheit dieses Mannes.

Der Anblick seines Gesichts weckt wunderbare Gefühle in Daniela. Plötzlich spürt sie, was sich hinter diesen abwesenden Augen und dieser klaren Stirn begibt. Woher kennt sie, die Ungläubige, Gleichgültige, den tiefen Schrecken, den ein Priester empfindet, wenn er mit seinen Händen den furchtbar geheimnisvollen Auftrag vollzieht, Gott zu opfern?

Daniela ist blaß vor Erschütterung. Sie versucht dem Bann zu entkommen, der sie unbegreiflich lähmt.

Schließlich gelingt es ihr. Sie zuckt die Achseln. Verärgert zieht sie die Brauen zusammen, ihr Mund schürzt sich hochmütig und überlegen, und ohne den Pfarrer noch einmal anzusehen, eilt sie fort. Viel zu laut fällt die Kirchentür hinter ihr ins Schloß, aber das Schloß ist defekt, es springt wieder auf, ganz langsam öffnet sich die Tür, mit leisem Knarren. Niemand schließt sie hinter ihr.
Daniela stolpert im Nebel über ein Grab, ein armes Kindergrab. Es gibt viele Kindergräber hier. Wahrscheinlich gibt es zu viele Kinder hier. Man setzt sie in die Welt und läßt sie verkommen. Die Stärkeren wachsen auf, die Schwachen begräbt man, so erhält sich das Gleichgewicht.
Das Schulhaus steht in einem Garten. Die Rosenhochstämme sind bereits sorgfältig in Stroh gepackt und sanft zur Erde gebogen. Am Zaun blühen Herbstastern, blaß und tapfer. Die Beete sind umgegraben, die jungen Bäume mit Kalk gespritzt. Ein ordentlicher Garten, fachmännisch gepflegt. Soviel Sorgfalt mitten in Ödnis und Verkommenheit. Aber wenn der Garten so gepflegt ist, warum ist dann das Schulhaus so verwahrlost? Die Tür steht weit offen. Der Geruch nach schlecht brennendem Torffeuer dringt heraus, dieser Geruch, der hierhergehört so wie das ewige Sausen in den Kiefernnadeln hierhergehört.
Im Innern des Hauses überwiegt der scharfe Ammoniakgeruch der Aborte. Das Schulzimmer ist noch kalt. Es wurde an das alte Haus angebaut, ein Neubau, eilig aufgeführt. Auch hier der Geruch nach feuchtem Kalk. Kein Bild an den Wänden, gesprungener Mörtel, ein nackter Raum, eine Arrestzelle, die Bänke uralt, wahrscheinlich gestiftet von den Schulen der Nachbardörfer; Generationen haben ihre Namen mit Taschenmessern in das morsche Holz geschnitzt.
Daniela öffnet einen alten Schrank, er ist leer, sie öffnet Schieblade um Schieblade in dem wurmstichigen Pult, leer. Irgendwo aber muß sich eine Liste mit den Namen der Kinder befinden, und irgendwo müssen Bücher und Hefte sein. Wahrscheinlich hat sie der Schulleiter noch. Sie klopft an seinem Schulzimmer, er ist nicht da, sie sieht sich einer unbeschreiblichen Unordnung gegenüber. Der Boden ist bedeckt mit Papierknäueln und Brotkrumen, eine Maus huscht unter den Schrank, durch eine zersprungene Fensterscheibe streicht der Wind und bringt eine leise eifrige Bewegung in die Papiere auf dem Boden. Daniela betrachtet angewidert den Schmutz.
Irgendwo im Haus werden Türen geöffnet und geschlossen, sie ist also nicht allein, sie macht sich auf die Suche nach einem Menschen. Zögernd geht sie die steile Stiege hinauf, die in den obern Stock führt, der schon das Dachgeschoß ist. Ehe sie noch

zu klopfen wagt, ruft eine verschlafene, heisere Männerstimme wütend: Was ist denn los?
Daniela ist verschüchtert durch diese Stimme, aber sie sagt so laut sie kann und so nachdrücklich: Ich bin die neue Lehrerin und möchte den Schulleiter sprechen.
Die Antwort ist weniger wütend, aber um nichts weniger verschlafen: Der bin ich. Was wollen Sie denn schon so früh? Die Schule beginnt um acht Uhr, jetzt ist es zwanzig vor acht.
Was bleibt Daniela übrig, als zu gehen oder durch die geschlossene Tür ein unzulängliches und mühsames Gespräch zu beginnen. Sie zieht es vor, zu gehen. Da öffnet sich die Tür, ein schwammiges gelbes Gesicht zeigt sich, unrasiert, mit dichten rötlichen Brauen und mit dicken Tränensäcken unter den verquollenen Augen. Eine mächtige Hand, gelb und behaart, weist auf die Tür gegenüber; eine stumme Aufforderung, dort einzutreten und zu warten.
Daniela ist auf die übelste Unordnung gefaßt, aber sie befindet sich in einem völlig leeren Zimmer. Es ist kalt und sie beginnt hin und her zu gehen, um sich zu erwärmen. Sie hat Angst vor diesem gelben hängenden Gesicht, aber was hilft es, sie wird mit ihm eine Weile leben müssen. Sie zwingt sich zu einem freundlichen Lächeln, als er endlich kommt, eingehüllt in eine Wolke von Schnapsgeruch.
Dieses mühsame Lächeln scheint ihn mißtrauisch zu stimmen, er wirft einen schiefen Blick auf das fremde, junge Gesicht, mit dem er nichts anzufangen weiß. Dann streckt er langsam seine dicke Hand aus, eine Bewegung, die ihn ebensoviel Mühe kostet wie Daniela, sie zu ergreifen. Die Hand fühlt sich feucht an. Daniela kann nicht wissen, daß es Scham und Verlegenheit ist, was diesem Mann den Schweiß aus den Poren treibt. Er sieht durch einen Nebel von Schläfrigkeit einen jungen Engel des Gerichts vor sich stehen, er sieht einen Augenblick lang, was aus ihm geworden ist. Er ist verwirrt. Daniela blickt ebenso verlegen und taktvoll zur Seite, nicht ahnend, wie dankbar er ihr dafür ist, daß sie ihm in dieser Sekunde nicht in die Augen blickt.
Ich möchte Sie nur bitten, sagt Daniela, daß Sie mir sagen, wo ich Listen und Hefte finden kann.
Seine Antwort hat nichts mit ihrer Frage zu tun: Und Sie wollen hier leben?
Seine Stimme drückt unbestimmt vielerlei aus: Mißtrauen, Sorge, Spott, Staunen und Mitleid. Daniela muß sich Mühe geben, nicht zornig zu werden.
Ja, erwidert sie wohlerzogen, ich werde hier leben, warum erscheint Ihnen das so sonderbar?
Warum, warum? Ein Hustenanfall enthebt ihn der Antwort.

Ich glaube, die Kinder kommen, sagt Daniela, froh, einen Anlaß gefunden zu haben, das mißglückte Gespräch zu beenden. Ich gehe hinunter.
Die Kinder, murmelt er, das sind keine Kinder, hier gibts keine Kinder.
Daniela starrt ihn so verständnislos an, daß er es für nötig hält hinzuzufügen: Die sind mit sechs Jahren schon so verdorben wie anderswo die Zwanzigjährigen.
Ach, wagt Daniela zu erwidern, das ist doch wohl übertrieben.
Sie bemüht sich zu verstehen, welcher Art die Verdorbenheit von Sechsjährigen sein könnte.
So? sagt er, meinen Sie? Übertrieben? Ja, wie Sie glauben.
Daniela ist verwirrt. Ich werde ja sehen, sagt sie trotzig.
Der Schulleiter setzt sein Gespräch fort.
Vielleicht sind sie auch nicht verdorben, murmelt er. Aber wie sollten sie nicht verdorben sein, sie sehen nichts anderes, und sie kommen ganz gut durchs Leben so wie sie sind, ja, ganz gut. Manche kommen nicht so gut durch, die kommen dann ins Zuchthaus. Aber das sind wenige. Was meinen Sie: wenn von hundert, die ich hier in der Schule gehabt habe, zehn ins Zuchthaus kommen, ist das viel?
Daniela starrt ihn entsetzt an. Ich muß jetzt gehen, flüstert sie, aber sie geht nicht, sie ist gebannt von Verwirrung und Furcht.
Warum kommen sie ins Zuchthaus? fragt sie leise und mit niedergeschlagenen Augen, als wäre das eine ungehörige, eine verbotene Frage.
Wegen Stehlen nicht, antwortet er rätselhaft.
Aber warum dann?
Er stößt einen heiseren Laut aus, ein Krächzen, einen unterdrückten Schrei oder Fluch, und sie befürchtet irgend etwas Schreckliches hören zu müssen, aber er schweigt, er sieht sie nur an, lange und mit melancholischer Zärtlichkeit. So könnte ein Metzgerbursche das Kalb ansehen, das sein Meister später schlachten wird. Daniela versucht diesem ganz und gar unbegreiflichen Blick standzuhalten.
Zu jung, sagt er, zu jung.
Immer noch liegt sein Blick auf ihr wie eine Last.
Sie versucht zu lachen.
Ich bin nicht so jung wie Sie vielleicht denken, ich bin achtundzwanzig.
Er schüttelt den Kopf, mehrmals, langsam, und immer wieder, bis sie halb belustigt halb zornig sagt: Das ist wahr, warum wollen Sie es nicht glauben?
Aber noch ehe sie den Satz zu Ende gesprochen hat, ruft er

heftig: Gehen Sie fort, fangen Sie nicht hier an, das ist nichts für Sie, das ist ein Verbrechen, packen Sie Ihre Koffer, gleich, jetzt, bevor es zu spät ist.
Daniela läßt ratlos diesen Ausbruch über sich ergehen. Sie versucht sich zu sagen: er ist betrunken, betrunken am frühen Morgen. Aber schließlich begreift sie: er ist nicht betrunken, er ist verzweifelt. Sie blickt zu Boden, sie ist so jung, daß sie sich der Verzweiflung eines älteren Mannes schämt.
Nein, sagt sie leise, ich werde nicht fortgehen, ich bin ... Sie stockt und eine Welle von Blut schießt in ihr Gesicht; sie erstickt das Geständnis. Nie mehr wird sie ihr Geheimnis verraten.
Ja, sagt er heiser, ich weiß, die Regierung hat Sie geschickt, damit Sie hier Ordnung machen. Aber hier macht keiner Ordnung. Sie nicht. Und der Pfarrer auch nicht. Der glaubt, er kann es. Aber die andern, die verfluchten Hunde, sind stärker. Laut und mit einer Härte, die nur das empfindlichste Ohr als den lange unterdrückten Schrei der aussichtslosen Empörung erkennt, sagt er: Ich bin seit zwanzig Jahren hier.
In einer heißen Aufwallung von Mitleid und Schrecken legt Daniela ihre Hand auf seinen mächtigen Arm. Er blickt auf diese kleine feste Hand, stumm und vorsichtig, als wittere er eine Falle, dann wird er langsam rot. Daniela nimmt bestürzt die Hand zurück.
Nun gut, sagt er rauh, gehen wir hinunter zu den Zuchthauskandidaten.
Nein, erwidert Daniela tapfer, Sie sollen das nicht sagen. Wissen Sie nicht, daß man Menschen schlecht macht, wenn man sie für schlecht hält?
So? Er verzieht sein Gesicht. Lernt man das jetzt?
Sie ist ärgerlich. Ihr Mitleid verfliegt. Ach, sagt sie mit unterdrücktem Zorn, das wissen Sie so gut wie ich, und es ist eine Sünde, gegen seine eigenen besseren Einsichten zu handeln.
Er hört sie an, dann grinst er: Aha, Sie beginnen also, mich zu erziehen. Armes Kind.
Daniela will wütend auffahren, aber sie bezwingt sich, sie blickt ihm in die Augen. Nein, ich will Sie nicht erziehen, ich will nichts als hier arbeiten, und ich will mit Ihnen zusammenarbeiten. Bitte, machen Sie es uns beiden nicht zu schwer.
Er öffnet den Mund, aber er schließt ihn wieder ohne etwas gesagt zu haben. Schweigend steigen sie die Treppe hinunter in den Torfrauch und Ammoniakgeruch des Erdgeschosses.

Viertes Kapitel

Der Schulleiter geht Daniela voran ins Schulzimmer. Mittlerweile sind einige Kinder gekommen. Sie hocken um den dicken runden Eisenofen, der wie der Schornstein eines untergegangenen Dampfers schief und düster aufragt. Die Kinder haben die Schürklappe geöffnet und strecken ihre Hände der kümmerlichen Wärme entgegen. Mit der Wärme aber quillt der Rauch in dicken Schwaden aus dem Ofen.
Wollt Ihr wohl zumachen, schreit der Schulleiter. Ihr wollt, scheint es, im Rauch ersticken, Ihr Idioten.
Zu Daniela gewandt sagt er, laut genug daß die Kinder es hören könnten wenn sie aufmerkten: Das wäre das Beste für sie.
Daniela zuckt gequält zusammen, aber sie schweigt, sie wartet auf den Augenblick, in dem sie allein sein wird mit diesen Kindern, die, nachdem sie in gleichgültigem Gehorsam die Ofenklappe geschlossen haben, sich in eine Ecke zusammendrängen, unruhig und mißtrauisch, ganz und gar ähnlich einem Rudel kleiner grauer Hunde, die die Peitsche in der Hand ihres Herrn erblicken.
Da, jetzt kommen die andern, sagt der Schulleiter voller Verachtung. Der Boden dröhnt vom Getrappel vieler Kinderfüße, die in groben Schuhen stecken. Eine frierende Herde drängt herein, laut und sich überstürzend, aber beim Anblick des Schulleiters erschrocken verstummend. Die Kinder kennen ihre Plätze noch nicht im neuen Schulzimmer, unschlüssig bleiben sie stehen, stumm verbissen schieben und stoßen sie sich, ihre Augen wandern flink und finster umher, sie treffen schief auf Daniela, deren Herz vor Bangigkeit, Abscheu und Mitleid in jagenden Stößen geht. Der Anblick dieser Kinder übertrifft alle ihre Vorstellungen von Elend, einem Elend, für das die armselige Kleidung und der ekelhafte Schmutz nur äußere Zeichen sind.
Das ist Eure Lehrerin, sagt der Schulleiter. Ich hoffe, sie wird mehr Freude haben an Euch als ichs hatte.
Ich hoffe, sagt Daniela so laut und so fest sie es kann mit zugeschnürter Kehle, ich hoffe, daß ich Freude mit Euch habe und Ihr mit mir. Ich hoffe, daß wir gute Freunde werden.
Auf die Kinder machen, wie es scheint, ihre Worte ebensowenig Eindruck wie die des Schulleiters. Nur ein kleines, sehr blasses Mädchen hebt die Augen in fassungslosem Staunen zu Daniela auf.
Nun gut, sagt der Schulleiter, der sich überflüssig vorkommt, dann fangen Sie also an.
Er geht rasch hinaus, er hebt seine Füße kaum vom Boden

beim Gehen, es ist der Schritt eines alten kranken Mannes, der weiß, daß keiner seiner Schritte mehr irgendwohin führt. Die Kinder, an denen er vorbeigeht, ducken sich. Manche heben die Arme schützend vors Gesicht.
Daniela atmet auf, als die Tür sich hinter ihm geschlossen hat.
So, sagt sie mit einer Munterkeit, die sie viel Mühe kostet, jetzt setzt Euch, bitte.
Die Kinder, Buben und Mädchen, bleiben schweigend in den Gängen zwischen den Bankreihen stehen.
Setzt Euch, wiederholt sie; sucht Euch einen Platz, der Euch gefällt; jeder darf sich neben seinen Freund setzen.
Sie sehen sich verblüfft an, dann grinsen sie verlegen, aber keines macht Miene sich zu setzen.
Was ist denn mit Euch? fragt Daniela. Wollt Ihr vier Stunden lang stehenbleiben?
Ein großer Junge murmelt: Das ist doch bloß ein Trick.
Was meinst Du? Daniela versteht nicht, was er meint, aber sie bringt kein Wort weiter aus ihm heraus.
Er sieht sie trotzig an. Ein altes erfahrenes Gesicht. Es bleibt nichts anderes übrig, als daß Daniela den Kindern die Plätze anweist. Sie wollen nicht wählen, sie wollen Befehle erhalten, sie sind es so und nicht anders gewöhnt. Aber ihre Blicke sind unsicher geworden. Was steckt hinter dieser Lehrerin, dieser Person, die so freundlich redet? Eine stumme Verschwörung ist augenblicklich gebildet: Traut dieser Fremden nicht, sie kommt aus der Stadt, sie verfolgt irgendein Ziel, seid auf der Hut, laßt Euch nicht fangen.
Daniela spürt die Auflehnung. Es ist nicht der flüchtige, leicht zu besiegende Widerstand scheuer Kinder; es ist der massive, harte, finstere Widerstand Erwachsener, die erfahren sind im Bösen und im Leid. Doch Daniela ist jung und sie ist entschlossen das Beste zu tun. Das Beste. Was ist das Beste für solche Kinder?
Sie beginnt ein Märchen zu erzählen, sie geht dabei hin und her zwischen den Bankreihen, sie sieht die geduckten Köpfe, sie sieht widerlich weiße, fette Läuse kriechen in den strähnigen Haaren, nie vorher hat sie Läuse gesehen, und nie vorher hat sie solche Hände gesehen, rot und aufgesprungen, mit tiefen Schmutzrillen und mit Grind an den Gelenken. Aus den dreckigen Kleidern steigt ihr der Geruch der Armut in die Nase, einer Armut, die durch nichts verhüllt ist, die, wie sie später sehen wird, mit einem sonderbar aufsässigen und schamlosen Stolz zur Schau getragen wird.
Daniela hält es für unmöglich, daß sie je eines dieser Kinder anfassen wird, und plötzlich fragt sie sich, ob der Pfarrer das

wohl kann, und einige Augenblicke später findet sie sich mitten in zornigen Überlegungen: Sieht er, der Pfarrer, der schon ein Jahr hier ist, sieht er die Läuse nicht und den widerwärtigen Schmutz? Warum tut er nichts dagegen? Natürlich: viel leichter ist es zu predigen, als den Kindern Läuse abzusuchen. Aber für ihn, für so einen ist ja der Leib nebensächlich. Mag der Leib verkommen, wenn nur die Seele gerettet wird, der Leib ist ohnedies der Seele nur ein Hindernis ...
Sie bohrt sich tiefer und tiefer in eine blinde Feindseligkeit hinein, die so heftig ist, daß die schüchternen Einwände ihrer Vernunft nichts dagegen vermögen. Vielleicht, so sagt ihr die Vernunft, hat er bereits versucht, diese Kinder zur Sauberkeit zu erziehen, und es war vergeblich. Nun: wenn es vergeblich war, lag es eben daran, daß er nicht lange genug, nicht mit Beharrlichkeit gegen den Schmutz ankämpfte. Genug: sie, Daniela, wird tun, was er versäumt hat; sie wird die Kinder waschen, sie wird Läusepulver kommen lassen, sie wird in die Häuser gehen und mit den Müttern reden, sie wird auch für bessere Kleidung sorgen müssen ... Eine Minute später schon — während sie ihr Märchen weitererzählt — fühlt sie sich tief entmutigt. Sie hält für einen Anfall von Schwäche und Angst, für eine Anfechtung, was vielmehr die erste zögernde Ahnung einer neuen geheimnisvollen Erfahrung ist. Kein Wasser dieser Erde wird rein und keine Lauge scharf genug sein, um die Kinder und die Eltern dieser Kinder zu säubern; kein Waggon Weizen und kein Bündel Geldscheine aus irgendeinem ›Hilfsfonds‹ wird imstande sein, auch nur einen Winkel dieses elenden Lebens zu erhellen und jene Hände zu füllen, die nicht dafür geschaffen sind, irdisches Gut zu halten — grobmaschige Siebe, durch die der Wind bläst.
Wie lang wird der Weg sein und wie bitter für Daniela, bis sie dieser Einsicht, Aug in Aug, standzuhalten vermag?
Ihre Gedanken kehren zu dem Märchen zurück, das sie mechanisch weitererzählt hat. Die Kinder sitzen still und schläfrig da, man kann nicht erkennen, ob sie zuhören oder nicht, manchmal kratzt sich eines am Rücken oder in den Haaren, manchmal blickt eines flüchtig zu Daniela auf, ausdruckslos. Nur das kleine, blasse, aufgedunsene Mädchen verfolgt sie mit glänzenden Augen.
Das Märchen ist zu Ende erzählt. Daniela möchte, daß die Kinder ein Bild dazu zeichnen, aber sie erklären mürrisch, sie könnten nicht zeichnen. Auch singen wollen sie nicht. Was wollen sie dann? Nichts. Ihnen ist die Schule gleichgültig. Eine Einrichtung für Städter. Wozu lernen? Torfstecher brauchen nichts zu können. Und doch kommen sie Tag für Tag, und

kommen gern. Warum? Aus frech und verlegen hingeworfenen Antworten erfährt Daniela, daß die Schule das kleinere Übel ist, man braucht nicht zu arbeiten, man kann stillsitzen und vor sich hindämmern, man wird nicht von einer Ecke in die andere gestoßen, man muß nicht auf die kleinen Geschwister achtgeben ...
In der Pause geht Daniela mit den Kindern ins Freie. Der Nebel ist verschwunden. Ein grauer trockener Novemberhimmel, lichtlos, hängt über dem Moor. Vor Daniela, um sie, überall ist nichts als das Moor. Wo liegt das Dorf? Es gibt kein Dorf.
Das ›Dorf‹ besteht aus Kirche, Schule und Kantine, aus dem kahlen Neubau, in dem Daniela wohnt, und aus einem weiteren Steinhaus, in dem, die Kinder berichten es, der Pfarrer wohnt. Und wo wohnen die Kinder? Sie zeigen über das Moor, hierhin und dorthin. Daniela sieht in der Ferne verstreut Baracken, dicht an den Boden geduckt. Sonst nichts als das Moor, soweit man sehen kann, grau und schwarz. Daniela steht mitten im Moor mit ihren Kindern, dieser verstockten, erbitterten Herde.
Plötzlich wirft sie ihre Bangigkeit in den Wind. In trotziger Munterkeit beginnt sie, gegen das Moor, gegen Verlorenheit und Dumpfheit anzurennen, wie gegen eine Mauer von Feinden. Kommt, ruft sie ihren Kindern zu, kommt, wir laufen um die Wette; wer ist zuerst bei dem dürren Baum dort am Graben?
Nur wenige laufen mit, die andern betrachten verblüfft grinsend das befremdende Schauspiel einer laufenden Lehrerin. Aber sie vermögen um die Welt nicht mehr zu widerstehen, als Daniela ein Spiel beginnt, das sie nicht kennen und das sie ›Dreischlag‹ nennt. Zuletzt bleibt keines zurück; nur das kleine blasse Mädchen mit den merkwürdig glänzenden Augen, an die Hausmauer gelehnt und an einem Stück Brot kauend, schaut müde, doch freudig staunend zu.
Daniela spielt wild, sie ist jung, die scharfe kalte Moorluft brennt ihr auf der Haut, der Trotz brennt in ihren Augen, ein verzweifelter Kindertrotz, der sie zum Kampf aufstachelt, zum Kampf gegen Verschlagenheit und Schwermut. Wer sieht den Kampf? Die Krähen, die unablässig stumm übers Moor hinziehen im niederen Flug, sie blicken gleichgültig auf diesen sonderbaren Kampfplatz. Ist kein Zeuge da, kein teilnehmendes Auge, kein Beistand? Der Schulleiter ist nicht zu sehen, seine Schüler stehen schweigend kauend am Zaun, wo eine stumm verbissene Prügelei im Gange ist.
Dennoch fühlt Daniela sich beobachtet, sie reißt den Kopf zurück, auf dem Weg vom alten Industriegeleis her nähert

sich eine schwarze Gestalt. Der Pfarrer. Er bleibt vor dem Schulhaus stehen, er spricht mit dem kleinen blassen Mädchen an der Mauer, er schaut nicht auf Daniela, aber seine Gegenwart ist nicht zu übersehen.
Die Uhr schlägt. Zehn blecherne Stundenschläge. Es ist Zeit ins Haus zu gehen, die Pause ist zu Ende. Daniela sammelt ihre Kinder, sie sind zerzaust und rot und heiß wie sie selbst. Der Pfarrer steht noch immer da. Seine Soutane hat Flecken, stellt Daniela fest, noch acht, noch sechs Schritte von ihm entfernt. Er hält mit beiden Händen ein Buch, die Kinderbibel, er hält sie wie einen Schild vor seine Brust. Dieser Anblick verwirrt sie, aber nur ein wenig, dann streicht sie sich die Haare aus der erhitzten Stirn und blickt ihm ins Gesicht, frei und kühl. Auch er sieht sie an, frei und freundlich. Dann löst er langsam die rechte Hand von der Kinderbibel, warum so merkwürdig langsam, denkt Daniela, die schweigend wartet, und dann streckt er ihr diese Hand entgegen, beinahe heftig, beinahe fordernd, als verlange er ein Versprechen durch Handschlag, unabweisbar, und dann sagt er: Gott segne Ihnen den Anfang hier. Seine Worte kommen Daniela ganz und gar unerwartet, sie ist derlei nicht gewöhnt, sie wird verlegen und sucht vergeblich nach einer passenden Antwort, aber sie sagt nur hastig danke, während sie ihre Hand für möglichst kurze Zeit in der seinen läßt.
Die Kinder schauen zu, mäßig interessiert. Geht hinein, ruft Daniela, ich komme gleich nach.
Arme Kinder, sagt der Pfarrer.
Sehr arme Kinder, erwidert Daniela, und sehr schmutzige Kinder, sie haben Läuse und Grind und niemand kümmert sich darum.
Ihre Stimme ist ein einziger Vorwurf.
Ja, sagt er unglücklich, das ist schlimm. Ich habe gehofft ... ich meine: wir hoffen, daß vielleicht eine Lehrerin darin mehr erreichen kann.
Wenn er mich nur nicht so ansehen würde, denkt Daniela, so fordernd; er tut, als zögere er zu bitten, aber in Wirklichkeit verlangt er, befiehlt er, was ist das für eine sonderbare Art über mich zu verfügen?
Sie sagt kühl: Ich will sehen, was ich tun kann. In einer plötzlichen Aufwallung von Zorn fügt sie hinzu: Aber ich kann nicht in der ersten Woche schon tun, was jahrelang nicht getan worden ist.
Wie gern hätte sie sehr deutlich gesagt: was Sie in einem Jahr zu tun versäumt haben. Aber sie sagt es nicht.
Jetzt lächelt er, beschämt, schmerzlich. Ich bin sehr ungeeignet für derlei Dinge. Ein Pfarrer ...

Er bricht ab, das Lächeln verschwindet von seinem Gesicht und ein Ausdruck von Qual ergreift Besitz von ihm. Ich bin ein ungeduldiger Mensch, sagt er, das ist mein größter Fehler, Sie glauben gar nicht, wieviel mir das zu schaffen macht. Wenn ich – er zögert und fährt dann leise und rasch fort – wenn ich Ihnen gegenüber je heftig sein sollte, so nehmen Sie es mir nicht übel, es ist ein fast unausrottbarer Fehler.
Daniela macht dieses Geständnis außerordentlich verlegen. Die denkt: Pose. Aber sie glaubt nicht, was sie vorsätzlich denkt. Verwirrt, in unüberlegtem Spott, sagt sie: Nun, wenn Sie keine größere Sünde haben, dann können Sie zufrieden sein.
Augenblicklich spürt sie das Unpassende dieser Bemerkung, aber sie weiß nicht, wie es wieder gutzumachen ist. So sagt sie rasch und mit abgewandtem Blick: Ich muß jetzt hineingehen, es ist Zeit. Sie eilt fort wie auf der Flucht.
Er bleibt stehen, sie verspürt große Lust sich noch einmal nach ihm umzuwenden, aber sie tut es nicht. Lautlos sagt sie vor sich hin: Ein Narr, wirklich ein Narr.

Fünftes Kapitel

Eine Stunde später klopft es an der Tür. Ein größeres Mädchen aus der Klasse des Schulleiters sagt mit niedergeschlagenen Augen einen eingelernten Text: Das Fräulein möchte die Kinder heimschicken und ins andere Schulzimmer hinüberkommen, weil der Herr Lehrer und der Herr Pfarrer mit dem Fräulein den Stundenplan besprechen wollen.
Jetzt gleich, fügt es aus freien Stücken und mit aufgeschlagenen Augen hinzu. Flink, mit den Blicken einer Maus, mustert es das Fräulein, die Frisur, das Kleid, die Strümpfe, dann läuft es eilig weg.
Daniela entläßt die Kinder, dann öffnet sie die Fenster, vor denen der Friedhof liegt mit den windschiefen Holzkreuzen, den Blechkränzen, den verfaulten Blumen, den viel zu vielen Kindergräbern, und in den Kiefernnadeln saust der Wind, Novemberwind, Gräberwind. Sie geht rasch hinüber in das Schulzimmer der ›Großen‹, in dem die beiden auf sie warten, der Pfarrer und der Schulleiter.
Ihr Eintritt bleibt so gut wie unbemerkt. Die beiden Männer, gleich groß, stehen sich gegenüber wie Feinde.
Nein, ich will nicht, sagt der Schulleiter, er sagt es müde und verbissen.
Der Pfarrer antwortet nicht sofort, er senkt den Kopf, er schiebt die Hände in die fleckigen Ärmel seiner Soutane. Sein

Gesicht ist noch blasser als während der Morgenmesse. Vielleicht ist es vor Zorn so blaß. Aber seine Stimme ist ruhig. Ich gebe Ihnen in allem nach, was mich, meine Person und meine Wünsche betrifft, aber ich darf nicht nachgeben, wenn es um meine Pflicht geht.
Der Schulleiter fällt ihm ins Wort mit einem Laut, der ein verächtliches Schnauben ist, die Andeutung eines Hohnlachens, von Gleichgültigkeit erstickt.
Pflicht, murmelt er, Pflicht, die Pflicht tun Sie ebensogut in der letzten Stunde wie in der ersten.
Nein, sagt der Pfarrer fest, immer noch mit gesenktem Kopf; nein, Sie wissen so gut wie ich, daß die Kinder in der letzten Schulstunde müde sind.
Na, und? erwidert der Schulleiter mit aufreizender Gleichgültigkeit. Brauchen Sie vielleicht besonders wache Kinder für Ihre Bibelgeschichten und Katechismussprüchlein? Gehen Sie mir damit. Die Kinder hören sich das an oder auch nicht, und was nützt es? Zu Haus huren die Eltern herum vor ihren Augen im Winter, wenn sie keine Arbeit haben im Torfstich, was sollen sie sonst tun an den Abenden.
Der Pfarrer hebt mit einer heftigen Bewegung den Kopf, er öffnet den Mund zu einer raschen Antwort, man sieht ihm an, daß er brennende Lust hat, gerade dieses Argument als Pfeil zu benützen und wohlgezielt und scharf zurückschwirren zu lassen, er hat nicht umsonst fünfzehn Jahre lang studiert, es würde ihm ein leichtes sein mit Worten zu fechten, aber er schweigt, er senkt den Kopf von neuem, er gibt dem Schulleiter Gelegenheit alles zu sagen, was er sagen will.
Wozu denen überhaupt etwas beibringen? Rechnen? Die haben nichts zu rechnen. Was sie verdienen, rechnet die Buchhalterin vom Torfwerk aus. Was sie ausgeben, rechnet der Kantinenwirt und der Doktor. Na? Und lesen? Lesen die? Was sie wissen wollen, hören sie in der Kantine und im Radio. Und sonst brauchen die nichts zu wissen, die nicht, die Schweine.
Und Religion? fragt der Pfarrer leise.
Sein Feind lacht. Wäre es nicht so müde verzweifelt, es könnte das Gelächter des Teufels sein.
Religion? Von der Religion haben sie nichts. Hilft ihnen die Kirche Torfstechen? Die Kirche, die hat feine Hände, die hats mit Papier und Seide zu tun und nicht mit Torfschaufeln. Hilft ihnen die Kirche, diesem verfluchten Leben irgendeinen Sinn abzugewinnen?
Hilft sie wirklich? Hat sie je einen von denen hier vom Saufen und vom Ehebruch abgehalten? Seit einem Jahr predigen Sie hier. Vor Ihnen waren vier, fünf Pfarrer da, zwanzig

Jahre ist hier jeden Sonntag gepredigt worden, zwanzig Jahre lang sind hier in diesem Schulzimmer wöchentlich drei Religionsstunden gegeben worden, in der ersten Stunde, jawohl, nicht in der letzten, und was ist aus den Kindern geworden? Das Leben lebt sich ohne Sie, Herr Pfarrer; sehen Sie nicht, wie überflüssig Sie hier sind? Aber halten Sie sie nur fest, Ihre Illusionen, sie müssen ja, nicht wahr, sonst, was bliebe Ihnen sonst als sich aufzuhängen dort am Birnbaum, und wer will sich schon aufhängen mit vierzig Jahren, oder wie alt Sie sind, und mit der Aussicht auf eine Stelle im Domkapitel.

Der Pfarrer hat langsam den Kopf gehoben, zuletzt schaut er den Gegner voll an, er bietet ihm sein Gesicht, der andere schleudert seine Worte mit grausamer Gelassenheit in dieses Gesicht, das ihm standhält.

Daniela starrt es an, sie denkt: Ob er auch so unbeweglich stillhalten würde, wenn der andere ihn anspucken würde, oder wenn ihm einer eine Ohrfeige geben würde? Das ist ein Märtyrergesicht, denkt sie erschrocken und erschrickt noch mehr darüber, daß sie etwas Derartiges überhaupt denkt. Sie beginnt zu wünschen, daß er den andern jetzt anschreien würde, heftig werden, sich wehren, oder diese banalen Anwürfe, diese Argumente der Dummheit und des ohnmächtigen Hasses, mit überlegener Ruhe abtun, als ein Nichts entlarven. Mit Staunen fühlt sie sich plötzlich die Partei des Pfarrers ergreifen, aber sie gestattet diesem Gefühl nicht sich auszubreiten. Mit kühler und gespannter Neugier wartet sie, was er antworten wird auf diese Vorwürfe, auf das, worauf nichts zu sagen ist.

Sie haben recht, sagt er langsam, jedes Wort bereitet ihm Schmerz, man sieht es. Sie haben recht. Aber Sie sprechen von dem, was ist. Und ich spreche von dem, was sein soll. Das ist der ganze Unterschied.

Der Schulleiter wendet sich von ihm ab, er hat es satt, mit diesem Narren zu reden, er wendet sich Daniela zu.

Der ist auch so ein Idealist, sagt er, mit dem Daumen auf den Pfarrer deutend.

Ich bin keine Idealistin, sagt Daniela trotzig.

Der Schulleiter lacht, diesmal lautlos, sein aufgedunsener Bauch hüpft, Daniela sieht es angewidert und gebannt. Die Bewegung bricht plötzlich ab, sein Gesicht verfinstert sich, er sieht Daniela an, dann den Pfarrer, dann sagt er merkwürdig ruhig: Ich bin auch einmal so gewesen.

Dann sieht er wieder Daniela an, dann den Pfarrer, dann geht er ans Fenster und starrt hinaus. Es wird still im Raum, vollkommen still. Daniela wagt nicht aufzublicken. Sie schämt

sich, aber sie weiß nicht warum. Sie fühlt das starke Bedürfnis zu weinen, vor Zorn, vor Mitleid, sie weiß es nicht. Sie macht, nach einer heftigen Anstrengung Worte zu finden, der Szene ein Ende.
Sie haben mich kommen lassen des Stundenplanes wegen. Was mich betrifft, mir ist es gleich, wann die Religionsstunden eingesetzt werden.
Danke, sagt der Pfarrer. Seine Stimme klingt weniger freundlich und dankbar als zu erwarten war nach diesem großmütigen Angebot. Danke. Wenn es Ihnen recht ist, dann dreimal in der Woche in der ersten Stunde.
Warum gerade in der ersten? Daniela fragt es erstaunt. Ist nicht die dritte Stunde die beste? In der ersten sind die Kinder doch müde vom Schulweg, sie schlafen noch halb, das ist doch gerade Ihren Wünschen entgegen.
Ja, sagt er, das ist richtig. Aber die Kinder kommen am Morgen von zu Hause, aus dem Geschrei und Gezänk, sie kommen in die Stille, sie wissen es nicht, aber sie spüren: da ist eine andere Welt, sie sind müde, aber sie hören zu mit inneren Ohren, und kein Wort ist wirklich verloren.
Naja, sagt der Schulleiter und trommelt auf die Fensterscheibe, sie hören mit inneren Ohren. Jawohl. Wenn sie am Morgen damit hören, dann können sie auch in der letzten Stunde damit hören, wie?
Plötzlich dreht er sich um, sein Gesicht ist hart, für einige Augenblicke hat dieses verquollene Gesicht die Härte eines Richters. Daniela starrt es an, auch der Pfarrer wendet sich ihm erwartungsvoll zu. Aber aus diesem abgenützten, bittern Mund kommt nichts mehr als eine dumpfe Klage, rauh und grob hervorgestoßen: Warum lassen Sie mir diese letzten Stunden nicht? Begreifen Sie gar nichts, Sie? Begreifen Sie nicht, was es für mich bedeutet, dreimal in der Woche eine Stunde früher von hier wegzukommen, weg aus diesem verfluchten Drecknest, weg von diesen verfluchten Zuchthäuslern, weg, irgendwohin ...
Bei dem ›Irgendwohin‹ bricht er, plötzlich verlegen, ab, denn jeder außer Daniela weiß, daß ›Irgendwohin‹ nichts weiter bedeutet als das Weinhaus in dem kleinen Marktflecken, wo er jeden Tag sitzt und schweigend säuft, bis weit nach Mitternacht; jedermann kennt das Geknatter seines uralten Motorrades, mit dem er in der Nacht oder in der Morgendämmerung betrunken und in rasendem Tempo zurückkehrt, ein paar Stunden vor Schulbeginn, bei jedem Wetter, selbst im dichtesten Nebel, beschützt von irgendeinem überaus gutmütigen Engel, denn wie wäre es sonst möglich, daß er nicht längst dieses Leben, das er für das Leben eines Verdammten

hält und dessen er unsäglich überdrüssig ist, daß er es nicht längst an irgendeinem Baumstamm oder Meilenstein beendet hat.
Er hat noch nicht alles gesagt, er hat noch einen teuflischen Trumpf, den er dem Pfarrer vor die Füße wirft.
Wie lange sind Sie hier? Ein Jahr? Ein Jahr! Und da wollen Sie reden? Wenn Sie zwanzig Jahre hier sein werden, dann möchte ich mich mit Ihnen unterhalten, dann möchte ich sehen, ob so einer wie Sie es ausgehalten hat, ob er die Prüfung bestanden hat, ob er nicht längst in ärgere Sünden gefallen ist als ichs bin. Richtet nicht, damit Ihr nicht gerichtet werdet.
Er stößt das Bibelwort aus wie eine Gotteslästerung und er fügt noch hinzu: Merken Sie sich das, Sie gottverdammter Weltverbesserer, Sie.
Sein gelbes Gesicht ist dunkel angelaufen. Er packt seine Bücher und Hefte und wirft sie in die offene Pultschieblade. Er hat Asthma, man hört seinen Atem wie ein altes Uhrwerk rasseln.
Armer Mensch, denkt Daniela, aber ihr Blick geht hinüber zum Pfarrer, der schweigt und zum Fenster hinausschaut, in den gefrorenen Garten oder über ihn hinweg auf die Baracken, in denen seine verlorenen Schafe hausen, oder über die Baracken hinweg ins Moor, das mit unheimlicher Kraft versucht, sie alle langsam in sich hineinzuholen, zu Moortieren zu machen, dumpf und wild. Oder er schaut den Himmel an, der sich darüber wölbt, ein grauer gefrorener Himmel, an dem sich die Wintervögel stoßen, ein Himmel, der nicht antwortet und der doch da ist, der zu erobern ist, der darauf wartet, gestürmt zu werden, aufgerissen von Klagen und Gebeten und den Flüchen eines alten Mannes wie diesem da und von den stummen Leiden eines Pfarres im Exil, und von der unwissenden Kraft und Sehnsucht einer jungen Lehrerin.
Was tut der Pfarrer, während er so dasteht, regungslos? Vielleicht, denkt Daniela, vielleicht betet er für seine Torfstecher oder für seinen Feind hier oder für sich selber. Seltsam, wenn jemand beten kann ...
Ein unerwarteter Schmerz streift sie. Ein Pfeil, der so haarscharf an ihr vorbeischwirrt, daß er im Flug sie ritzt.
Verwundert beginnt sie sich zu fragen, welcher Gefahr sie sich ausgeliefert hat. Voller Trotz sagt sie sich: Was geht mich dies alles an? Diese da, alle hier, sie leben wie im Mittelalter, im Dunkeln, in der Furcht vor einem verborgenen Gerichtshof. Ich habe nichts damit zu tun. Ich bin ein freier Mensch, ich brauche Helligkeit und Geist, ich kann so nicht leben wie die da, und ich will, daß die Kinder hier lernen so zu leben

wie ich, ohne das Gift der Angst und Freudlosigkeit, ich will sie herausreißen aus dieser düsteren Welt ...
Voller Zorn blickt sie auf den Pfarrer, der es nicht vermocht hat, obgleich er schon ein Jahr hier lebt. Was eigentlich hat er getan ...?
Es drängt sie heftig zur Arbeit, sie will ihre Zeit nicht vergeuden mit Gesprächen wie diesen hier. Nun, sagt sie laut, ich denke, ich bin fertig.
Sie hat das Gefühl, daß niemand ihr zuhört, aber das ist ihr jetzt gleichgültig. Kann ich gehen? fragt sie schließlich.
Wir gehen alle, sagt der Schulleiter.
Und die Religionsstunden? fragt der Pfarrer, sanft, doch mit einem deutlichen Unterton von Ungeduld.
Der Schulleiter schaut voller Überdruß mit halbgeschlossenen Augen an ihm vorbei durchs Fenster: Ich habe es Ihnen gesagt, dabei bleibt es.
Er nimmt den Blick vom Fenster zurück, er schaut die beiden an, beide zugleich, die Jüngeren, die soviel Jüngeren, die Kräftigen, die Unverdorbenen, er schaut sie an mit der höhnischen Herausforderung eines Unterlegenen, der gewiß ist, eines fernen Tages doch zu siegen, endgültig. Mit der nutzlosen Aussicht auf diesen verzweifelten Triumph geht er hinaus, die Tür fällt zu, die beiden sind allein. Sie können nichts anfangen mit diesem Alleinsein, sie schweigen, sie hören vom Hausflur her das Gluckern der Flüssigkeit in einer Flasche und in einer Gurgel, schamlos laut, dann fällt auch die Schulhaustür zu, irgendeine andere Tür wird aufgerissen, man hört das Klicken von Metall, das Zuschlagen einer Tür, das fauchende Anspringen eines Motors, und schon entfernt sich das Geräusch des alten Motorrads, bald verschluckt vom Mittagswind.
Der Pfarrer spricht zuerst, er spricht mühsam: Es ist schwer zu arbeiten mit ihm, aber er ist ein armer Mensch, sehr arm, oft denke ich, man kann nichts mehr für ihn tun, man muß ihn so wie er ist Gottes Barmherzigkeit übergeben.
Daniela zuckt die Achseln. Warum bleibt er denn noch immer, wenn er so unglücklich hier ist? Hätte er nicht längst eine andere Stelle bekommen können?
Wahrscheinlich, sicher hätte er gehen können. Aber er wollte nicht.
Daniela ist ungerührt. Vielleicht, sagt sie, ist er gar nicht so unglücklich wie wir meinen. Vielleicht behagt ihm seine Verkommenheit.
Der Pfarrer antwortet nicht darauf. Er sagt leise: Er ist ärmer als alle Torfstecher hier, er ist allein.
Sie sind auch allein, sagt Daniela nüchtern. Kaum hat sie es

gesagt, erschrickt sie. Sie hat geredet, ohne zu denken, wer hat es ihr eingegeben?
Nein, sagt er nachsichtig und keineswegs bestürzt, o nein, ich bin nicht allein, ich habe Gott.
Daniela beißt sich auf die Lippen. Die Ausdrucksweise des Pfarrers geht ihr auf die Nerven. Wie in der Morgenmesse fühlt sie plötzlich eine besondere Art von Schmerz, kurz und heftig wie vom Stich einer jungen zornigen Biene, dann zwingt sie sich zum Gleichmut.
Warum soll er nicht so sprechen? Es ist die Sprache seines Berufs. Und überdies: was gehts mich an?
Sie blickt ihm nüchtern ins Gesicht, sie schickt sich an, diese sonderbare Unterhaltung zu beenden und sich zu verabschieden, da hört sie sich selber plötzlich sagen: Ich bin auch allein.
Ihre Stimme versagt, er scheint nicht zu verstehen was sie flüstert, sie wiederholt es nicht, sie senkt ihren Kopf und schaut zu Boden, vollkommen verwirrt.
Gehen wir, sagt er freundlich. Sie haßt ihn für diese überlegene Freundlichkeit, sie haßt ihn dafür, daß er sie in diesem Augenblick geschont hat, sie haßt ihn überhaupt, jetzt weiß sie es. Doch sie ist wohlerzogen, sie verbirgt ihr Gefühl.
Die beiden haben denselben Weg, über den Graben mit schwarzem Wasser und dürrem Schilf, über das verwahrloste Industriegeleis, die winterlich nackte Böschung hinauf.
Wenn Sie einmal etwas brauchen, sagt er sanft, wenn Sie meinen, nicht allein zurechtzukommen, und wenn Sie glauben, daß ich Ihnen irgendwie nützlich sein kann ...
Er spricht den Satz nicht zu Ende; es scheint, er spürt den stummen Widerstand in dem jungen Geschöpf neben sich, das sich anschickt schroffer als es will zu sagen: Danke, aber ich hoffe, ich werde allein zurechtkommen.
Sie eilt von ihm weg ins Haus. Von ihrem Fenster aus kann sie ihn noch sehen, wie er am Graben entlang geht mit dem übergehängten schwarzen Mantel, dessen leere Ärmel im Wind hinter ihm herflattern.

Aus dem Notizheft des Pfarrers

12. *November.* Morgens fünf Uhr überraschend zu Katharina Dreher geholt. Sie hat selbst nach den Sterbesakramenten verlangt und ist jetzt sehr ruhig. (Nachdem sie mich dreimal aus dem Haus gewiesen hatte in den letzten Wochen!)
Kampf mit dem Schulleiter um die Religionsstunden. Ich habe wieder Fehler gemacht. Zu ungeduldig, zu eigensinnig. Ging es mir wirklich um die Sache, oder nur darum Recht zu be-

halten? Schwerer Vorwurf des Schulleiters: ›Sie Weltverbesserer‹. Will ich das sein? Will ich die Welt verbessern? Warum trifft mich das Wort so scharf? Niemand wird die Welt verbessern. Sie ist wie sie ist, und so, wie sie ist, ist sie Gottes Werk. Die Gegensätze haben Raum in ihr. Das Gute, das Böse, in geheimnisvoller Ordnung verwoben, verzahnt und nicht zu trennen. Hilfe ist nur durch die Gnade möglich. Aber wozu dann meine Arbeit? Werde ich zum Beispiel hier etwas ändern? Ich nicht. Aber meine Gebete werden vielleicht Gott aufmerken lassen und er wird, von ihnen so unaufhörlich belästigt, seine Barmherzigkeit hierher lenken. Alles ist Gnade. Immer wieder diese furchtbare Erkenntnis. Man kann sie nur in tiefster Demut ertragen, nur in Demut. Sonst — man müßte Gott den Kampf erklären um seiner Gnade willen. Demut, die herrlichste aller Tugenden, und die weiseste, die im Heilsleben einzig vorteilhafte ...
Die neue Lehrerin. Sichtlich aus gutbürgerlichen Kreisen der Großstadt. Beim ersten Sehen das Gefühl: Gott ist mit ihr, und sie weiß es nicht. Bestätigung im flüchtigen Gespräch. Sie ist von unbedingter Unschuld. Sie glaubt, sie sei unreligiös. Sie war in der Morgenmesse, sie glaubt: aus Neugierde oder zufällig. Was für ein rührender Irrtum. Ihre Gegenwart hier ist gut, aber als ich sie heute früh in der Kirche sah, erschrak ich. Unerklärliches Gefühl. Ich werde versuchen, mit ihr zu einer guten Zusammenarbeit zu kommen.

Sechstes Kapitel

Daniela zögert lang, bis sie sich entschließt, in die Kantine zu gehen, aber sie muß, sie hat Hunger. Die Baracke ist still, es ist Mittag, in einer Ecke sitzen der Wirt, seine schwangere Frau, drei kleine Kinder und eine Magd. Niemand spricht. Sie löffeln eilig ihre Suppe und blicken kaum hoch, als Daniela eintritt. Die Wirtin steht mühsam auf. Ohne zu fragen, was Daniela will, stellt sie einen Teller Suppe vor sie hin, dicke Bohnensuppe mit fetten Fleischbrocken darin. Es gibt nichts anderes. Nun gut. Daniela ißt. Es schmeckt ihr nicht, aber das ist nicht wichtig, sie hat den Kopf voller Pläne. Sie muß zunächst einmal allerlei kaufen: Seife, Waschlappen, Läusepulver, Lebertran und Vitamintropfen und Salbe für die schrundigen Hände. Sie fragt den Wirt, wann er wieder in die ›Stadt‹ kommt, in den Marktflecken. Er fährt nur zweimal in der Woche, erst in drei Tagen wieder. Das ist zu spät für Danielas Ungeduld. Kommt sonst jemand hin? Achselzucken. Vielleicht leiht ihr jemand ein Rad?

Wollen Sie schon wieder abreisen? fragt die Wirtin. In ihrer Stimme ist kein Spott; es scheint, als fände sie es nur natürlich, wenn diese Fremde wieder gehen würde, so rasch wie möglich.
Nein, sagt Daniela, o nein.
Sie wundert sich über die Entschlossenheit, mit der sie das gesagt hat. Ist sie denn so sicher, was sie tun wird, wenn sie den Bahnhof wiedersieht und die Geleise, die in die Stadt zurückführen?
Ich will nur einiges einkaufen. Ich ... ich möchte Läusepulver kaufen und derlei Dinge. Die Kinder sind so verwahrlost.
Die Wirtin starrt sie an, dann fragt sie fassungslos: Aber was geht denn das Sie an? Sie sind doch die Lehrerin.
Ja, eben, sagt Daniela, und dann fügt sie etwas hinzu, was die Wirtin in unbegreifliche Aufregung versetzt: Die Kinder tun mir so leid.
Was? Leid tun? Die brauchen Ihnen nicht leid zu tun. Denen gehts nicht schlecht. Die haben keinen Hunger. Denen fehlt nichts. Denen gehts nicht schlechter als andern Kindern. Weil sie Läuse haben? Du lieber Gott, das ist doch keine Krankheit. Da ist manch einer, der jeden Tag badet, ärmer als unsere Kinder. Die lassen Sie nur, wie sie sind. Probieren Sie nur nichts Neues. Da lassen die sich nichts aufdrängen. Ist es bis jetzt ohne Sie gegangen, gehts auch weiter ohne Sie.
Das war grob, aber aufrichtig, und Daniela hat nichts darauf zu erwidern als: Ich möchte es doch versuchen.
Die Wirtin zuckt die Achseln, dann sagt sie kurz und finster: Ich bin auch nicht von hier.
Damit geht sie hinaus. Nach einiger Zeit kommt sie wieder herein und sagt: Ich hab Ihnen mein Rad vor die Tür gestellt. Sie können es haben.
Daniela ist fast zu verblüfft, um zu begreifen und sich zu bedanken. Die Wirtin, schon wieder im Hinausgehen, macht eine wegwerfende Handbewegung, schweigend.
Es hat begonnen zu regnen, vorläufig nur, ganz dünn, aber die Wolken hängen tief, jeder Mensch kann sehen, daß es bald schwer und anhaltend regnen wird. Daniela wirft einen Blick auf den feuchten schiefergrauen Himmel, sie verabscheut es naß zu werden, sie schaudert bei dem Gedanken daran, aber einige Minuten später sitzt sie auf dem Rad und fährt auf der holperigen Straße dahin, vom Westwind getrieben und von einem seltsamen Eigensinn, den sie nicht begreift, den sie nicht überwinden kann, der sie zum Bersten mit einer Kraft erfüllt, die sie nie vorher gekannt hat. Das Moor liegt schwarz und grau zu beiden Seiten der Straße, ein trübseliger Anblick. Sie sieht nichts davon, sie fährt so schnell sie kann. Dann kommt

der lange Berg mit dem Kiefernwald. Sie läßt dem Rad freien Lauf. Der Wind saust in den Speichen. Plötzlich erschrickt sie: dies ist die Stelle, an der sie dem Pfarrer begegnet ist. Genau hier, an der abschüssigen Kurve, an der gefährlichsten Stelle. Um ein Haar wäre er gestürzt, an einem Baum zerschellt oder vom Pferd zertreten worden... Einen Augenblick lang ist sie fähig sich einzubilden, daß es geschehen sei, und sie fühlt eine jähe und große Erleichterung.
Die steile schlechte Straße verlangt die ganze Aufmerksamkeit eines Radfahrers. Daniela fährt äußerst unvorsichtig, sie fährt viel zu schnell. Fast ein Wunder, daß sie nicht stürzt.
Die Straße zwischen Kiefernwald und ›Stadt‹, ganz eben verlaufend, scheint endlos. Im feuchten Schmutz vor sich sieht sie plötzlich frische Spuren eines Motorrades.
Erst bei diesem Anblick fällt ihr ein, daß sie ja einen Boten zur Hand gehabt hätte. Warum hat sie nicht einen Tag gewartet und den Schulleiter gebeten, ihr die Sachen zu besorgen? Zu spät. Vielleicht auch hätte er sich geweigert, für sie und diese Kinder etwas zu tun. Oder aber — wäre es nicht möglich, ihn für ihre Pläne zu gewinnen? Sie weist diesen Gedanken zurück. Hat sie nicht gespürt, das dieser bittere Mann für nichts mehr zu gewinnen ist? Doch wer weiß? Sie fühlt eine unbeschreibliche Kraft in sich, eine törichte übertriebene Lust zum Unmöglichen...
Der Marktflecken ist klein und wahrscheinlich nicht nur im Novemberregen trist und häßlich. Der Apotheker, bei dem sie einkauft, ist erstaunt über die Mengen, die sie anfordert. Soviel Läusepulver? Und soviel Lebertran? Er hält sie für eine Fürsorgerin, eine Wohlfahrtspflegerin oder Angestellte in einem Waisenhaus. Sie zögert, ihm Auskunft zu geben. Er ist alt, dürr, zerknittert, häßlich und langnäsig, aber er hat gute gescheite Augen. Schließlich erzählt sie ihm, wer sie ist und wozu sie dies alles braucht. Er schaut sie schweigend und nachdenklich an, ziemlich lang, dann stellt er die einzige Frage, die zu stellen im Augenblick vernünftig ist: Und wer bezahlt das alles? Daniela sagt sachlich: Ich. Der Apotheker nickt, mehrmals, vielemale hintereinander, seine alten Augen ruhen voll verschämter väterlicher Teilnahme auf ihr, aber er sagt nichts. Die Rechnung, die er aufstellt, erweist sich als erstaunlich niedrig. Er muß sich verrechnet haben. Er verneint ernsthaft, aber seine Augen füllen sich mit einem verlegenen Lächeln. Wenn Sie wieder etwas brauchen, sagt er an der Ladentür, dann kommen Sie zu mir.
Daniela hat einen Freund gefunden. Sie ahnt nicht, welchen Sieg sie errungen hat. Niemand sagt ihr, daß der Apotheker

ein ›Menschenfeind‹ ist, ein alter Kauz, ganz einsam und von vielen gefürchtet. Für wohltätige Zwecke hat er noch nie einen Heller hergegeben. Daniela ist ihm dankbar, aber es erscheint ihr selbstverständlich, daß sie Hilfe bekommt, sie ist voller Unschuld im Nehmen. Was man ihr gibt, ist nichts als der Tribut, den man der Armut schuldet. Was ist Besonderes dabei? Nie vorher hat sie so gedacht. Es ist ihr ganz neu so zu denken, ganz neu, aber schon sonderbar geläufig. Mit der gleichen Selbstverständlichkeit läutet sie am Haus eines Arztes. Ein mürrischer Mann, dieser Arzt. Sehr kühl, fast grob. Sie fragt ihn rundheraus, ob er nicht eine kostenlose Untersuchung ihrer Schulkinder durchführen möchte. Er starrt sie an, als halte er sie für eine Irre. Das sei nicht ihre und seine Sache, sagt er, das müsse von den Behörden angeordnet werden; im übrigen, was helfe bei den Leuten dort eine Untersuchung, die tun ja doch nicht was man anordnet, er kennt sie und ihren Dreck und ihre Nachlässigkeit. Ja, erwidert Daniela, aber dafür sei doch sie nun da, sie würde schon wachen darüber, daß seine Anordnungen befolgt würden; ob er nicht doch kommen wollte, sie und er seien doch verantwortlich für diese Kinder...
Ich habe Ihnen gesagt, daß ich nicht ohne Genehmigung der Behörde darf.
Seine Stimme klingt nervös. Danielas freundliche Hartnäckigkeit verwirrt ihn, er wird vor Verwirrung grob.
Nun schauen Sie schon, daß Sie zum Schulrat kommen, da drüben wohnt er, und wenn er zusagt, dann in Gottes Namen. Aber nützen wird es nichts.
Daniela geht zum Schulrat, sie muß ohnehin einmal zu ihm, sich vorzustellen; freilich hätte sie bei dieser Gelegenheit lieber nicht so ausgesehen wie sie jetzt aussieht: die Schuhe durchweicht, Beine und Mantel mit Dreckspritzern übersät, und triefend naß. Aber das ist jetzt gleichgültig.
Der Schulrat ist zu Hause, er ist schlecht gelaunt, er hat Halsweh. Ein kleiner böser Mann, der nicht nur Daniela Furcht einzuflößen vermag.
Ärztliche Untersuchung? Jetzt auf einmal? Im Mai ist Impfung, da können die Kinder sich dem Arzt vorstellen. Einmal im Jahr genügt.
Das klingt abschließend. Weiter ist nichts mehr zu sagen. Daniela greift zu einem Mittel, das sie nie zuvor erprobt hat: sie schaut ihn stumm an, in offener Erwartung, geduldig und unverwandt. Es kann sich jetzt nur zweierlei ereignen: entweder er wirft sie gelangweilt und erbost hinaus, oder er wird unsicher und gewährt. Sie riskiert, sich einen mächtigen Feind zu schaffen. Was wird geschehen?

Na, sagt er schließlich mit Anstrengung, wie kommen eigentlich Sie dazu, sich um solche Sachen zu kümmern? Das ist Aufgabe des Schulleiters.
Was soll sie darauf erwidern? Sie sagt nichts als: Mir tun die Kinder leid.
Sie ahnt nicht, daß sie über eine Waffe verfügt, die absichtslos und sicher trifft und unfehlbar: Unschuld und beharrliches Vertrauen.
Wie kann man jemand abweisen, der es in kindlicher Gläubigkeit überhaupt nicht für möglich hält, abgewiesen zu werden?
Der Schulrat führt ein Telephongespräch mit dem Gesundheitsamt. Wenige Minuten danach ist alles geregelt. Eine Woche später wird der Arzt kommen und die Kinder untersuchen. Sie seufzt vor Erleichterung und drückt die Hand des Schulrats wie die eines Kameraden. Er erwidert den Druck, dann zieht er seine Hand rasch zurück und fühlt sich getrieben, diese junge Untergebene in ihre Schranken zu weisen. Ich hoffe, Sie kümmern sich nicht nur um derlei Dinge, sondern um Ihre eigentliche Aufgabe: die Kinder zu lehren. Ich werde mich zu gegebener Zeit davon überzeugen.
Daniela macht sich glücklich auf den Rückweg. Der Karton auf ihrem Gepäckträger ist schwer; die volle Tasche, an die Lenkstange gehängt, schlägt unaufhörlich an ihr Knie, der Wind steht gegen sie, es regnet. Es wird eine schlechte Fahrt werden, die Nacht wird früh kommen.
Da ist der Bahnhof mit den Geleisen, die in die Großstadt führen ... Daniela sieht es, aber sie hat keine Zeit für müßige Gefühle, sie braucht ihre Kraft für die Rückfahrt.
Dieser fürchterliche, durchdringende Regen. Er schlägt ihr in die Augen, er kommt direkt von Westen, sie ist ihm ganz und gar ausgesetzt. Das Rad schlingert in den tiefen Fahrrinnen. Schließlich, auf halbem Weg zwischen Stadt und Kiefernwald, steigt sie ab. Für eine Weile sucht sie dürftigen Schutz hinter einer kleinen Hütte. Aber sie zittert vor Nässe und Kälte. Sie darf nicht lange rasten. Kein Mensch begegnet ihr, keiner hilft ihr, sie ist ganz allein in der frühen kalten Dunkelheit. Hat sie sich nicht zuviel zugetraut? Gleicht sie nicht einem jungen Vogel, der viel zu früh aus dem Nest gejagt wurde, mit ungeübten Flügeln, unerprobt und unerfahren? Die ersten Flügelschläge gelingen, sie scheinen sicher und stark, aber dann, was wird geschehen?
In der Dunkelheit erreicht sie das Haus, sie ist naß bis auf die Haut und erschöpft. Sie packt den durchweichten Karton aus. Wie gut, daß der Apotheker die Schachteln so fest verpackt hat. Nichts ist feucht geworden, nichts beschädigt.

Sie ist nicht mehr fähig, Feuer zu machen, sie sinkt ins Bett. An diesem Abend hat sie keine Zeit mehr, die nackte Häßlichkeit ihres Zimmers zu sehen.

Siebentes Kapitel

Der frühe Morgen findet sie wach und in Überlegungen verwickelt, die lächerlich geringfügig und doch für Daniela schwierig genug sind: Wo und wann soll sie die Kinder waschen und mit Läusepulver bestreuen? In der Schule? Sie hat, auch wenn sie alle ihre Handtücher opfert, nicht genug Tücher, um die Köpfe einzubinden, damit die Läuse darunter in der Schärfe des Pulvers ersticken. Und wenn sie jeden Tag nur ein paar Kinder behandeln würde? Aber kaum wären sie von ihren Läusen frei, würden sie schon wieder von den übrigen ... ach, es ist sehr schwierig, sie hat das vorher nicht bedacht. Es bleibt wohl kein anderer Weg, als in die Baracken zu gehen.
Sie schaudert bei dem Gedanken daran. Sie hat eine gewisse Vorstellung von dem, was sie erwartet: Schmutz, Gestank von nassen Windeln, Kindergeschrei, all das, was ihr beim bloßen Gedanken daran schon Übelkeit bereitet. Aber was hilfts, sie wird es tun müssen. Und sie tut es.
Sie läßt sich von den Kindern sagen, wo sie wohnen. Am frühen Nachmittag beginnt sie mit ihrem Feldzug gegen Schmutz und Läuse. Sie beginnt ihn fast fröhlich.
Nie in ihrem Leben hat sie den Fuß über die Schwelle der Armut gesetzt. Sie kennt das alles nur aus Büchern. Die Wirklichkeit ist vielleicht weniger schlimm ...
Daniela stolpert über ein halbnacktes, kriechendes Kind, das augenblicklich in ein fürchterliches Geschrei ausbricht. Aus dem Halbdunkel der Baracke stürzt ein Hund, mager wie ein Skelett, er stört eine Schar Hühner auf, die ins Freie flattern, an Daniela vorbei, die sich plötzlich mitten in einem verwirrenden Aufruhr von Flügeln, Federn und Staub sieht; ein Mann, unsichtbar, stößt Flüche aus, die Daniela Abscheu und Furcht einflößen, dann wird es plötzlich für einige Augenblicke still und in dieser Stille ertönt eine Kinderstimme: Das ist unser Fräulein!
Daniela sieht die Sprecherin nicht, die Hütte ist von Torfrauch erfüllt, jemand schürt gerade den Herd, die Ringe sind offen und ein leichter Feuerschein zeigt die Umrisse einer mageren Frau. Daniela zieht die Tür hinter sich zu und wartet, bis jemand Notiz von ihr nimmt. Aber darauf kann sie lange warten. Schließlich nähert sie sich der Frau am Herd. Wie

schwer fällt es ihr plötzlich, zu sagen, was sie will. Aber sie nimmt einen Anlauf, sie versucht so zu reden, daß es ganz selbstverständlich klingt.
Ich bin die neue Lehrerin, ich möchte gern die Eltern meiner Kinder begrüßen, und bei der Gelegenheit möchte ich Sie fragen, ob sie etwas dagegen haben, wenn ich Ihnen ein wenig helfe.
Die Frau dreht langsam den Kopf nach der Fremden. Helfen? Wobei helfen?
Die Stimme drückt Argwohn und Ablehnung aus.
Nun, es sei doch sicher schwierig, die Kinder sauber zu halten in einem so engen Raum, mit den Tieren zusammen, und da könnte es schon vorkommen, daß die Kinder ungewaschen weglaufen und auch mal Läuse haben. Es gäbe ein so gutes Mittel dagegen. Ob die Frau einverstanden ist damit, daß sie, Daniela, die Kinder behandelt? Es kostet nichts, gar nichts.
Die Frau starrt sie an. Daniela wird es unbehaglich unter dem Blick. Dann sagt die Frau langsam und böse: Jetzt sind Sie einen Tag da und machen sich schon wichtig.
Sie dreht sich um und geht hinaus. Daniela bleibt ratlos stehen. Ihre Augen gewöhnen sich an die Dunkelheit, und schließlich sieht sie, daß der Mann, der geflucht hat und nun schweigt, auf einem Bett liegt, halb angezogen, die Hände unterm Kopf verschränkt. Er blickt sie lauernd an. In der Ecke hocken drei, vier Kinder, eins davon erkennt sie. Es ist das Mädchen, das gesprochen hat. Niemand redet, eine beklemmende Spannung breitet sich aus. Daniela ist auf dem Sprung zum Rückzug. Aber plötzlich weiß sie, was sie tun muß. Wieder verspürt sie jene tollkühne Kraft und Lust, von der sie seit Tagen stoßweise heimgesucht wird.
Komm, sagt sie zu dem Mädchen, komm her. Willst Du die erste sein, die keine Läuse mehr hat? Dann sagen wir zu den andern: ›Schaut die Johanna an, wie sieht sie jetzt aus? Gefällt sie euch? Wollt ihr auch so sauber sein wie sie?‹
Das Mädchen lacht. Daniela blickt unsicher auf den Mann im Bett. Er schaut sie unverwandt an. Daniela beschließt, nicht auf ihn zu achten.
Komm, sagt sie zu dem Mädchen, wir fangen an.
Die Kleine nähert sich zögernd, aber unwiderstehlich gezogen von der eindringlichen, sanften Stimme der Fremden und von der Aussicht auf eine wichtige Sonderstellung unter den Mädchen der Schule. Niemand stört Daniela bei ihrer Arbeit. Eine Stunde später sitzen vier Kinder am Tisch, die Haare mit Läusepulver bestreut und den Kopf dick eingebunden. Am

nächsten Tag wird Daniela wiederkommen und ihnen die Haare waschen.
Vor der Baracke steht die dürre Frau. Auf Wiedersehen morgen, sagt Daniela freundlich. Die Frau starrt sie an, stumm und finster. Daniela fühlt lange diesen Blick auf ihrem Rücken, den bösen Blick der Armut, die sich beleidigt glaubt...
Die nächste Baracke weist ihr eine verschlossene Tür. Es scheint aber, als sei sie nicht abgesperrt, sondern als stemme sich jemand mit aller Kraft dagegen. Man hört das leichte Scharren ausgleitender Füße und unterdrücktes Geflüster. Daniela schaut durchs Fenster, das Glas ist fast blind vor Schmutz, sie sieht nichts.
Sie begreift: die Nachricht von ihrem Kommen ist ihr vorausgeeilt, man ist gewarnt worden. Dagegen ist nichts zu machen. Daniela geht weiter. Die nächste Baracke liegt so weit entfernt, daß sie von der Warnung noch nicht erreicht worden ist. Auf der Schwelle stehen ein paar Kinder, das Ohr an die Tür gelegt und sich vor dem Schlüsselloch drängend. Plötzlich geht die Tür auf und irgend jemand verscheucht die Kinder mit einem Schwall von groben Worten. Sie verschwinden lautlos, sie drücken sich um die Ecke, die Tür fällt zu, im nächsten Augenblick stehen sie wieder davor, stumm um den Platz am Schlüsselloch kämpfend. Sie sind so gefangen von dem was sie hören und sehen, daß sie Danielas Kommen nicht beachten. Es sind größere Kinder, einen Jungen davon erkennt sie als ihren Schüler. Sie ruft ihn an. Die Kinder fahren erschreckt auseinander, sie haben heiße rote Köpfe. Im nächsten Augenblick ist der Platz vor der Tür leer, die Kinder sind wie vom Wind verweht, niemand mehr da. Daniela öffnet die Hüttentür, aber sie schließt sie sofort wieder.
Daniela geht betroffen weiter. Warum haben die beiden die Tür nicht verschlossen? Und warum warten sie nicht, bis die Nacht kommt und die Kinder schlafen? Fragen, auf die sie keine Antwort bekommt. Ihr wird übel vor Aufregung, sie zwingt sich weiterzugehen, aber nach einer Weile muß sie sich setzen. Der Baumstumpf, auf dem sie sitzt, ist feucht und kalt, gleichviel, ihre Füße sind entsetzlich schwer.
Die Kinder haben ihre Eltern im Bett beobachtet... Die Kinder sind zwölf und zehn Jahre alt und jünger. Daniela wird rot vor Scham. Viele Gedanken fahren ihr durch den Kopf und jeder ist ein Stich, der heftig schmerzt. Was hat der Verwalter vom Torfwerk gesagt: ›Was haben wir denn sonst vom Leben?‹ Und der Schulleiter: ›Sie sind mit sechs Jahren schon so verdorben wie anderswo die Zwanzigjährigen.‹ Weiß

45

der Pfarrer das? Er muß es wissen, er ist schon ein Jahr hier. Was tut er dagegen?
Mit schneidendem Hohn sagt sie plötzlich laut: Er betet für sie, das ist alles, er macht sichs leicht.
Der Gedanke an den Pfarrer facht einen Aufruhr in ihr an, den sie vergeblich zu unterdrücken sucht. Möglicherweise ist es nichts weiter als Zorn, was sie auftreibt und ihre Schritte zurücklenkt zu der Hütte. Aber der Weg wird ihr lang, der Zorn verraucht, es bleibt eine tiefe Angst. Was weiß denn sie, Daniela, vom Leben? Weiß sie, wie es ist, arm zu sein, Torfstecher zu sein, ein Leben lang im Moor zu wohnen, der widerwärtig starken Kraft dieses schwarzen, glitschig feuchten Bodens ausgeliefert, dem Schnaps verfallen, von der Welt vergessen. Weiß sie etwas davon? Ihre Schritte werden immer langsamer. Was wird sie tun? Wird sie die Tür aufmachen und an den beiden vorbeisehen, die da liegen am hellen Tag, und wird sie sagen: ›Decken Sie sich zu, ich möchte mit Ihnen sprechen.‹ Und wird sie ihnen sagen, daß draußen ihre Kinder stehen und alles beobachten . . .?
Was wird die Antwort sein? Gelächter. Oder ein Wutausbruch. Bildet sie sich ein, daß sie die beiden zur Zerknirschung und Einsicht bringt?
Die Hütte liegt noch dreißig, noch zwanzig Schritte vor ihr. Die letzten zehn Schritte tut sie wie eine Blinde, wie eine Träumende, die nachts auf dem scharfen Dachfirst geht als wäre es eine Straße. Keiner ruft sie an. Sie weiß nicht was sie tut.
Sie hat die Hütte erreicht, sie setzt sich auf die Schwelle, sie wartet. Nicht um alles in der Welt hätte sie später sagen können, warum sie gerade dies getan hat. Sie hört die schamlosen Geräusche hinter der dünnen Tür, die Szene nimmt kein Ende. Daniela verstopft sich die Ohren mit den Fingern.
Die Kinder sind verschwunden, aber irgendwoher ist leises Scharren zu hören und Geflüster, erstickt von Fäusten, auf den Mund gepreßt.
Nach einer Zeit, die sich unerträglich lang hinzog, wird ganz plötzlich die Tür aufgerissen. Die Frau, die herauskommt, fällt fast über Daniela.
Was wollen denn Sie? Warum sitzen Sie so da?
Daniela steht auf.
Ich wollte Sie besuchen, ich bin die neue Lehrerin, ich habe Sie nicht stören wollen.
Die Frau wird flüchtig rot, dann sagt sie unwirsch: Deshalb hätten Sie doch nicht hierzusitzen brauchen.
Ja, erwidert Daniela, Sie haben recht, aber ehe ich mich hierher setzte, standen Ihre Kinder da.

Das Gesicht der Frau wird dunkelrot. Was geht das Sie an, flüstert sie, kümmern Sie sich um Ihre Sachen.
Daniela fühlt plötzlich wieder jene unbegreifliche, stoßweise einbrechende Kraft.
Das *ist* meine Sache, erwidert sie ruhig. Ich habe Ihnen gesagt, ich bin die Lehrerin Ihrer Kinder.
Die Frau zuckt verlegen und wütend die Achseln, dann ruft sie in die Baracke hinein:
Komm heraus, das Fräulein will uns eine Predigt halten.
Der Mann, die Hosenträger zuknöpfend, sagt mürrisch: Laß sie doch, wenn sie will, sie hat wahrscheinlich nichts Besseres zu tun.
Nein, sagt Daniela, Sie irren sich, ich predige nicht. Dazu habe ich kein Recht. Ich möchte Sie nur bitten, vorsichtiger zu sein. Es ist nicht gut für die Kinder. Schonen Sie sie doch.
Sie sagt es freundlich und keineswegs streng, eher schüchtern, aber irgend etwas in ihrer Stimme erstickt das höhnische Gelächter, in das die beiden auszubrechen sich anschicken. Diese Stimme, jung und unerschrocken und voll der unbewußten Strenge, die der Unschuld innewohnt, diese Stimme zwingt die beiden, die Augen niederzuschlagen.
Daniela ist gut erzogen, sie hat gelernt, Gesprächspausen zu überbrücken und niemand verlegen zu machen, darum sagt sie rasch: Aber ich muß Ihnen ja sagen, warum ich gekommen bin. Die Schulkinder haben Läuse und da könnten Ihre Kinder auch etwas davon abbekommen haben. Ich habe hier Läusepulver. Darf ich Ihnen die Arbeit abnehmen und die Kinder selber behandeln?
Sie hat einen günstigen Augenblick getroffen. Die beiden, die sonst keine Scham kennen, sie schämen sich, sie sind unsicher, und, wie Kinder, nachdem sie bei einer Missetat ertappt worden sind, bereit, den schlechten Eindruck durch übereifrige Artigkeit zu verwischen.
Aber das kann ich doch selber machen, sagt die Frau, das ist doch keine Arbeit für eine Lehrerin.
Der Mann, der sich unnötigerweise noch immer mit seinen Hosenträgern beschäftigt, eine Tätigkeit, die ihm erlaubt, den Blick gesenkt zu halten, er murmelt: Laß sie doch, wenn sie will, sie kanns besser als Du.
Dann geht er hinter die Baracke, und man hört ihn nach den Kindern rufen. Sie kriechen langsam aus ihren Schlupfwinkeln. Sie, die vorher so keck waren, schleichen jetzt verängstigt herbei. Die unvorhergesehene, ganz und gar ungewohnte barsche Milde des Vaters jagt ihnen Furcht ein. Stumm, die Lider halb über die Augen gesenkt, setzen sie sich auf die Bank und lassen mit der gebrochenen Aufsässig-

keit verprügelter Hunde die Behandlung über sich ergehen. Danielas Freundlichkeit entlockt ihnen kein Lächeln und kein Wort. Mit kurzen Blicken, schräg aus den halbgeschlossenen Augen geschnellt, und mit kaum merklichen Gebärden verständigen sie sich auf eine Weise, die Daniela zuerst Unbehagen einflößt, dann geradezu Furcht. Hier ist sie auf eine Macht gestoßen, die fast unüberwindlich ist: das Mißtrauen; die Unfähigkeit an Barmherzigkeit zu glauben und an Freude. Das sind keine Kinder, denkt Daniela, und sie erschrickt. Was hat der Schulleiter gesagt? ›Hier gibt es keine Kinder‹ ...
Überwältigt von Kummer und Mitleid streichelt sie das Mädchen, dessen verfilztes schwarzes Haar sie gerade mit Pulver bestäubt. Die Kleine duckt sich rasch wie unter einem Schlag und schüttelt die fremde Hand heftig ab. Daniela wagt keinen weiteren Versuch. Nach und nach wird ihre Freundlichkeit erstickt von diesem grausam abweisenden Schweigen. Sie atmet auf, als sie endlich fertig ist und wieder im Freien. Sie ist nicht sicher, was hinter ihr geschieht, vielleicht reißen die Kinder höhnisch die Tücher wieder ab und schütteln sich das Pulver aus den Haaren, vielleicht schicken sie eine Flut von grauenhaften Schimpfworten hinter ihr her.
Sie geht rasch, immer rascher. Ohne es zu wollen, hat sie den Rückweg eingeschlagen, plötzlich bemerkt sie es, sie ist erstaunt, dann tief erschrocken. Wie allein sie ist, mitten im Moor, unter dem schweren grauen Novemberhimmel, in einer Stille, die in diesem Augenblick nicht einmal vom Schrei einer Krähe durchbrochen wird. Sie blickt hilfesuchend um sich, aber da ist nichts, woran sie sich halten könnte, nichts, was zu ihr spricht und ihr Mut gibt. Dieses Schweigen ist voller Gleichgültigkeit.
Wo bleibt jene Kraft, die sie kurz zuvor beflügelt hat, ein zornig überraschtes Paar zu entwaffnen? Wie furchtbar schwach sie ist ohne diese Kraft, die kommt und geht wie sie will.
Was eigentlich geht mich dies alles an, sagt sich Daniela, an einen feuchten Erlenstamm gelehnt. Ich werde diese Menschen nie zur Sauberkeit erziehen. Hier müßte mehr und ganz anderes geschehen. Häuser müßten gebaut werden. In diesen halbverfaulten Baracken kann man nicht gesund leben. Die Fußböden liegen direkt auf der feuchten Erde, das Holz riecht nach Schwamm, zwei Räume für zehn und zwölf Menschen und für Tiere: Hühner, räudige Hunde. Eine Siedlung müßte hier gebaut werden. Warum ist das nicht längst geschehen? Hätte der Pfarrer nicht ... Wie, wenn sie sich mit ihm verbünden würde? Hinter ihm steht die Kirche mit ihrer mächtigen charitativen Organisation.

Aber diese Gedanken, so vernünftig und mutig sie sind, sie haben keine Kraft, sie fallen ins Leere. Daniela vermag sie nicht zu halten, sie fühlt sich allein und schwach. Ein furchtbarer Widersacher hat sich vor sie gestellt: die nackte Wirklichkeit. Wie konnte sie je glauben, daß sie, jung und unerfahren, diese Wirklichkeit verändern könnte.
Sie fühlt Tränen aufsteigen, ihre Augen werden blind. Nichts als der Laut von Schritten, gedämpft durch die feuchte Weichheit des Bodens, aber deutlich hörbar, hindert sie daran, in Schluchzen auszubrechen. Sie wendet sich um. Es ist nur eine alte Frau, sie ist plötzlich aufgetaucht, vorher war niemand da, sie muß aus einem der breiten und tiefen Gräben gekommen sein, die durch das Abstechen des Torfs entstanden sind. Sie schleppt einen Korb voll feuchter, schlechter Torfbrocken auf dem Rücken. Die Last drückt sie fast zu Boden, sie kann ihren Kopf nicht heben, sie sieht nicht, daß da jemand am Wege steht, so geht sie an Daniela vorüber, langsam, mit mühsamen Atemzügen.
Daniela fühlt sich heiß getrieben, ihr die Last abzunehmen, sie macht eine Bewegung, der alten Frau nachzueilen, dann läßt sie es sein. Eine sonderbare Scheu hemmt sie. Nicht als ob sie sich geschämt hätte, einen Korb auf ihrem Rücken zu tragen. Derlei Bedenken kennt sie nicht. Vielleicht ist es nichts als das schamvolle Empfinden für das allzu Billige, das Auffällige, das Übertriebene. Sie schaut der Alten nach, die sich langsam vorwärtsbewegt, einem schwerfällig kriechenden Käfer ähnlicher als einem Menschen, sie schaut ihr nach, bis sie kleiner und kleiner wird, ein Nichts in der grauen flachen Weite.
Plötzlich fühlt Daniela das lebhafte Verlangen, der Alten zu folgen. Wohin geht sie? Sie geht nach Norden, sie entfernt sich von der schmalen Straße, die ins ›Dorf‹ führt, sie geht tiefer und tiefer ins Moor. Ohne zu überlegen, ohne zu wissen wohin sie gelangen wird, schlägt Daniela die gleiche Richtung ein. Sie vertraut sich der Führung einer alten Frau an, die nicht weiß, daß sie jemanden führt und wohin sie ihn führt.
Der Abstand zwischen ihnen verringert sich, leicht könnte Daniela die Alte einholen, vielleicht könnte sie mit ihr sprechen, sie fragen wohin der Weg geht und wer in den Baracken wohnt, die plötzlich hinter einem Dickicht von Weidenstrünken auftauchen, aber sie zieht es vor, blindlings und stumm zu folgen. Schließlich steht die Alte still, sie ist vor der letzten baufälligen Hütte angelangt, sie stellt mühsam den Korb ab und geht hinein, sie ist zu Hause. Daniela hat nie etwas Ärmeres gesehen als diesen windschiefen, morschen Bau, der

eher ein Unterschlupf für Tiere sein könnte. Daß hier Menschen wohnen... Mein Gott, warum wußte sie bisher nichts von dieser Art Leben, warum ließ man sie aufwachsen in Wohlstand und Sicherheit und dem Gefühl, daß alles rings um sie wohlgeordnet sei? Armut, nun gut, die gab es wohl, man schenkte jedem Bettler auf der Straße und an der Haustür einen Groschen oder zwei, das war viel, und zu Weihnachten trug man Pakete mit abgelegten Kleidern und Lebensmitteln zu armen alten Damen...
Daniela wird von einer furchtbaren Scham befallen, die ihr beißende Tränen in die Augen jagt. Ohne zu wissen, was sie sagen und tun wird, betritt sie die Hütte.
Ein winziger Raum, dunkel für jemand, der von draußen kommt, und von diesem unvermeidlichen beizenden Torfrauch erfüllt. Eine schwache Stimme, die eines Greises, fragt: Wer ist da?
Daniela, die einige Augenblicke zuvor noch nicht wußte, was sie sagen würde, findet unversehens die Worte, die hier am Platze sind: sie habe sich verirrt, und ob sie wohl ein wenig ausruhen dürfte hier und ein Glas Wasser trinken.
Sie begibt sich in die Rolle der Bittenden, die ihr zusteht, sie gibt der Armut den Vorsprung großmütig zu sein.
Die Alte, die nun, da sie die Last abgelegt hat, viel größer erscheint, größer als Daniela, die nicht klein ist, nimmt wortlos eine Tasse vom Wandbrett und geht hinaus. Für eine Weile hört man nichts als das knarrende Geräusch eines Pumpbrunnens vor dem Haus. Daniela sieht sich zögernd in der Hütte um. Ihre Augen haben sich an die Düsternis gewöhnt. Sie unterscheidet ein paar Möbelstücke, die kaum diesen Namen verdienen: eine hölzerne Pritsche mit einem unebenen Strohsack darauf, ein Tisch, der schief steht, weil der Hüttenboden sich gesenkt hat, ein kleiner Eisenherd, ein dreibeiniger Hocker und neben dem Herd eine Art Lehnstuhl. In diesem Stuhl sitzt ein Mann, die Hände flach nebeneinander auf den Knien, merkwürdig gerade aufgerichtet und das Gesicht vorgestreckt. Seine Augen sind weit offen, sie sind auf Daniela gerichtet, starr und streng. Hätte Daniela ihn nicht schon sprechen hören, sie hätte ihn für tot halten können. Dieser Blick flößt ihr Furcht ein und sie möchte die Starre der Szene durch ein Gespräch lösen, aber wie spricht man mit einem Toten? Ehe die Furcht unerträglich wird, kommt die Alte zurück. Sie geht sehr aufrecht, vielleicht tut sie es als Ausgleich für das lange Bücken beim Torfsammeln und Tragen, vielleicht ist es ihre natürliche Haltung, gleichviel: es gibt ihr einen Ausdruck von Würde.

Es ist kein Moorwasser, sagt sie, indem sie Daniela die henkellose Tasse reicht; es ist Quellwasser, der Brunnen ist tief.
Damit hat sie alles gesagt, was zu sagen ist.
Daniela hat keinen Durst, aber sie trinkt. Das Wasser schmeckt rein und stark.
Die alte Frau hat sich eine Weile neben dem Herd zu schaffen gemacht, dann kommt sie wieder, in der Hand ein Stück Brot.
Hier, sagt sie, wenn Sie Hunger haben.
Das Brot auf der flachen Hand, bleibt sie vor Daniela stehen, die in große Verwirrung gerät. Die Leute sind so arm, wie darf sie ihnen etwas wegnehmen? Aber noch viel weniger darf sie es zurückweisen. Schließlich nimmt sie es. Ein hartes, trockenes Stück, wie man es, aufgeweicht, den Hühnern gibt. Bettlerbrot. Es sieht aus, als wäre es lange in einer nicht ganz sauberen Rocktasche getragen worden, es schmeckt nach Rauch und Staub, es zerbricht vor Sprödigkeit, wenn man hineinbeißt. Daniela läßt die Hälfte in ihrer Tasche verschwinden, den Rest ißt sie auf. Es gelingt ihr nur, indem sie Wasser dazu trinkt. Sie ist von Kauen und Würgen so in Anspruch genommen, daß sie nicht sprechen kann. Aber niemand erwartet, daß sie das tut. Die Alte hat begonnen, Späne zu schneiden, und der Mann sitzt reglos, die Augen noch immer starr auf Daniela gerichtet. Schließlich muß Daniela irgend etwas reden. So sagt sie, daß sie die neue Lehrerin ist und gerade zwei Tage im Ort und eben unterwegs, um ihre Schulkinder zu besuchen.
Die Antwort der Alten überrascht Daniela. Ich habe schon gewußt, wer Sie sind. Die Kinder haben es mir erzählt.
So, sagt der Alte vom Herd her, die Lehrerin; wie sieht sie aus?
Gehen Sie hin zu ihm, sagt die Frau, er ist blind. Daniela tut es, aber sie schaudert, als der Greis seine dürren Hände hebt und sie betastet, das Gesicht, das Haar, Schultern, Arme und Hände.
Warum zittert sie? Er richtet die Frage nicht an Daniela, sondern an seine Frau. Er ist es nicht gewöhnt, mit jemand anderem zu reden als mit ihr.
Vielleicht friert sie, antwortet die Alte.
Er schüttelt den Kopf. Hier herinnen ist es warm.
Nach einer Pause, während der er nochmal über ihr Gesicht streicht und über ihre Augen, fragt er: Warum weint sie?
Ich weine doch nicht, sagt Daniela betroffen und entzieht sich ihm hastig. Der Alte hält seine Hände noch eine Weile nach ihr ausgestreckt, eine Gebärde, die Daniela nie vergessen wird, dann läßt er sie wieder auf die Knie zurückfallen. Da-

niela wendet sich an die Frau. Warum sagt er das? fragt sie leise.
Weil er es spürt, antwortet sie kurz und rätselhaft.
Aber ich weine doch wirklich nicht, sagt Daniela eigensinnig.
Plötzlich erinnert sie sich der mühsam unterdrückten Tränen, die ihr heiß in die Augen stiegen, nicht länger als eine halbe Stunde zuvor. Hat er diese ungeweinten Tränen gespürt? Oder was meinte er?
Ach, hört sie sich plötzlich sagen, es wäre auch kein Wunder ... Sie vermag nicht weiterzureden, sie fängt plötzlich an zu weinen, zuerst versucht sie noch der Tränen Herr zu werden, vergeblich, dann läßt sie ihnen freien Lauf. Wie lang hat sie nicht mehr geweint? Die letzten Tränen waren Kindertränen gewesen. Sie steht mitten in der Hütte, bei fremden alten Leuten, und weint, die Hände vor dem Gesicht. Sie läßt es sogar geschehen, daß die alte Frau sie an sich zieht, an eine Schulter, aus der spitz der Knochen sticht, und an eine Bluse, die nach ungelüfteten Lumpen riecht und hart ist von all den Flicken, die da übereinandergenäht worden sind.
Was für Tränen? Niemand fragt sie, niemand tröstet sie mit billigen Worten, niemand versucht ihr einzureden, daß dies nur Heimweh sei und vorübergehen wird.
Was wird mit dieser bittern Tränenflut weggewaschen, hinweggeschwemmt, in ein Meer von Barmherzigkeit geleitet?
Langsam versiegt der wilde Strom. Noch ein paar schmerzende Stöße, dann ein tiefer Atemzug, und mit einem verwirrten Lächeln hebt Daniela ihr Gesicht.
Ach, flüstert sie, ich weiß gar nicht ... Aber sie begreift, daß es hier keiner Erklärungen bedarf und keiner Entschuldigung. Sie ist plötzlich ruhig, und auf wunderbare Weise getröstet. Voller Dankbarkeit streift sie ihren kleinen goldenen Armreif ab, den sie unterm Ärmel trägt. Sie legt ihn auf den Tisch.
Bitte, sagt sie, ich hab nichts andres hier, nehmen Sie ihn, Sie können ihn verkaufen, er ist nicht kostbar, aber Sie können sich doch eine Menge dafür kaufen.
Während sie noch überlegt, wie hoch der Preis sein könnte, hat die alte Frau den Armreif aufgehoben.
Nein, sagt sie, das geht nicht.
Ihre Stimme klingt unerwartet hart.
Aber warum? fragt Daniela bestürzt; ich habe Ihr Brot gegessen und Sie waren gut zu mir. Warum darf ich nicht ...
Die Alte unterbricht sie: Das ist etwas anderes.
Damit hat sie recht, Daniela wagt nicht mehr zu widersprechen.
Was redest Du? fragt der Greis.

Die Alte läßt ihn den Armreif betasten, den sie noch immer in der Hand hält.
Den will sie uns schenken, sagt sie, es ist Gold, wir sollen es verkaufen, aber sie weiß nicht, daß sie sagen würden, wir sind Diebe, und uns verhaften, wenn wir so etwas verkaufen wollten.
Daniela versucht etwas einzuwenden, aber die alte Frau sagt abschließend: Wir haben, was wir brauchen.
Der Greis schiebt ihre Hand mit dem Armreif weit von sich, er sagt nichts, die Angelegenheit ist für ihn erledigt so gut wie für sie.
Daniela steht bestürzt und verlegen da. Wie schwer die Armen zu verstehen sind. Die alte Frau sieht ihre Verwirrung, aber sie tut nichts, um zu helfen. Es ist ganz still im Raum. Selbst das schwache Feuer im Herd gibt keinen Laut. Diese Stille ist schlimmer zu ertragen als ein böses Wort, es ist die Stille des Gerichtssaales vor dem Urteilsspruch. Aber der Spruch wird nicht gefällt, jetzt nicht.
Statt dessen öffnet sich die Tür langsam, in den rostigen Angeln seufzend, und nur so weit, daß ein Kind durchschlüpfen kann, das kleine blasse Mädchen mit den überaus glänzenden Augen. Es ist so wenig erstaunt, ›das Fräulein‹ hier zu finden, daß ganz deutlich ist: das Kind hat Daniela hier eintreten sehen, und es ist gekommen, um dabei zu sein.
Was willst Du, Agnes? fragt die Alte. Die Kleine antwortet nicht. Sie schiebt sich ganz herein, schließt umständlich die Tür hinter sich und bleibt stehen, die Augen auf Daniela gerichtet.
Sie kommt von ziemlich weit her, sagt die alte Frau und deutet durchs Fenster auf eine Baracke, die klein wie ein Maulwurfshügel weit weg im Moor liegt.
Ach, Du bists, sagt Daniela, froh über die Veränderung der Szene. Du kommst mir gerade recht, Du kannst mich zu den Baracken führen, in denen Kinder aus Deiner Klasse wohnen, willst Du?
Die Kleine greift sofort nach Danielas Hand. Sie hat das Wort ›führen‹ buchstäblich verstanden, sie wird das Fräulein an der Hand führen. Eine weiche, feuchte und heiße Hand, sie fühlt sich krank an, Daniela muß sich zwingen, die ihre nicht aus dieser zähen und unerwarteten Umklammerung zu lösen. Als wäre Danielas Bitte ein Befehl, der unverzüglich ausgeführt werden muß, beginnt Agnes der Tür zuzustreben und Daniela mitzuzerren.
Gut, gehen wir, sagt Daniela, Du hast es aber eilig!
Daniela ist es, die es eilig hat, hier wegzukommen. Sie hat das Gefühl, jämmerlich versagt zu haben und sie wagt, ein-

mal im Freien, nicht mehr sich umzudrehen nach der Hütte, auf deren Schwelle die alte Frau steht und ihr nachschaut mit einem Blick, der nichts ausdrückt von dem, was Daniela erregt zu haben glaubt: nichts von Verachtung und Kälte, aber auch nichts von dem, was er enthalten könnte: nicht Wärme und nicht Mitleid. Es ist der Blick eines alten Vogels, den ein Leben der Gefahren gelehrt hat, die lockende Hand voll Futter gelassen zu übersehen.

Es hat wieder begonnen zu regnen, der Wind ist kalt, es wäre besser für Agnes, nach Hause zu gehen. Aber Danielas Versuchen sie heimzubringen, begegnet die Kleine mit unvermutetem Eigensinn. So läßt Daniela sie gewähren. Agnes geht sonderbare Wege, die gar keine sind, Daniela sieht es mit Mißtrauen: diese Wege sind nichts weiter als kleine feste Riedgrasinseln, zwischen denen das braune Wasser steht, kaum verlandet. Aber die Kleine führt sie stumm und sicher von Insel zu Insel, von Baracke zu Baracke. Daß Daniela nicht allein kommt, daß sie von einem Kind begleitet wird, das alle kennen, erleichtert ihr an diesem Tag die Arbeit beträchtlich. Sie stößt kaum auf Widerstand, und wenn sie auch keinen besonders freundlichen Empfang erlebt, so läßt man sie doch gewähren.

Schließlich wird es dunkel und sie bringt das kleine Mädchen nach Hause, ehe sie selbst den Weg ins ›Dorf‹ einschlägt. Es ist zu spät geworden, um Agnes' Mutter zu besuchen, aber Daniela verspricht, am nächsten Tag zu kommen.

Nun ist sie allein. Sie wäscht im Wasser eines Grabens ihre Hände, lang, doch vergeblich: der scharfe Geruch nach Insektenpulver haftet zäh, sie wird ihn immer in der Nase haben, ekelhaft. Nun: was tuts. Dafür hat sie auch mehr als dreißig Köpfe eingestaubt. Sie kann zufrieden sein mit dem, was sie erreicht hat an einem einzigen Nachmittag. Das Gefühl der Befriedigung hält nicht lange an. Sie weiß zu genau, daß nichts geschehen ist. Was hilfts, heute die Läuse zu vernichten, wenn diese struppigen Köpfe nicht Tag für Tag abgesucht werden, und wenn diese Hütten nicht sauberer werden, und wenn die Weiber selbst zu faul sind, um sich zu waschen, und wenn ...

Nicht genug der quälenden Gedanken. Warum sagt ihr eine hartnäckige Stimme, daß alles, was sie hier tun wird, vergeblich sein wird? Wie teuflisch geschickt ist hier das Wahre mit der Lüge gemischt worden zu einer Versuchung, die geeignet ist, Danielas Kraft abzuwürgen, ehe sie sich entfaltet hat.

Daniela geht an einem Graben entlang, der schnurgerade ins ›Dorf‹ zurückführt; sie braucht nicht auf den Weg zu achten, sie folgt dem schwarzen Wasserlauf, ohne die Augen zu erheben; Regen und Wind scheint sie nicht zu spüren, sonst würde sie schneller gehen. Kein Mensch ist da, ihr Mut zuzusprechen. Sie ist ganz allein, sie ist so sehr allein, daß sie beim Anblick der paar Lichter im ›Dorf‹ die größte Lust verspürt, jemand zu besuchen: Grete, oder die mürrische Wirtin, die ihr das Rad geliehen hat, oder vielleicht sogar den Pfarrer. Aber sie tut es nicht, sie gönnt sich keinen Trost, sie macht mit klammen Händen Feuer im kleinen Eisenofen und setzt sich an den Tisch, um Tee zu trinken und dabei zu überlegen, was sie am nächsten Tag tun wird: Agnes besuchen, zum Bürgermeister gehen, den heute eingestaubten Kindern die Haare waschen ... Der Kopf sinkt ihr auf den Tisch. Stunden später erwacht sie, nur eben soviel, um aufzustehen und bebend vor Kälte und Müdigkeit ins Bett zu kriechen.

Achtes Kapitel

Am nächsten Tag kommt ein Drittel ihrer Schulkinder mit brav eingebundenen Köpfen zur Schule. Daniela hat ein Handtuch mitgebracht, Seife und eine Bürste, und sie ist eben dabei, vor Schulbeginn die schmutzigsten Hände zu säubern, da geht die Tür auf und der Schulleiter erscheint. Sein Gesicht ist dunkelrot vor Zorn.
Ich habe mit Ihnen zu reden, sagt er, vermutlich wollte er schreien, aber seine Stimme ist heiser, er scheint sich bei der Nachtfahrt im Regen erkältet zu haben, er täte besser, zu schweigen.
Daniela folgt ihm auf den Flur. Er reißt die Tür zu seinem Schulzimmer so heftig auf, daß die Kinder zusammenfahren. Ein Hustenanfall hindert ihn daran zu sprechen. So muß er sich damit begnügen, in den Pausen zwischen den Anfällen ein stummes und erregtes Gebärdenspiel aufzuführen, das Daniela zunächst überhaupt nicht begreift. Er sticht mit dem Zeigefinger wie mit einem Messer hierhin und dorthin, während er, vom Hustenreiz geschüttelt, Daniela wütende Blicke zuwirft, bis sie endlich versteht: ihn ärgern die eingebundenen Köpfe seiner Schülerinnen, ihn ärgert dieser Übergriff auf sein Herrschaftsgebiet. Er ist voll Zorn über die Lehrerin, diese Person, die, kaum ist sie drei Tage am Ort, sich wichtig macht wo sie nur kann, und die nun vor ihm steht mit diesem Blick voller Erstaunen, diesem Unschuldsblick, der ihn zur äußersten Raserei bringen könnte, wäre ihm nicht irgend etwas beigemischt, das ihn entwaffnet. Was ist es? Die Spur von Angst, die dicht neben dem Trotz wohnt? Oder was sonst?

Das, was dahinter ist, von Angst und Trotz nur leicht übermalt: die Unbeirrbarkeit derer, die stark sind, ohne es zu wissen, und deren Stärke vielleicht in nichts anderem liegt als in dem Entschluß, sich nicht umzublicken auf dem Weg, den einzuschlagen irgend etwas ihnen befohlen hat, von dem sie nicht wissen, wohin er führt.
Danielas Blick läßt seinen Zorn verrauchen, ehe er sich voll entflammen konnte. Es bleibt nichts weiter zurück, als die mürrische heisere Frage: Was soll das?
Ach, die Tücher? Ich habe die Mädchen mit Läusepulver eingestaubt.
Sie sagt es mit freundlicher Sachlichkeit, die noch einmal seinen Zorn anfacht.
So, mit Läusepulver? Meine Schülerinnen! Und ohne mich zu fragen. Was gehen Sie meine Schülerinnen an?
Ja, sagt sie, eigentlich wollte ich auch nur meine Schulkinder behandeln, aber da fiel mir ein, daß das ganz unnütz wäre, wenn nicht auch die Geschwister ...
Der Schulleiter greift, schon auf dem Rückzug, nochmal zur Waffe. Er hat keine andere mehr als den Spott.
So, sagt er, und wenn Sie diesen Feldzug gegen die Läuse siegreich beendet haben, was kommt dann an die Reihe? Der gegen die Wasserscheu. Und dann der gegen die Unzucht. Sie werden bald sehr beliebt sein hier bei den Leuten. Da hat man uns also eine richtige Zuchtmeisterin geschickt, eine Zuchtrute, eine Bußgeißel ...
Seine Stimme erstickt in einem neuen Hustenanfall, der sein Gesicht und seinen Hals beängstigend anschwellen läßt. Daniela betrachtet ihn angewidert, dann, das röchelnde Geräusch in seiner Brust erschrocken wahrnehmend, sagt sie besorgt: Sie sollten sich ins Bett legen, Sie haben eine böse Erkältung. Sie müßten Lindenblütentee trinken, zwei Aspirin nehmen und einen warmen feuchten Brustwickel machen.
Von Husten geschüttelt, kann er nicht erwidern. Statt dessen hebt er die Hände in heftiger Abwehr gegen Daniela, fast schlägt er nach ihr. Noch immer röchelnd knallt er die Tür hinter sich zu.
Daniela kann sich schwer an seine Art gewöhnen, sie ist blaß geworden, aber schließlich geht sie, achselzuckend, in den Schulzimmer zurück. Sie würde sich nicht wundern, wenn sie am Nachmittag in den Baracken auf hartnäckigen Widerstand stoßen würde. Wie leicht konnte er, der hierher gehörte wie die Kiefern, die Krähen und die Torfstecher, die Leute gegen diese unwillkommene und unbequeme Fremde aufhetzen, oder er konnte den Mädchen verbieten mit Läusepulver auf dem Kopf zur Schule zu kommen. Aber warum eigentlich ist

er nicht froh darüber, daß sie ihm hilft? Ist es denn nicht angenehm für ihn, saubere Kinder zu haben? Vielleicht wäre es gut, wenn sie einmal lang und offen mit ihm sprechen würde. Es kann doch nicht sein, daß er ganz und gar verstockt ist und so sehr dem dumpfen Untergang verschworen, daß er sich absichtlich zum Widersacher macht. Es kann nicht sein, sie muß ihn überzeugen, sie muß versuchen, ihn zu gewinnen. Oder sie muß den Kampf gegen ihn beginnen. Warum sollte es ihr nicht gelingen zu erreichen, daß man diesen ganz unfähigen Schulleiter, diesen alten kranken Trunkenbold absetzt? Wenn an seine Stelle ein anderer käme, ein jüngerer, der wie sie ...
Plötzlich schämt sie sich dieses Gedankens, als hätte sie damit einen Verrat begangen. Sie wird nichts gegen ihn tun. Ihn zu ertragen gehört zu der Aufgabe, die man ihr zugeteilt hat. Alle Abneigung, die sie empfindet, geht plötzlich unter in einer Welle von Mitleid für diesen unglücklichen alten Mann, dessen keuchendes Husten sie durch die dünne Wand hören kann und der doch, kaum ist die Schule aus, sein Motorrad herausholt, um ›in die Stadt‹ zu fahren, trotz Erkältung und trotz Wind und Novemberregen. Es scheint fast, als suchte er mit Absicht sich zugrunde zu richten.
Der unaufhörliche Regen hat die Moorwege, auf denen Daniela am Nachmittag zu den Baracken geht, in Schlammgräben verwandelt. Kein Mensch begegnet ihr. Es ist töricht, an einem solchen Tag aus dem Haus zu gehen. Eilt es denn so? Was ist verloren, wenn sie heute nicht kommt und morgen nicht, und überhaupt nicht ... Kein Mensch hat sie gerufen, keiner braucht sie, es geht auch ohne sie. Vielleicht ist es gar nicht gut, diese Art von Leben zu stören. Wenn sie es recht bedenkt: welcher Hochmut, zu glauben, daß diesen Leuten hier etwas von dem nottut, was ihr, der Städterin, verwöhnt wie sie ist, unentbehrlich scheint! Laß ihnen doch ihre Läuse und ihren Schmutz und ihre Ehebrüche und dieses ganze dumpfe, zähe Dasein. Eine flüchtige Einsicht ist ihr gegönnt in den unbegreiflichen, den dunklen, gärenden Reichtum des Lebens.
Dies ist die feinste und gefährlichste Art der Versuchung. Daniela wird in diese Falle gehen, gleich wird sie denken, daß der Schulleiter recht hat, wenn er voller Hohn, mit der bittern Weisheit des Vielerfahrenen, sagen wird: Sie Weltverbesserin.
Aber in diesem Augenblick taucht unvermutet die erste Baracke hinter einem Erlengebüsch auf. Wie diese Baracken daliegen! Wie drauf und dran, im Moor zu versinken, gekenterte Schiffe, verfault und verloren. Doch hier wohnt Agnes, sie

steht am Fenster, das blasse dicke Gesicht an die Scheibe gedrückt. Kaum hat sie Daniela, die aus dem Gebüsch kommt, erblickt, stürzt sie aus der Hütte. Sie ist barfuß und ihre Füße versinken im braunen Schlamm.
Aber Agnes, geh ins Haus, du wirst Dich erkälten, ohne Mantel und ohne Schuhe!
Doch die Kleine hört nicht, was sie sagt. In ihrer stummen, übertriebenen Freude gleicht sie einem leidenschaftlichen Hund. Daniela kann diese Art von Liebe kaum ertragen.
In der Hütte ist es auffallend sauber. Es ist alles für den Empfang vorbereitet. Freilich ist es nicht schwer, hier Ordnung zu halten, wenn nur ein Kind da ist, ein einziges statt acht, zehn oder zwölf wie in den andern Baracken, und wenn keine Hühner auf dem Herdrand hocken, weil die Leute zu arm sind, um Hühner zu haben.
Agnes' Mutter sieht so alt aus, daß Daniela sie für die Großmutter hält. Eine magere, krumme, grauhaarige Frau mit stumpfen Augen. Es fällt ihr schwer, zu reden, die Verlegenheit läßt sie stottern, vielleicht hat sie auch wirklich einen Sprachfehler, es ist sehr mühsam, irgend etwas von ihr zu erfahren. So gleicht das Gespräch, das sie führen, während Daniela die Kleine kämmt und pudert, mehr einem quälenden Verhör.
Wo ist denn Ihr Mann?
Fort. In der Stadt.
Für längere Zeit?
Ja, für ... für fünf Jahre.
Daniela blick erstaunt auf. Welches Geschäft hält jemand für fünf Jahre in der Stadt zurück? Aber sie fragt lieber etwas anderes: Und Sie leben ganz allein mit der Kleinen?
Ja, ganz allein.
Aber wovon denn?
Ich arbeite im Torfstich.
Und im Winter? Jetzt?
Die Frau zuckt die Achseln. Im Winter hat kein Torfstecher Arbeit, und im Torfwerk selbst, an den Maschinen, mit denen sie Preßtorf machen, da stellen sie nur junge Leute an.
Und Sie haben nur das eine Kind?
Nein, noch einen Sohn.
Und wo ist der?
Auch in der Stadt. Für drei Jahre.
Die Frau sagt es so nüchtern, so unbeteiligt, daß Daniela jetzt wagt zu fragen: Wegen der gleichen Sache?
Die Frau nickt.
Und — aber Sie brauchen mir nichts zu sagen, nur wenn Sie wollen ... Sie können es mir ein andermal erzählen.

Daniela bricht das Gespräch mit einem Blick auf die Kleine ab. Die Frau hat diesen Blick aufgefangen, sie sagt gleichgültig: Ach die, die weiß alles.
Daniela aber will nichts mehr hören, sie bemüht sich von etwas anderem zu sprechen, doch es ist schwierig. Wovon spricht man mit einer Frau, die noch zwei Jahre auf den Sohn und noch vier oder auf den Mann zu warten hat, und die, wie Daniela später erfahren wird, nicht weiß, ob sie überhaupt wünschen soll, die beiden wiederzusehen.
Die Kleine ist so enttäuscht darüber, als Daniela ihr verbietet, bei diesem Wetter mitzugehen, daß sie in Tränen ausbricht. Schließlich darf sie doch mitgehen, Holzpantoffeln an den Füßen und einen groben Sack wie eine Mönchskutte über den eingebundenen Kopf und das armselige Mäntelchen gelegt. Daniela hat sich viel vorgenommen für diesen Tag. Sie muß den Kindern, denen sie tags zuvor Läusepulver auf den Kopf gestreut hat, die Haare waschen, dann muß sie die übrigen einstauben, sie wird nicht vor Einbruch der Nacht damit fertig sein. Das Haarwaschen stößt auf unerwartete und lächerliche Hindernisse: bald ist kein warmes Wasser da, bald ist in dem einzigen Schaff Wäsche eingeweicht, bald sträubt sich eine Mutter in der Angst, die Kinder könnten sich erkälten. Die gleichen Mütter, die ihre Kinder im Novemberregen ohne Schirm und ohne Mantel und Mütze zur Schule schicken und in den eisigsten Winternächten zum Holzstehlen, einen alten Kartoffelsack um die Schultern. Aber Daniela zeigt eine ruhige, freundliche Hartnäckigkeit, der schwer zu widerstehen ist. Alles in allem genommen ist dieser Tag ein voller Erfolg. In drei Häusern nur ist Daniela mit Schimpfreden und Hohn überschüttet worden, aber sogar dort hat sie schließlich gesiegt.
Es ist fast dunkel, doch es regnet nicht mehr. Hinter den Wolken irgendwo steigt der Mond auf, Vollmond vielleicht, denn langsam wird es heller, die eben dahingegangene Dämmerung kehrt überraschend noch einmal zurück, das Wasser in den Gräben und Pfützen beginnt von neuem schwach zu schimmern, die Erlen und Birken am Grabenrand treten feucht und sanft hervor. Die Stunde ist geeignet, eine Ahnung von der sehr spröden Schönheit dieser Landschaft zu erwecken, aber Daniela sieht nichts. Von der heißen, weichen, eigensinnigen Hand der Kleinen geführt, geht sie dahin, die Augen auf den kaum gangbaren Schlammweg gerichtet, kaum mehr fähig, die kleinen Umwege zu machen, zu denen die tiefsten Pfützen sie zwingen. Agnes aber, die den ganzen Nachmittag wie tags zuvor kaum fünf Worte gesagt hat, wird plötzlich gesprächig. Daniela, gedankenlos vor Erschöpfung, hört kaum das

hastige Geplauder der Kleinen. Aber schließlich wird sie doch aufmerksam. Was für eine abscheuliche Geschichte erzählt dieses Kind? ›Die weiß alles‹, hatte die Mutter gesagt. Es scheint so, aber weiß sie wirklich, was sie erzählt?
Den Anfang der Geschichte hat Daniela überhört. Überflüssig, ihn zu erfahren. Es genügt ihr, die Geschichte von dem Augenblick an zu kennen, in dem die Mutter der Kleinen zu ihrem Mann zu sagen wagt, er sei ein Schnallentreiber.
Was ist das? Daniela fragt danach, aber die Kleine weiß es auch nicht genau, oder sie ist verlegen über die Unwissenheit des Fräuleins, jedenfalls antwortet sie nicht.
Und dann?
Und dann hat sie noch gesagt: Du bist ein alter Hund, der schon krumm ist und lahm, und Du sollst Dich schämen. Da ist der Vater zornig geworden und hat gesagt: ich werd es Euch schon zeigen, wie krumm und lahm ich bin, und ich tu was ich will und ich krieg was ich will.
Daniela ist nicht sicher, ob die Kleine weiß, worum es ging, darum fragt sie: Was wollte er denn haben?
Die Antwort läßt keinen Zweifel darüber, daß sie wirklich ›alles weiß‹. Sie ist zehn Jahre alt, sie war neun, als sie dies alles beobachtete. Ein Jahr lang hat sie ihr Wissen in sich verschlossen. Wer weiß, wieviel in diesem Jahr sich in ihrem kindlichen Gedächtnis verändert hat. Daniela ist nicht sicher, ob sich alles tatsächlich so abgespielt hat, wie Agnes es erzählt. Es scheint nicht ganz glaubhaft. Um so schlimmer für das Kind, wenn seine Phantasie die Wirklichkeit übertrumpft.
Der Vater wollte abends fortgehen, und da hat es immer Krach gegeben, weil er doch verheiratet ist und weil die Mutter gesagt hat, er soll sich schämen. Aber er ist doch fortgegangen, wenn die Mutter geschlafen hat. Aber eigentlich war die Grete, zu der er gegangen ist, die Braut von meinem großen Bruder, der war fort auf Saisonarbeit.
Agnes, sagt Daniela, Du solltest lieber auf die Pfützen achten, Du gehst einfach mitten durch. Und überhaupt: red nicht soviel, der Wind steht gegen uns.
Ja, antwortet die Kleine und schweigt gehorsam zwei, drei Minuten lang. Aber ihr Bedürfnis, diese Geschichte zu Ende zu erzählen, ist grenzenlos und durch nichts mehr einzudämmen, nicht einmal durch Danielas Bemerkung, daß sie von alledem nichts wissen will. Aber — ein seltsames Zugeständnis an Danielas Ablehnung — von jetzt an flüstert Agnes nur mehr. Ein gleichmäßiges pausenloses Geflüster, als bete jemand eine Litanei herunter.
Und dann ist mein Bruder heimgekommen von der Saisonarbeit, und wie der Vater nachts wieder aufgestanden ist, da

ist mein Bruder auch aufgewacht und hat gefragt: Wohin gehst denn Du um Mitternacht? Da hat sich der Vater ganz still wieder hingelegt. Und wie er gemeint hat, daß wir alle schlafen, da ist er wieder aufgestanden. Aber mein Bruder und ich, wir haben nicht geschlafen. Und immer, wenn der Vater aufgestanden ist, haben wir uns einfach aufgesetzt, gesagt haben wir nichts. Aber einmal ist es dem Vater zu dumm geworden und er ist zur Tür hinaus. Aber wie er noch nicht draußen ist, da sagt mein Bruder: Du bist zu spät dran, Alter, ich war schon dort und ich weiß alles, das ist jetzt aus, jetzt bin ich wieder da, und überhaupt, Du bist zu alt und wenn Du nochmal hingehst, dann bring ich Dich um. Da hat der Vater gelacht und gesagt: Wetten wir, daß sie mich nimmt und nicht Dich? Da haben sie gewettet um zehn Flaschen Bier, und dann sind sie beide fortgegangen und ich hinterher, und sie sind alle zwei zur Grete gegangen, und wie sie hinkommen, da war wer andrer drin, und den haben sie totgeschlagen. Das ist dann aufgekommen, weil sie daheim immer gestritten haben: Du warst es, nein Du.
Aber, so fügt sie plötzlich laut und hochdeutsch hinzu, das war nur Notwehr, was sie getan haben.
Ach was, sagt Daniela, ärgerlich und verwirrt, sie haben ihn sicher nicht totgeschlagen, sie haben ihn wahrscheinlich nur verprügelt.
Nein, nein, ruft die Kleine, und, erschreckt über ihre eigne laute Stimme, fährt sie flüsternd fort: Der war tot, ich hab doch alles gehört, wie die Gendarmen gekommen sind und alle ausgefragt haben, und mich haben sie nachher auch ausgefragt, ich hab aber einfach nichts gesagt. Und dann sind sie von den Gendarmen fortgeführt worden.
Nach einer kurzen Pause fügt sie laut hinzu: Aber die brauchen gar nicht mehr wiederzukommen, die.
Daniela zieht das Kind an sich... Mein Gott, ein Kind von zehn Jahren. Ein Kind. Wie war denn sie selbst gewesen mit zehn Jahren, was wußte sie? Ein Kommunionkind in einem wunderschönen weißen Kleid, mit einem Orangenblütenkranz im Haar, eine duftende Wachskerze und ein weißledernes Gebetbuch in Händen, und so fromm, ein reines Kind. Aber was ist das: ein ›reines‹ Kind. Sah es je etwas Böses? Das Leben war gut, die Menschen, die es kannte, taten einander Gutes, und von dem Bösen, das irgendwo geschehen mochte, sprach man nicht. Und das da hier... Der Nebenmensch, in der Baracke geboren, geboren unter dem schlechtesten Stern, verurteilt dazu, beim ersten Augenaufschlag die Häßlichkeit zu sehen und die Trübsal, um nie mehr etwas anderes zu sehen als dies. Welch himmel-

schreiendes Unrecht. Himmelschreiend? Was für ein sonderbares Wort, wenn man bedenkt, daß es doch eben dieser Himmel ist, der das Unrecht verhängt. Was nützt es da zu ihm zu schreien. Er hat die Armut hierhergeworfen, da liegt sie nun, so schwer, und so schmutzig.
Agnes hat etwas gesagt, gerufen sogar, Daniela hat nicht gehört.
Da drüben, wiederholt die Kleine und deutet auf ein Licht, das sich langsam über das Moor bewegt. Eine Laterne, getragen von einem Schatten und gefolgt von einem Schatten.
Der Pfarrer, erklärt sie, und der Mesner.
Woher weißt Du das, Du kannst es doch nicht sehen.
Die Laterne, das ist dem Mesner seine, und ich weiß, wohin sie gehen. Da ist wer krank in der Kaltenbacher Siedlung.
Die Kleine blickt zu ihr auf. Daniela hält diese Augen fest, sie will sehen, wie deutlich sie verraten, was sie gesehen haben. Es muß doch alles aufbewahrt sein, Bild über Bild, scharf eingeätzt und nicht mehr zu verwischen. Man sieht bis auf den Grund dieser Augen: nichts von Verdorbenheit. Woran sind sie abgeprallt, die plumpen Pfeile? Sind diese Kinder beschützt?
Es wäre über die Maßen tröstlich, dies zu glauben, aber es kann nicht wahr sein. Irgendwo in diesem Kind, Daniela fühlt es, wohnt die Traurigkeit derer, die zu früh wissen, und irgendwo arbeitet dieses frühe traurige Wissen, lichtlos und unaufhaltsam wie der Wurm im Holz.
Eine furchtbare Last fällt auf Daniela: *das* ist es, was hier geändert werden muß! Was sind Läuse, was ist der Schmutz, was ist die Armut? Aber dieses Verlorensein ans Trübe schon in der Kinderzeit! Dagegen anzukämpfen —. Aber das ist unmöglich, unmöglich.
Die Last wird immer schwerer: Wenn es unmöglich ist, welchen Sinn hat dann ihr Hiersein? Warum hat sie alles verlassen, was ihr zugehörte, wenn sie hier nutzlos ist?
Sie schaut dem Licht nach, das sich über das Moor hin entfernt, langsam, unaufhaltsam. Der da, der Pfarrer — denkt er dasselbe wie sie? Das, was unmöglich ist, das gerade ist seine Aufgabe. Weiß er, daß es unmöglich ist? Wenn er es nicht weiß, wie dumm muß er sein. Aber wenn er es weiß, und wenn er hier bleibt und es versucht, Tag für Tag, was ist er dann?
Sie fühlt plötzlich das brennende Verlangen, mit ihm zu reden. Ohne es zu merken, geht sie schneller und schneller, bis sie die Kleine neben sich keuchen hört.
Wo ist denn die Kaltenbacher Siedlung?
Eine Viertelstunde von uns daheim, antwortet die Kleine,

atemlos und eifrig, soll ich Sie hinführen, Fräulein? Ich weiß den Weg. Man muß ihn wissen, man kann sich verlaufen.
Nein, nein, Agnes, wir gehen jetzt beide nach Hause, wir sind todmüde, Du bist gleich daheim, ist das dort nicht Euer Haus?
Daniela atmet auf, als sie endlich allein ist, befreit aus dieser rührend hartnäckigen, dieser zudringlich liebenden Umklammerung. Der Weg ins ›Dorf‹ führt nicht über die Kaltenbacher Siedlung, es ist ein beträchtlicher Umweg, und es ist immerhin später Abend, wenn auch nicht völlig dunkel. Ein fremder Weg, sumpfig und leicht zu verfehlen, wie Agnes gesagt hat. Daniela geht ihn sorglos, aber es ist nicht die Sorglosigkeit der Ruhigen und Sicheren, derer, die nach Hause gehen, es ist eine verzweifelte gleichgültige Sorglosigkeit.
Nun ist auch noch das Licht verschwunden, dem sie gefolgt ist. Auch sonst ist kein Licht mehr zu sehen. Die Siedlung scheint hinter einem Gehölz zu liegen, oder Daniela hat eine falsche Richtung eingeschlagen, sie weiß nicht mehr, wo sie ist, aber sie geht und geht. Hin und wieder schiebt sie einen Brocken Brot in den Mund, vor dem Fortgehen eilig in die Manteltasche gestopft und zerkrümelt und ein wenig feucht geworden. Sie geht so unachtsam, daß sie fast bei jedem Schritt in Pfützen gerät. Ihre Schuhe sind längst durchweicht, sie fühlt die nasse Kälte langsam höhersteigen, aber sie geht weiter auf diesem Weg, der nicht ins ›Dorf‹ zurückführt. Was für ein blinder Eigensinn. Wofür das alles — nur um endlich hinter einem der sechs oder sieben finstern Erlengehölze, die sie durchquert hat, diese Siedlung auftauchen zu sehen, eine neuere Siedlung, soviel man sehen kann, aber um nichts weniger häßlich. Die Wände aus viel zu frischen Brettern, an der Wetterseite schwarz geteert, die Dächer aus Wellblech, alle ganz gleich, völlig gleich, und rechts und links der Straße lieblos aufgestellt. Aber elektrisches Licht ist da und irgendwo ein Radio, sehr laute Musik, so laut, daß sie nur lauter Lärm ist. An manchen Fenstern sind Vorhänge, an den meisten nicht, Daniela kann mühelos sehen, was sich im Innern der Baracken begibt. Aber sie will es nicht sehen, sie kennt es bereits, es ist überall dasselbe. Und doch geht sie von Fenster zu Fenster, leise wie ein Dieb, voller Angst, ertappt zu werden und voll von einer Scham, die sie nicht versteht. Zum Glück gibt es keine Hunde hier, die anschlagen könnten, und der Boden ist weich genug, um ihre Schritte lautlos zu machen. Fast am Ende der Siedlung findet sie, was sie gesucht hat: und wie heftig sie gesucht hat, merkt sie erst jetzt, da sie, von einem tiefen Schrecken gelähmt, sich plötzlich nicht mehr zu bewegen vermag. Selbst ihr Herz setzt aus, und als es endlich wieder zu schlagen beginnt, schlägt es so heftig und bis in den

Hals hinauf, daß sie glaubt, ersticken zu müssen. Welcher Aufruhr, entfacht durch den Anblick einer Sterbeszene! Es ist weiter nichts zu sehen hinter diesem nackten Fenster, als ein Bett mit einer Frau, die noch sehr jung ist, aber verloren, schon ist ihre Nase spitz und gelb, die Lippen sind violett, zwei lange schwarze Zöpfe liegen auf den Kissen, sorgfältig geflochten und dünn wie Peitschenschnüre. Aber die Augen. Sie sind weit offen und auf etwas gerichtet, unbeweglich. Was für ein Blick! Er vermag nicht loszulassen was er sieht, er ist gehalten, mit unheimlicher Kraft gehalten durch etwas, das ihm gegenübersteht, Aug in Aug, so furchtbar stark gehalten, daß die ganze Gestalt in all ihrer Schwäche an ihm aufgerichtet scheint.

Daniela sieht nichts vom Pfarrer als seinen Rücken, der sich gespannt der Sterbenden entgegenneigt. Nichts sonst. Was gäbe sie darum, jetzt sein Gesicht zu sehen, die Augen, denen die Sterbende sich anvertraut hat, mit den Füßen schon auf der Fähre, die sie gleich, gleich hinwegtragen wird. Augen, die stark genug sind, die Schrecken der Überfahrt zu bannen ... Wenn diese Augen kraftlos würden, wenn sie die Sterbende auch nur für eine Sekunde entließen — die Schrecken würden sich unverzüglich auf sie stürzen, sie wissen es beide, die Frau und der Pfarrer, sie halten einander fest, solange es geht.

Wenn Daniela ans andere Fenster ginge, so könnte sie vielleicht seine Augen sehen. Aber wie sollte sie an dieses andere Fenster gelangen. Sie kann sich nicht bewegen. Wie lang diese Szene dauert ...

Die beiden sind allein im Zimmer, aber die Tür zur Küche ist offen, und dort steht eine Gruppe von Menschen, ein unbeweglicher dunkler Klumpen. Auf der Schwelle kniet der Mesner, ein alter Mann, er betet vor, die andern antworten. Man kann nicht verstehen, was sie beten, es klingt wie das Summen eines Bienenschwarmes, an- und abschwellend. Daniela hat nur für kurze Zeit ihren Blick über diese Menschen schweifen lassen. Da er wieder zurückkehrt, ist der letzte Augenblick versäumt. Die Frau ist tot. Der Pfarrer hebt seine Hand, um ihr die Augen zuzudrücken. Wie sanft er es tut, wie sanft. Die Betenden scheinen es nicht zu bemerken. Sie haben zu lang darauf gewartet, sie sind müde. Erst als der Pfarrer in die Knie sinkt und das Totengebete beginnt, begreifen sie. Sie heben die Köpfe, sie bewegen sich plötzlich, alle gleichzeitig, als hätte jemand unhörbar das Kommando dazu gegeben. Niemand weint. Es sieht so aus, als wären sie froh, daß dies alles endlich vorüber ist. Kaum hat sich der Pfarrer von den Knien erhoben, beginnen sie laut zu reden und alles

mögliche zu tun: das Feuer wird neu geschürt, Wasser aufgesetzt, Tassen werden auf den Tisch gestellt und Schnapsgläser ... Sie werden sich entschädigen für die peinliche Feierlichkeit, der sie in der vergangenen Stunde ausgesetzt waren. Sie leben. Die Tür zu der Toten wird geschlossen. Arme Tote, schon vergessen. Daniela muß befürchten, daß gleich irgend jemand das Haus verläßt und sie entdeckt, so wie sie da kauert, das Kinn auf den Brettervorsprung unter dem Fenster gelegt, die Stirn gegen den Fensterrahmen gepreßt, im Schatten einer Regenrinne. Leise löst sie sich von ihrem Posten und wartet im Dunkeln. Jetzt braucht sie sich nicht mehr vor dem Heimweg zu fürchten, sie wird einen Führer haben, die Laterne wird ihr vorangehen.
An dem Lärm, der plötzlich aus dem Haus fällt, merkt sie, daß man die Tür geöffnet hat. Gleich darauf wird sie wieder geschlossen. Zwei dunkle Gestalten verlassen nacheinander die Baracke. Für einige Augenblicke flammt Licht auf, erst ein Streichholz, dann die Kerze in der Sturmlaterne, aber jemand sagt: Lösch aus, wir können die Kerze sparen, es ist hell genug. Sie erkennt die Stimme sofort.
Das Licht wird ohne Widerrede gelöscht. Wenn Daniela die beiden nicht aus den Augen verlieren will, so muß sie dicht hinter ihnen gehen. Ihre Schritte machen nicht mehr Geräusch als die einer Katze. Aber wenn sich einer der beiden umwendet? Was wird sie sagen?
Die blasse Helligkeit des verborgenen Mondes wird schwächer und schwächer. Man sieht kaum zehn, kaum sieben Schritte weit. Es gibt manche Wegkreuzungen hier. Wenn die beiden vor ihr plötzlich vom Weg abbiegen, sie wird es nicht merken, oder zu spät. Der Laut ihrer Tritte wird nichts verraten, er ist kaum zu hören. Was für lächerliche Bedenken halten Daniela ab, sich einfach den beiden anzuschließen, ein paar Worte mit ihnen zu wechseln und stumm zu folgen?
Die Finsternis kommt ihr zu Hilfe und entscheidet für sie. Danielas Kehle ist rauh, wie ausgedörrt, als sie endlich ruft: Hallo, gehts da ins Dorf?
Die beiden Schatten bleiben stehen, und die tiefe Stimme, die sie so gut kennt, antwortet: Ja; wer ist denn da?
Daniela erstickt fast an ihrer Antwort. Ich bins, die Lehrerin, ich habe mich verirrt. Gehen Sie zufällig ins Dorf?
Wieder diese Stimme: Kommen Sie, Vorsicht, da ist der Graben. Sie können mit uns gehen, ich bin der Pfarrer, wir kommen von einem Versehgang.
Vielleicht streckt er ihr im Dunkeln die Hand entgegen, sie sieht es nicht, sie verwünscht ihren Einfall, sie weiß nicht, was sie mit dem Pfarrer reden soll, aber sie fürchtet sich davor,

schweigend neben ihm zu gehen. Es hilft ihr nichts, daß sie es
so einrichtet, zwischen ihm und dem Mesner zu gehen. Auch
dies ist unerträglich, ihn im Rücken zu spüren. Dieser stumme
Gang, nimmt er kein Ende?
Der Pfarrer murmelt leise vor sich hin, er betet lateinisch,
wahrscheinlich betet er für die Tote. Wie sanft er ihr die Augen zugedrückt hat. So ... Daniela ahmt im Dunkeln die
Bewegung nach.
Und nun begleitet er sie noch auf ihrer Fahrt. Wie deutlich
Daniela fühlt, daß er bei ihr ist. So ist sie also nicht allein,
diese junge Tote, die keiner sonst beweint und die man gar
nicht schnell genug vergessen konnte.
Aber warum ist er bei der Toten, wenn vor ihm eine Lebende
geht, die ihn braucht?
Daniela bleibt stehen vor Verwunderung darüber, daß sie
so etwas denkt. Sie braucht ihn doch nicht. Wozu auch. Solche
Gedanken, geboren aus dem Anblick einer Toten. Daniela ist
nicht ehrlich zu sich selber, wenn sie ihre Verwirrung dem Tod
zuschreibt und der Toten. Aber es ist zu früh für sie, zu begreifen. Sie fühlt nur, daß diese unerträglich dichte Stille
zerbrochen werden muß. Darum dreht sie sich um und fragt:
War es ist ein junger Mensch, der starb?
Der Pfarrer unterbricht sofort sein Gebet. Ja, sagt er, ein
Mädchen.
Seine Stimme klingt erschreckend rauh, fast grob, dann löst
sie sich auf in einen Seufzer, einen unruhigen Hauch. Ein
merkwürdiger Laut, der einen frischen, noch nicht zu verhaltenden Schmerz verrät. Wären Danielas Ohren nicht so
empfindlich für solche Laute, sie hätte ihn nicht gehört. Er
läßt sie ganz und gar verstummen. Der Pfarrer nimmt sein
Gebet wieder auf, er wird es nicht mehr unterbrechen, bis sie
das ›Dorf‹ erreicht haben. Daniela atmet erlöst auf. Sie hört
den Wind in den Kiefern, und der verhaßte Laut ist ihr
jetzt willkommen. Da ist das Industriegeleis und da der Holzsteg über den Graben, und dort das Licht aus Gretes Fenster.
Was hindert sie daran, sich jetzt rasch zu verabschieden?
Bliebe der Pfarrer stehen an der Böschung, an der sich die
Wege trennen, der zur Kirche und der zu ihrem Haus,
dann ... Aber er geht einfach weiter, er denkt nicht daran,
daß sie hier abbiegen muß, er hat ihre Gegenwart vergessen.
Wenn wenigstens der Mesner stehen bliebe. Aber auch er
denkt nicht daran. So geht sie zwischen beiden, eine stumme
Gefangene, mit ihnen in die Kirche. Sie bleibt im dunklen
Kirchenschiff stehen, neben dem Pfarrer, vom roten Schein
des ›Ewigen Lichts‹ getroffen wie er, und wartet, bis der Mesner den elektrischen Schalter neben der Sakristeitür findet.

Eine schwache Birne glüht auf, nur eben hell genug, daß der Pfarrer die Altarstufen sehen kann und den Tabernakel, um das, was er auf der Brust unter dem regennassen Mantel und unterm Chorrock getragen hat, dorthin zurückzustellen: den Beutel, der die Hostie enthielt, die er der Kranken brachte. Dann schaltet der Mesner das Licht aus und geht schlurfend davon. Ehe Daniela sich entschließen konnte zu folgen, fällt die Türe ins Schloß. Der Pfarrer kniet auf den Altarstufen, fast liegt er dort, der Kopf verschwindet hinter dem breiten schwarzen Rücken, der sich zu krümmen scheint, die Ellbogen stehen in scharfem Winkel von diesem Rücken ab, die Hände sind vor die Augen oder um die Stirn gelegt. Was für eine Haltung... Daniela versucht wegzuschauen. Sicher glaubt er sich allein, er hat vergessen, daß sie noch da ist, sonst würde er nicht so daliegen. So nicht. Wie er sich demütigt!
Sie beginnt zu frieren, ihre Füße sind naß, sie verwünscht ihr Hiersein und den ganzen Abend, diesen verhexten Abend, von dem sie nicht begreift, was er sie angeht. Und dieser Mensch da auf den Altarstufen, was geht er sie an, was kümmert er sie, da er sich doch um sie auch nicht kümmert.
Mit einer zornigen Bewegung ihres Kopfes glaubt sie dem Netz zu entschlüpfen, in das sie geraten ist. Schon schickt sie sich an, die Kirche zu verlassen und diesen Pfarrer, mag er auf den Knien liegen solang er will, da steht er auf, langsam, wie wenn ein Hügel sich erheben würde, noch einmal sinkt er zusammen, eine Kniebeuge tief bis zum Boden. Daniela hört das harte Aufstoßen seines Knies auf dem Steinpflaster, dann wendet er sich um. Er ist keineswegs überrascht, Daniela hier zu finden. Es scheint fast, als habe er nichts anderes erwartet. Kommen Sie, sagt er ruhig, ich muß die Kirche abschließen.
Sie geht an ihm vorbei hinaus und wartet auf dem Friedhof, bis er den schweren Schlüssel zweimal im Schloß umgedreht und abgezogen hat.
Kalt, sagt er schaudernd, kalt und so naß.
Eine kleine Pause. Daniela fühlt, daß er noch etwas sagen wird, etwas, das ihr verbietet, eine geläufige Art von Unterhaltung zu beginnen. Er zögert, es fällt ihm offenbar schwer, das zu sagen, was er sagen will, und schließlich fragt er stockend: Wollen Sie mit mir kommen? Mein Zimmer ist warm, ich habe, ehe ich fortging, gut geschürt. Sie haben es sicher kalt.
Das hat Daniela nicht erwartet, das ganz und gar nicht. Und nicht diese Stimme, verändert, fast flehend. Wie gut, daß die tiefe Finsternis die plötzliche Blässe ihres Gesichts verbirgt. Ein freundliches Angebot, das fähig ist, Schrecken einzuflößen...

Ja, danke, antwortet sie; ich friere wirklich sehr, aber ist es nicht zu spät?
Sie meinen für mich? Ach, ich schlafe nie vor Mitternacht.
Er geht ihr voran den Weg, den sie schon einmal zusammen gingen: über das Industriegeleis über den Holzsteg, die Böschung hinauf, und diesmal gehen sie zusammen weiter.
Daniela friert jetzt so, daß sie nichts anderes mehr denkt und wünscht, als möglichst rasch in die Wärme eines Zimmers zu kommen, ganz gleich wessen Zimmer es ist. So nimmt sie zunächst auch nichts anderes wahr in diesem Zimmer als die Wärme. Der Pfarrer bietet ihr einen Stuhl an, es ist ein harter Stuhl, Kissen scheint es hier nicht zu geben. Der einzige Luxus hier ist die Wärme. Man erstickt fast in ihr, aber das ist gut so für den Augenblick. Jetzt noch eine Tasse Tee zu haben ...
Sie sieht den Pfarrer hantieren, er findet irgendwo eine Kanne, er gießt Wasser auf, das kochend auf dem eisernen Ofen steht, und bald zieht der Geruch nach Lindenblüte durchs Zimmer. Der Geruch, der Daniela an Krankheit erinnert und an die Kinderzeit. Ein sehr beruhigender Duft. Aber warum macht er das selbst, hat er keine Haushälterin? Jeder Pfarrer hat doch eine Haushälterin, die für ihn sorgt. Wer sorgt für diesen da? Sie fragt ihn. Die Frage setzt ihn in Verlegenheit. Ach, das, das mache ich alles selbst, antwortet er leichthin.
Auch kochen? Und kehren und das alles?
Er ist nicht gesonnen, auf dieses Thema einzugehen, er schneidet es sanft aber unwiderruflich ab mit der Bemerkung, daß es nicht viel zu tun gebe in einem so kleinen Raum.
Seine Hand, die den Tee eingießt, zittert derart, daß der Deckel der Kanne klappert. Friert er noch immer? Diese Hand war es, die die Augen der Toten geschlossen hat. Mit dieser Hand schneidet er nun Brot. Die Stücke liegen auf der nackten Tischplatte zwischen Büchern und Zeitschriften. Irgendwo findet sich auch ein Glas Honig. Das ist alles, was er seinem Gast bieten kann. Er entschuldigt sich, daß es so wenig ist, aber Daniela fühlt, wie weit weg seine Gedanken sind und wie gleichgültig es ihm ist, was auf dem Tisch steht und was er anzubieten hat. Er ißt und trinkt wie im Schlaf, stumm und ohne Daniela anzusehen. Ein seltsamer Gastgeber.
Sie wagt nicht zu sprechen. Ihr Hals beginnt sich langsam zuzuschnüren, sie vermag keinen Bissen mehr zu essen. Wozu hat er sie mitgenommen? Unter halbgeschlossenen Lidern sieht sie ihn an. Sein schwarzes Haar, noch feucht vom Regen, klebt wirr an seinen Schläfen und der Stirn, es gibt ihm etwas Verwildertes, Aufgelöstes. Und dieses unaufhörliche Zucken seiner Wangen. Es ist kaum mit anzusehen.

Daniela nimmt ihren Blick vorsichtig von ihm weg und läßt ihn durchs Zimmer wandern. Da ist wenig zu sehen. Ein kleines Regal mit Büchern. So wenige Bücher hat ein Pfarrer? Seltsam. Sie hatte die Vorstellung, daß die Studierstube eines Pfarrers voller Bücher sein müßte. Auch ein Betschemel vor einem sehr großen Kruzifix müßte hier sein. Nichts dergleichen. Wahrhaftig nichts weiter als dieses lächerlich kleine Bücherregal, nicht einmal voll, der Tisch, an dem sie sitzen, drei Stühle, äußerst unbequem, nichts weiter. An der Wand ein kleines schwarzes Kreuz in der Art, wie man sie Sterbenden in die Hand gibt. Die junge Tote, von der sie eben kommen, hatte nichts in der Hand. Warum gab man ihr nichts in die Hand? ... Schon wieder gehen Danielas Gedanken zu ihr. Sie fragt sich, ob der Pfarrer noch immer bei ihr ist. Hat sie die finstere Überfahrt noch nicht hinter sich? Braucht sie ihn immer noch? Ruft sie nach ihm? Und hört sie ihn von so weither?
Ihr Blick kehrt zu dem Gesicht des Pfarrers zurück. Ist dies dasselbe Gesicht wie jenes, das er bei der Messe trug oder damals bei dem Gespräch mit dem Schulleiter? Wie blaß er ist. Diese Art von Blässe ist erschreckend. Daniela befühlt ihr eigenes Gesicht. Es ist heiß, es glüht fast, so nah sitzen sie am Ofen. Es muß ganz rot sein. Aber das seine ... Vielleicht ist er krank? Nach und nach sammeln sich kleine Schweißperlen auf seiner Stirn, kalter Schweiß sicherlich. Er scheint zu Tod erschöpft. Mein Gott, was martert ihn? Kann sie, Daniela, ihm nicht helfen? Warum löst sie diesen harten Krampf nicht, indem sie irgend etwas sagt? Gleich wird sie es wagen zu sprechen, irgend etwas, vielleicht nur: Bitte, kann ich noch eine Tasse Tee haben? Oder: wie spät ist es eigentlich?
Ihr Mund beginnt Worte ohne Laut zu formen; aber sie fragt nicht nach der Zeit oder nach Tee. Sprechen Sie doch, fleht sie unhörbar, sagen Sie mir, was Sie so furchtbar quält, daß Sie mich, eine Fremde, mitgenommen haben, um nicht allein zu sein an diesem Abend.
Ein unbeschreibliches Mitleid überflutet plötzlich ihr Herz. Sie schlägt die Augen voll zu ihm auf und dieser Blick wirkt stärker auf ihn als ein Anruf. Er hebt seinen Kopf, er atmet tief, er kommt zu sich, als käme er aus einem Abgrund. Aber sein Blick ist noch irr wie der eines Gefolterten, und die Schweißperlen auf seiner Stirn haben sich vereinigt, um in kleinen Bächen an den Augen vorbei über das Gesicht zu rinnen. Er wischt sie nicht ab, er scheint sie nicht einmal zu bemerken.
Herr Pfarrer, flüstert Daniela zitternd, Herr Pfarrer. Mehr vermag sie nicht zu sagen.
Aber dieses kleine gewichtlose Wort hat den Bann gebrochen.

Was müssen Sie von mir denken, stößt er rauh hervor. Welches Schauspiel gebe ich Ihnen. Ein Pfarrer, der sich so gehen läßt.
Sie sind sehr müde, sagt Daniela sanft, vielleicht sind Sie krank?
Nein, sagt er heftig, ich bin nicht krank, aber ich habe etwas erlebt...
Er sieht sie mit einem durchdringenden Blick an, den sie wie einen körperlichen Schmerz empfindet. Dann sagt er laut und sonderbar gewalttätig: Sie werden mich jetzt anhören. Ich werde Ihnen etwas erzählen. Sie werden nicht widersprechen, mit keinem Wort. Es ist eine Beichte. Sie werden versuchen müssen, das zu verstehen.
Daniela ruft bestürzt: Aber ich, ich bin doch eine Fremde für Sie, ich bin kein Beichtvater, ich fühle mich einem Bekenntnis von Ihnen nicht gewachsen, ich bin... Sie ist vor Erregung aufgesprungen, aber sein Blick zwingt sie zu schweigen. Er zwingt sie stumm, sich wieder zu setzen, und so, ihr gegenübersitzend, beginnt er zu sprechen.
Diese Tote, nach der Sie mich gefragt haben, diese Tote habe ich auf dem Gewissen.
Daniela macht eine Gebärde des Entsetzens und der Abwehr, aber er kümmert sich nicht darum.
Als ich vor einem Jahr hierherkam, war dieses Mädchen hier im Haus. Sie war Magd beim alten Wirt und zugleich tat sie die Arbeit für meinen Vorgänger. Aber ich wollte sie nicht haben. Sie hatte nicht das vorgeschriebene Alter für eine Pfarrerhaushälterin und außerdem, die Gemeinde ist arm und ich selbst bin arm, ich brauchte sie nicht. Ich übernahm sie also nicht in meinen Dienst. Ich sagte ihr die Gründe. Aber sie kam trotzdem. Sie sagte, sie wollte kein Geld dafür nehmen. Aber das wollte ich nicht dulden. Sie kam trotzdem. Jeden Tag. Sie hatte einen Schlüssel für dieses Zimmer und wenn ich fort war, kam sie und machte sauber. Und da, eines Tages...
Er unterbricht sich, um endlich nach dem Taschentuch zu suchen, mit dem er sich den Schweiß trocknen kann. Ein fürchterliches Taschentuch, es starrt vor Schmutz, ein Anblick, der Daniela weit mehr rührt als anwidert. Er wischt sich damit ein paarmal achtlos über das Gesicht und fährt dann fort:
Können Sie verstehen, daß ich sie eines Tages einfach hinauswarf? Ich ertrug sie nicht mehr. Sie ging ganz aus dem Haus. Sie war zwanzig Jahre alt. Sie wurde Magd in der Kaltenbacher Kantine, und dann verschwand sie, und vorgestern hat man mich zu ihr gerufen.

Das Stöhnen, das aus ihm kommt, ist so rauh, daß es wie der Beginn eines schweren Anfalls von Asthma klingt. Es ist unerträglich für Daniela, diesen qualvollen Laut zu hören. Die ganze Geschichte ist unerträglich zu hören, aber sie ist dazu verurteilt, das Bekenntnis dieses Gefolterten weiter entgegenzunehmen, der nicht eher ruht, bis er alles gesagt hat. Er keucht vor Anstrengung beim Weitersprechen.
Sie wurde Magd in der Kantine, wiederholt er. Sie wissen nicht, was das bedeutet. Vom Pfarrhof weg in die Kantine. Dann bekam sie ein Kind. Aber sie wollte es nicht. Alle, die hier unehelich ein Kind bekommen, bringen es zur Welt. Es spielt hier keine Rolle, ob ein Kind ehelich ist oder nicht. Aber sie, sie wollte es nicht. Und da tat sie etwas dagegen, und dann starb sie.
Seine Stimme ist immer lauter und rauher geworden, zuletzt schreit er fast: Daran, eben daran starb sie.
Dabei sieht er Daniela so schrecklich an, daß sie schaudert.
Mein Gott, flüstert sie, aber das hätte doch auch geschehen können, wenn sie ...
Er unterbricht sie heftig: Ich habe Sie gebeten, nicht zu widersprechen. Sie sollen nichts sagen. Sie müssen verstehen, daß es nicht so gekommen wäre, wenn ich sie nicht weggejagt hätte. Sie würde noch leben. Bitte, bedenken Sie: wäre ich nicht gewesen, sie lebte noch. Aber so starb sie. Und das Kind ... Auch das ist meine Sünde, die meine, nicht die ihre. Sie müssen das verstehen: Wäre sie bei mir geblieben, so wäre auch das nicht geschehen. Warum nur habe ich sie fortgejagt. Sie war mir unbequem. Und nun ist sie tot.
Er versinkt in seiner Verzweiflung wie in einem Abgrund. In diesen Abgrund hinein ruft Daniela laut: Aber sie hat Ihnen doch vergeben!
Er hebt müde den Kopf. Was sagen Sie da, woher wollen Sie das wissen?
Daniela wird blaß, da sie ihr Geheimnis verrät, aber sie schont sich nicht: Ich habe sie sterben sehen, ich habe am Fenster gestanden, ich habe ihren Blick gesehen, sie ist ohne Groll fortgegangen, sie stand in Ihrem Schutz und Sie stehen in dem ihren.
Welche Beredsamkeit entwickelte sie, um ihn zu überzeugen. Woher nimmt sie diese Worte und woher die Überzeugung, aus der sie geboren werden? Woher den Mut, sich selbst so bloßzustellen? Und woher die Kühnheit, ihn trösten zu wollen?
Dieser Abend öffnet Pforten, von denen sie nichts vorher ahnte. Dieser Abend zwingt sie, eine Rolle zu spielen, die sie noch einen Tag vorher mit Abscheu von sich gewiesen hätte.

Noch jetzt ahnt sie nicht, daß diese Rolle genau die ihre ist, für sie bereitgehalten wie für keine sonst. Aber sie sträubt sich noch, sie findet sich nicht zurecht, sie kann sie noch nicht.
Er nimmt ihr Bekenntnis keineswegs betroffen entgegen. Überrascht diesen Menschen denn gar nichts?
Ach, sagt er, Sie können nicht wissen: auch wenn dieses Mädchen mir vergeben hat, so bleibt doch meine Sünde. Ihr Verzeihen löscht sie nicht aus.
Daniela kann sich nicht enthalten zu rufen: Sünde! Wie kann etwas Sünde sein, was gar nicht in der Absicht zu sündigen getan wurde!
Er blickt sie düster an. Wissen Sie denn, was Sünde ist?
Ja, erwidert sie trotzig, ich denke, man sündigt dann, wenn man mit Wissen und Willen ein Gebot Gottes übertritt.
Sehen Sie, ruft er finster triumphierend, das ist es. Der Sinn der Sünde ist Auflehnung gegen Gott und das, was er von mir fordert. Er fordert von mir, niemand zurückzuweisen, der mich sucht. Ich habe das Mädchen zurückgewiesen, obgleich ich wissen mußte, daß ich es nicht durfte. Ich habe damit gegen das höchste Gebot gesündigt, gegen das der Nächstenliebe.
Daniela ist etwas verblüfft über diese Art von Logik, sie scheint ihr zu übertriebenen Konsequenzen zu führen. Sie wagt zu widersprechen: Aber Herr Pfarrer, man kann doch nicht jeden bei sich aufnehmen, der irgend etwas von einem will. Man hat doch ein Recht auf eigenes Leben, nicht wahr?
Nein, ruft er leidenschaftlich, nein, wir haben kein Recht darauf.
Als er sieht, wie Daniela zusammenzuckt, fügt er ruhiger, gleichsam sie schonend, hinzu: Ich wenigstens, ich habe kein Recht darauf. Und keiner, der einmal begriffen hat, daß die Forderung auch ihm gilt, hat von diesem Augenblick des Begreifens an das Recht, sein Leben für sich haben zu wollen; er hat kein Recht, sich aus der Ordnung zu lösen, die er einmal erkannt hat. Ich habe sie erkannt und habe sie verletzt.
In einem plötzlichen neuen Ausbruch der Qual preßt er die Fäuste vor den Mund, um einen Schrei zu ersticken. Unter den Fäusten aber bewegt sich der Mund weiter. Daniela hört ihn flüstern: Ich habe sie verletzt, ich, der ich Priester bin, und man hat mich furchtbar gestraft.
Daniela, diese ratlose Zeugin seiner Verzweiflung, beginnt zu wünschen, daß er endlich Vernunft annehmen möchte. Seine Selbstzerfleischung, ist sie nicht maßlos übertrieben? Er hat, so scheint es, überhaupt die Neigung zum Maßlosen. Diese Art von Leidenschaft ist auf die Dauer schwer erträglich. Nüchtern betrachtet: ist er denn wirklich schuld am Tod die-

ses Mädchens? Er hat die Magd entlassen, sie nahm eine andere Stelle an, sie bekam ein Kind, sie trieb es ab, sie starb daran. Gut. Der Anschein spricht dafür, daß die Entlassung die erste Stufe der Treppe hinunter zum Tode war. Aber gesetzt den Fall, das Mädchen wäre im Pfarrhof geblieben: ist es so sicher, daß es nicht eines Tages auch als Pfarrersmagd die Unschuld verloren hätte? Im Dorf ist sicher ebensoviel Gelegenheit dazu wie in der Kaltenbacher Siedlung. Diese Mädchen hier fallen leicht.

Aber sie fühlt selbst: diese Überlegungen, so festgefügt sie scheinen, zerfallen in nichts, verwehen wie Staub im Sturm dieser Verzweiflung.

Warum gibt Daniela nicht selber zu, daß sie begreift? Wie gut sie begreift! Aber sie ist dieser Szene so müde. Sie schämt sich beim Anblick jedes Menschen, der seine Beherrschung verliert. Und dieser da, in seiner Maßlosigkeit... Sie versucht schon jetzt, die Erinnerung an diese Stunde auszutilgen aus ihrem Gedächtnis. Eifrig sucht sie nach einem Anlaß, fortzugehen, bald, möglichst sofort. Aber so leicht wird es ihr nicht gemacht. Sie wird erst noch eine Frage beantworten müssen, die dieser sonderbare Pfarrer an sie stellt: Und was soll ich jetzt tun?

So fragt er sie. Begreift er denn noch immer nicht, daß sie kein Beichtvater ist und unerfahren in solch heiklen Angelegenheiten? Wer ist sie denn, daß er sie danach fragt? Was soll sie diesem Verzweifelten antworten, der doch selbst so viel besser beschlagen ist in der Frage der Sünde und Buße?

Ach, sagt sie aufs Geratewohl und hart klopfenden Herzens, wissen Sie, ich glaube, daß niemand Nutzen hat von Ihrer Verzweiflung, Sie nicht und die Tote nicht und Ihre Pfarrkinder nicht. Ich möchte sagen, wenn Sie mich fragen, was Sie tun sollen: da Sie zu wissen glauben, daß Sie dieses Unheil heraufbeschworen haben, indem Sie nicht genug Liebe und Geduld aufbrachten, nun, so bringen Sie sie von jetzt an auf, oder besser, Sie verdoppeln beides. So wird diese Tote viele Lebende retten.

Sie erschrickt über ihre Worte, sie erscheinen ihr überaus nüchtern und weltlich, aber was sonst soll sie sagen, jung wie sie ist.

Zu ihrer eigenen Überraschung fügt sie plötzlich noch hinzu: Ich weiß nicht viel von Gott, aber ich glaube, er schätzt die Verzweifelten nicht.

Sie wäre weder erstaunt noch verletzt, wenn er nun etwa sagen würde: Davon, liebes Kind, verstehen Sie nichts, lassen Sie Gott aus dem Spiel, da nicht einmal ich ihn hineingezogen habe.

Aber er sagt es nicht, er sieht sie an mit einem Blick voll unbeschreiblichen Entzückens, so wie der Gefangene den ansieht, der ihm, unerwartet, die Kerkertür aufschließt, um ihm zu sagen: Du bist frei, geh fort wohin Du willst.
Dank, ruft er, ich danke Ihnen, Gott segne Sie für diese Worte, Gott segne Sie dafür, daß Sie mich angehört haben, wie sehr danke ich Ihnen.
Daniela wird glühend rot. Seine Demut beschämt sie tief. Dieser Art von Größe glaubt sie sich nicht gewachsen, sie ist ihr fremd und unheimlich.
Ganz rasch, überstürzt, verabschiedet sie sich. Sie sieht nicht mehr, daß er, kaum hat sie das Zimmer verlassen, mit dem Kopf auf dem Tisch einschläft, erschöpft, ein Kind, das mitten im Weinen vom Schlaf überfallen wird.

Neuntes Kapitel

Auch Daniela ist sofort eingeschlafen. Kein Gedanke an den Pfarrer störte sie, kein Traum von der Toten. Sie hat tief geschlafen, tief und schwer, wie auf dem Grund einer Höhle, in die kein Laut von außen dringt. Die Nacht und der Schlaf haben sie beschützt, aber der Tag vermag es nicht mehr. Daniela erwacht mit der ersten Morgendämmerung. Sie erwacht augenblicklich, ohne den gewohnten langsamen süßen Übergang, und sofort stürzt sich die Erinnerung auf sie. Diese ganze Szene mit dem Pfarrer, diese übertriebene, verrückte Szene... Wohinein hat man sie verstrickt? Zu verstricken versucht, so verbessert sie sich zornig. Diese Geschichte mit der Toten ... und daß er darauf bestand, sie unbedingt zu erzählen, ihr zu erzählen, gerade ihr, die er kaum kennt und von der er nicht weiß, ob sie dergleichen begreift. Aber vielleicht gerade deshalb, weil er sie nicht kennt und weil er denkt, sie begriffe nicht? Doch wenn er das wollte, dann hätte er besser getan, sich einer beliebigen Fremden anzuvertrauen und nicht ihr, die er fast täglich zu sehen gezwungen sein wird, in der Schule oder auf dem Weg irgendwo. Oder wollte er gerade dies: soll jemand sein Geheimnis kennen, der ihn täglich aufs neue daran erinnern wird zu seiner unaufhörlichen Scham und Demütigung? Hat er sich dies als Buße auferlegt: nicht vergessen zu dürfen?
Danielas Vernunft und ihr Stolz bäumen sich gleicherweise auf gegen diese Zumutung. Darf er so über einen Menschen verfügen? ›Widersprechen Sie mir nicht. Hören Sie mir zu...‹ Diese gewalttätige Art, sie zu zwingen, etwas zu hören, was sie nicht hören will. Und warum? Nur weil er das Bedürfnis

hat, die widerwärtige Last von seiner Brust zu schieben. Und wenn er schon glaubt, gesündigt zu haben, dann muß er doch beichten, einem Amtsbruder beichten, unter dem Siegel des Beichtgeheimnisses und unter der Kraft des Sakraments. Aber doch nicht ihr, doch nicht einfach so, wie man sein Herz auszuschütten pflegt. Sie will nicht die Vertraute dieses Pfarrers sein, sie will nicht Zeugnis seiner Anfälle von Selbstdemütigung sein, sie will nicht dazu herausgefordert werden, Sätze zu sagen wie diesen: ›Gott schätzt die Verzweifelten nicht‹, solche Sätze, die nicht zu ihrem Wortschatz gehören und nicht zu ihrer Welt.
Wie sehr gleicht Daniela einem starken Flußfisch an der Angel. Der Köder ist angenommen, in einem Augenblick der Unachtsamkeit oder Schwäche, aber noch sitzt der Haken lose im Kiefer, ein lästiger Schmerz, doch keine tiefe Wunde, noch ist es möglich sich loszureißen, bei einiger Vorsicht ist es durchaus möglich, aber wehe, wenn diese Vorsicht außer acht gelassen wird, wenn das erschrockene und unerfahrene Tier zu heftig an der Angel zerrt!
Daniela, zornig aus dem Bett springend, schwört sich, diesem Pfarrer künftig aus dem Weg zu gehen. Sie hat genug zu tun, um mit ihren eigenen Angelegenheiten fertig zu werden, sie braucht keine neue Unruhe mehr, die Unruhe eines andern, der rücksichtslos genug ist, sie ihr mitteilen zu wollen.
Der Morgen ist viel weniger trüb als die vorhergegangenen. Die Regenzeit ist, so scheint es, zu Ende. Am Himmel zeigt sich ein blasses, freundliches Licht. Keine Sonne, doch Trockenheit und tröstliche Helle. Daniela besieht ihre Schuhe, sie sind noch naß, bis innen durchweicht. Sie wird sie in die Schule mitnehmen und dort hinterm Ofen trocknen. Am Nachmittag wird sie wieder brauchen für diese schlammigen Wege, die sie noch einige Wochen vorher für ungangbar erklärt hätte. Fast mit Fröhlichkeit denkt sie an die Arbeit dieses Tages. Fünf Stunden Schule, dann ein Besuch beim Bürgermeister, dann das übliche: eingestaubte Haare waschen und in der Kaltenbacher Siedlung die sechs oder sieben Kinder behandeln, die dort wohnen, mehr gibt es dort noch nicht, die Siedlung ist neu und die Leute dort sind fast alle so jung, daß ihre Kinder kaum laufen gelernt haben. Ehe sie in die Schule geht, kauft sie in der Kantine ein Päckchen Lindenblütentee, dazu steckt sie, in Papier gewickelt, ein paar Tabletten Aspirin und legt alles auf das Pult des Schulleiters, der wie immer erst eine Minute vor acht dort erscheint. Während der fünf Schulstunden hört sie wieder seinen erbarmungswürdigen Husten, er ist noch schlimmer geworden, aber in der Pause

findet sie das Päckchen vor ihrer Tür, wie mit einem Fußtritt dorthin befördert. Sie legt es ebenso sorgfältig wie eigensinnig auf die oberste Stufe der Treppe, die zu seiner Wohnung hinaufführt. Nach der Schule beobachtet sie ihn, der Zufall ergab es, wie er auf dieser Stufe stehenbleibt und lange auf das Päckchen heruntersieht. Mit welchem Blick mag er es betrachten? Sie wird es nie erfahren. Aber das Päckchen bleibt unberührt liegen. Fünf Minuten später verläßt das Motorrad knatternd das Dorf in jenem wüsten Tempo, das seine Wiederkehr täglich aufs neue fast als ein Wunder, jedenfalls als Überraschung erscheinen läßt. An diesem Tag hatte er es so eilig fortzukommen, daß er sich nicht einmal die Zeit nahm, das Tor zum Schuppen zu schließen. Daniela macht es im Vorbeigehen zu.
Sie hat sich vorgenommen, an diesem Tag zuerst zum Bürgermeister zu gehen. Er ist zugleich der Bäcker. Man kann sein Haus von weitem sehen, es ist ein zweistöckiges weißgetünchtes Steinhaus, eine Viertelstunde vom Dorf entfernt. An jedem andern Ort erschiene dieses Haus klein und armselig, hier wirkt es fast ungehörig protzig. In der Nähe freilich sieht man, daß die Mauer Sprünge und dunkle kranke Flecken hat wie alles Gemäuer hier.
Die Erfahrungen der ersten Woche im Moor haben Daniela soweit belehrt, daß sie sich den Bürgermeister nicht mehr als würdige Amtsperson vorstellt. Aber dennoch ist sie nicht gefaßt auf das, was sie zu sehen bekommt. Das rothaarige, junge, viel zu junge Mädchen, das im Laden bedient — es ist nicht älter als vierzehn —, beantwortet Danielas Frage nach dem Bürgermeister mit einer nachlässigen Bewegung ihres Kopfes in der Richtung nach der Tür, die vom Laden hinausführt. Daniela klopft an, aber niemand antwortet. Ist jemand da? fragt sie, aber das rothaarige Mädchen zuckt nur die Achseln und murmelt etwas Unverständliches. So öffnet Daniela kurzerhand die Tür und findet sich in der Backstube. Der angenehm stumpfe Geruch nach Mehl, gemischt mit dem schärferen nach frischem Sauerteig schlägt ihr warm entgegen. Auf einem Schemel neben dem Backofen sitzt ein Mann, der Bäcker und Bürgermeister, er wendet ihr den Rücken zu, einen unmäßig breiten Rücken in einem Trikothemd, das die dicken, nackten, sommersprossigen Arme und den fetten roten Nacken frei läßt. Auch der ganz kahle Schädel ist rot und sommersprossig.
Ein Anblick, der geeignet ist, Daniela in die Flucht zu schlagen. Aber sie ist gekommen, um mit diesem Manne zu verhandeln, sie will Geld aus der Gemeindekasse haben, um einiges für ihr Schulzimmer zu kaufen: ein paar Bücher, einen

Tafelschwamm, farbige Kreiden — nicht einmal das ist vorhanden — und Ölfarbe und Pinsel, um Schrank und Pult, beides abscheulich verkratzt und düster, frisch zu streichen. Es ist nicht viel, aber es ist dringend nötig. Sie wird also nicht fliehen, auch wenn ihr dieser Mann Furcht einflößt.
Guten Tag, sagt sie freundlich.
Keine Antwort.
Sie wiederholt ihren Gruß, lauter und dringlich.
Schweigen. Sie geht langsam näher. Herr Bürgermeister!
Ist er taub? Sie geht vorsichtig an ihm vorbei. Er schläft, die dicken mehligen Hände unterm Bauch gefaltet, das Doppelkinn auf der rotbehaarten Brust. Sie wagt nicht, ihn zu wecken. Was soll sie tun? Später wiederkommen? Sie zieht es vor zu bleiben, sie setzt sich ihm gegenüber auf einen umgestülpten Backtrog und wartet. Es ist ihr gar nicht so unangenehm, hier zu sitzen, es ist warm und still, und sie braucht nicht zu sprechen. Eine kurze Rast, die ihr gegönnt ist, ein kleiner Aufschub. Sie betrachtet den schlafenden Mann. Wie schrecklich diese rotbehaarte Brust ist. Und diese dicken groben Hände, die aussehen, als könnten sie einem jungen Kalb das Genick abdrehen.
Das Feuer im Backofen knistert leise. Daniela ist müde, sie merkt nicht, daß sie einschläft, ihr Kopf sinkt langsam an die lauwarme Backofenwand. Sie erwacht davon, daß sie sich betrachtet fühlt. Da sie die Augen aufschlägt, schaut sie direkt in das rote Gesicht des Bäckers, der ebenfalls gerade in diesem Augenblick aufgewacht zu sein scheint. So starren sie sich eine Weile an, bis Daniela, verlegen und leicht verwirrt, ihren Gruß sagt. Die Antwort besteht in einem unverständlichen Knurren, das es Daniela schwermacht, ihr Anliegen vorzubringen.
Er betrachtet sie, als stelle sie ihm das Ansinnen, sein Haus zu verschenken.
Geld? Geld will sie von ihm? Er hat kein Geld.
Aber doch nicht von Ihnen, ruft Daniela, sondern von der Gemeinde. Die Gemeinde muß doch für die Schule sorgen.
So? Muß sie?
Er schaut sie gleichgültig an.
Nun, ich denke doch, sagt Daniela tapfer. Sie ist ihrer Sache sicher.
Sie denken, ja, Sie denken, sagt er, und wir sollen das Geld dazu geben. Wozu?
Daniela wiederholt, was sie schon einmal gesagt hat. Er hat einen Zahnstocher aus der Hosentasche gekramt und bohrt damit im weitgeöffneten Mund zwischen erschreckend braunen Zähnen. Er findet es nicht der Mühe wert zu antworten,

die Reinigung seiner Zähne nimmt ihn völlig in Anspruch. Daniela bemüht sich, keinen Widerwillen und keine Ungeduld zu zeigen. Sie wird von hier nicht gehen, ohne irgend etwas erreicht zu haben. Endlich steckt er den Zahnstocher wieder in die Tasche, nachdem er ihn vorher zwischen Daumen und Zeigefinger gereinigt hat.
Nein, sagt er nachlässig, daraus wird nichts. Damit steht er auf. Es zeigt sich erst jetzt, ein wie kleiner Mann er ist. Als wäre Daniela nicht mehr da, wendet er sich ab, beugt sich über den Backtrog, sticht mit dem Finger in den Teig, und nachdem er festgestellt hat, daß er noch nicht genug hochgegangen ist, schlurft er hinaus, er hebt im Gehen die Füße überhaupt nicht vom Boden. Man hört ihn eine andere Tür öffnen und schließen und einen Riegel vorschieben. Er ist ohne Zweifel auf den Abort gegangen. Daniela ist zornig, aber sie weiß, daß sie sich mit diesem Mann auf keinen Fall verfeinden darf, sie wird ihn noch oft brauchen. Was tun? Sie setzt sich wieder auf den Backtrog und wartet. Er bleibt so lange draußen, daß sie anfängt zu glauben, er warte dort in aller Ruhe und Sicherheit auf ihr Fortgehen und wenn es bis Mitternacht dauern würde. Sie seufzt voller Ungeduld, und plötzlich, in diesem Augenblick, fühlt sie wieder eine Welle jener Kraft, von der sie sich gänzlich verlassen glaubte, jener Kraft, die es ihr erlaubt, das Unmögliche zu erwarten. Endlich hört sie ihn die Tür öffnen und näher schlurfen und schließlich hereinkommen. Er ist sichtlich überrascht darüber, sie noch hier zu finden, aber gleich darauf tut er, als sähe er sie nicht, er geht an ihr vorüber und macht sich einiges zu schaffen, das, Daniela sieht es, nicht unbedingt getan werden muß: er rückt einen Schemel zurecht, gibt einem Korb einen Fußtritt, schichtet die großen Holzscheite neben dem Backofen gerade und streckt seinen Finger ein halbdutzendmal in den Teig. Daniela schweigt, sie wartet, sie hat Zeit, eine seltsame Ruhe ist über sie gekommen. Plötzlich reißt ihm die Geduld.
Sind Sie noch immer da? Haben Sie nicht verstanden?
Seine Stimme klingt auch im Zorn gleichgültig und verschlafen.
Ja, antwortet Daniela so freundlich sie kann; ich bin noch immer da. Ich kann ja nicht gehen, ohne daß wir einig geworden sind.
Sie bleibt sitzen, sie sieht von unten zu ihm auf, sie erspart es ihm, zu ihr aufzublicken.
Er sagt nichts, er schaut an ihr vorbei in den Teig, er kratzt sich auf der Brust, er tut in jeder Hinsicht, als sei er allein und diese Person sei Luft für ihn. Aber Daniela spürt ihren Vorteil: er ist unsicher geworden. Sie wagt noch mehr. Mit

jenem Blick, dessen Kraft sie nicht kennt, aber voller Unschuld im richtigen Augenblick einzusetzen weiß, sieht sie ihn an und sagt: Ich brauche Sie, Herr Bürgermeister. Wenn Sie mir nicht helfen, werde ich hier nichts tun können. Ich weiß, daß in Ihrer Kasse wenig Geld ist und ich weiß auch, daß es für Sie furchtbar schwierig ist, Bürgermeister zu sein unter diesen Leuten hier.
Weiß der Teufel, murmelt er, da haben Sie recht.
Daniela sagt nichts mehr, sie läßt ihre Rede wirken, sie sieht ihn nicht einmal mehr an.
Endlich scheint der Teig die rechte Beschaffenheit zu haben, und der Bürgermeister schickt sich an, zu kneten. Wenn er erst begonnen hat, wird er keine Zeit haben mit ihr weiterzureden. Nun, dann muß sie eben gehen und ein andermal wiederkommen. Sie steht auf. Ich will Sie nicht mehr stören, sagt sie freundlich, Sie haben etwas Wichtigeres zu tun. Auf Wiedersehen.
Sie ist schon im Fortgehen, da hält er sie zurück. Was wollten Sie? fragt er mürrisch, um sich sofort selber die Antwort zu geben: Geld wollten Sie? Geld habe ich nicht. Wo nichts ist, ist nichts.
Ja, sagt Daniela, ich weiß. Dann werde ichs eben irgendwo anders bekommen.
Sanft, aber voll von einem versteckten Triumph, der im Augenblick durch nichts gerechtfertigt scheint, setzt sie hinzu: Irgendwo bekomme ich ganz sicher, was ich brauche.
Er hebt seinen Kopf vom Backtrog und schaut sie an. Man könnte fast sagen, er schaut sie interessiert an, soweit dieses nackte rote Gesicht überhaupt etwas auszudrücken vermag. Es entsteht eine kleine Pause, während der er sich, da die teigbedeckten Hände zu diesem Zweck untauglich sind, mit dem Ellenbogen am Bauch zu kratzen versucht. Dann sagt er mit einer Langsamkeit, die zähes Nachdenken verrät: Sie — warum tun Sie das?
Was ›tun‹, was meinen Sie?
Nun, anstreichen, und daß Sie zu den Leuten gehen und das mit dem Läusepulver und solche Sachen.
Daniela möchte gerne antworten: Weil mir die Kinder so leid tun. Aber das würde dieser Mann nicht verstehen. Darum sagt sie nur: Gehört das nicht zu den Pflichten einer Lehrerin?
Er schaut sie noch immer an. Seine Augen haben keine Wimpern. So, sagt er schließlich, Pflichten, ah so. Da tun Sie also alles, was Ihre Pflicht ist?
Daniela fühlt sich seltsam verwirrt durch diese Frage. Alles? Nein, leider nicht, sagt sie zögernd; ich hätte noch viel mehr

zu tun. Aber alles auf einmal, das kann ich nicht, noch dazu, wenn mir niemand hilft.
Er überhört den Schluß dieses Satzes, weil er nicht hört, was er nicht hören will, aber er denkt hartnäckig weiter. Steht das in Ihrer Dienstvorschrift?
Man könnte diese Frage als eine Falle betrachten oder als Verhöhnung oder auch als Drohung, vielleicht aber verrät sie nichts weiter als die zähe und plumpe Anstrengung, dieses fremde Mädchen zu verstehen.
Nein, erwidert Daniela, in meiner Dienstvorschrift steht davon nichts.
Na also, sagt er. Warum tun Sies dann?
Ach Gott, ruft Daniela, wenn man immer nur die vorgeschriebene Pflicht tun würde, das wäre zu wenig.
So, sagt er, und zuerst haben Sie gesagt, Sie tun nur Ihre Pflicht.
Was für eine aufreibende und unsinnige Art von Unterhaltung. Sie wächst sich zu einem Verhör aus. Daniela, obgleich sie ungeduldig wird, antwortet ruhig: Ich habe gesagt ›vorgeschriebene‹ Pflichten. Es gibt auch andere.
Ja, aber was nicht vorgeschrieben ist, muß man nicht tun. Der Lehrer tut auch nichts. Der weiß warum.
Warum? fragt Daniela, allmählich unruhig werdend.
Warum? Weil er lang genug da ist.
Ach, sagt Daniela, er ist alt und krank, von ihm kann man nichts verlangen.
Alt und krank? Ein versoffenes Schwein ist er. Aber so einer ist uns gerade recht, verstehen Sie?
Ja, sagt Daniela, ich verstehe. Sie wollen mir sagen, daß ich hier nicht gern gesehen bin.
Genau das, antwortet er. Genau wie der Pfarrer. Der ist auch so einer wie Sie. Neue Besen. Ein Jahr, zwei Jahre, fünf Jahre, dann ist es aus, dann lassen Sie auch alles laufen, wie es laufen will und verkommen selbst.
Jetzt aber verliert Daniela ihre Geduld und Fassung. Blaß und bebend ruft sie: Was Sie auch sagen mögen, und wenn Sie hundertmal recht haben, ich werde hier tun, was ich tun muß, und ich muß das tun, was mir mein Gewissen vorschreibt, und mein Gewissen sagt mir, daß ich diesen Kindern hier helfen muß. Sehen Sie denn nicht, wie arm die Kinder sind? Nicht nur, daß die Eltern kein Geld haben oder das Geld, das sie verdienen, gleich wieder vertrinken; sie kümmern sich einfach nicht um die Kinder, und die Kinder wissen von klein auf, daß sie eine Last sind, weiter nichts, und daß es besser wäre, sie wären nicht geboren, und sie wissen, daß auf sie nichts Besseres wartet als Torfstechen und Armut und Kinder,

und so immer weiter und weiter, ist das nicht trostlos genug? Und dann noch Krankheit und Ausschlag und Läuse und Fetzen am Leib.
Tränen des Zorns schießen ihr in die Augen, sie macht sich nicht die Mühe, sie abzuwischen.
Und da soll ich, wenn ich das alles sehe, nicht helfen wollen? Begreifen Sie denn nicht, daß man das tun muß? Und wenn ich nichts erreichen sollte, nichts, und wenn ich jetzt schon wüßte, daß alles vergeblich ist, ich würde trotzdem genauso arbeiten, wie ichs tun will.
Sie ist in ihrer Erregung bis dicht vor den Backtrog gelangt, sie schleudert dem Bürgermeister ihre Worte direkt ins Gesicht. Glauben Sie denn wirklich, daß man das straflos darf: einfach zusehen, wie die andern zugrunde gehen?
Er schaut sie ungerührt an, dann sagt er langsam: Sie predigen wie der Pfarrer. Respekt!
Ach, sagt Daniela, plötzlich erschöpft, es ist so leicht zu spotten, dazu gehört nicht viel. Aber was wollen wir uns weiter unterhalten. Sie helfen mir nicht und ich hab noch soviel zu tun.
Sie geht rasch zur Tür, mit Herzklopfen denkt sie: Nun habe ich mir einen Feind gemacht, das wird mich teuer zu stehen kommen; aber wieder wird sie zurückgehalten. Sie, ruft er, und zum erstenmal ist seine Stimme laut und ohne die aufreizende Verschlafenheit. Sie, ich habe wirklich kein Geld in der Gemeindekasse. Aber gehen Sie zu meiner Tochter in den Laden, die soll Ihnen die Ölfarben und die Pinsel geben, die im Schuppen hinten stehen, die können Sie alle haben. Und sie soll Ihnen drei Mark aus der Ladenkasse geben, dann kaufen Sie dafür Kreiden oder meinetwegen was Sie wollen.
Damit beginnt er wieder zu kneten, er ist nicht mehr zu sprechen, er hat ohnehin weit mehr geredet als sonst in einer Woche, er arbeitet mit wütender Behendigkeit im Teig herum.
Daniela ist so verblüfft über diese ganz und gar unerwartete Wendung, daß sie ihren Dank nur stotternd vorbringt. Dann geht sie eilends hinaus, mit zitternden Knien, um sich ohne alle Vorbereitung in eine neue Schwierigkeit zu begeben.
Das rothaarige Mädchen schaut sie versteinert an. Offensichtlich traut sie dem Vater diese Geste der Großmut nicht zu, sie hat nie zuvor ähnliches an ihm erlebt. Sie reißt die Tür zur Backstube auf und ruft: Soll ich ihr wirklich die Farben und die Pinsel geben?
Ein langsamer, verächtlicher Blick ihres Vaters gibt ihr die Antwort. Sie zuckt die Achseln und läßt die Tür wieder zufallen. Wortlos und steif geht sie Daniela voran in den Schuppen und zeigt mit dem Kinn auf ein Regal, in dem eine Reihe

von Farbtöpfchen steht. Es ist keine große Auswahl: Giftgrün, Weiß, Ocker, ein Rest von Ziegelrot und Preußischblau. Das Mädchen steht mit gekreuzten Armen und gespreizten Beinen dicht hinter ihr und verfolgt jede Bewegung.
Wollen Sie das alles? fragt sie schließlich mit der gedehnten schläfrigen Stimme, die sie von ihrem Vater hat.
Daniela antwortet höflich: Ich glaube, daß Dein Vater meinte, ich soll sie alle haben, meinst Du nicht?
Obgleich sie diesem höchstens vierzehnjährigen Ding, das wahrscheinlich zu ihren Fortbildungsschülerinnen gehört, keine Rechenschaft schuldig ist, fügt sie doch erklärend hinzu: Es ist nicht für mich, es ist für die Schule, ich bin nämlich die Lehrerin.
Weiß schon, sagt das Mädchen mürrisch und gleichgültig.
Daniela ist im Begriff zu sagen, daß sie das alles am nächsten Tag durch die Schulkinder holen lassen würde, aber eine ungewohnte Regung schlauer Vorsicht rät ihr, es lieber sofort mitzunehmen, auch wenn es unbequem zu tragen ist und wenn sie, statt gleich zu den Baracken zu gehen, noch einmal ins ›Dorf‹ zurückkehren muß. Was man hat, hat man. So belädt sie also ihre Arme mit der unhandlichen Last der Töpfe, so gut es geht. Aber noch bleibt ihr etwas zu tun. Sie wird nicht gehen ohne die drei Mark aus der Ladenkasse. Aber wie schwer ist es für sie, um das Geld zu bitten. Ihre Zunge klebt im Mund fest, der Hals ist ausgetrocknet, schon beschließt sie, auf dieses Geld zu verzichten, drei Mark, was sind schon drei Mark, sie wird Schwamm und Kreiden eben von ihrem eigenen Geld kaufen, drei Mark reichen ohnehin dafür nicht aus, sie kann nicht darum bitten, sie kann es nicht. Diese Erniedrigung ... Und vor diesem kleinen mißtrauischen Mädchen da, das ihre Schülerin ist. Zum erstenmal fühlt sie sich von ihren Eltern beobachtet: Aber Daniela, hast Du das nötig? Schärfer noch: Warum tust Du uns das an? Wir schämen uns ... Eine Bettlerin, eine Närrin.
Was für überflüssige und törichte Überlegungen. Daniela streift sie mit einem Achselzucken beiseite. Man hat ihr drei Mark geschenkt für ihre Schule, also wird sie diese drei Mark nehmen. Sie hat kein Recht, etwas zurückzuweisen. Vielleicht auch könnte es den Bürgermeister kränken. Rasch, ehe der Mut verfliegt:
Dein Vater hat mir noch gesagt, Du sollst mir drei Mark aus der Ladenkasse geben, damit ich Kreiden und einen Tafelschwamm kaufen kann.
Die kleine Rothaarige starrt sie an. Sie zeigt Lust, wieder zu ihrem Vater zu laufen, um Sicherheit zu schaffen, schon wendet sie sich zur Backstubentür, aber sie wagt es nicht mehr.

Stumm und steif geht sie wieder in den Laden zurück und kramt mit merkwürdig spitzen Fingern aus der Kasse drei einzelne Markstücke heraus.
Sie gibt sie der Lehrerin nicht in die Hand, sondern legt sie auf den Ladentisch, so daß Daniela, die beide Arme braucht, um den unsicheren Aufbau von Töpfen festzuhalten, gezwungen ist, zu bitten: Steck mir das Geld in die Manteltasche. Das Mädchen tut es stumm und widerwillig.
Nun also hat Daniela dies hinter sich. Sie geht vorsichtig, die unbequeme Last im Arm, eine kostbare Beute, wenn man bedenkt, daß sie diesem groben und geizigen Kerl von Bürgermeister abgerungen worden ist. Daniela fühlt eine Art von Glück, das ihr ein wenig töricht und übertrieben erscheint, das aber stark genug ist, den ganzen Nachmittag über anzuhalten und sie einige kleine unvorhergesehene Widerstände in den Baracken mühelos überwinden zu lassen. Um so seltsamer, daß es in dem Augenblick erlischt, in dem sie die Kaltenbacher Siedlung betritt. Es geht bereits gegen Abend, sie wird keine Zeit mehr haben, hier zu verweilen, wenn sie nicht wieder in die Nacht geraten will. Warum aber machte sie dann eigens den weiten Weg bis hierher? Die Sorgfalt, mit der sie es vermeidet, in die Nähe der Baracke mit dem toten Mädchen zu kommen, könnte sie über den wahren Grund belehren. Schließlich, nachdem sie zweimal ziellos durch die Siedlung gegangen ist, sagt sie sich, es sei zu spät, um Kinder zu besuchen, und sie macht sich entschlossen auf den Heimweg. Aber die Falle, die ihr gestellt wurde, ist klug versteckt. Mit großer Anstrengung an etwas anderes, ganz Entlegenes denkend, hat sie sich an der Baracke der Toten vorbeigedrückt, schon atmet sie auf, vor ihr liegt der Weg frei ins ›Dorf‹, da fällt ihr Blick auf eine offene Schuppentür. Wieso brennen Kerzen im Schuppen? Daniela kommt näher. Ihr Blick fällt auf das tote Mädchen, das man dort aufgebahrt hat. Das Dorf hat kein Leichenhaus, so bleiben die Toten drei Tage in den Hütten liegen. Man räumt ihnen das Schlafzimmer ein, während die Lebenden sich in der Küche drängen und stoßen wie eine unbarmherzig zusammengepferchte Herde. Die aber, diese junge Tote, hat man in den Schuppen verwiesen. Da liegt sie, schon im Sarg, der offene Deckel lehnt daneben, ein ungestrichener Fichtensarg mit einem aufgeklebten Kreuz aus weißem Papier. Ein paar Kiefernzweige, keine Blumen, es gibt keine Blumen hier im November.
Daniela bleibt auf der Schwelle stehen. Sie ist allein mit der Toten. Die Kerzenflammen flackern heftig im Wind, der durch Tür und Ritzen streicht, aber selbst diese unaufhörliche zitternde Bewegung vermag nicht den Eindruck der vollkom-

menen Ruhe zu stören. Die dünnen, glänzend schwarzen Zöpfe sind heute zu einer Art Krone hochgesteckt, ein Kranz aus kleinen weißen Stoffblumen ist darumgelegt, wahrscheinlich der Kommunionkranz. Der Kopf ist leicht zur Seite geneigt. Es ist die Haltung, in der sie starb. Diese Neigung des Kopfes nach rechts galt dem Pfarrer, der an dieser Seite stand. Auch den furchtbaren Ernst der letzten Augenblicke hat dieses Gesicht bewahrt. Die unerbittliche Reinheit einer Zwölfjährigen. Daniela forscht in diesem Gesicht nach den Zügen, die von jener Erfahrung eingegraben werden, die das Mädchen in den Tod getrieben hat. Vergeblich. Der Tod hat sie ausgelöscht. Armes Ding. Sieben Jahre jünger als Daniela, gestorben an einer Sepsis, gestorben daran, daß sie ihr Kind nicht wollte.

Daniela kennt Armut und Elend nur aus Büchern. Da liegt es nun vor ihr und geht sie an, ohne alle Umschweife. Warum nur wollte sie ihr Kind nicht, fragt sich Daniela; warum, wenn es hier nichts ausmacht, ob man einen Vater dazu hat oder nicht. Dieser da war es nicht gleichgültig. Warum? War sie weniger stumpf und leichtfertig darin als die andern? Sie wollte im Pfarrhof bleiben, selbst wenn sie ohne Lohn dort hätte arbeiten müssen. War sie zur Klosterfrau geboren und hat eine unbegreifliche Hand sie aus ihrer Bahn gewiesen? Der Pfarrer, welche Rolle spielte er wirklich in dieser Geschichte? Man hat ihn zur Schuld gezwungen, man hat sich seiner bedient, um dieses Opfer hier hinzustrecken. Wofür, warum, und warum gerade ihn?

Daniela kann den Ansturm schwermütiger Rebellion in ihrem Innern nicht mehr bändigen, sie muß fort von dieser Stelle, aber ehe sie die Stätte verläßt, geht sie ganz nah an die Tote heran und streicht ihr leicht über die weiße eiskalte Stirn, die nichts mehr fühlt.

Dann tritt sie so rasch zurück, daß sie beinahe mit jemand zusammenstößt, der dort steht und ihr, fast scheint es so, absichtlich den Weg versperren will. Soviel man im Zwielicht sehen kann, ist es eine ältere Frau, klein und mager, mit einer Stahlbrille auf der Nase, eines jener grauen, unscheinbaren Wesen, die man sonst meist zu übersehen pflegt. Eine ›alte Jungfer‹. Dieses Wesen aber eröffnet unverzüglich und zielsicher ein Gespräch. Die Tote ist bequemer Anlaß dazu.

Das arme Ding da. So jung noch. Und an so was sterben. Aber ich habs ja immer gesagt: die, die so heilig tun, die erwischts am schnellsten.

Dies alles wird vorgebracht in einem raschen und zischenden Flüstern, das Daniela widerwärtig ist und dem sie unter andern Umständen sich rasch und wortlos entzogen hätte. Jetzt

aber hält sie etwas fest, jene kleine Wendung: ›die, die so heilig tun‹.
Sie stellt keine Frage, aber sie geht auch nicht, sie weiß nicht, ob diese alte Jungfer sie kennt, die eifrig fortfährt:
Ich kenn sie, seit sie ein Kind war, sie ist selber ein uneheliches. Bei denen da drüben ist sie nur aufgezogen worden, ein Pflegekind, da hat sie nichts Gutes gesehen, und wie sie siebzehn war, hab ich sie zum alten Wirt gebracht als Magd und zum Pfarrer, nicht zu dem jetzigen, zum Vorgänger. Da hat sies gut gehabt, viel zu gut, und vor lauter Kirchenlaufen hat sie kaum Zeit zur Arbeit gehabt, so eine war das, aber mit achtzehn, da hat sie schon mal so was probiert, das erstemal ists glatt gegangen, niemand hats erfahren, nur ich ...
Daniela unterbricht sie zornig: Nun, dann behalten Sie es gefälligst jetzt auch für sich.
Die alte Jungfer ist gekränkt, aber nur vorübergehend. Ach, flüstert sie, die ist ja tot, da ists doch gleich, was man weiß von ihr und was nicht. Sie spürt nichts mehr.
Aber es interessiert mich nicht, sagt Daniela kalt, und niemand hätte das Beben ihrer Stimme wahrnehmen können, so sehr hatte sie sich im Zaum. Damit schiebt sie die Person beiseite, die ihr noch immer im Wege steht.
Erst weit weg von diesem Schuppen, erst hinter dem Erlengehölz, das sie jedem Blick aus der Siedlung verbirgt, gestattet sie sich stehenzubleiben, um einige Augenblicke Atem zu schöpfen, dann jagt sie weiter, stürmisch getrieben von dem Aufruhr, den der Anblick der Toten und die Worte der alten Jungfer in ihr entfacht haben. Ein Aufruhr, der die Ordnung ihres Lebens umzustürzen droht. Wie Feuergarben aus einem dunklen Wald, so bricht der Triumph durch ihre Traurigkeit. Der Pfarrer ist unschuldig! Sie wird ihm die Botschaft überbringen, sie wird die Last von seinen Schultern nehmen, sie wird Zeuge des wunderbar tiefen Atemzugs der Befreiung sein, sie läuft, als liefe sie um sein Leben.
Es ist nicht die Erschöpfung, was sie zwingt, langsamer und immer langsamer zu gehen, je näher sie dem ›Dorfe‹ kommt. Sie hat begonnen zu zweifeln. Vielleicht hat die alte Jungfer nur geklatscht, vielleicht ist kein Wort wahr davon, wer kann es wissen. Wer war überhaupt diese Person, die da aus dem Dunkel auftaucht. Daniela ist durch die heftigen Erschütterungen, denen sie in den letzten Tagen ausgesetzt worden ist, so sehr angegriffen, daß sie in ihrer Verwirrung geneigt ist zu glauben, die Begegnung mit dieser finstern Person sei nichts als Einbildung gewesen, ein versucherisches Hirngespinst, ihrem Wunsch entsprungen, dem Pfarrer zu helfen. Sie wird ihm nichts sagen, ehe sie nicht diese Person wiedergesehen und

den Beweis der Wahrheit in Händen hat. Man darf den Pfarrer nicht erneut in Verwirrung stoßen. Immer unwahrscheinlicher wird ihr die Beschuldigung der Alten. Das Gesicht der Toten ... Zweimal dieselbe Erfahrung, hätte dies nicht eine härtere, eine deutlich sichtbare Spur in diesem strengen und reinen Gesicht hinterlassen? Aber wenn es wahr wäre, und wenn ihre Sünde nicht seine Sünde wäre und ihr Tod nicht auf sein Schuldkonto gesetzt werden könnte, und man ließe ihn diese Last trotzdem weiter tragen — welch unmenschliche Unbarmherzigkeit! Selbst wenn auch nur ein schwacher Schimmer von Wahrheit in den Worten der Alten war, dürfte man ihm diesen Schimmer vorenthalten? Um wieviel leichter wäre sein Leben ohne diese finstere Last. Und wozu eine solche Last? Er hat es ohnehin schwer genug, dieser sonderbare Mensch.
Ein plötzlicher Einfall läßt Daniela vor Bestürzung stillstehen: wie, wenn es ihm auferlegt wäre, unschuldig zu leiden, zu büßen für etwas, das er nicht getan hat?
Danielas weltliche Vernünftigkeit bäumt sich auf gegen diesen Gedanken, der nicht der ihre sein kann. Nein, das wird sie nicht zulassen. Sobald sie den Beweis für die Richtigkeit der Behauptung der Alten hat, wird sie zu ihm gehen. Beim Anblick des einsamen Lichts, das ihr sein Fenster bezeichnet, wird sie noch einmal unsicher. Dort sitzt er und leidet, leidet an einer eingebildeten Schuld, verzehrt seine Kraft in diesem Leiden. Aber sie bleibt fest. Erst der Beweis! Sie wird ihn erbringen.

Zehntes Kapitel

Sonntag. Sechs Tage ist Daniela nun hier. Der erste freie Tag. Sie hat sich vorgenommen, lang zu schlafen, aber sie erwacht sehr früh, es ist noch kaum hell, sie ist geweckt worden vom Klang einer einzelnen Kirchenglocke. Ein blecherner, dünner, armseliger Ton. Daniela zieht die Decke über den Kopf und verstopft die Ohren mit den Fingern. Sie will nichts hören, sie will weiterschlafen. Aber es gelingt ihr nicht mehr. Auf einmal fällt ihr ein, daß heute morgen das Mädchen begraben wird. Sie bleibt regungslos liegen. Die Haltung eines Käfers, der sich totstellt. Mit langsamen tiefen Zügen sucht sie den Schlaf zurückzubeschwören. Vergeblich. Als sollte sie für ihr Verlangen bestraft werden, findet sie sich plötzlich mitten im schärfsten Aufruhr ihres Bewußtseins. Erinnerung an die Erlebnisse der letzten Tage ... Der Pfarrer in der Hölle seines Schuldgefühls, der fürchterliche halbnackte Bürgermeister, die

zischelnde alte Jungfer, die vielleicht gar nicht wirklich gewesen ist, und wieder der Pfarrer ... Und diese Glocke, die einzige, die es hier gibt und die jetzt Totenglocke ist. Wer kann es Daniela übelnehmen, wenn sie einen Augenblick lang die heftigste Sehnsucht nach der Stadt empfindet, nach dem ordentlichen und klaren Leben, das sie dort führte, fern solcher Düsterkeit. Aber eine Hand, ebenso unerbittlich wie gnädig, wischt rasch über diese Bilder. Fort.
Daniela gibt den Versuch weiterzuschlafen endgültig auf. Sie verschränkt die Arme hinter dem Kopf und überlegt, was sie an diesem Tag tun könnte, wenn ihr schon keine Ruhe gegönnt werden soll, wie es scheint. Die Kinder in der Kaltenbacher Siedlung sollte sie besuchen. Aber heute am Sonntag, nein, nicht heute. Der Tag ist trocken, vielleicht sollte sie in die ›Stadt‹ fahren. Aber was dort tun? Ins Kino gehen? Den alten Apotheker besuchen?
Diese verzweifelten Sprünge eines Tiers, das alle Ausgänge seines Baues versperrt sieht, verstopft oder bewacht! Mit einem Seufzer ergibt sie sich endlich dem hartnäckig wiederkehrenden Einfall, zur Beerdigung des Mädchens zu gehen. Es wird den Leuten vermutlich sonderbar erscheinen, denn was hat sie dabei zu suchen, sie, eine Fremde. Und der Pfarrer, muß er ihre Gegenwart nicht als Anmaßung empfinden, als Einmischung in etwas, das sie nichts angeht? Hier stocken ihre Gedanken. Oder bedeutete es ihm einen Trost, in dieser Stunde nicht allein zu sein? Ach, diese schwer auffindbare Grenze, wie versteckt verläuft sie unter dem verworrenen Rankenwerk von Gewöhnung, Selbstsucht, Mitleid und Angst!
Daniela steht auf. Sie wird es der Eingebung des Augenblicks überlassen, ob sie zum Grab gehen wird oder nicht, erst einmal wird sie Feuer machen und Wasser aufsetzen; beruhigende Geräusche von kochendem Wasser und sanft knisterndem Feuer werden das Sausen des Morgenwindes in den Kiefernnadeln übertönen und den blechernen Nachhall der Glocke in Danielas Ohren. Dieser eiserne Stuhl und diese Ecke des Tisches mit Teekanne, Tasse, Brot und Marmeladeglas — was für eine winzige, tröstliche Zuflucht mitten im Feldlager der Widersacher. Daniela läßt sich mit lang entbehrtem Behagen nieder. Eine Minute später beginnt die Glocke zum zweitenmal zu läuten. Keine Gemeinde der Erde begleitet ihre Toten mit einem häßlicheren Geläut zum Grab. Daniela spürt keinen Appetit mehr, sie läßt die halbvolle Tasse stehen und das angebissene Brot, zieht den Mantel über und geht. Plötzlich weiß sie, daß sie nicht am Grab, sondern hinter den geschlossenen Fenstern ihres Schulzimmers stehen

und von ferne teilnehmen wird. Es ist sieben Uhr morgens. Über das Moor her bewegt sich der kümmerliche Leichenzug: der Fichtensarg auf einem Karren, von zwei Männern gezogen, ein Mädchen mit dem weißen Holzkreuz, an dem ein Kranz aus Kiefernzweigen und weißen Papierblumen hängt, kaum mehr als ein Dutzend Leute. Wenn Daniela das Fenster einen Spalt weit öffnet, kann sie das dumpfe Beten hören, bald deutlich, bald vom Wind zerpflückt oder von der Glocke übertönt.

Dann tritt der Mesner aus der Kirche mit den Ministranten, und zuletzt der Pfarrer. Diese bescheidene Abordnung der Kirche, weiß mit schwarzen Trauerkragen, mit Weihwasserbecken und Weihrauchampel, erwartet die Tote am Friedhofstor. Der Pfarrer steht mit gesenktem Kopfe da, fast möchte man sagen: er steht gebeugt wie ein Erschöpfter, der sich nur mit seiner letzten Kraft aufrecht hält. Dieser Anblick schneidet Daniela ins Herz. Sie wendet sich ab, bis sie seine Stimme hört, die lateinischen Worte, mit denen er die Tote begrüßt. Man hat den Sarg vom Karren gehoben, vier Männer laden ihn auf ihre Schultern, der Weg zum Grab ist nicht weit. Die Glocke läutet schwach. Der Mesner respondiert die Totengebete. Die dunklen Rücken der Trauergäste – ach, wer denn von ihnen trauert um dieses Mädchen! – sie verdecken das Grab. Daniela sieht nichts weiter als das Haupt des Pfarrers, der sie alle überragt, verschleiert von den zarten wohlriechenden Wolken des Weihrauchs, mit dem er Sarg und Erde segnet. Bald ist alles vorüber. Kein Gesang, keine Leichenrede, kein Schluchzen. Der Pfarrer verläßt als erster das frische Grab, er geht rasch, fast ungehörig hastig. Wo sind seine Gedanken, daß er die gewohnte Treppe zur Sakristei nicht findet? Er geht unsicher. Sind seine Augen blind? Er stolpert, der Länge nach liegt er auf den Stufen ausgestreckt. Warum steht er nicht auf? Ein Ohnmachtsanfall, eine Herzschwäche. Es dauert nicht lang, bis er wieder aufstehen kann. Niemand war Zeuge als die beiden kleinen Ministranten, die mit törichten Gesichtern daneben standen und erst, als der Pfarrer die Sakristeitür geschlossen hat, sich erlauben, in das Gelächter verlegener Schadenfreude auszubrechen. Niemand als sie. Und Daniela. Sie steht am Fenster und kämpft mit sich. Ist nicht jetzt der Augenblick gekommen einzugreifen? Gleichgültig, ob die alte Jungfer die Wahrheit sagte oder nicht – darf man nicht den flüchtigsten, den ungewissen Schimmer einer Hoffnung benützen, um diesem Mann zu helfen? Sie wird jetzt zu ihm gehen, sie wird ihn erwarten, wenn er aus der Kirche kommt, oder besser: sie wird wie zufällig aus dem Haus treten und seinen Weg kreuzen, wenn er heimgeht. Sie

wartet eine Stunde, sie wartet vergeblich. Er verläßt die Kirche nicht, er bleibt gleich dort bis zum Gottesdienst, wahrscheinlich wird er im Beichtstuhl sitzen, auch dies gehört zu seinen Aufgaben am Sonntagmorgen. Nun nimmt er Bekenntnisse entgegen, tröstet, tadelt und spricht los. Und wer gibt ihm den Freispruch? Wird er ihn aus Danielas Mund entgegennehmen? Wer ist sie, daß sie es wagt, in sein Leben einzugreifen? Wer weiß, ob sie eine Stunde später den Mut dazu noch aufbringen wird. Sie muß das Ende des Gottesdienstes abwarten, und er hat noch nicht einmal begonnen.
Langsam füllt sich der Platz vor der Kirche mit Menschen. Für eine Viertelstunde scheint sich hier die ganze Gemeinde zu treffen, eine Versammlung, die auch im Sonntagsstaat noch armselig genug aussieht. Nichts betont ihr Elend mehr als dieser kümmerliche Versuch, sich herauszuputzen. Dieser giftgrüne zerschlissene Seidenschal dort, und die brüchigen Lackschuhe, die die Löcher in den Strümpfen nicht verbergen können, und woher mag dieser einstmals elegante gelb-schwarz karierte Reiseanzug stammen, der an diesem Burschen hängt wie an einer Vogelscheuche, und diese bunten Glasknöpfe an den verblichenen Strickjacken.. Und wie viele schwangere Frauen. Wer wird all diese Kinder ernähren... Die Hälfte davon wird sterben.
Gruppe um Gruppe entschließt sich allmählich, in die Kirche zu gehen. Schon beginnt ein altes asthmatisches Harmonium kläglich zu präludieren, bald setzt eine Frauenstimme ein und eine zweite folgt. Sie singen eine lateinische Messe. Diese seltsam ungleichen Stimmen! Ein viel zu leiser, aber weicher, reiner Alt, und dazu ein abscheulich greller, schneidender Sopran, der alles überschreit. Mein Gott, wie kann der Pfarrer diese Musik nur ertragen. Warum duldet er sie?
Dazwischen seine eigene Stimme. Das ist eine klare musikalische Stimme, aber wie gebrochen sie klingt an diesem Morgen. Oder erscheint es Daniela nur so aus der Entfernung? Warum eigentlich hört sie sich diese Stimme nicht aus der Nähe an. Nichts hindert sie, die paar Schritte zu gehen. Wie lang war sie zu keinem andern Zweck mehr in der Kirche als dazu, etwa die Krönungsmesse von Mozart oder eine A-cappella-Messe von Palestrina anzuhören. Und nun hier diese ohrenzerreißende Musik.
Daniela ist nicht eigentlich verwundert, sich schließlich in der Kirche zu finden, ganz hinten, eng eingepfercht zwischen Tür und Taufstein, bedrängt von fremden Ellbogen, rücksichtslosen Schultern und jenem dumpfen Geruch, den alle Menschenhorden ausströmen: nach Schweiß und fettem Haar, nach ungelüfteten Kleidern, faulen Zähnen und stinkenden Ver-

dauungsgasen. Ein Geruch, der Daniela Übelkeit bereitet und den sie jetzt nur erträgt, um zu hören, wie dieser Pfarrer predigt.
Er steigt die Stufen zur Kanzel hinauf wie ein alter kranker Mann, zögernd, als liege ihm gar nichts daran, jemals die oberste Stufe zu erreichen. Dicht über seinem linken Auge, an der Schläfe, ist ein dunkler Fleck. Eine frische Wunde, das Blut ist kaum verkrustet. Er hat sich bei seinem Sturz auf der Sakristeitreppe verletzt. Vielleicht hat er auch an andern Stellen Schmerzen, er ist furchtbar blaß. Auf der Kanzel muß er erst zwei-, dreimal tief Atem holen, ehe er zu sprechen beginnen kann.
Das übliche Gebet vor der Predigt. Dann das scharrende Geräusch, mit dem die Leute sich setzen. Daniela findet keinen Sitzplatz, sie lehnt sich an das Taufbecken, dessen steinerne Kälte bald durch ihren Mantel dringt.
Was für ein seltsamer Beginn für eine Predigt, dieser Ausruf, der nichts mit dem eben vorgelesenen Evangelium des Tages zu tun hat:
Selbst Engel haben gesündigt, bedenkt! Wie kann man von unserer menschlichen Schwachheit verlangen, daß wir nicht fallen? Selbst Christus ist versucht worden. Er fiel nicht. Aber wo steht geschrieben, daß er nicht anfechtbar war, da ihn doch auch Schmerz und Todesangst zu Boden warfen? Der Satan ist berechnend wie ein schlauer alter Kaufmann: er begibt sich in kein Geschäft, das nicht irgendeine Gewinnchance bietet. Und selbst als der erste Versuch mißlang, gab er es nicht auf. So steht bei Lukas, 4. Kapitel, Vers 13: ›Nachdem der Teufel mit all seinen Versuchungen zu Ende war, ließ er von ihm ab — *bis zu gelegener Zeit.*‹ Daher stammt Christi Erfahrung von der Sünde. Und daher auch seine Milde dem Sünder gegenüber.
Daniela fragt sich, ob diese seine Auslegung nicht etwas ketzerisch ist, aber sie kennt sich nicht aus in theologischen Fragen, sie sind ihr auch gleichgültig. Sie sieht sich die Leute an. Die Kirche ist brechend voll. Was lockt sie her? Sie sind nicht fromm, sie starren schläfrig vor sich hin, aber sie sind da, selbst der Verwalter vom Torfwerk, selbst der Wirt, der den Pfarrer haßt. Hören sie denn überhaupt was der Pfarrer sagt? Daniela jedenfalls hört zu.
Wenn Gott seinen eingeborenen Sohn der Versuchung aussetzte, wie können wir erwarten, daß er uns schont? Aber, so fragen wir in unserm Elend: ist es denn nötig, uns das Leben so bitter schwer zu machen? Vergeßt nicht: es wäre Gott möglich gewesen, eine Welt ohne Sünde zu schaffen. Hätte er es getan, so wären wir glücklich. Er tat es nicht. Er schuf die

Welt und ließ die Sünde zu. Warum, warum nur? Gott ist unser Vater, so lehrt man uns. Aber was für ein Vater ist das, der seinen Kindern Fallen stellt? Ein furchtbarer Vater.
Fast unhörbar, als schaudere ihn davor, dieses Wort auszusprechen, flüstert er: Ein furchtbarer Gott, der uns so leiden läßt.
In der Pause, die diesen Worten folgt, rührt sich niemand in der Kirche. Ein plötzliche Windstille, in der jede Bewegung erstirbt. Was ist geschehen? Ein Prediger hat ein Wort gesagt wie tausend andere Prediger es sagen. Von den Kanzeln bekommt man eben derartige Worte zu hören. Auch wenn sie ketzerisch scheinen — gleich wird die Erklärung kommen, die alles wieder an den rechten Platz rückt. Aber *wie* dieser Pfarrer das sagte! Als ob ihn das Wort sein Leben kosten würde, und er müßte es trotzdem sagen, um jeden Preis. Seine Hände umklammern die Brüstung der Kanzel, er hält sich daran fest. Daniela befürchtet einen neuen Ohnmachtsanfall. Aber nun hat er sich wieder gefaßt, er fährt fort, leise, mit heiser gebrochener Stimme:
Glaubt, daß die Theologen sich den Kopf zerbrechen, um das Rätsel zu lösen! Sie haben es gelöst: Gott hat die Sünde zugelassen, weil er dem Menschen die volle Freiheit der Wahl zwischen Gut und Böse gab. Wir haben die Freiheit zu sündigen oder nicht zu sündigen. Das ist ein stolzes Gefühl der Würde für den Starken — für den Starken in den Zeiten seiner Kraft. Aber wenn er einen Tag der Schwäche hat? Oder wenn er nur die Wahl zwischen zwei Fallen hat? Der Mann, den wir vor vier Wochen begruben, er hatte auch eine Wahl: den zu erschlagen, der das Unglück über seine Familie gebracht hat, oder den Platz zu räumen und in Verzweiflung fortzugehen, um sich selber zu töten. Leicht gesagt: er hätte nichts von beidem tun dürfen, er hätte bleiben müssen und warten und kämpfen. Ja, aber seine Kraft war zu Ende. Gott hat die Sünde zugelassen — das ist eine harte Rede für den Unglücklichen. Was hilft es ihm, zu wissen, daß Gott die Sünde zugelassen hat, weil er ihn frei wählen sehen wollte. Was ist ihm diese Freiheit, wenn er sie nicht fühlt! Ich frage nun Euch und mich: rechnet Gott damit, daß wir fallen? Er kennt uns, er hat viele tausend Jahre lang Gelegenheit gehabt, zu sehen, daß wir schwach sind. Genügt es ihm nicht? Könnte er sich nicht zufriedengeben? Hofft er denn noch immer weiter darauf, daß Starke kommen? Ja, die Heiligen! Immer wieder einmal gab es einen Mann oder eine Frau, die stark waren im Guten. Aber waren es nicht Menschen, denen er seine besondere Gnade zugewandt hatte? Und wie wenige! Aber wir andern, wir vielen andern — wäre es denn ein Wunder, wenn

die Menschheit die Hoffnung aufgeben würde, gut sein zu
können? Wenn sie sich dem Satan hinwerfen würde, entschlossen zur endgültigen Niederlage, da ihr doch kein Sieg gelingen
wird? Das, meine Pfarrkinder, sind die Worte eines Verzweifelten, und wer von uns ist nicht verzweifelt!
Bei der Anstrengung des Sprechens scheint die Wunde an seiner Stirn wieder aufgebrochen zu sein, er hat sie drei-, viermal mit dem Taschentuch abgetupft. Wo hinaus will er denn
mit dieser Predigt? Wie schrecklich kann er mißverstanden
werden, wenn selbst Daniela daran zweifelt, daß dies die
Worte eines frommen Priesters sind. Es ist eine große Stille
in der Kirche, da er weiterfährt:
Und doch sage ich Euch, und ich sage es Euch nicht weil ich
Euer Pfarrer bin, sondern weil ich ein Mensch bin wie Ihr und
angefochten wie Ihr: ich möchte die Welt nicht ohne Sünde
und ich möchte Euch nicht ohne Eure Sünden und mich selbst
nicht ohne Sünde. Seht: eine Welt ohne Sünde, sie wäre vollkommen und wir selbst in ihr wären vollkommen. Wir stünden beinahe gleich auf gleich zu Gott. Es wäre leicht für Gott,
uns zu lieben in unserer Sündelosigkeit. Aber so, wir in unserer Sünde, wir fordern ihn zu einer übermäßigen Anstrengung
heraus. Wie kann er uns lieben, lasset uns doch uns selbst ansehen: Feiglinge, Diebe, Scheinheilige, böse Mäuler, Ehebrecher, Geizige, ach, was sind wir denn wert. Nichts. Nichts,
als was Gottes Liebe aus uns macht. Wir sind genau soviel
wert, wie das Maß seiner Liebe zu uns ausmacht. Und da
er uns Sünder liebt, wie groß muß dieses Maß der Liebe sein!
Seht selbst: da er uns liebt mit diesem Übermaß, sind wir
nicht unendlich wertvoll? Und nun betrachtet unsere Liebe zu
Gott. Wären wir ohne Sünde, wir brauchten ihn nicht so
dringend, wir hätten es nicht nötig, aus einem Abgrund zu
ihm zu schreien. Wir wären gut und wüßten es und wären
zufrieden. Aber so: unsere Sünden haben einen Abgrund aufgerissen zwischen ihm und uns, wir sehen den unendlichen
Unterschied von ihm und uns, und unser Gefühl zu ihm ist
die verzweifelte Liebe des verlaufenen, halbverhungerten
Hundes zu dem endlich wiedergefundenen Herrn, der sich seines Hungers und seiner Flöhe erbarmt. Diese Liebe in ihrer
Demut ist die tiefste Liebe. Wir würden weniger lieben, wären
wir Gerechte. Und Ihr, meine Pfarrkinder, wie teuer seid Ihr
mir in Euern Sünden! Keiner ist unter Euch, der von sich
glaubt, er sei gerecht. Ich kenne Euch und Eure Demut. Ihr
haltet Euch für schlecht, und Ihr habt recht, Ihr seid es. Doch
Eure Demut reißt Gottes Liebe auf Euch nieder. Wißt Ihr
denn, um wieviel Ihr inmitten Eurer Sünden Gott näher seid
als die Gerechten? Ihr liegt zu seinen Füßen, und ich habe kei-

nen heißern Wunsch, als unter Euch zu sein. Wäre ich ein Gerechter, so wäre ein Abgrund zwischen Euch und mir. Doch ich bin Euresgleichen, ein Sünder, auch wenn Ihr meine Sünden nicht kennt wie ich die Euern kenne. Darum liebe ich meine Sünde, weil sie mich mit Euch verbindet, und Gott, der Euch um Eurer Demut willen liebt, wird mich wegen dieser meiner Liebe zu Euch lieben. Und wenn Gott uns liebt, was haben wir dann zu fürchten?
Wie triumphierend klingen diese letzten Sätze, er schleudert sie wie eine blitzende Waffe dem Widersacher zu. Daniela fragt sich, ob dieser Widersacher seine eigene Verzweiflung ist. Hält er diese Predigt sich selbst? Hat er sich getröstet mit diesem kühnen und harten Trost? Daniela verläßt leise die Kirche, die Tür steht offen, so kann sie es unauffällig tun.
In der frischen kalten Luft schwindelt ihr, sie muß sich am Friedhofstor festhalten. Was wagt dieser Mann? Daniela weiß wenig von Theologie, aber sie erinnert sich gelernt zu haben, daß die Sünde, die schwere Sünde, die Trennung zwischen Mensch und Gott bewirkte. Wie kann dann die Liebe weiterbestehen? Gott wendet sich ab vom schweren Sünder, für immer. Die Trennung ist endgültig wie der Tod. Oder setzt dieser Pfarrer voraus, daß es keine Todsünde gibt? Oder hat ihn Daniela nicht wirklich verstanden? Auf jeden Fall: sie ist froh, daß er nur zu Torfstechern gesprochen hat, die gewiß sich nicht die Frage stellen, ob das Ketzerei ist oder erlaubte Kirchentheologie. Ein unerwarteter Stich durch ihr Herz, gefolgt von einer erstickenden Beklemmung, könnte ihr verraten, wie sehr sie für diesen Pfarrer bangt. Aber ihre Gefühle wie ihre Gedanken verwirren sich ausweglos.
Sie glaubt dem Aufruhr zu entgehen, indem sie den Umkreis der Kirche verläßt, sie läuft ins Moor, ziellos, die kalte scharfe Luft bringt ihr einige Beruhigung, bis ein plötzlicher Argwohn sie von neuem und tiefer verwirrt: wie, wenn der Pfarrer, da er die Sünde liebt um der Selbstdemütigung willen vor Gott und Menschen, das Bewußtsein seiner Schuld am Tod des Mädchens braucht? Wenn er wirklich diese Demütigung braucht, um nicht überheblich zu werden oder doch um tiefer lieben zu können, wird Daniela dann mit ihrer gutgemeinten Hilfe nicht törichterweise stören?
Das alles ist sonderbar, es ist ihr unsäglich fremd, nie zuvor ist sie gezwungen worden, derlei Gedanken zu denken. Sie hat ein Gefühl wie etwa ein Kind, das aus Versehen in eine ganz und gar fremde Gesellschaft geraten ist, von deren komplizierter Unterhaltung es kaum ein Wort versteht und der es doch gebannt zuhört.
Je weiter sie läuft, desto fester wird ihr Entschluß, den Pfarrer

seinem Schicksal und seiner eingebildeten Schuld zu überlassen und sich um nichts weiter zu kümmern als um ihre Schule. Dinge, denen man nicht gewachsen ist, rührt man besser nicht an.
Sie kehrt ins ›Dorf‹ zurück gerade als der Gottesdienst zu Ende ist. Schon kommen ihr die ersten Kirchgänger entgegen. Sie hört auf ihre Gespräche. Vielleicht ist von der Predigt die Rede? Kein Wort davon. Um so besser, sagt sich Daniela.
Eine Stunde später erst sieht sie den Pfarrer aus der Kirche kommen, und daß sie ihn sieht, erscheint als reiner Zufall: sie trat für einen Augenblick aus der Haustür, um nach dem Wetter zu sehen, sie will doch in die ›Stadt‹ fahren, wenn es nicht regnet, sie muß um jeden Preis heraus aus dieser düstern Verworrenheit, die ihr so wenig gemäß ist, daß sie sich fast befleckt davon fühlt. Sie wird in der ›Stadt‹ ins Kino gehen, ganz gleich, welcher Film dort läuft. Da wird sie des Pfarrers ansichtig, wie er über das Geleis kommt und wie er langsam die Böschung hinaufsteigt. Daniela zieht sich hinter die halboffene Tür zurück. Wie langsam er geht. Er hinkt. Also hat er sich wirklich bei seinem Sturz verletzt. Er sieht wie ein völlig Erschöpfter aus, er ist es, er muß auch noch nüchtern sein; ohne Frühstück im Magen hat er dies alles geleistet: die Beerdigung, die Beichten, die Messe, die Predigt und dann noch irgend etwas, das ihn eine weitere Stunde in Anspruch nahm. Daniela hat sich soeben noch einmal Tee aufgebrüht, sie wird ihn einladen hereinzukommen, diesmal ist sie es, deren Zimmer warm ist.
Rasch tritt sie aus der Tür. Herr Pfarrer, Sie haben noch nicht gefrühstückt, ruft sie. Wollen Sie nicht hereinkommen und es bei mir tun, es ist alles fertig.
Er hebt seinen Kopf als käme er aus einem Schacht in der Erde, dann lächelt er, es ist ein sanftes, abweisendes Lächeln. Danke, sagt er, das ist sehr freundlich von Ihnen, sehr freundlich, aber ich kann nicht, es wartet jemand auf mich im Pfarrhof, ein Beichtkind.
Lassen Sie es warten, sagt Daniela, während sie rot wird, Sie brauchen nicht länger als fünf Minuten, ich sage Ihnen ja, es ist alles fertig auf dem Tisch.
Leise, aber mit einem Unterton von Hartnäckigkeit und Trotz fügt sie hinzu: Ich habe Ihnen auch etwas zu sagen.
Er ist zu müde, um überrascht zu sein oder zu widersprechen, er geht mit ihr und trinkt gehorsam den Tee, den sie ihm einschenkt, auch ißt er eins der Brote, die sie ihm schweigend streicht, sie läßt ihn in Ruhe essen, während sie gegen ein unaufhaltsam ansteigendes Gefühl von Ärger kämpft. Dieser Pfarrer, er ist ohne Zweifel ein ungewöhnlicher Mann, er hat

Leidenschaft und Kühnheit und die Gabe des Wortes und den verbohrten Ernst, den sie zu schätzen weiß, und er hat den unerhörten Stolz, der es ihm gestattet, von seinen Sünden zu sprechen. Warum aber begibt er sich so sichtlich in die Rolle des Niedrigsten im Reiche Gottes, da er doch wissen muß, daß er es nicht ist? Mag er seine Schuld kennen und seine Schwäche, aber er braucht sie doch den andern nicht zu zeigen, er braucht sich nicht zu entblößen, nicht vor diesen Leuten, die ihn nicht einmal verstehen.
Herr Pfarrer, sagt sie schließlich, ich habe heute Ihre Predigt gehört.
Er sieht sie an ohne Überraschung oder Erwartung, schweigend.
Sie fährt unnachgiebig fort: War diese Predigt nicht ketzerisch? Ich habe gedacht, es liege gerade im Wesen der Sünde, daß sie den Menschen von Gottes Liebe trennt, für immer.
Mit ebensoviel Genugtuung wie Mitleid sieht sie, daß er unruhig wird, aber sie täuscht sich, wenn sie glaubt, ihn verwirren zu können.
Ja, gewiß, sagt er, Sie haben recht. Aber dabei handelt es sich nur um die sogenannte Todsünde, die, einmal begangen, freiwillig und mit vollem Bewußtsein, von sich aus bleibt, zum Dauerzustand der Verlorenheit wird. Der unheilbare Sturz aus der Gnade, der Tod am Geiste. Glauben Sie — und nun sieht er sie an, mit einem unbeschreiblich rührenden Lächeln —, glauben Sie, daß eines von meinen Pfarrkindern hier im Stande der schweren Sünde lebt? Was immer sie auch tun mögen. Gott wird es ihnen verzeihen um ihrer Armut willen. Seine Liebe gab ihnen die Armut, um ihnen leichter verzeihen zu können.
Auch den Mördern? fragt Daniela betroffen.
Ja, ihnen vor allem, sagt er, noch immer mit diesem Lächeln der grenzenlosen Barmherzigkeit. Gott kennt keine Kausalität, aber glauben Sie nicht, daß er nicht doch weiß, wie eines von meinen Pfarrkindern dazu kommt, zu morden? Eine kurze Kette: hineingeboren in das schwere Leben im Moor, das schlechte Beispiel, Arbeitslosigkeit im Winter, die Zuflucht zum Schnaps und zu den Frauen, ein Augenblick äußerster Verlassenheit, und da ist die Sünde. Wer von diesen Menschen hier sündigt freiwillig und bewußt?
Daniela ist ergriffen von seinen Worten, aber sie zeigt es nicht, sie sagt vielmehr: So ist also die Armut ein Freibrief. Welche Ungerechtigkeit gegenüber den Reichen!
Glauben Sie? fragt er sanft. Ich glaube, es wäre nur dann eine Ungerechtigkeit, wenn den Reichen nicht die Möglichkeit gegeben wäre, arm zu werden.

Er ist nicht zu schlagen, und wem liegt weniger daran, ihn zu schlagen als Daniela, der es nicht entgeht, daß sein Gesicht die erschütternden Spuren einer völlig durchwachten Nacht zeigt. Soll sie ihm jetzt sagen, was sie erfahren hat? Soll sie es wagen? Wann würde sie wieder eine so günstige Gelegenheit finden... Schon steht er auf. Ich danke Ihnen. Mit einem plötzlichen Anflug von Heiterkeit fügt er hinzu: Ich würde gerne sagen ›Vergelts Gott‹, aber ich fürchte, das würden Sie abstoßend finden.
Daniela errötet ein wenig, denn er hat recht. Aber sie sagt mit einer glatten Höflichkeit, die ihre Bestürzung und ihren Trotz verbergen soll: O nein, ich freue mich über Ihren Dank, gleichgültig, in welche Worte er gekleidet wird.
Nichts hätte sie mehr verwirren können als ihre eigenen Worte. Wie schlecht angebracht ist dieser Ton in einem solchen Augenblick und diesem Pfarrer gegenüber. Aber er überhört es. Schon hat er die Hand auf die Klinke gelegt, es ist allerhöchste Zeit für Daniela, zu reden.
Herr Pfarrer!
Er wendet sich um.
Ich habe Ihnen etwas zu sagen, was Sie angeht. Aber ich bitte Sie zu entschuldigen, wenn ich mir etwas anmaße, was mir nicht zusteht.
Er bleibt an der Tür stehen, sein Gesicht zeigt keine Spur von Erwartung oder Neugier, es zeigt nichts mehr als Müdigkeit. Schon bereut Daniela, begonnen zu haben, aber nun wird sie weitersprechen, sie stürzt sich in ihre Rede wie in ein Flammenmeer.
Herr Pfarrer, Sie haben mir gestern ein Bekenntnis gemacht. Ich habe es vergessen. Ich erinnere mich nur daran, um Ihnen zu sagen, daß Sie unschuldig leiden.
Welche Verheerung richtet dieses Wort bei ihm an.
Er tritt einen Schritt zurück, aber da ist die Tür, er stößt hart an sie. Es war kaum vorstellbar, daß sein Gesicht noch bleicher zu werden vermöchte als es war, aber jetzt ist es weiß. Seine Hände machen eine schwache Bewegung der Abwehr, sein Mund ist wie versiegelt.
Daniela fährt fort: Man hat mir gestern erzählt, daß dieses Mädchen, schon ehe es aus dem Pfarrhof gewiesen wurde, schwanger gewesen ist und das Kind nicht geboren hat.
Sie wagt kaum ihn anzublicken, aber da er noch immer schweigt, fährt sie fort, beschwörend jetzt: Aber wenn das so ist, dann, bedenken Sie doch, dann haben Sie keine Schuld! Sie war eben so wie sie war, und selbst wenn Sie sie behalten hätten...
Schweigen Sie! Er sagt es leise, aber mit einer Härte, die sie

tief erschreckt. Trotzdem macht sie einen letzten hilflosen und tapfern Versuch, ihn zu überreden. Ich mußte es Ihnen sagen, ich kann nicht mit ansehen, daß ein Mensch sich eine Schuld zumißt, die er nicht begangen hat.
Und da er noch immer schweigt, ruft sie verstört: Mußte ich es Ihnen denn nicht sagen?
Er schüttelt langsam den Kopf, dann sagt er ruhig: Ich habe es gewußt.
Sie haben es gewußt? Daniela ist fassungslos. Aber wenn Sie es gewußt haben, wie können Sie dann glauben, daß Sie schuld sind?
Er wirft ihr einen Blick der schmerzlichsten Ungeduld zu. Ich habe es gewußt, wiederholt er, und fährt dann rauh und heiser fort: Trotzdem habe ich sie entlassen. Sie war gefallen in ihrer Unerfahrenheit, sie hätte vor dem zweiten Fall bewahrt werden können, wenn ich mich ihrer angenommen hätte.
Daniela wird ebenfalls ungeduldig. Mein Gott, ruft sie, es kann Ihnen und keinem Menschen zugemutet werden, auf alle leichtsinnigen Mädchen achtzugeben und ...
Er unterbricht sie streng: Es ist nicht von allen Menschen die Rede, sondern von dem einen. Es ist immer nur von dem Menschen die Rede, der uns in die Hand gegeben wurde, und wir wissen genau, wann etwas gerade uns angeht, niemand sonst.
Wie sieht er dabei Daniela an? Erst nachdem er gegangen ist, wird sie sich dieses Blicks bewußt. ›Wir wissen genau, wann etwas uns angeht, niemand sonst.‹ Und dabei sah er sie an ...
Daniela fühlt diesen Blick wie die versengende Nähe eines glühenden Eisens. Was hat er damit sagen wollen? Glaubt er etwa, auch Daniela sei ein Mensch, der ihn und ihn allein anginge?
Sie räumt voller Zorn den Tisch ab. Was sagen die Leute von diesem sonderbaren Pfarrer? ›Ein Narr, ein Eiferer ...‹ Recht haben sie. Ein unbequemer, verbohrter Mann. Mag er also weiter an seiner Schuld leiden, wenn er nicht Vernunft annehmen will.

Elftes Kapitel

Der Schulleiter ist nun wirklich krank geworden. Es muß sehr schlecht mit ihm stehen, denn obgleich zwei Tage hintereinander helles trockenes Wetter war, sogar mit einem zeitweiligen Anflug von frostigem Sonnenschein, verzichtete er auf seine Fahrt in die ›Stadt‹. Daniela hört während der Schulstunden sein fürchterliches Husten, sie ist ratlos, sie hofft auf die Ankunft des Schularztes, die für diese Woche angesagt worden ist. Am Mittwochmorgen ist im Schulzimmer der Oberklasse ein so ungewöhnlicher Lärm, daß Daniela schließlich zögernd nachsieht, was dort geschieht. Im nämlichen Augenblick kommt der Schulleiter über die Stiege herunter. Aber in welcher Verfassung! Er hat sich einen Mantel übergeworfen, der ihn kaum bedeckt. Das Nachthemd klafft über der behaarten Brust und ist nur unordentlich in die Hose gestopft, die er mit beiden Händen festhält. Sein aufgequollenes Gesicht glüht, die Haare stehen wirr ab vom Kopf. Eine furchterregende Erscheinung, und doch bemitleidenswert. Von der Stiege aus erteilt er, zwischen Hustenanfällen, kaum verständliche Befehle. Daniela bietet ihm an, den Unterricht für ihn zu übernehmen. Ein paar Stunden in ihrer Klasse, ein paar in der seinen. Er wehrt wütend ab. Nein, sie soll die Kinder seiner Klasse nach Hause schicken, morgen sollen sie wiederkommen, morgen ist er wieder gesund. Sie tut was er will. Die Kinder, von seinem grauenhaften Anblick eingeschüchtert, schleichen stumm davon. Er überwacht ihren Abzug, dann stampft er die Stiege hinauf und schlägt die Tür hinter sich zu, ohne Antwort gegeben zu haben auf Danielas wiederholte Frage, was sie für ihn tun könne.

Obgleich sie sich sagt, daß er nicht gestatten würde, ihn zu besuchen, klopft sie doch mittags, ehe sie nach Hause geht, an seine Tür. Keine Antwort. Vielleicht schläft er. Daniela geht leise wieder fort, ratlos. Man kann den alten Mann doch nicht einfach allein liegen lassen, so ohne Pflege. Hat er überhaupt etwas zu essen? Sie wird am Nachmittag wiederkommen, irgendwie wird es ihr gelingen, etwas für ihn zu tun.

Vor der Schulhaustür, auf der Schwelle, erwartet sie ein älterer rothaariger Junge, vielleicht sechzehn, er hat große Ähnlichkeit mit der Tochter des Bürgermeisters.

Was willst du? fragt Daniela.

Er grinst töricht. Der Vater schickt mich.

Der Vater? Wer ist dein Vater und wozu schickt er dich?

Ich soll anstreichen helfen.

Seine Sprache ist kaum zu verstehen, er bellt.

Es ergibt sich, daß er der Sohn des Bürgermeisters ist und vom Vater geschickt, um dem Fräulein, das so etwas nicht kann, beim Anstreichen der Schulmöbel zu helfen. Der Junge scheint sehr beschränkt zu sein, vielleicht ist er schwachsinnig, ein hilfloses dummes Grinsen verzerrt sein sommersprossiges Gesicht. Daniela schickt sich eben an zu sagen, ›Danke, ich kann das schon allein‹, da erst begreift sie, was geschehen ist: dieser geizige, grobe, stumpfe Kerl von Bürgermeister hat ihr nicht nur Ölfarben und Pinsel geschenkt und drei Mark, er schickt

ihr weiterhin Hilfe, er gibt, was er kann, er tut, was er kann. Der kleine Erfolg, ganz und gar unvorhergesehen, macht sie fast verwirrt vor Glück. Das Unerwartete... Wasser aus dem Felsen. Sie nimmt diesen winzigen Erfolg als Unterpfand für den größern, den sie braucht.
Warte hier, sagt sie zu dem Jungen, ich gehe jetzt essen, und wenn ich wiederkomme, streichen wir zusammen den Schrank an.
Eigentlich hat sie nicht vorgehabt, die Arbeit an diesem Tag zu tun, aber nun ist es ihr recht, so wird sie im Hause sein, wenn der Schulleiter sie brauchen sollte.
Er scheint sie aber nicht zu brauchen. Sie hat bereits zwei Stunden mit dem Jungen gearbeitet und bereits viermal an der Tür des Schulleiters geklopft, ohne Antwort zu bekommen. Sie hat sogar auf die Klinke gedrückt. Wäre die Tür nicht versperrt, sie hätte ihre Scheu kurzerhand überwunden und wäre eingetreten. Aber dieses Zimmer scheint eine uneinnehmbare Festung, und der Schulleiter offenbar entschlossen, sie um keinen Preis irgend jemand zu übergeben. So muß Daniela auf eine Gelegenheit warten, die, so unpassend und gewagt sie ist, dennoch die einzig mögliche sein wird. Einmal im Lauf des Nachmittags muß der Schulleiter doch wohl sein Zimmer verlassen. Diese Minute wird Daniela nützen. Wohin ist Danielas Stolz geraten? Seit wann drängt sie sich jemand auf, der sie nicht will? Sie fühlt sich nicht gefragt, sie sieht sich nicht einmal imstande zu überlegen, ob es richtig ist, was sie tun will. Seit sie in diesem Dorf ist, handelt sie nicht mehr überlegt, da ihre Überlegungen ohnedies alle zunichte gemacht werden durch ebenso sanfte wie tyrannische Befehle, die sich ihr, als Notwendigkeiten maskiert, ungebeten und unabweisbar nähern.
Endlich, sie wartet schon fast nicht mehr, hört sie Tritte über sich, die Tür wird geöffnet, vorsichtig, wie es scheint. Eine Weile ist nichts weiter zu hören, dann erst begeben sich die zentnerschweren Füße über den schmalen Korridor. Daniela hat sprungbereit gelauscht. Einige Augenblicke später ist sie die Stiege hinaufgeeilt und steht vor der halb offengebliebenen Zimmertür. Welcher Anblick! Das zerwühlte Bett, auf dem Tisch eingetrocknete Speisereste in einem Blechtopf, Kleidungsstücke auf dem Boden, ein offener Schrank, der eine unüberbietbare Unordnung zeigt, und neben dem Bett eine Kolonne von leeren Flaschen, eine einzige noch halb voll. Ein erstickender Geruch nach saurem Bier, scharfem Schnaps und Schweiß. Kein Feuer im Ofen. Eine abscheuliche schale Kälte. Daniela kniet vor dem Ofen, sie bläst auf die glimmenden Späne, die nicht brennen wollen, da kommt der Schulleiter

zurück. Er starrt Daniela an, die sich nicht die Zeit nimmt, ihm Erklärungen zu geben. Es erübrigt sich, ihm zu antworten auf seine wütende Frage, was sie hier zu tun habe. Er sieht es ja. Da sie nicht antwortet, hat er nur die Wahl, sie buchstäblich hinauszuwerfen oder sie schweigend zu dulden. Er wirft sich ins Bett, dreht ihr den Rücken zu, zieht die Decke über den Kopf und rührt sich nicht mehr. Nun, das ist das beste für sie beide. Daniela setzt Wasser auf, dann öffnet sie das Fenster, räumt den Tisch ab und trägt die leeren Flaschen in die kleine Küche nebenan. Jedesmal, wenn sie das Zimmer verläßt, ist sie darauf gefaßt, bei der Rückkehr die Tür verriegelt zu finden. Aber nichts geschieht. Eine Stunde später ist das Zimmer in Ordnung, das Geschirr gespült, die Torfkiste aufgefüllt, und auf dem Tisch, den sie neben das Bett gerückt hat, steht dampfender Lindenblütentee. Es ist kein Wort weiter gefallen.

Soll sie seine feindselige Duldung als ihren Sieg bezeichnen? Sie stellt sich die Frage danach nicht einmal. Sie hat an diesem Tag noch etwas anderes zu erledigen. Zwei ihrer kleinen Schülerinnen haben so heillos zerrissene Kleider an, daß Daniela beschlossen hat, aus einigen Stücken ihrer eigenen Garderobe etwas für die Kinder nähen zu lassen, da niemand sonst es tut. Man hat ihr auch eine Näherin genannt, die will sie vor Einbruch der Dämmerung noch aufsuchen. Die Näherin wohnt in der Kaltenbacher Siedlung. Daniela beginnt diesen Weg am Graben entlang zu lieben. Das Wasser ist fast schwarz, ein weicher dunkler Spiegel für Birken, junge Erlen und den grauen Himmel, unendlich beruhigend. Mit einem Entzücken, das leicht mit Schmerz zu verwechseln ist, bemerkt Daniela, daß sie nicht mehr fremd ist in dieser fremden Landschaft. Wie lang ist sie hier? Die Zeit ist nicht mehr zu messen, sie ist bedeutungslos.

Das Haus der Näherin liegt am Eingang zur Siedlung. Jeder, der fortfährt oder kommt, muß dicht daran vorüber. Die Nähmaschine steht an dem Fenster, von dem aus man den Weg ins ›Dorf‹ ziemlich weit überblicken kann, der Zuschneidetisch am andern, vor dem die Siedlungsstraße liegt. Ein gutgewählter Standort für einen Wachtposten. Daniela wird sofort und schon von weitem erspäht, sie sieht den grauen magern Kopf der Näherin lauern und dann verschwinden. Dieses Gesicht, hat Daniela es nicht schon gesehen? Ein ausgetrocknetes, kleines, giftiges Rattengesicht. Es ist ihr widerlich schon von weitem, aber darum kann sie sich jetzt nicht kümmern, sie muß mit dieser Person verhandeln. Sie erklärt kurz, was sie will. Ein unüberwindliches Gefühl des Mißtrauens treibt sie, diesen muffigen kleinen Raum, voll

von Näherinnengeruch nach gedämpftem Stoff und Appreturstaub, möglichst rasch zu verlassen. Aber diese Person hat eine Art einen festzuhalten, der man nicht so leicht entrinnt.
Für die Kinder sollen diese hübschen Kleider zertrennt und zerschnitten werden? Aber denen ist doch hundertmal wohler in ihren alten Fetzen, in ihrem Dreck und Unflat oder in gestohlenen Kleidern. Überhaupt dieser Ort. Ein Sündenbabel. Aber man sollte mit einem so jungen Fräulein gar nicht darüber sprechen.
Nein, sagt Daniela kalt, besonders dann nicht, wenn das Fräulein schon recht gut Bescheid weiß.
Die Näherin läßt sich nicht verwirren. Als hätte Daniela nichts gesagt, fährt sie fort: Irgend jemand muß Sie doch warnen. Nehmen Sie sich nur in acht vor dem Torfwerkverwalter, und der Kantinenwirt ist auch so einer, die sind bekannt dafür, denen kommt so ein hübsches Fräulein gerade recht. Ja ja — sie schneidet Daniela die Entgegnung ab —, jetzt denken Sie: was geht das mich an. Aber dann, wenns geschehen ist, ists zu spät, Sie wären die erste nicht.
Dieses Schlangengezischel ... Danielas Verdacht wird plötzlich zur Sicherheit. Das ist die alte Jungfer, mit der sie bei dem toten Mädchen zusammengestoßen war. Also doch keine Einbildung. Aber auch jetzt, im grauen nüchternen Tageslicht, hat sie etwas von einem hämischen Gespenst an sich, einem Gespenst, das offenbar keine Sekunde leben kann, wenn es nicht spricht. Die Geschwätzigkeit dieser Person ist nicht nur unüberbietbar, sie ist fürchterlich. Weiß sie denn *alles*?
Während sie mit unglaublich flinken Fingern ein paar Nähte auftrennt, damit sie den Papierschnitt eines Kinderkleidchens auflegen kann, geht ihr giftiger Mund unaufhörlich, eine Gebetsmühle des Teufels.
Der Schulleiter ist krank, ja, endlich hat er sich krank gesoffen, das war zu erwarten, dem sein Tod wäre kein Verlust für die Gemeinde, aber andrerseits: neue Besen sind lästig, die fangen immer so hart an und bringen unnötige Anstrengungen mit sich. Wie der Pfarrer zum Beispiel. Der ist ohnmächtig geworden neulich nach der Beerdigung, der Tod der ehemaligen Pfarrermagd ist ihm nahegegangen, sonderbar eigentlich, was gehts ihn an, nun, wird ihn schon was angehen, umsonst wird man nicht ohnmächtig, und nachher die Predigt. Sie haben sie ja auch gehört, Sie waren drin, ganz hinten in der Kirche, aber Sie sind zu früh gegangen, Sie hätten sehen sollen, wie er nachher beim Amt war, wie ein Todkranker, es war aufregend, ich hab beinah nicht mehr singen können.
Daniela, halb betäubt von diesem Gezischel, kann sich nicht enthalten, entsetzt zu rufen: Sie sind der Sopran, nicht wahr?

Ja, ich spiele auch das Harmonium, schon lang, schon bei zwei Vorgängern vom Herrn Pfarrer hab ichs getan und alle waren zufrieden. Aber die Predigt, was sagen Sie zu der Predigt? Dieser Pfarrer, der hats auch nicht leicht mit sich ...
Daniela steht wie auf einem glühenden Eisenrost, aber sie muß warten bis die Näherin festgestellt hat, ob der Stoff vielleicht für drei Kleidchen reicht. Sie hofft jetzt nur, daß die Stecknadeln, die die Person in den Mund nimmt, ihr das Reden unmöglich machen. Vergeblich, sie hat eine fast bewundernswerte Geschicklichkeit, selbst mit den Nadeln zwischen den Lippen zu sprechen: Wahrscheinlich denkt man sich nichts in der Stadt, wenn ein Priester und eine junge Lehrerin miteinander reden, was ist auch dabei; aber hier in diesem Nest, da wird so was gesehen, beobachtet ... Wie sie diese Worte dehnt, sie genießt sie mit halbgeschlossenen Augen. Aber jetzt ist Danielas Geduld zu Ende. Weder ihre Höflichkeit noch ihre Klugheit reichen aus, um das zu ertragen. Zornig fährt sie auf: Kümmern Sie sich um Ihre Arbeit! Ich bin nicht gekommen, Ihre Meinung über den Herrn Pfarrer oder sonstwen zu hören, noch brauche ich Ihren Rat.
Das Gespenst wirft ihr einen blitzschnellen schiefen Blick zu. So? Brauchen Sie ihn nicht? Sie werden einmal wünschen, darauf gehört zu haben.
Sie sagt es sonderbar hochdeutsch, dann aber schweigt sie. Jetzt *darf* sie schweigen, da sie sicher ist, daß das Gift wirken wird.
Ja, es gibt drei Kleidchen, stellt sie schließlich fast unterwürfig fest, die Kinder sollen am Nachmittag kommen, damit ich genau Maß nehmen kann. Übrigens, wer zahlt den Macherlohn? Die Eltern nämlich ...
Das lassen Sie meine Sorge sein, sagt Daniela. Blaß vor Zorn wirft sie die Tür hinter sich zu. Wie ekelhaft war das. Verdächtigt man sie und den Pfarrer? Können sich diese Leute nicht vorstellen, daß man sich unterhalten kann über einen Zaun hinweg, den man nicht einmal vorsätzlich zu errichten braucht?
Dieses widerwärtige Gespräch hat ihr den Tag verdorben. Ein unheimliches Gefühl, eine solche Feindin zu haben. Aber womit hat sie sich diese Person zur Feindin gemacht? Daniela kommt nicht auf den Gedanken, daß die alte Jungfer jedermanns Feind ist und daß schnüffelnde Feindseligkeit allein dieses armselige Leben zu erhalten vermag.
Langsam und schweren Herzens geht Daniela den Weg am Graben zurück ins Dorf. Es wird dunkel, immer früher kommt die Nacht, bald wird es Winter sein. Nie im Leben hat sie sich so verlassen gefühlt, so hoffnungslos einer Unsicher-

heit ausgeliefert, die keine Gestalt hat und die man nicht stellen kann. Was hat sie gewagt, als sie gerade diesen Ort der Welt wählte, um irgend etwas zu arbeiten, das ihr schwer genug erschien ... Vielleicht war es Vermessenheit, vielleicht soll sie gedemütigt werden, vielleicht soll sie ihre engen Grenzen kennenlernen. Torheit, sich einzubilden, ein junger Mensch wie sie, ein einziger, könnte hier Ordnung schaffen. Welche Voraussetzung bringt sie denn mit? Sie ist unerfahren und nicht sehr kräftig, sie ist leicht einzuschüchtern, sie ist nicht eigentlich tapfer, nur hie und da, überraschend, und nicht aus eigener Kraft.
Daniela ist hellsichtig in ihrer Schwäche. Ich werde scheitern, sagt sie sich schonungslos. Doch sonderbar: dieser Gedanke hat keine Kraft, er zerschmettert sie nicht, er ist ohne Sinn. Noch während sie ihn denkt, erhellt sich ihr Geist. Obgleich dieses Licht mit der Plötzlichkeit eines Blitzschlags in sie fällt, hat es nichts von der grellen Schärfe eines Blitzes, es ist vielmehr das ruhige, nüchterne Licht eines klaren Morgens.
Ich werde scheitern, wiederholt sich Daniela hartnäckig, aber das Wort verwandelt sich, es verkehrt seinen Sinn, es klingt triumphierend. Unbegreiflich. Daniela mißtraut der raschen Tröstung. Ich bin zu sehr von Stimmungen abhängig, sagt sie sich ärgerlich; ich werde achtgeben müssen. Aber die Helligkeit hält an, sie nimmt noch zu, in diesem fremden süßen Licht werden seltsame Gedanken geboren, manche kaum in Worte zu fassen. Ein einziger nur wird wirklich greifbar, obgleich auch er vage genug scheint für einen so jungen Menschen: Ist es denn so schrecklich, zu scheitern? Die Erfolg haben, sie werden zufrieden, und die Zufriedenen, sind sie nicht schon im Leben tot? Erstickt unter der Last ihrer Erfolge und ihrer Zufriedenheit. Wer die Partie verliert, der ist der Sieger.
Sie versteht nicht eigentlich, was sie da denkt, aber sie weiß, daß es die Wahrheit ist, eine Wahrheit, die ebenso hart und unbegreiflich wie über alles Maß tröstlich ist. In diesem neuen Licht nimmt sich das böse Gerede des Nähstubengespensts aus wie dünner Rauch im vollen Mittagssonnenschein. Nachts freilich wird Daniela wachliegen und sich dieses giftigen Rauchs deutlich genug erinnern. Vorerst aber fühlt sie sich, ebenso leicht ermutigt wie verzweifelt, durchaus stark genug, noch einen Besuch beim kranken Schulleiter zu wagen. Man muß sein Fieber messen und ihm irgend etwas zu essen oder doch zu trinken bringen. Aus seinem Zimmer fällt Licht, Daniela bemerkt nur den Widerschein an der Kirchenmauer, das Fenster selbst wird sie erst sehen, wenn sie den Graben überquert hat. Nun sieht sie es: das Fenster ist weit offen und

dahinter steht der Schulleiter, im Nachthemd, ohne Mantel, er schaut angestrengt den Weg entlang, beim Geräusch von Danielas Schritten beugt er sich weit hinaus. He! ruft er, he, Sie da!
Daniela steht im Dunkeln, er kann sie nicht erkannt haben, offenbar hat er aufs Geratewohl gerufen, irgend jemand, den nächstbesten, dessen Schritt er hörte.
Ja, was ist? fragt Daniela, und da ihre Stimme immer etwas heiser klingt, wenn sie lang geschwiegen hat, erkennt er sie nicht.
Sie, wiederholt er, gehen Sie zur Kantine? Können Sie dort sagen, daß man mir eine Flasche Schnaps herüberschickt?
Ja, sagt Daniela, das werde ich tun.
Kommt ihm ihre städtische Stimme nun doch bekannt vor, da er Daniela nachruft: Wer sind Sie? Aber sie ist schon um die Kirche gebogen und im Dunkeln untergetaucht. Der Auftrag kommt ihr höchst gelegen. Soll sie ihm wirklich Schnaps bringen? Man sollte das nicht tun. Dieser fürchterliche Fusel, den sie hier trinken. Aber es geht sie nichts an. Sie will ihn nicht von der Trunkenheit heilen, und überdies: wenn sie ihm den Schnaps nicht bringt, wird ihn jemand andrer bringen.
Schnaps möchten Sie? fragt die Kantinenwirtin fassungslos.
Die Versicherung, daß er für den Lehrer ist, nicht für sie, bringt die Wirtin in noch größere Aufregung: Diesem versoffenen Kerl bringen Sie auch noch Schnaps? Sonst ist ihm unser Schnaps nie gut genug, er fährt in die Stadt zum Saufen, soll er ihn jetzt auch dort holen. Und Sie schickt er her? Da hört sich doch alles auf. Ich will Ihnen was sagen: lassen Sie die Hände von dem und von allen hier. So schlecht die Leute hier sind, so streng sind sie mit denen, die nicht zu ihnen gehören.
Schon wieder eine Drohung, eine dieser widerwärtigen Anspielungen? Daniela gibt nichts darauf. Ach, sagt sie freundlich, lassen Sie die Leute nur reden. Ich tu, wovon ich glaube, daß es tun muß.
Die Wirtin zuckt die Achseln über diese verstockte Person, aber ihr Blick verrät plötzlich einen Schimmer von Besorgnis und trauriger Teilnahme. Sie ist keine Feindin, sie hat Daniela das Rad geliehen, und wenn sie ihr mittags das Essen vorsetzt, bleibt sie neuerdings immer länger als unbedingt nötig bei ihr stehen, um irgend etwas zu reden, sie, die sonst kaum den Mund auftut außer zum Schelten. Dies ist einer der winzigen Siege, die Daniela mühelos errungen hat und die ihr kaum bewußt werden. Aber auch die Wirtin scheint sich dem Lager der Widersacher zuzuschlagen, wenn es darauf ankommt, Danielas schüchterne Tapferkeit zu brechen. Mehr

als die Worte der Wirtin könnte der Blick beunruhigen, mit dem sie Daniela nachsieht: der Blick des ratlosen und verlegenen Mitleids, den man einem Verlorenen gönnt.
Daniela aber, die verhaßte Schnapsflasche und ein Päckchen mit Brot und Butter im Arm, geht furchtlos auf das Schulhaus zu. Der Lehrer steht noch immer im Fenster. Mit welch gieriger Spannung blickt er den Weg entlang! Daniela vermeidet das Licht, sie umgeht es und gelangt unbemerkt ins Haus. Die Zimmertür ist unversperrt. Der Eintritt eines Engels oder eines Räubers könnte diesen Mann nicht mehr erschrecken. Mit einem gurgelnden Schrei stürzt er ins Bett und verkriecht sich. Ein Tier, das sich in den Bau rettet und sich dort sicher glaubt. Daniela kann ihr Gelächter kaum unterdrücken.
Hier ist der Schnaps, ruft sie, Sie haben mich in die Kantine geschickt. Wenn Sie mir sagen, wo der Korkenzieher ist, mache ich die Flasche auf.
Die Bettdecke verschiebt sich; es scheint, er verstopft sich unter der Decke die Ohren mit den Händen.
Es schadet nichts. Wenn ihn etwas bewegt, seinen stummen und wütenden Widerstand aufzugeben, dann werden es ohnedies nicht Danielas Worte sein; vielleicht aber wird es ihre schweigende Gegenwart sein. Niemand hat Daniela gesagt, was sie tun soll, um diesen Verstockten zu rühren. Sie hat nicht die geringste Hoffnung, irgendein anderes Wort als höchstens ein Schimpfwort von ihm zu hören. Und doch setzt sie sich an sein Bett, und voller Mitleid schaut sie auf diesen gewaltigen keuchenden Hügel von Fleisch, Zorn und Halsstarrigkeit, der in kurzen Abständen von qualvollen Hustenanfällen erschüttert wird. Das Kopfkissen ist naß von Schweiß.
Wer wird den seltsamen stummen Kampf zuerst aufgeben, er oder Daniela?
Was eigentlich liegt Daniela an diesem alten Trunkenbold? Fühlt sie sich etwa für seine Seele verantwortlich? Nichts liegt ihr ferner. ›Ich habe Mitleid mit ihm‹, das wäre alles, was sie auf diese Frage antworten würde. Sie weiß nicht, daß das, was sie empfindet, nicht Mitleid ist, sondern ein unbeirrbarer Sinn für die tief verschüttete Ergiebigkeit dieses verkommenen und mißhandelten Herzens.
Ein Anfall, schlimmer als die vorhergehenden, läßt ihn beinahe ersticken. Ohne Zweifel: in diesem Augenblick hat er Angst. Er, der nichts so sehr zu hassen glaubt wie sein Leben, er empfindet die besinnungslose Angst der Kreatur vor dem Tod. In seiner Not greift er blind nach einem Halt. Seine wild ausgreifende Hand findet keinen andern als Danielas Arm.

An ihn klammert er sich, als wäre er ein Rettungsseil, ihm zugeworfen in furchtbarer Seenot. Es ist ein harter, schmerzhafter Griff, Daniela unterdrückt mit Mühe einen Schrei, aber sie hält still.
Der Anfall läßt den Kranken fast bewußtlos zurück. Aber kaum hat er sich soweit erholt, daß er wieder atmen kann, rächt er sich dafür, daß sie Zeugin seiner Angst geworden ist. Eine Flut von Schimpfworten und Verwünschungen bricht aus ihm.
Daniela bemüht sich, sie zu überhören, aber es ist schwer möglich.
Scheren Sie sich endlich zum Teufel. Was suchen Sie hier? Warum drängen Sie sich auf, wenn ich Sie nicht haben will? Es genügt schon, daß Sie in diese Gemeinde und dieses Schulhaus gekommen sind. Wir haben Sie nicht gerufen. Lassen Sie mich wenigstens in Frieden verrecken. Ich brauche niemand, der zuschaut dabei. Oder möchten Sie sehen, wie mich der Teufel holt? Wie lange muß ich Ihr verdammtes Gesicht noch hier sehen?
Daniela ist bis zur Tür zurückgewichen. Aber ein sicheres Gefühl sagt ihr, daß sie jetzt nicht fliehen darf. Sie wird bebend ihren Posten halten.
Was stehen Sie noch da? Gehen Sie! Ich will, daß Sie sofort gehen! Ich will Sie nicht mehr sehen, nie mehr, verstehen Sie? Hinaus!
In seiner Wut reißt er das nächstbeste vom Tisch, um es nach ihr zu schleudern. Aber was er greift, ist die Schnapsflasche. Sein Zorn hat jenen Punkt erreicht, an dem ihn nur noch eine winzige Spanne vom Wahnsinn trennt. Mit beiden Händen wirft er die Flasche, sie zerspringt an der Türklinke, dicht neben Daniela. Augenblicklich füllt sich das Zimmer mit dem scharfen Geruch nach Fusel. Auf dem Boden breitet sich eine große Pfütze aus mit Glasscherben und Splittern darin. Aber die untere Hälfte der Flasche blieb unversehrt, sie enthält noch ein wenig Schnaps. Daniela bückt sich und hebt sie auf.
Sehen Sie, sagt sie mit zitternden Lippen, es ist noch ein Rest darin. Ich will ihn durch ein Sieb schütten, es könnten Glassplitter dabei sein.
Sie geht in die kleine Küche nebenan, um ein Sieb zu suchen. Als sie zurückkommt, liegt der Kranke still in den Kissen, das Gesicht mit beiden Händen bedeckt, zwischen seinen dicken Fingern quillt Feuchtigkeit hervor. Daniela fürchtet sich zu denken, daß es Tränen sind. Sie hat mit Mühe seine Verwünschungen ertragen. Seinen Tränen wird sie nicht gewachsen sein. Sie beginnt die Scherben und Splitter zu sam-

meln und die Schnapspfütze aufzuwischen, und nachdem dies getan ist, blickt sie aus dem Fenster, aber der Anblick der stummen Finsternis über dem Friedhof bietet keine Zerstreuung. Der Kranke liegt unbeweglich, die Tränen quellen nicht mehr, schon glaubt Daniela ihn eingeschlafen oder doch in die schmerzlose Ohnmacht der tiefen Erschöpfung gefallen, schon will sie ihn lautlos verlassen, da packt ihn ein neuer Hustenanfall von einer Heftigkeit und Ausdauer, die Daniela mit Entsetzen erfüllt. Sie kann ihm nicht helfen, aber sie hält seine Hand und wischt ihm den Schweiß von der Stirn. Er hat hohes Fieber, der Puls stößt hart und ungleich gegen ihre Hand, der Atem kommt pfeifend und nur nach qualvollen Pausen, in denen seine Adern zu knotigen Seilen anschwellen und in seinen schrecklich verdrehten Augen winzige Äderchen platzen. Wie leicht wäre es, diesen Kampf mit einer kleinen Codeïntablette zu stillen. Man muß sie ihm besorgen, heute noch. Aber wer wird in der Nacht noch in die Stadt fahren? Endlich legt sich der Anfall, der Kranke stürzt, ohne ganz zu sich zu kommen, augenblicklich in den Schlaf der tiefsten Erschöpfung.

Der Verwalter vom Torfwerk hat ein Motorrad, es wäre ein leichtes für ihn, in die Stadt zu fahren. Aber er ist so betrunken, daß man ihn, selbst wenn er wollte, in diesem Zustand nicht fahren lassen könnte. Auch der Wirt hat ein Motorrad, aber die Kantine ist schon geschlossen und dunkel, und wer würde es wagen, den Wirt zu wecken oder die Wirtin. Bleibt nur der Pfarrer. Er hat ein Rad. Auf den Stufen zum Pfarrhof kämpft Daniela einen langen und törichten Kampf, der damit endet, daß sie schließlich doch am Glockenstrang zieht. Der Pfarrer öffnet so rasch wie einer, der auf dieses Zeichen gewartet hat. Er glaubt offenbar, er würde zu einem Kranken gerufen. Ehe er im Halbdunkel Daniela gesehen hat, zeigt sein Gesicht die gesammelte und geduldige Aufmerksamkeit dessen, der zu jeder Stunde bereit ist zu gehen, wohin immer man ihn holt. Kaum aber hat er Daniela erkannt, verwandelt sich dieser Ausdruck in den der Bestürzung. Es gelingt ihm nicht sofort, sich zu fassen. Seine Verwirrung teilt sich Daniela mit, und so stehen sie sich einige Augenblicke lang in rätselhafter stummer Abwehr gegenüber. Aber es ist jetzt nicht die Zeit, solchen Regungen auf die Spur zu kommen. Daniela sagt rasch, was sie will. Aber hat sich denn alles gegen den kranken Schulleiter verschworen? Am Rad des Pfarrers ist ein Reifen geplatzt, der Wirt wird erst am nächsten Tag einen neuen aus der Stadt mitbringen. Als verrate er ein beschämendes Geheimnis, sagt der Pfarrer plötzlich, daß er früher, als Student, ein paarmal das Motorrad

eines Freundes benutzt habe. Wenn der Schuppen offen wäre, in dem der Schulleiter seines hat, so würde er versuchen ...
Aber doch nicht in der Nacht und nicht auf dieser schlechten Straße, wenn Sie nicht sicher sind!
Allein er besteht darauf, sofort zum Schulhaus hinüberzugehen. Das Tor zum Schuppen ist offen, der Zündschlüssel steckt. Welcher Leichtsinn. Aber wer sollte stehlen? Fremde kommen nicht hierher und die Torfstecher halten die ungeschriebenen Spielregeln der Moorgemeinde ein.
Der Pfarrer schiebt das Motorrad heraus, er probiert die Zündung und die Schaltungen, er tut es mit der kindlichen Lust eines jungen Burschen an der Technik, und schon fährt er los, viel zu rasch für jemand, der keineswegs ein sicherer geübter Fahrer ist.
Daniela möchte den Kranken nicht allein lassen, auch wenn er nicht in Lebensgefahr ist. Sie hat das Licht ausgeschaltet, nur aus der Küche fällt durch die spaltweit geöffnete Tür der Schein einer schwachen Lampe, nur so viel, daß Daniela das Gesicht des Kranken erkennen kann. Dieses arme verwüstete Gesicht. Es ist naß von Schweiß oder auch noch von den Tränen, die so überraschend aus diesen Augen gequollen waren, den trüben und stumpfen Augen eines Gewohnheitssäufers. Er schläft schwer. Hin und wieder erschreckt er Daniela mit einem besonders rauhen Stöhnen. Es geht gegen Mitternacht. In einer Stunde frühestens kann der Pfarrer zurück sein. Daniela ist müde, aber um nichts in der Welt würde sie sich gestatten, einzuschlafen. Sie wacht über dem Schlaf dieses Hoffnungslosen, als wäre es ihre einzige Pflicht.
Er liegt da, wie von einem überlegenen rohen Gegner hingeworfen. Erledigt. Der andre wendet sich von ihm, unsäglich gelangweilt. Alle wenden sich von ihm ab, von diesem überflüssigen alten Mann. Wenn er stirbt, wer wird ihm nachtrauern, wer wird ihn auch nur einen Tag vermissen? Nichts wird von ihm bleiben als die flüchtige und schaudernde Erinnerung einiger Leute an einen wüsten und nutzlosen Trunkenbold. Was hat er geleistet? Er hat Kinder gelehrt. Ja, aber wie. Sie werden sich seiner gelben haarigen Hand und der pfeifenden Hiebe seines Haselnußstocks noch erinnern, wenn sie erwachsen sein werden. Jeder kinderfreundliche Schuster, jede gutherzige Näherin, die lesen, rechnen und schreiben kann und sich einige einfache Kenntnisse in Erdkunde und Geschichte angeeignet hat, hätte es besser gemacht. Er tat es nur mit Widerwillen und mit Ekel. Was für ein Leben! Wer liebte ihn? Und wen liebte er? Diese fürchterliche Einsamkeit ... Und wo liegt der Anfang zu seinem Unglück? Wie weit zurück? War es schon immer?

Aber mit welchem Recht urteilt Daniela über sein Leben? Was weiß denn ein Mensch vom andern. Und hat sie vergessen, was sie einige Stunden vorher erkannt hat: der Gescheiterte ist nicht der Verlorene, er wird getröstet werden. Ja, gewiß, aber dieser da, was hat er denn gewagt, damit man sein Scheitern mit ehrfürchtiger Teilnahme ansehen könnte?
Er beginnt sich unruhig hin und her zu werfen, vielleicht bereitet sich ein neuer Anfall vor. Daniela wagt nichts Abfälliges mehr zu denken, als könnte sie ihm damit noch mehr Qual aufbürden. Mit Anstrengung hält sie sich an den Worten fest, die er ihr und dem Pfarrer gesagt hat: ›Ich bin auch einmal so gewesen.‹ Wie gewesen? Jung und tapfer und bereit für irgend etwas zu kämpfen? Ach, es muß sehr lange her sein. Was hier liegt, das hat längst aufgehört zu kämpfen und zu glauben. Zum erstenmal in ihrem Leben begreift Daniela, was Hoffnungslosigkeit ist. Sie schaudert bei diesem flüchtigen Blick in den Abgrund. Aber ist er denn nicht mehr zu retten, mein Gott, kann man diesem Leben keinen Sinn mehr geben? Ist nichts da, wofür er sich noch einmal, zum letztenmal, in die Schanze schlagen könnte?
Plötzlich fühlt sie seinen Blick. Er hat die Augen aufgeschlagen, er ist wach. Schon macht sie sich auf eine neue Flut von Verwünschungen gefaßt, aber alles, was er sagt, ist dies: Sind Sie noch immer da? Er sagt es nicht einmal verärgert, sondern überrascht und betroffen. Sie versucht zu verhindern, daß er spricht, sie fürchtet einen neuen Anfall, sie möchte, daß er weiterschläft, darum spricht sie leise zu ihm und sanft wie zu einem Kind: Der Pfarrer ist in die Stadt gefahren, um ein Mittel gegen Ihren Husten zu holen, Sie sollen sich nicht so unnötig quälen, er wird bald zurück sein. Hoffentlich sind Sie nicht böse: er hat Ihr Motorrad genommen ...
Eine ganze Weile spricht sie so auf ihn ein. Er hat die Augen geschlossen, sie glaubt, er schläft, aber plötzlich sagt er laut und rauh: Ich verstehe Sie nicht. Was geht Sie das eigentlich an? Wieso kümmern Sie sich um mich?
Auch wenn Daniela wollte, auf diese Frage kann sie keine Antwort geben. Sie weiß es nicht.
Zudem fürchtet sie, daß ein Wort von ihr seine Wut von neuem wecken könnte, darum schweigt sie, und schweigend macht sie sich am Ofen zu schaffen.
Hören Sie, sagt er dringlich, ich habe Sie was gefragt. Ich möchte wissen, warum Sie hier bei mir sind.
Ach Gott, sagt Daniela, warum? Vermutlich, weil niemand andrer sich um Sie kümmert.
Er beginnt sich aufzurichten und schließlich sitzt er da mit wild gesträubtem Haar, das offene Nachthemd klebt feucht

an seiner behaarten Brust, das Weiße der Augen ist dunkel geädert. Ein Schreck für Kinder, und auch Daniela wirft einen furchtsamen Blick auf ihn.
Ich will aber nicht, fährt er fort, verstehen Sie, ich will nicht, daß sich irgend jemand um mich kümmert. Sie will ich am allerwenigsten hier sehen.
Das ist grob, aber er sagt es ohne Nachdruck, kraftlos. So wie er es sagt, ist es nichts als eine mürrische Feststellung, die nicht überzeugt. Daniela, noch immer mit der schwachen Glut im Ofen beschäftigt, an der sich das feuchte Erlenholz nicht entzünden will, schweigt. Sie braucht ihren Atem dazu, in die Glut zu blasen.
Mit der gleichen ohnmächtigen Stimme fährt er, zu ihrem Rücken sprechend, fort:
Sie denken wohl, ich bin sterbenskrank, wie? Und man kann mich nicht mehr allein lassen? Da irren Sie sich. Wenn ich will, kann ich morgen aufstehen und Schule halten. Ich will nur nicht. Ich will hier liegenbleiben und verrecken. Ist das so sonderbar, daß einer das will? Muß man ihn bewachen dabei? Zwanzig Jahre lang habt Ihr Euch nicht um mich gekümmert. Jetzt, wo es aus ist mit mir, jetzt kommt Ihr, Sie und der Pfarrer und weiß der Teufel wer noch. Aber Ihr kommt zu spät. Ich bin erledigt.
Daniela flüstert: Es ist nie zu spät.
Wie gut, daß das zischende Prasseln der Erlenscheite in den neu entfachten Flammen diese Worte unhörbar macht. Er hätte das, was für sie eine schöne, starke, frische Wahrheit war, nur für einen billigen und längst bis zur ekelhaften Schalheit abgenutzten Trost genommen.
Sie scheint ausschließlich damit beschäftigt, Asche und Holzkohle, die aus dem Schürloch gefallen sind, mit einem Handbesen zusammenzufegen. Aber ihre Gedanken arbeiten heftig: Hat er nicht bitter recht mit dem, was er sagt? Man hat sich nicht um ihn gekümmert. Man hat ihn allein gelassen.
Sie fühlt durch und durch, wie allein er ist, wie ganz und gar verlassen. Aber ist nicht jeder Mensch allein? Der Pfarrer, wie sehr allein ist er. Doch nein. Was sagte er damals? ›Ich bin nicht allein, ich habe Gott.‹ Nun, schön und gut, das sagt er so, aber Daniela möchte wetten, daß dieser Gedanke an den langen feuchten Herbstabenden, beim ewigen Sausen der Kiefern, bisweilen seine tröstliche Kraft einbüßt und recht flach und dürftig wirkt. Was dann? Und sie selbst, ist sie weniger allein? Sie hat alle verloren, die ihr teuer waren, und sie weiß bis heute noch nicht, wie das geschehen konnte. Man muß sich eben abfinden mit dieser Einsamkeit.
Wie hart und überheblich sie ist in ihrer Jugend und uner-

probten Kraft! Doch ein rascher Blick auf den Kranken, der wieder in die Kissen zurückgesunken ist, ruft sie zur Barmherzigkeit. Ganz gleich, was man von diesem Mann hätte fordern können, früher — jetzt ist er alt und hoffnungslos. Um nichts in der Welt könnte sie ein Trostwort für ihn finden. Wie sehr wünscht sie jetzt den Pfarrer herbei. Vielleicht weiß er, was diesem Mann zu sagen ist in einer solchen Stunde. Pfarrer haben Übung im Trösten.
Es geschieht nicht zum erstenmal, seitdem sie hier ist, daß sie plötzlich etwas sagt, wovon sie einen Augenblick vorher noch nicht ahnte, daß es über ihre Lippen kommen würde.
Ich weiß nichts von Ihrem Leben, sagt sie leise, während sie aufsteht; es scheint nicht glücklich gewesen zu sein. Zwanzig Jahre hier im Moor, das war schwer genug. Ich denke, Sie hätten fortgehen können von hier. Sie haben es nicht getan. Sie haben sich eine harte Buße auferlegt.
Er schaut sie trüb an aus seinen verquollenen Augen. So, sagt er langsam, so, das meinen Sie. Sie meinen also, ich hätte für irgend etwas gebüßt. Aber für was, können Sie mir das auch sagen, wenn Sie schon so gescheit sind?
Er verhöhnt sie, aber in seiner Stimme ist etwas, das Angst verrät.
Ach, sagt sie, das weiß ich nicht. Jeder von uns hat etwas getan, wofür er büßt.
Meinen Sie? Und wenn ich nun dafür büße, daß ich meine Kraft überschätzt habe, was sagen Sie dazu, Sie strenge Richterin?
Das klingt schneidend. Es ist ein Stich mit der blanken Waffe, der sie beide trifft.
Dann sagt er lauernd: Wissen Sie jetzt, warum Sie hier sind in meinem Zimmer und mich pflegen wollen? Geht es Ihnen noch nicht auf, nein? Habe ich Ihnen nicht gesagt am ersten Tag, daß Sie wieder fortgehen sollen, daß es ein Verbrechen ist, hierzubleiben? Erinnern Sie sich? Aber Sie in Ihrem Trotz und Hochmut, Sie bleiben. Und Sie werden kaputtgehen an diesem Trotz, so wie ich kaputtgegangen bin. Begreifen Sie jetzt? Wir sind Komplicen. Sie am Anfang, ich am Ende. Es ist dasselbe.
Wie er das sagt! Hohn, durchtränkt mit bitterer Traurigkeit.
Ehe Daniela etwas erwidern kann, fährt er fort: Der Pfarrer hat am Sonntag über die Sünde gepredigt, hat man mir erzählt. Der arme Kerl. Als ob er wüßte, was Sünde ist. Aber ich, ich weiß es: Trotz ist Sünde. Überheblichkeit ist Sünde. Und nachher, nach der Niederlage die Schwermut. Nicht mehr wollen aus Trotz und Gekränktsein, sich fallen lassen in die schmutzigste Schwermut, das ist es. Und da kommt man

nicht mehr heraus. Da bleibt man liegen. Da gibt es nichts anderes mehr als zu verrecken. Und jetzt lassen Sie mich in Ruhe. Sie sind ein gutes Kind, aber wenn Sie glauben, mir helfen zu können, dann sind Sie einfach dumm.
Plötzlich streckt er ihr seinen Arm entgegen. Da, fühlen Sie meinen Puls, spielen Sie Krankenschwester, damit Sie sich einbilden können, etwas für einen armen alten Mann getan zu haben. Das ist es doch, was Sie wollen, nicht wahr?
Das ist zuviel für Daniela. Wenn sie jetzt nicht wütend werden will, muß sie rasch hinausgehen, ohne auch nur mehr einen einzigen Blick auf ihn zu werfen. Sie hat gerade noch die Kraft, die Tür leise zu schließen und die Stiege hinunterzulaufen, aber nicht mehr Kraft genug, nach Hause zu gehen. Sie läßt sich auf die Schulhausschwelle fallen und starrt in die Finsternis.
Einige Augenblicke später wird oben die Tür aufgerissen. Seine schweren Schritte tappen bis zur Stiege, er scheint sich über das Geländer zu beugen, es kracht unter seiner Last; so steht er eine Weile, schweigend, dann schlurft er ins Zimmer zurück. Durch die geschlossene Tür aber dringt alsbald seine Stimme. Er stößt gotteslästerliche Flüche aus. Dazwischen schlägt er mit den Fäusten auf den Tisch oder irgendeinen andern hölzernen Gegenstand. Schließlich wirft er sich ins Bett und, was zu erwarten war, augenblicklich ereilt ihn ein neuer Anfall, der sich selbst aus der Entfernung schrecklich genug anhört. Aber Daniela bleibt sitzen. Endlich wird es ruhig oben, die Nacht erscheint nun unbeschreiblich still. Und jetzt, da die Spannung von Daniela abfällt, beginnt sie zu weinen. Worüber weint sie denn? Über diesen verzweifelten alten Mann? Oder ist es nur Übermüdung und Schwäche? Auch wenn sie es im Augenblick nicht genau weiß: sie weint darüber, daß die Menschen gefangengehalten werden in jenem Netz aus Schwermut, das so alt ist wie die Menschheit selbst oder doch nur um wenige Schöpfungsstunden jünger; so alt wie der Tod und so unerbittlich und unentrinnbar wie er. Für alle das gleiche Los, seit Anbeginn, und weiter so, bis der letzte Mensch dahin sein wird. Und die Hälfte der Kraft, die einem gegeben ist, verbraucht man im Kampf gegen dieses graue, schwere, triefende Netz ... Wer hat es ausgeworfen? Und warum?
Daniela friert vor Kälte und Traurigkeit. Lang nach Mitternacht erst trägt der Wind von fern das Geknatter des Motorrads heran. Es kommt sehr rasch näher. Dieser Leichtsinnige muß ein unerlaubtes Tempo haben, und dies auf dem schlechten Weg mit den tiefen Fahrrinnen, und in der Nacht. Er nimmt die Kurve um das Schulhaus wie ein Rennfahrer. Im

Absteigen schon reicht er Daniela das Päckchen. Hier, das Codeïn.
Nichts weiter. Er wird so müde und erschöpft sein von der Fahrt, daß er gleich nach Hause gehen will. Daniela wartet, bis er das Motorrad in den Schuppen geschoben hat. Es scheint ihr, daß er hinkt. Noch immer die Folge des kleinen Sturzes auf der Sakristeitreppe? Plötzlich sieht sie, daß seine Hose unterm Knie zerfetzt ist. Ohne Zweifel: er ist auf der Fahrt gestürzt. Kein Wunder bei diesem Tempo, und ungeübt wie er ist. Es wird kein allzu schlimmer Sturz gewesen sein. Danielas Schrecken ist sicherlich übertrieben. Aber alles was sie zu sagen wagt, ist die beiläufige Frage: Wie war die Fahrt?
Er antwortet fast fröhlich: Es ging besser, als ich dachte. Aber es ist ein sehr altes Ding, ich wundere mich, daß es die Fahrt ausgehalten hat. Es ist so kaputt und so zäh wie sein Herr.
Ach, sagt Daniela, der ist schlimmster Laune. Er will nicht, daß ich ihn pflege; er flucht, wenn er mich sieht.
Der Pfarrer lacht, ein wenig nur, kurz und leise. Aber haben Sie denn etwas anderes von ihm erwartet? Er ist die Verstocktheit in Person. Dann, sehr ernst, fügt er hinzu: Aber diese Verstockten gäben ihr Leben darum, wenn sie aus ihrem Trotz herausfänden. Der Kranke da oben, der ist nicht so wie er sich zeigt, das habe ich längst erraten. Darum ist er auch so böse auf mich. Und nun kommen auch Sie noch und sind seinem Geheimnis auf der Spur. Das merkt er. Darin hört er fein. Glauben Sie mir: der fühlt sich jetzt wie ein Fuchs im Kesseltreiben.
Ja, sagt Daniela, er ist ein sehr gehetzter Fuchs, er ist am Ende. Wenigstens sagt er so. Sehen Sie ihn sich an. Er hat wieder ein paar schlimme Anfälle gehabt.
Sie öffnen leise die Tür. Er schläft. Es hat keinen Zweck, ihn zu wecken. So legt Daniela das Codeïn auf den Tisch, stellt ein Glas Wasser daneben und lehnt einen Zettel daran: ›Bitte, gleich nach Erwachen eine Tablette nehmen.‹
Sie sprechen kein Wort. Während Daniela leise hantiert, steht der Pfarrer an der Tür. Er fühlt sich gewiß unbeobachtet, denn er hält die Augen geschlossen und seine Lippen bewegen sich lautlos. Wahrscheinlich betet er. Daniela wagt kaum ihn anzusehen, aber sie dehnt die Szene unendlich aus. Diese Minuten des Friedens... Ein Augenblick der tiefsten Stille mitten im Kampf.
Da Daniela sich schließlich aufrichtet, begegnet sie dem Blick des Pfarrers. Was für ein Blick... Undeutbar für Daniela. Eines Tages wird sie es erfahren, sie wird es hören aus dem Mund des Schulleiters, der keineswegs schläft, sondern aus

zusammengekniffenen Augen sie beide beobachtet, seine Feinde, diese ungebetenen Krankenpfleger.
Beim Hinausgehen hat Daniela das deutliche Gefühl, daß er ihnen höhnisch nachsieht; sie wendet sich um, seine Augen können sich nicht so rasch schließen, daß ihr fiebriger Glanz sie nicht verrät, doch behält Daniela ihre Beobachtung für sich. Am Fuß der Treppe fällt ihr ein, daß es nicht gut ist, die ganze Packung Codeïn da oben liegenzulassen, griffbereit. Es ist immerhin Gift.
Glauben Sie nicht, Herr Pfarrer, daß er in diesem Zustand fähig wäre ... Und wenn es ihm so leicht gemacht wird. Er ist verzweifelt genug, es als Aufforderung zu betrachten.
Wenn er das wollte, antwortet er gelassen, dann könnten wir ihn nicht daran hindern. Oder wollen Sie ihn beobachten Tag und Nacht wie einen Irren? Sehen Sie nicht, daß er dort angekommen ist, wo ihn kein Mensch mehr erreicht? Er ist jetzt in der Hand Gottes. Jetzt wird ihm nichts mehr geschehen, als was Gott ihm bestimmt hat.
Nach einer kleinen Pause, ganz einfach und leise: Man könnte ihn darum beneiden. Nie ist der Mensch geborgener als dann, wenn er sich selbst aufgegeben hat.
Das ist etwas, das Daniela begreifen müßte. Es sind noch nicht mehr als fünf oder sechs Stunden vergangen, seitdem ihr jene Einsicht kam, die ihren Jahren rätselhaft vorauseilt: Wer verliert, der ist der Sieger. Aber jetzt, da sie dieses dunkle Wort aus seinem Munde hört, jetzt will sie es nicht mehr verstehen. Fast verärgert sagt sie: Aber so ist das doch nicht. Wenn einer im ehrlichen Kampfe fällt, dann ja. Aber so wie er ... Er hat sich einfach mitten im Kampf selbst fallen lassen, ohne den Ausgang zu kennen. Er hat ...
Sein Blick läßt sie verstummen. Wir wissen nichts von seinem Kampf, sagt er ruhig, aber es klingt streng wie ein Tadel.
Doch sie ist voll vom Trotz jener, die sich schon geschlagen wissen und versuchen, wenigstens mit Worten noch einen armseligen Sieg zu erringen. Nun bitte, sagt sie, hat er nicht vor fünfzehn Jahren schon genauso getrunken wie jetzt? Man hat es mir doch erzählt. Und die Schule ist auch nicht seit gestern verwahrlost, sondern von Anfang an. Sie wissen so gut wie ich, daß er den Kampf aufgegeben hat, ehe er ihn wirklich begonnen hat.
Aber warum, fragt er sanft und fast ein wenig belustigt, warum klagen Sie ihn so heftig an, da Sie ihn doch ebenso lieben wie ich ihn liebe, diesen, der sich für den wertlosesten und verlorensten aller Menschen hält und der nicht einmal wagt, auf Freundlichkeit zu hoffen, nicht bei Gott und nicht bei Menschen?

Daniela hat eine hilflos feindselige Bemerkung auf der Zunge, aber sie sagt nur: Wissen Sie, was er mir eben gesagt hat? Er hat gesagt, seine Schuld liegt darin, daß er seine Kraft überschätzt hat, früher, und dann sagte er noch...
Die elektrische Birne im Schulausgang ist schwach genug, um Daniela glauben zu machen, er sehe die Tränen nicht, die ihr plötzlich in die Augen schießen. Aber schon verrät sie das Beben ihrer Stimme. Er sieht sie ruhig an und mit dem Ausdruck grenzenloser Bereitschaft zu verstehen. Gott weiß, wieviel Kraft es sie kostet, bei diesem Blick nicht in unaufhaltsame Tränen auszubrechen und mit leiser, aber fester Stimme den begonnenen Satz zu Ende zu sprechen: Und dann sagte er noch, ich sei wie er und ich würde genauso wie er zugrunde gehen.
Der Pfarrer antwortet nicht sofort. Plötzlich aber fühlt sie seine Hand auf ihrem Arm, eine leichte Berührung, ganz flüchtig nur, und doch erschrickt Daniela tiefer als ein Lamm, dem unvermutet das glühende Brandeisen des Bauern den Stempel ins Fell drückt. Dazu seine Stimme, ruhig und sicher: O nein. Sie werden nicht zugrunde gehen. Sie nicht.
Und warum nicht? fragt Daniela. Woher wollen Sie das wissen?
Weil Sie stark sind. Er sagt es zögernd, denn er verrät etwas, das sie nicht wissen dürfte. Aber sie versteht ihn ohnedies nicht.
Ich? ruft sie überrascht und bestürzt. Ich bin doch nicht stark. Wenn Sie wüßten...
Ich weiß, sagt er. Aber es ist trotzdem so. Sie sind fast zu stark. Das ist gefährlich.
Sie blickt verstört zu ihm auf. Was sagen Sie da. Sie kennen mich doch nicht.
Er antwortet nicht. Sie haben zusammen das Schulhaus verlassen. Die Nacht ist hier so dunkel und so still wie kaum irgendwo sonst. Selbst der schwache Wind, der unaufhörlich über die Ebene hinstreicht, ist jetzt ohne Laut. Kein Hund, kein menschlicher Schritt, keine Stimme. Und auch der Pfarrer und Daniela schweigen. Es ist so finster, daß niemand, der den Weg nicht viele Male bei Tag und Nacht gegangen ist, ihn finden würde. Auf dem Holzsteg, dessen Geländer so morsch ist, daß niemand mehr wagt es zu berühren, fühlt Daniela sich am Arm ergriffen und geführt, ein paar Schritte weit nur, dann ist es nicht mehr nötig. Einen Augenblick lang war Daniela versucht, sich dieser kräftigen und behutsamen Hand zu entziehen, dann überließ sie sich ihr, und für kurze Zeit fühlte sie wie einen Schauer das Glück des stummen Gehorsams, ein Glück, das ihr unsäglich fremd erscheint und das

sie sich nicht länger als für diesen kurzen Weg über den Graben wünschen kann. Und doch wird die Erinnerung daran sie nicht mehr verlassen.
Plötzlich ein Geräusch im Dunkeln. Es ist nicht das Schilf. Der Wind ist zu schwach, um es zu bewegen. Hunde gibt es nicht im Dorf. Ein Mensch? Aber wer ist um diese Zeit hier unterwegs, wer als einer, den eine bestimmte Absicht gerade in dieser Stunde auf den Weg zum Pfarrhof führt und hinter den einzigen Strauch, der an der kahlen Böschung wächst. Daniela ist stehengeblieben, aber der Pfarrer sagt, weitergehend, laut und ruhig: Kommen Sie, es ist ohne Bedeutung.
Die Heftigkeit ihrer Furcht belehrt Daniela darüber, daß es keineswegs ›ohne Bedeutung‹ ist. Sie sind bewacht. Die Worte der Näherin, die gutgemeinte Warnung der Kantinenwirtin, und nun dieses ... Aber sie erzählt ihm nichts. Um so mehr bestürzen sie seine Worte: Haben Sie keine Angst, Gott wird uns schützen.
Obgleich sie nüchtern und angstvoll denkt: ›Nichts wird uns schützen vor der Feindseligkeit dieses unsichtbaren und zielbewußten Beobachters‹, fühlt sie sich bis ins Innerste getroffen von der kargen Zärtlichkeit, die seine Worte verraten. Noch lang, während sie schlaflos liegt, steigt die Flut in ihrem Herzen. Hat sie die Freundschaft dieses sonderbaren Pfarrers errungen? Und womit? Und ist es nicht ein zweifelhaftes Glück, sie zu besitzen? Welchen Preis wird sie dafür bezahlen müssen? Und er, auch er ... Drei Warnungen an einem Tag. Man sollte sie hören. Noch ist es Zeit.
Nein. Es ist zu spät. Daniela weiß es. Seit dem ersten Tag ist es zu spät.
Von dieser Nacht an wird Daniela die Angst vor dem unsichtbaren Widersacher nicht mehr ablegen, bis ihr Schicksal sich erfüllt hat.

Zwölftes Kapitel

Bis zum Ende des Monats hat Daniela keinen Tag erlebt, der es ihr gegönnt hätte stillzusitzen und Atem zu holen. Jetzt ist es Sonntagnachmittag, Anfang Dezember. Der fünfzehnte Tag, seitdem der Nebel einfiel, der nicht mehr weichen wird bis zum ersten Schneefall. Nie hat Daniela einen solchen Nebel erlebt. Er ist so dicht, daß man zu ersticken glaubt, er dringt bis auf die Haut, er sickert langsam durch die Mauern der Kirche und des Schulhauses, er füllt die Holzwände der Baracken mit dunkler Feuchtigkeit. Jeder Laut stirbt in ihm,

und niemand sieht weiter als sein eigner Arm reicht. Wer jetzt vom Weg abkommt, wird ihn nie mehr finden.
Daniela sitzt in ihrem Zimmer, sie hat den Tisch in das schwache graue Tageslicht gerückt, das gerade noch ausreicht, um den Platz am Fenster so weit zu erhellen, daß man dort schreiben kann. Sie hat einen Brief an ihre Eltern begonnen. Bereits dreimal hat sie es versucht in den vergangenen Wochen, aber die Sätze, die sie niedergeschrieben hatte, waren erschreckend trocken und fremd. Wie aber soll man schreiben an Menschen, von denen man nicht erwarten kann, daß sie auch nur ein Wort verstehen. Seitdem Daniela begonnen hat, die Gedanken der Torfstecher zu denken und ihre Leiden zu leiden, spricht sie auch ihre Sprache. Sie ist karg und rauh. Unverständlich für Leute, wie es ihre Eltern sind.
Aber nun, seit gestern, seitdem sie Nachricht bekommen hat von der Krankheit ihres Vaters, fühlt sie, daß der Brief endlich geschrieben werden muß. Der arme Vater, zweifellos ist er krank vor Kummer um die Tochter, die so schwer zu begreifen ist, so eigensinnig und unvernünftig, und so hart zu denen, die sie lieben. Dieses törichte Geschöpf, das mit eigner Hand, grundlos, aus überspannter Laune, ihr Lebensglück zerstört und das des jungen Mannes, mit dem sie verlobt war . . .
Dieser junge Mann ist hiergewesen, tags zuvor, unangemeldet und gänzlich unerwartet. Daniela kam eben aus dem Schulhaus. Sie hat, wie jeden Tag, den kranken Schulleiter besucht, der sich ihre Pflege mit stummer Verdrossenheit gefallen läßt seit jenem Nachmittag, an dem der Schularzt bei ihm war. Der ahnungslose Doktor, welche Szene hat er heraufbeschworen. Völlig verstört stürzte er die Treppe herunter. Ein Wahnsinniger, rief er Daniela zu, hören Sie sich das an! Ich kann nichts tun, er läßt sich nicht untersuchen, er ist tobsüchtig, ich lehne jede Verantwortung ab.
Noch lange, nachdem er gegangen war, hörte Daniela die entsetzlichsten Flüche aus dem Krankenzimmer. Erst eine Stunde später wagte sie es, zu ihm zu gehen. Er schien völlig ermattet, aber noch immer aufgebracht. Seine Stimme war heiser geschrien, er konnte nur mehr flüstern.
Dieser Idiot von Arzt! Natürlich haben Sie ihn mir geschickt. Habe ich Sie darum gebeten, wie? Was fällt Ihnen ein?
Daniela versuchte ihm zu erklären, daß der Arzt im Auftrag des Schulrats gekommen war und nicht auf ihre Anordnung, aber das besänftigte ihn keineswegs.
Ein solcher Idiot, wiederholte er keuchend. Was sagt er: ins Krankenhaus soll ich. Haben Sie gehört? Nicht einmal verrecken darf der Mensch wo und wann er will. Ins Kranken-

haus, ins Leichenhaus, jawohl, damit sie was verdienen, die Schakale. Aber mich bringt hier keiner lebend heraus. Hoffentlich bricht er sich das Genick auf der Heimfahrt, dieser Narr. Wie er mir zugeredet hat! ›Nun seien Sie schön vernünftig.‹ Ich! Als wäre ich ein Irrer oder ein böses Kind.
Die Erinnerung versetzte ihn erneut in Raserei.
Daniela hat bereits gelernt, ihn in solchem Zustand richtig zu behandeln: sie schweigt, sie macht sich irgend etwas zu tun, sie wartet, bis ihn die Erschöpfung oder ein Anfall zwingt zu verstummen.
Die Angst vor dem Krankenhaus aber, die Angst davor, so krank zu werden, daß er sich nicht mehr dagegen wehren könnte von hier weggeholt zu werden, sie macht ihn gefügig. Er nimmt die Medizin, die Daniela ihm auf den Tisch stellt, und er ißt gehorsam einige Bissen, freilich immer erst, wenn Daniela gegangen ist. Solange sie im Zimmer ist, stellt er sich, zur Wand gedreht, schlafend. Welche Wohltat für sie beide! Als Daniela eines Tages später als sonst kam, sah sie seinen Schatten am Fenster, er hatte sie offenbar erwartet und konnte seine Gereiztheit über ihre Unpünktlichkeit kaum verbergen, als sie endlich kam. Das Glas mit Kiefernzweigen aber, das sie ihm auf den Tisch gestellt hatte, fand sie ein paar Stunden später zerschmettert auf der Straße unter seinem Fenster.
Sie war eben damit beschäftigt, die Scherben, auf die sie im Nebel unversehens getreten war, mit der Schuhspitze beiseite zu schieben, da näherte sich ein Auto, sehr langsam. In dem dicken milchigen Grau waren selbst die starken Scheinwerfer ohnmächtig, sie reichten kaum ein paar Meter weit und waren nichts als ein Paar schwachglühende Punkte. Wer mußte ausgerechnet bei einem derartigen Nebel hierher kommen! An die Schulhausmauer gedrückt, wollte Daniela das Auto vorbeifahren lassen. Aber es fuhr nicht weiter, es hielt dicht vor ihr.
Warum blieb ihr dieses Wiedersehen nicht erspart? Sie hatte schon vergessen. Dieser Mensch, er gehörte einer Welt an, die sie hinter sich gelassen hatte wie einen Weideplatz, der nichts mehr gibt. Das Tor im Zaun ist zugefallen hinter ihr. Nicht einmal die Erinnerung an das kurze harte Geräusch, mit dem es sich zum letztenmal in den Angeln drehte, verblieb in Danielas Ohr. Vorbei.
Warum kommst Du?
Welche Frage für den Liebenden! Für Daniela aber war es nichts weiter als eben eine Frage. Sie wußte wirklich nicht, warum er kam. War denn nicht alles zwischen ihnen entschieden? Aber sie konnte ihn nicht auf der Straße stehenlassen, sie war höflich zu ihm wie zu irgendeinem Gast, dem man nichts Böses will, sie führte ihn in ihr Zimmer. Hier saß er,

auf dem eisernen Stuhl mit der Aufschrift ›Brauerei Burgfeld‹.
Wie rührend war seine Bemühung, nicht zu verraten, daß ihn
graute vor der Häßlichkeit dieses Zimmers. Sein Gesicht war
verzerrt von der ehrlichen Anstrengung, zu begreifen. Aber
in seinen Augen war nichts zu lesen als die alte und törichte
Frage aller Verlassenen: Warum hast Du mir das angetan...
Als ob Daniela darauf eine Antwort wüßte, die er verstehen
könnte. Versteht sie selbst denn? Sie weiß nur, daß sie keine
Wahl hatte, weder zwischen Ehe und Einsamkeit noch zwischen Geborgenheit und Gefahr und nicht zwischen ihm und
den Torfstechern. Alles war, so scheint ihr, über ihren Kopf
hinweg und quer durch ihre Pläne hindurch entschieden
worden.
Du wirst mir doch nicht erzählen, daß Du hier glücklich
bist.
Mein Gott, ›glücklich‹. Was für ein Wort, glücklich bin
ich natürlich nicht. Aber wenn Du mich fragst, ob ich unglücklich bin, dann kann ich Dir ehrlich sagen: nein, ich bins
nicht. Ich habe hier eine Menge zu tun. Du solltest die Kinder
sehen. Als ich hier ankam, hatten sie den Kopf voller Läuse.
Und Grind. Weißt Du überhaupt, was Grind ist? Und die
Baracken, in denen sie wohnen! Du würdest denken, es sind
Viehställe. Und die Hälfte der Kinder kommt in Holzpantoffeln zur Schule und ohne Strümpfe, und die andern,
die Schuhe haben, du lieber Gott, meine Eltern haben Schuhe
in die Abfalltonne geworfen, die ihnen zu schlecht waren zum
Verschenken, und sie waren besser als die hier...
Warum erzählt sie ihm das alles? Hat sie gehofft, in ihm einen
Freund zu finden und Bundesgenossen? Je länger er ihr zuhörte, desto deutlicher trat in seinem Gesicht der mühsam
verborgene Ekel zutage, ein Ekel, der sogar den Ausdruck
ratloser und törichter Klage überdeckte, der Daniela ein wenig hätte rühren können.
Trotzdem bezwang er sich und stellte sogar eine Frage: Sind
die Kinder wenigstens gesund?
Ach, gesund, wie sollten sie gesund sein, wenn sie unterernährt
sind. Vorige Woche war der Schularzt hier, er hat sie untersucht. Fünfzehn von hundert haben Tuberkulose...
Das Entsetzen darüber schien ihn zu lähmen. Tuberkulose?
Aber da steckst Du Dich doch an! Wie gräßlich.
Sie tat seine Furchtsamkeit mit einer Handbewegung ab. Acht
von den Kindern sind schon in einer Heilstätte, für die andern
suche ich noch Plätze.
Seine Geduld reichte noch aus, um zu hören, daß Daniela von
einem Apotheker unentgeltlich jede Woche ein Paket Lebertran für die Kinder bekomme, dann aber rief er plötzlich voll

unbeherrschten Zorns: Ja, für fremde Kinder bist Du da, statt eigene zur Welt zu bringen. Du, jung und gesund, und sitzt hier und suchst fremden kranken Bettelkindern die Läuse ab. Das kann ich nur als Verrücktheit ansehen. Du entziehst Dich der eigentlichen Aufgabe, indem Du Dich in irgendeine andre stürzt.
Sie ließ ihn reden. Was hätte es genützt ihm zu sagen, daß sie hierhergegangen war als eine Blinde und Taube, eine im Schlaf Gerufene. Was er sagte, tat nicht weh, es rann an ihr vorüber wie ein Bach, der schmutziges Hochwasser führt, aber ihren Fuß nicht netzt. Nur einmal zuckte sie zusammen, einmal traf er sie: Andern, Fremden, willst Du helfen. Eine Art Heilige willst Du spielen, gesteh es nur. Aber hast Du je bedacht, daß jeder Mensch erst einmal in dem Kreis lieben soll, der ihm der nächste ist?
Als er merkte, wie teuflisch gut gezielt das war, fuhr er unbarmherzig fort: Uns hast Du kalten Herzens verlassen. Was wir empfinden, ist Dir gleichgültig, nicht wahr, darauf verschwendest Du keinen Gedanken. Unsere Leiden bedeuten Dir nichts im Vergleich zu den Leiden dieser Bettler hier.
Da hast Du recht, sagte sie leise.
Da haben wir es! rief er, bleich vor Erregung. Du sagst es also selbst. Und dies soll ich Deinen Eltern sagen: Eure Leiden bedeuten Daniela nichts.
O Gott, flüsterte sie, warum hast Du mich gezwungen, das zu sagen. Aber ich kann es nicht zurücknehmen, es ist wahr. Ich gehöre nicht mehr zu Euch. Ich bitte Dich: laß mich hier und komm nicht wieder.
Er glaubte sie den Tränen nahe, und schon war ihm, als sehe er einen Schimmer seines Siegs. Daniela, sagte er sanft, ich versuche Dich zu verstehen. Ich bewundere Dich. Aber glaubst Du nicht selbst, daß Du Deine Kraft für andere und größere Aufgaben bewahren solltest? Dies hier, kann das nicht jede beliebige durchschnittliche Lehrerin tun?
Nicht einmal soviel also versteht er. ›Dies hier‹, es würde die Kraft einer durchschnittlichen kleinen Lehrerin genau ebenso weit übersteigen, wie es seine Kraft übersteigt zu begreifen, was hier geschieht.
Daniela, des ganzen aussichtslosen Gesprächs unsäglich müde, erwiderte: Aber ich bin ja durchschnittlich. Weit entfernt davon zu begreifen, wie einfach und ernst sie das meinte, lächelte er nur.
Der Tor, was erhoffte er sich denn? Glaubte er, es würde ihm gelingen, Daniela von hier wegzuholen, sofort, noch diesen Abend? Um dies zu erreichen, scheute er kein Mittel.
Dein Vater ist krank, Daniela. Er wird die Trennung, diese

Art von Trennung, nicht überleben. Du weißt nicht, wie er leidet ...
Endlich war er gegangen. Sie hatte ihn über den Holzsteg geführt, die Hand an seinem Arm, und die Erinnerung an jene Nacht, in der sie selbst geführt wurde von einer spröden und starken Hand, erwies sich plötzlich als kurzer unerklärlicher Schmerz.
Als sie sich im Nebel dem Wagen näherten, schien es Daniela, als bewegten sich dort Schatten. Eine undeutliche Wahrnehmung, der sie kein Gewicht beilegte. Aber dann stellte sich heraus, daß einer der Reifen ohne Luft war. Man hatte den dicken Gummi mit Messerstichen aufgeschlitzt.
Da siehst Du, rief er erbittert, da hast Du Dein Dorf! Unter was für Leute bist Du geraten, arme Daniela.
Oh, das tut mir leid für Dich, murmelte sie höflich, aber das war fast eine Lüge. Er tat ihr nicht leid, es erschien ihr beinahe selbstverständlich und richtig. Dieser große Wagen hier vor den Baracken. Der reiche Mann unter den Bettlern. Was für eine Herausforderung. Die Dummheit der Reichen ist so roh.
Daniela half ihm beim Auswechseln des Reifens. Dann war er abgefahren. Sie blieb stehen, bis die Nebelferne das letzte Geräusch des Motors verschluckt hatte, dann atmete sie tief auf.
Als Daniela am Sonntagmittag in die Kantine kam, empfing die Wirtin sie mit den Worten: Hat der Herr Sie gefunden gestern? Er hat hier nach Ihnen gefragt. Ein feiner Herr mit seinem großen Auto. Das war wohl der Bräutigam.
Nein, sagte Daniela heftiger als nötig, er ist nicht mein Bräutigam.
Nein? fragte die Wirtin und ließ deutlich merken, daß sie es nicht glaubte. Diese Leute sind scharfsichtig, man entgeht ihnen nicht.
Nun gut, sagte Daniela ungeduldig, wenn Sie es wissen wollen: er war es, aber er ist es nicht mehr.
Ach was, sagte die Wirtin streng und unbeirrbar. Was gewesen ist, kann wiederkommen.
Und, mit einem unerwarteten und harten Griff um Danielas Schultern: Hören Sie, was ich Ihnen sage, dieser Mann ist nicht schlecht, mit dem läßt sich leben. Heiraten Sie ihn. Ehe ist auch nicht leicht, aber immer noch hundertmal besser für Sie als hier sein. Aber Sie werden nicht folgen, und Sie werden es eines Tages bereuen.
Daniela spürt jetzt noch, Stunden später, den Schauder, den sie bei diesen Worten empfand.
Die vierte Warnung ... Dieses dunkle Netz von drohenden

Anspielungen. Und die Wirtin war keine Feindin, Gott weiß wodurch Daniela sich die finstere Zuneigung dieser unglücklichen Frau errungen hat. Aber ihre Worte klingen Daniela nichts anders im Ohr als eine Versuchung. Alles hat sich verschworen, sie von hier wegzulocken. Vergeblich.
Der Schauder über die Worte der Wirtin ging rasch vorüber. Eine Handvoll Holzasche, im Wind auf den Weg gestreut, ist nicht flüchtiger und vergänglicher. Dem Schauder aber folgte ein anderes Gefühl, das Daniela so nicht kannte, ein Gefühl der süßesten und unverletzbaren Geborgenheit und einer starken Freude, die in nichts begründet schien und ihr doch den Atem benahm und sie zwang, rasch fortzugehen, allein und in einem unbegreiflichen Triumph. Aber auch dieses Gefühl ging vorüber; jetzt, wenige Stunden später, ist nichts mehr davon übrig als eine schmerzende Spur der Sehnsucht nach dem so grausam rasch entzogenen Licht. Nun sitzt Daniela in ihrem Zimmer, vor der grauen Nebelwand, ein Blatt Papier vor sich, das sich nur zögernd mit Worten bedeckt.
Wolfgang wird Euch bereits besucht haben. Laßt Euch durch seine Erzählung nicht irreführen. Wer so kurz hier ist wie er, der sieht nichts als eine Armut, die unerträglich scheint. Aber wer hier lebt, sieht mehr. Glaubt mir, was ich Euch sage: ich bin gerne hier. Es schmerzt mich nur, zu denken, daß meine kleinen Erfolge hier mit Tränen aus Euren Augen bezahlt werden. Aber wenn Ihr meine Kinder sehen würdet, Ihr könntet nicht anders fühlen als ich: hier muß etwas geschehen, und tun muß es jener, der diesem Elend der Nächste ist. Warum gerade ich? Ich weiß, das ist die Frage, die Euch quält. Fragt nicht mehr. Gönnt mir das Glück des Gefühls, eine notwendige Arbeit zu tun.
Ein kurzer Brief, viel zu kurz, mühsame Worte und wahrscheinlich vergeudete. Sollte Daniela nicht wenigstens eine Bitte anfügen: In den Kleiderkisten auf dem Speicher der Eltern ist soviel Entbehrliches, und in den Schränken auch, und wenn alle Freunde zusammen helfen würden, könnten sämtliche Kinder hier neue Kleider bekommen. Daniela hat in der vergangenen Wochen gut genug gelernt, Bittbriefe zu schreiben, an Behörden und Organisationen, an Kinderheilstätten und an reiche Fremde, und hat sie nicht längst gelernt, ihren Stolz zu überwinden vor dem Schulleiter, und hat sie nicht Geld angenommen von dem geizigen und groben Bürgermeister? Warum sträubt sie sich wie ein störrisches Tier gerade vor jenen, deren Hilfe am sichersten sein würde und am ergiebigsten? Sie will nicht, daß man ihr zuliebe hilft. Sie will kein Almosen ohne Einsicht. Sie will gerade dort nicht die

Rolle der Armenlehrerin spielen, vor deren lästigen Bettelbriefen niemand sicher ist. Sie will nicht, daß man dort über sie redet wie über eine Art verrückter Heiliger.
Aber was heißt das: sie ›will nicht‹ ... Darf sie etwas ›nicht wollen‹, was ihren Kindern helfen könnte? Sie führt einen merkwürdigen Kampf mit sich, der sehr heftig ist, viel heftiger, als der Anlaß erwarten läßt. Es geht nicht mehr um diese paar Zeilen der Bitte in einem Brief. Worum geht es? Jetzt ist der Augenblick gekommen, in dem Danielas Kraft geprüft wird an einer Aufgabe, die lächerlich leicht erscheint dem, der nicht weiß, daß es für einen Menschen wie Daniela nichts gibt, das härter ist, als den Hochmut abzulegen. Sie ist grenzenlos hochmütig. Seitdem sie den Geschmack der Armut und Demut gekostet hat, verachtet sie alle, die nichts davon verstehen. Sie verachtet sie so sehr, daß sie aus ihrer Hand nicht einmal eine Gabe für ihre Kinder annehmen will. Wie teuflisch gut versteckt sind die gefährlichsten, die tödlichen Schlingen für jene, an denen die groben Anfechtungen spurlos vorübergingen. Daniela wandert unaufhörlich hin und her in ihrem engen Zimmer. Es ist nicht ihre Gewohnheit dies zu tun, sie stößt bald an den Schrank, bald an den Tisch, sie bemerkt es kaum. Das Tier in der Falle ... Es gibt keinen Schlupfwinkel und keinen Ausgang.
Es ist ganz dunkel geworden. Das Feuer im Ofen ist erloschen. Die Stille ist furchtbar. Daniela erträgt sie nicht mehr. Wohin könnte sie jetzt gehen? Grete und der Verwalter sind am Mittag mit dem Motorrad in die Stadt gefahren, ins Kino. Die Kantinenwirtin hat keine Zeit am Sonntag. Der Schulleiter braucht sie nicht mehr, er ist beinahe gesund. Und der Pfarrer? Sie hat seit jenem nächtlichen Heimweg nicht mehr mit ihm gesprochen, ›es ergab sich nicht mehr‹, wie Daniela sich glauben macht. Warum sollte sie jetzt nicht zu ihm gehen und einfach sagen: Ich möchte mit Ihnen reden, gleichgültig über was, ich möchte nicht allein sein heute. Nichts leichter als das, solange man mit dem Vorhaben spielt. Aber wenn man schließlich auf der Schwelle des Pfarrhofs steht, die Hand am eisernen Glockenzug, der, obgleich er kalt ist und feucht vom Nebel, die Hand zu verbrennen scheint, dann erweist es sich plötzlich als unmöglich.
Dieser ›Pfarrhof‹, er entspricht in nichts der Vorstellung, die das Wort erweckt: kein weiträumiges Haus hinter großen alten Bäumen, keine weißen Gardinen, nichts vom diskreten ehrwürdigen Wohlstand dörflicher Pfarrhöfe. Ein grauer, niedriger Steinbau, der älteste am Ort, mit abbröckelndem Verputz und windschiefen Fensterläden, ergreifend armselig. Daniela bleibt eine Weile stehen. Es ereignet sich nichts und

sie erwartet nichts. Aber diese ungreifbaren Veränderungen ... Kaum ist Daniela in ihr Zimmer zurückgekehrt, noch im Mantel, die Finger steif von der Nebelkälte, schreibt sie den Brief an ihre Eltern zu Ende:
Bitte, seht in Euern Kleiderschränken nach und in den Kisten auf dem Dachboden, ob Ihr nichts Brauchbares für meine Kinder findet. Schickt alles, was Ihr glaubt leicht entbehren zu können, und auch das, was Euch zu schlecht zum Verschenken erscheint. Bedenkt, daß sonst der Winter diese Kinder ohne Mäntel und warme Kleider finden wird.
Drei kurze Sätze. Sie haben Danielas ganze Kraft gekostet, und kein Gefühl der Freude über ihren Sieg wird sie belohnen. Sie haßt sich um der Demütigung willen, die sie sich befohlen hat, sie findet sie übertrieben, sie ist nahe daran den Brief zu zerfetzen.
Plötzlich wird die beklemmende Stille dieses Tages unterbrochen. Ein Motorrad fährt vor, und kaum ist der knatternde Motor abgestellt, hört man ein abscheuliches Gezänk. Grete und der Verwalter sind heimgekehrt, sie sind wahrscheinlich betrunken wie so oft. Sie schonen sich nicht, sie warten mit dem Streit nicht einmal bis sie im Zimmer sind. Vor dem Haus schreien sie sich ihre Vorwürfe ins Gesicht, alte, ordinäre Beschuldigungen, noch immer geeignet grausam zu verletzen.
Du bist schuld, schreit Grete. Ich hab nicht gewollt, ich hab überhaupt nichts mehr wissen wollen von verheirateten Männern, mit denen hat man doch nur Unglück.
Ihre Worte ertrinken in Schluchzen.
Und seine Stimme: So, und das glaubst Du wohl selber? Wer war es denn, der gleich am ersten Abend mit mir hat spazierengehen wollen?
Grete schluchzt noch heftiger: Ja, weil ich so allein war und weil ich doch nicht gewußt hab, daß Du verheiratet bist.
Er lacht laut und roh heraus: Als ob Du Dir daraus was gemacht hättest! Wenns Dich ankommt, dann nimmst Du Dir den nächstbesten, und wenns der alte Schullehrer wär oder der Pfarrer, hab ich nicht recht? Geh, stell Dich nur an als ob ich Dich verführt hätte, Du Schlampe. So eine wie Du nimmt den so gut wie jenen.
Gretes Weinen hört ganz plötzlich auf, mitten im vollen Sturm entsteht eine beängstigende Stille, in der kein Wort mehr fällt. Daniela eilt zur Tür, diesen Betrunkenen ist das Schlimmste zuzutrauen. Was für ein Bild: Grete ist auf den Boden gesunken, dort kauert sie neben dem Motorrad, den Kopf an den ledernen Sitz gelehnt, die wirren Haare naß vom Nebel und grau. Der Verwalter kehrt ihr den finstern

breiten Rücken zu. Regungslos beide, wie zu Stein geworden. Dann setzt sich der Verwalter in Bewegung, stumm, langsam und schwer, er schlägt die Richtung zur Kantine ein. Grete folgt ihm nicht. Sie bleibt knien, ohne auch nur den Kopf zu heben. Armes Ding. Sie ist eine ›Schlampe‹, er hat recht, aber wenn selbst Daniela, über deren strenge Unschuld Grete so oft heimlich und unter Tränen lächelt, wenn selbst sie es ihr nicht verdenkt, daß sie das einzige und armselige Glück, das sich ihr bot, nicht zurückwies, wer will sie dann verdammen?
Grete, sagt Daniela sanft, kommen Sie herein, Sie werden sich erkälten.
Ein ersticktes Murmeln: Das ist mir gleich, mir ist alles gleich.
Ach was, ruft Daniela, Unsinn. Sie stehen jetzt sofort auf und gehen mit mir hinein.
Sonderbar, wie dieser Ton wirkt. Das dicke, verschüchterte Mädchen, das gewöhnt ist, den Befehlen des Verwalters aufs Wort zu gehorchen, erhebt sich augenblicklich.
Ja, sagt sie, ich komme schon, ich schieb nur erst noch sein Motorrad in der Schuppen.
So sehr er sie beleidigt hat, sie kümmert sich um sein Motorrad... Daniela errötet für sie.
Grete zittert vor Kälte, als sie endlich in Danielas Zimmer sitzt, auf der Stuhlkante nur, die Hände im Schoß gefaltet. Erinnert sich Daniela noch des ersten Abends, an dem es ihr unmöglich erschien, mit diesem verkommenen Geschöpf ein Gespräch zu führen? Lang vorbei.
Das war schlimm, nicht wahr, Grete? Er ist ziemlich grob gewesen, ich habs gehört.
Ach Gott, wie mans so nimmt. Er ist halt betrunken. Was er dann sagt, das darf man nicht so ernst nehmen. Nur eins, das hätte er nicht sagen dürfen...
Ihre Stimme erstickt in Tränen. Sie läßt sie in Strömen über ihr Gesicht rinnen, hin und wieder wischt sie mit dem Handrücken und dem Ärmel darüber, aber die Tränenflut quillt immer aufs neue. Sie weint mit offenen Augen und erhobenem Gesicht wie ein Hund. Daniela macht inzwischen Tee. Schließlich beruhigt sich Grete soweit, daß sie hören kann, was Daniela sagt.
Grete, warum eigentlich muß das sein? Ich höre Sie beide jeden Tag streiten, nichts als streiten. Meinen Sie nicht, daß es besser wäre, Sie gingen auseinander?
Gretes verweintes Gesicht zeigt grenzenloses Staunen. Auseinandergehen? Warum? Wo er doch keine andre hat, und wo wir doch miteinander arbeiten im Büro!

Dieses dicke, gutmütige Mädchen davon zu überzeugen, daß es nicht gut ist in einem hoffnungslosen und ehebrecherischen Verhältnis zu leben, ist aussichtslos, und es liegt Daniela fern es zu versuchen. Nichts als eine Art tiefer und teilnahmsvoller Neugier treibt sie zu fragen: Glauben Sie, daß es recht ist, was Sie tun?
Die Antwort ist überraschend ruhig und einfach: Nein, recht ist es nicht.
Dann können Sie doch auch nicht glauben, daß das auf die Dauer Glück bringt.
Dieses traurige ›O nein, kein Glück‹ ... Daniela wird es für immer im Ohr behalten.
Aber wenn Sie das wissen, Grete, wäre es dann nicht richtig, Sie gingen fort? Ich könnte Ihnen eine Stelle besorgen, in der Stadt.
Nein, ich geh nicht fort.
Aber er kann Sie doch nicht heiraten, was soll denn daraus werden, Grete!
Ich weiß nicht.
Und was wollen Sie tun?
Bei ihm bleiben, solange er mich will.
Was kann Daniela anderes tun als schweigen angesichts dieser unbeirrbaren Liebe, die es verdiente, unter einem weniger trüben Stern zu stehen. Dieses dicke, unordentliche Mädchen, das weiß, daß es unrecht tut und dennoch selbst vor dem Staatsanwalt und vor Gott nichts anderes antworten würde als: Ich bleibe bei ihm ...
Welche Ordnung in der Welt wird Grete freisprechen von jeder Schuld? Daniela ahnt diese Ordnung tief verborgen unter der andern, der bekannten. Aber noch ehe sie ihr einen Namen gegeben hat, fährt sie erschrocken zusammen. Vor ihrem Fenster taucht ein Schatten auf, bewegt sich langsam vorüber und verschwindet. Eine sehr flüchtige Wahrnehmung, aber darum nicht weniger wirklich.
Grete hat nichts davon bemerkt, sie blickt traurig in ihren Schoß. Daniela ist an allen Gliedern gelähmt. Wer außer dem Pfarrer ist so groß, daß seine Gestalt die ganze Höhe des Fensters einnimmt? Unverkennbar die hochgezogenen Schultern, die nachlässige Haltung. Aber er kann es nicht gewesen sein. Er steht nicht vor ihrem Fenster. Was um alle Welt hätte ihn bewegen können, so etwas zu tun ...
Noch lange, nachdem Grete gegangen ist, dumpf getröstet von der Kraft ihrer eigenen Liebe, steht Daniela am Fenster. Aber der Schatten zeigt sich kein zweites Mal. Schließlich beginnt Daniela, ihrer Erregung überdrüssig, das Zimmer aufzuräumen, in dem keinerlei Unordnung herrscht. Plötzlich

aber läßt sie alles liegen und stehen wie es ist, schlüpft in den Mantel und geht, den Brief an ihre Eltern in der Hand, hinaus in die Dunkelheit. Der Briefkasten ist an der Kantine. Der Nebel und die Nacht lassen kaum mehr ahnen, in welcher Richtung sie liegt. Bei jedem Schritt scheint Daniela sich mehr von jeder menschlichen Nähe zu entfernen und in eine grenzenlose finstere Wüste zu begeben. Endlich fühlt sie das rauhe Holzgeländer des Stegs in ihrer Hand und die schlüpfrigen schwankenden Bretter unter ihren Füßen. Die Böschung ist nicht zu verfehlen, und dann beginnt ihr Ohr das halberstickte Gewirr menschlicher Stimmen aufzunehmen, das nur aus der Kantine kommen kann. Hier ist der Briefkasten. Der Brief ist eingeworfen. Was nun?

Noch vor zwei Wochen hätte nichts in der Welt Daniela bewegen können, ihren Fuß in die Kantine zu setzen, wenn sie voll von grölenden Torfstechern war. Auch jetzt geht sie nicht in den Schankraum, sondern durch die Hintertür gleich in die Küche. Sie bestellt etwas zu essen. Zum erstenmal wird sie, von ferne und ungesehen, Zeugin des lauten und traurigen Sonntagsvergnügens der Torfstecher.

Sie hocken wie schwarze Schattenklumpen im Tabaksqualm, der so dicht ist, daß die beiden schwankenden Hängelampen nicht mehr Licht zu geben vermögen als trübselige Stallaternen.

Seit dem frühen Nachmittag sitzen die Leute hier. Sie haben zu wenig Geld, um sich wirklich betrinken zu können, der Wirt gibt keinen Kredit, sie sind also fast nüchtern, und dennoch machen sie den Eindruck von Menschen, deren Trunkenheit jenen Grad erreicht hat, in dem die übertriebene laute und freche Lustigkeit langsam einer schweren und gefährlichen Dumpfheit weicht. Nach und nach unterscheidet Daniela Gesichter und Stimmen. Der dicke Bürgermeister, der Bäcker, so klein, daß seine Beine nicht von der Bank zum Boden reichen, hockt schläfrig und stumm in der Ecke. Er ist der einzige, der es sich leisten kann, ein Glas nach dem andern zu trinken. Niemand spricht mit ihm, und er scheint es so zu wollen. Am Nebentisch der Verwalter, die Ärmel hochgekrempelt, laut und verwegen. Plötzlich aber verfällt auch er in ein trübes und böses Schweigen, das den andern Furcht einzuflößen scheint, sie lassen ihn augenblicklich in Ruhe. Die Väter der Schulkinder, sie trinken hier Schnaps, sehr billigen Schnaps, zugegeben, aber ihren Kinder hängen die durchgelaufenen Sohlen von den Schuhen, und die Brotstücke, die sie in der Pause aus den schmutzigen Taschen ziehen, werden von Woche zu Woche dünner. Und doch: was sollten diese Männer tun an den elenden und endlosen Sonntagen, die aus un-

erklärlichem Grund viel schwerer zu ertragen sind als die andern, die vielen arbeitslosen Wochentage den ganzen Winter hindurch.
Der Wirt steht am Schanktisch, er starrt vor sich hin und bewegt sich nur, um die Krüge und die Schnapsgläser zu füllen. Er hat nicht mehr viel zu tun, die Leute haben ihr Geld bereits ausgegeben. Die Wirtin, in den letzten Tagen ihrer Schwangerschaft, todmüde, hat sich endlich auf einen Stuhl in der Küche fallen lassen, sie betrachtet sorgenvoll ihre Beine, die vom Stehen dick angelaufen sind und Krampfadern haben. Plötzlich öffnet sich die Tür. Die Gestalt, die aus dem Nebel in den Rauch tritt, muß sich bücken um nicht an den Querbalken über der Tür zu stoßen. Die frische kalte Luft, die mit ihr in den Raum strömt, zerteilt für einige Augenblicke den Qualm und jagt einen leichten Schauder über die verschwitzten Rücken.
Der Pfarrer ... Ein Gesicht nach dem andern wendet sich ihm zu. Man macht ihm Platz am Tisch neben der Tür. Die Gespräche verstummen, es entsteht eine merkwürdig erwartungsvolle Stille. Sie dauert nur kurze Zeit, dann ist alles wieder wie vorher: man trinkt, spielt Karten und schreit. Und doch ist etwas verändert. Die Gespräche sind um nichts weniger laut und grob, aber ihr Inhalt ist verändert. Geflucht wurde auch ehe er kam, aber diese Flüche sind nichts als das rhetorische Salz der trostlosen Unterhaltungen. Jetzt aber haben ihre Flüche ein anderes Gewicht, sie gleichen törichten und schrecklichen Gotteslästerungen. Der Wirt, der einzige, der völlig nüchtern blieb, ist der Schlimmste. Sein Feind ist aufgetaucht! Aber er greift ihn nicht an, er wendet sich nicht an ihr, er ruft nur seiner Frau zu: Komm, bedien den hochwürdigen Herrn. Ein Glas Schnaps ist immer besser als sein saurer Meßwein, den er jeden Morgen auf nüchternen Magen säuft, freilich erst, wenn er ihn verwandelt hat, na, vielleicht schmeckt er dann besser, kann sein.
Er bricht in grölendes Gelächter aus. Die Wirtin hat den Rock wieder über ihre dicken schmerzenden Beine gestreift und ist aufgestanden. Sie sagt kein Wort. Er drückt ihr das volle Schnapsglas in die Hand: Da, bring es ihm, und sag ihm, ich spendier ihm zehn Flaschen davon, wenn ers in Blut verwandelt. Er behauptet doch, er kanns, er tuts ja jeden Morgen, sagt er.
Ach sei still, sagt die Wirtin müde, Du redest wie ein besoffenes Schwein so dumm. Schämst Du Dich nicht?
Ja, wenns gegen Deinen Pfarrer geht, dann wirst Du wild, das kenn ich. Ihr Weiber seid alle verrückt nach ihm, sogar Du, dick wie Du bist.

Die Männer, die das Gespräch hören, grinsen, aber keiner mischt sich ein, das geht sie nichts an.

Was sich nun ereignet, sieht nur Daniela. Es begibt sich hinter dem Schanktisch. Die Wirtin steht regungslos vor ihrem Mann, sie ist weiß geworden, ihre Augen sind groß und wild, er weicht diesem Blick, Grimassen schneidend, aus. Dann schüttet sie ihm den Schnaps vor die Füße. Er tut als sähe er es nicht, auch nicht wie sie ein frisches Bierglas nimmt, es selbst am Faß füllt und quer durch den Raum trägt, um es dem Pfarrer vorzusetzen.

Der Wirt starrt ihr finster nach. Nur die ihm am nächsten sitzen, hören ihn murmeln: Am liebsten tät sie jetzt eine Kniebeuge vor ihm machen: Ein Pfarrer hätte man werden sollen, dann kämen sie gekrochen, dann hätte mans leicht, was ist ein Wirt gegen einen Pfarrer! Gegen den Weihrauchgeruch und das heilige Öl, da kann unsereiner nicht an, was?

Er blickt böse herausfordernd um sich.

Die Männer lachen, aber sie erwidern nichts, nur der Verwalter sagt mit schwerer Zunge: Hast Dir halt die Falsche ausgesucht, Wirt! Die Deine, die ist Dir über! Hättest Dir eine genommen wie meine Grete, die folgt aufs Wort, da bin ich der Herr. Aber Du mußt ja das Maul halten, weil sie das Geld gehabt hat. Ohne sie wärst Du noch Torfstecher wie die da.

Die Männer haben aufgehört zu lachen. Sie fürchten Streit, aber stärker als die Furcht ist ihre Gier nach diesem Streit. Willkommene Aufregung, die diese tödliche Langeweile unterbricht. Doch sie kommen nicht auf ihre Rechnung, noch nicht! Der Wirt schweigt. Sein Schweigen ist den Männern unbehaglich. Einer nach dem andern steht auf und geht durch die Hintertür hinaus, um dort, gleich an der Kantinenwand, das Wasser zu lassen. Aber selbst dort draußen wagen sie nichts über den Vorfall zu sagen, sie sprechen von andern Dingen.

An den vorderen Tischen hat man von alledem nichts gemerkt. Die Gesichter sind dem Pfarrer zugewandt. Er erzählt. Die Flüche sind verstummt, nichts mehr davon. Die Worte des Pfarrers dringen nicht bis zu Daniela, die längst mit ihrem Abendessen fertig ist und keinen Grund mehr hat, noch länger in dieser rauchigen, erstickenden Luft zu sitzen. Aber sie bleibt.

Die Wirtin hat sich an einen der vordern Tische gesetzt, auch sie hört dem Pfarrer zu. Plötzlich ein Pfiff, laut und schneidend. Der Wirt, zwei Finger im Mund, hat ihn ausgestoßen. Alle Köpfe drehen sich ihm zu. Es wird plötzlich still. Irgend etwas wird geschehen. Aber zunächst geschieht nichts weiter, als daß der Wirt mit dem ausgestreckten Arm auf seine Frau

deutet und langsam und ausdruckslos sagt: Hast Du keine Arbeit mehr?
Sie gibt ihm keine Antwort, sie bleibt sitzen und wendet sich wieder dem Pfarrer zu, als hätte sie weder gehört noch gesehen.
Der Wirt hat fast nichts getrunken, er ist böse nüchtern, dennoch schwankt er jetzt, da er drei, vier Schritte vorwärts macht. Obgleich er keineswegs laut spricht, übertönen seine Worte grob die Stimme des Pfarrers.
Ob Du keine Arbeit mehr hast, frag ich Dich.
Der Pfarrer hört auf zu erzählen. Die Wirtin dreht sich langsam ihrem Mann zu, sie schaut ihn wortlos an, Daniela sieht ihr Gesicht nicht genau im Rauch, aber es kann nicht anders als unbeschreiblich müde sein. Trotzdem scheint es ihn für den Augenblick einzuschüchtern, er läßt ab von ihr, es sieht so aus, als bliebe er stehen um dem Pfarrer zuzuhören, der seine Erzählung wieder aufgenommen hat. Aber niemand, der ihn kennt, kann diesem Frieden trauen. Schon eine Minute später ruft er:
Sie, Herr Pfarrer, wie ist denn das, steht in der Bibel, daß die Frau tun darf wie sie will und auf den Mann nicht hören muß? Die Küche ist voller Arbeit, und sie sitzt da und tut nichts. Ist das recht?
Jeder hier könnte ihm antworten: Siehst Du denn nicht, daß sie sich kaum mehr bewegen kann? Aber niemand sagt es, denn jeder weiß, daß der Wirt jetzt Streit mit dem Pfarrer sucht. Alles, was er sagt, gilt dem Pfarrer, nicht der Frau. Auch der Pfarrer weiß das. Darum sagt er sanft zu ihr: Gehen Sie, es ist besser.
Mit welchem Blick er sie ansieht... Dann wendet er sein Gesicht dem Wirt zu, dieses blasse Gesicht, das selbst in der Hitze dieses Raums und in der Erregung sich nicht rötet, es zeigt jetzt jenen Ausdruck, der den Torfstechern mehr Respekt abnötigt als ein strenges Wort es vermöchte. Sie verstehen diesen Ausdruck nicht. Er scheint freundlich und sanft, er gleicht einem traurigen Lächeln, aber es ist eine Macht darin, die alle verstummen läßt. Nur Daniela versteht dieses Gesicht, das Gesicht eines Mannes, der Kraft und Leidenschaft genug hat, um in den furchtbarsten Zorn auszubrechen und seinen Gegner mit den Hieben seiner Worte oder auch seiner Fäuste in wenigen Augenblicken niederzustrecken, der es aber verschmäht, von dieser Kraft Gebrauch zu machen. Selbst der Wirt erträgt diesen Blick nicht, er wendet sich ab, er sammelt schweigend die leeren Bierkrüge auf den Tischen der Männer ein, die noch immer draußen stehen. Die Frau ist aufgestanden, sie ist auf dem Weg zur Küche, die Spannung

scheint sich langsam zu lösen; aber in dem Augenblick, in dem sie an ihrem Mann vorübergeht, geschieht das, was, so plötzlich, unerwartet und schrecklich es ist, doch fast selbstverständlich erscheint: Der Wirt schlägt ihr mit der Faust ins Gesicht, zwei-, dreimal.
Daniela ist aufgesprungen. Ein paar Sekunden später steht sie vor dem Wirt. Sie ist nicht fähig, auch nur ein einziges Wort zu sprechen, aber ihr Blick, in den sie ihre ganze reine Empörung legt und dessen Kraft sie selbst nicht kennt, er genügt, um ihn zu lähmen. Langsam läßt er die noch immer erhobene Faust sinken. Die Wirtin geht stumm in die Küche, das Blut, das aus ihrer Nase tropft, zieht eine dunkle Spur auf dem Boden. Die Blicke aller Männer folgen ihr, doch sie sind ohne Mitleid. Jeder von ihnen hat schon seine Frau geschlagen, es ist so üblich. Was aber treibt sie, einen nach dem andern, aufzustehen und sich näher an den Wirt heranzuschieben? Es fällt kein Wort. Vielleicht hätte diese stumme Drohung an jedem andern Abend genügt, um den Wirt zur Besinnung zu bringen. Jetzt aber ist es zu spät. Er sieht sich um. Die Furcht treibt ihm den Schweiß aus allen Poren. Er weiß: unter diesen Männern ist keiner sein Freund. Aber er kann nicht mehr zurück.
Was geht das Sie an? schreit er Daniela an. Scheren Sie sich zum Teufel. Sie haben gerade noch gefehlt.
Aber Daniela weicht keinen Schritt. Bebend vor Zorn sagt sie laut und fest: Schämen Sie sich nicht bis in den Boden hinein?
Er schiebt sie mit einer Hand beiseite, sie interessiert ihn nicht. In stummer Herausforderung schaut er die Männer an. Daniela weiß, was jetzt geschehen wird. Es darf nicht geschehen. Sie sagt mit lauter und klarer Stimme, zu den Torfstechern gewandt: Laßt es sein, geht heim, alle gegen einen, das ist schlecht.
Schon beginnt der und jener sich der Tür zu nähern, auch der Bürgermeister geht, da erhält Daniela einen Stoß, daß sie taumelt, und der Wirt bewegt sich schwer und stumm auf die Männer zu. Das Signal, auf das alle gewartet haben. Endlich! Aber unerwartet tritt noch einmal eine Verzögerung ein: Der Pfarrer steht plötzlich zwischen dem Wirt und den Torfstechern. Er lächelt, aber sein Gesicht ist gespannt.
Nein, sagt er leise zu den Männern, laßt den Unsinn. Ihr wißt, daß es zu nichts führt. Ihr sucht alle Streit, Ihr langweilt Euch, und es würde Euch passen, wenn sich etwas rühren würde, und gerade hier. Aber bedenkt, wie teuer so etwas bezahlt wird. Ihr habt es schon erlebt und es war schlimm genug.

Alle, außer Daniela, scheinen zu wissen, worauf er anspielt. Einige nicken, ein paar gehen rasch und wortlos hinaus. Die andern aber stehen wie ein Mauer. Die Rechnung mit dem Wirt, sie muß doch einmal beglichen werden. Jedes Wort des Pfarrers, so vernünftig es ist, wird vergeblich sein.
Kommt, sagt er, gehen wir.
Was sich in den nächsten Augenblicken ereignet, geschieht mit der Heftigkeit eines Gewitterschlags: Der Wirt stürzt sich auf den Pfarrer, Daniela, der die Angst eine unnatürliche Kraft gibt, reißt ihn zurück, der Schlag, der den Pfarrer hätte treffen sollen, trifft sie — sie kommt erst wieder zu sich, als sie die frische kalte Nebelluft spürt. Sie lehnt, zitternd und schwach, in einem Arm, der sie sofort freigibt, da sie ihr Bewußtsein wiedererlangt hat.
Kommen Sie, sagt eine Stimme, können Sie gehen? Wie fühlen Sie sich jetzt?
Die Stimme des Pfarrers ... Daniela erschrickt. Danke, sagt sie, ich glaube, es ist vorüber, es bedeutet nichts. Und Sie? Ist Ihnen etwas geschehen?
Er lacht ein wenig. Nein, mir macht das nichts aus. Mit sehr leiser Stimme fügt er hinzu: Was haben Sie getan für mich. Sie sind sehr mutig. Aber es war nicht gut, für Sie nicht und für mich nicht.
Noch benommen von dem Schlag des Wirts, vermag Daniela nicht sofort zu begreifen. Warum? fragt sie. Es ist uns doch beiden nichts geschehen, und die Torfstecher sind auf unserer Seite.
In diesem Augenblick geschieht etwas, das Daniela bis zu ihrem Tod nicht vergessen wird. Nichts mehr wird kommen in ihrem Leben, was diesem Augenblick an Kraft und Bedeutung gleicht. Sie fühlt sich heftig, fast gewaltsam ergriffen, ihr Kopf liegt an seiner Brust, der Schrecken tötet sie fast, sie zittern beide. Eine Sekunde in ihrem Leben ... Sie ist vorbei. Sie stehen sich wieder gegenüber in der Nebelfinsternis, keines sieht das Gesicht des andern, und kein Wort ist hilfreich zur Hand. Die Stille ist furchtbar.
Doch dieser Tag voller Schrecken ist noch nicht zu Ende. Plötzlich wird die Kantinentür aufgerissen, die Torfstecher stürzen heraus, stumm, wenige Sekunden später sind sie lautlos im Nebel untergetaucht, verschwunden. Die Tür bleibt offen, niemand schließt sie. Irgend etwas ist geschehen.
Bleiben Sie, flüstert der Pfarrer, aber Daniela folgt ihm. Mitten in der Kantine liegt ein Mann. Der Verwalter. Er hat einen Messerstich in der Brust. Niemand mehr ist da, nur die Wirtin. Sie steht, die Hände über dem Bauch gefaltet, neben dem Verwalter und blickt gleichgültig auf ihn nieder.

Der ist hinüber, sagt sie müde.
Der Pfarrer beugt sich über den Verwalter, er befühlt seinen Puls, er nimmt den Taschenspiegel, den Daniela ihm reicht und hält ihn ihm vor den Mund, der Spiegel bleibt ungetrübt. Als er Daniela den Spiegel zurückgibt, zittern seine und ihre Hände so stark, daß sie ihn fallen lassen. Die Scherben bleiben liegen, niemand rührt sie an, niemand spricht, eine Fliege, eine einzige, hat begonnen, die trübe Lampe zu umkreisen, die über dem Toten hängt, das Gesumme erscheint widerwärtig laut und unpassend in dieser erstickenden Stille, aber niemand schlägt nach ihr. Der Pfarrer hat sich neben den Toten gekniet, er hat sich heftig niedergeworfen, der leichte Holzboden zittert von diesem Anprall und ein paar Gläser schlagen aneinander. Er beginnt die Sterbegebete zu beten. Die Wirtin spricht leiernd die Antworten. Als Daniela an einer Stelle, die sie kannte, mitbeten wollte, schlugen ihr die Zähne aufeinander, nun schweigt sie.
Aber wo ist der Wirt? Es gibt keinen Zweifel: der Täter ist der Wirt. Er kommt erst später dazu, nachdem der Pfarrer die Sterbegebete beendet hat. Nichts in diesem mürrischen finstern Gesicht ist verändert.
Schöne Geschichte, murmelt er, mit dem Ellbogen auf den Toten deutend. Ich hab die Polizei und den Arzt angerufen.
Daniela blickt ihn bestürzt an, aber dann versteht sie: es war nicht zu umgehen und überdies: er baut darauf, daß keiner gegen ihn zeugen wird. Der Bürgermeister war vorher gegangen, auch der Pfarrer und Daniela waren im entscheidenden Augenblick nicht zugegen, und die Torfstecher, man weiß, was sie in solchen Fällen — es ist das erstemal nicht — zu antworten pflegen: ›Kann sein, kann nicht sein, ich hab nichts gesehen, ich war betrunken.‹ Der Wirt hat keine Angst, der nicht. Er bringt es fertig, sich einen Schnaps einzugießen und sich mit einer Zeitung an den Tisch neben den Toten zu setzen. Schon mit dem Gesicht in der geöffneten Zeitung, murmelt er: In einer Stunde kann die Polizei hier sein. Dann blickt er nicht mehr auf, er scheint wirklich zu lesen. Auch die Wirtin setzt sich, aber weitab von der Leiche, in eine dunkle Ecke, sie legt ihren Kopf auf die Tischplatte, sie schläft ein, sie atmet tief und rauh durch den offenen Mund.
Der Pfarrer, warum steht er nicht endlich auf, noch immer kniet er neben dem Toten, mitten in den kleinen spitzen Spiegelscherben; er hat die Hände, zu Fäusten geballt, auf die Brust gelegt, die Augen geschlossen und die Lippen so sehr aufeinandergepreßt, daß sie weiß erscheinen.
Daniela hat hier nichts mehr zu suchen, sie geht leise zur Tür, dort aber, die Hand schon auf der Klinke, wendet sie sich

noch einmal nach dem Pfarrer um. Sie sieht jetzt nur mehr sein Profil, nur ein weniges von diesem Profil, aber noch genug, um zu erkennen: dieses Gesicht ist erstarrt unter einer unmenschlichen Anstrengung, einer alleräußersten Anspannung. Sie ist sicher, wenn man ihn jetzt berührte, er würde es nicht spüren; kein Wort erreicht ihn jetzt, er ist fort, sie weiß, wohin er gegangen ist, sie weiß, wo er jetzt ist: er ist dem Toten nachgeeilt, er hat ihn beinahe erreicht, er hält fast Schritt mit ihm, er begleitet ihn, damit er nicht allein ist auf seinem furchtbaren Weg, er wird ihn begleiten bis vor den Richter und er wird für ihn sprechen, er wird bis zum letzten Augenblick um diese Seele kämpfen, die auf Erden so beharrlich verstockt es abgelehnt hatte, von ihm geführt zu werden. Wie scharf fühlt Daniela das Ungeheuerliche, das sich ereignet in dieser Stunde, in der nichts geschieht, als daß ein Pfarrer auf den Knien liegt neben einem Toten und für ihn betet. Sie hat die Klinke losgelassen und die frei gewordene Hand in die andere gelegt, es ist nicht genau die Haltung, in der man zu beten pflegt. Scheu und Trotz gestatten ihr selbst in diesem Augenblick nicht, das zu tun, wozu es sie drängt, sie denkt auch nicht einmal von ferne daran, für diesen Toten zu beten, der sie nichts angeht, aber einige Minuten später spricht sie mit geschlossenen Lippen leidenschaftliche, wahnsinnige Gebete, die nie zuvor gebetet wurden: Gott, gib ihm diese Seele, Du mußt sie ihm geben, er wird nicht von ihr lassen; wenn Du sie ihm nicht gibst, wird er mit ihr ins Fegefeuer gehen oder in die Hölle, und Du wirst schuld daran sein, wenn Du ihn für ewig verloren hast; gib ihm die Seele dieses Mannes, auch wenn sie Dir ein Abscheu ist, er wird sie Dir zurückgeben, gereinigt durch seine Liebe, um seinetwillen, um dieses Pfarrers willen vergib diesem Säufer, vergib ihm seinen Ehebruch und alle seine Sünden; sei großmütig, beharre nicht auf Deiner Gerechtigkeit; und sieh doch, versteh, es geht nicht um diese Seele da, es geht um den Pfarrer, er muß jetzt siegen, Du hast ihn oft genug gedemütigt, es ist genug, laß es genug sein. Wenn Du ihm diese Seele nicht gibst, wird er ewig sich vorwerfen, daß er es ist, durch den sie verlorenging, da er sie nicht gerettet hat. Gott, Du mußt ihn kennen, vergiß nicht, daß Du es bist, der ihn geschlagen hat mit diesem Hirngespinst: Verantwortung zu tragen für alle. Siehst Du denn nicht, wie er sich verzehrt vor Gier, die belanglose Seele dieses minderwertigen Kerls da zu retten?

Daniela fährt zusammen, ein Geräusch hat sie erschreckt, ein leises Knistern, das überlaut wirkt in der Stille dieser Totenkammer. Der Wirt hat die Zeitung umgeblättert. Daniela blickt verwirrt um sich. Wo war sie eben? Nichts hat

sich verändert. Der Pfarrer liegt noch immer auf den Knien, er ist so starr wie der Tote, und so unerreichbar wie dieser.
Plötzlich fühlt sich Daniela von einem absurden und schrecklichen Verdacht überfallen: Wo ist der Pfarrer? Ist das, was dort kniet, nicht nur mehr ein leerer Leib? Und er, er selbst, Geist oder Seele, wandert mit diesem Toten auf einem Weg, der Lebenden verboten ist, und zu dem allein er sich den Zutritt erzwungen hat, und nun vergißt er wiederzukehren, er wird bei den Toten bleiben. Eine furchtbare Angst hat sie ergriffen, eine Angst, die sich in nichts von tödlicher Eifersucht unterscheidet.
Wie ein Pferd, das, plötzlich tückisch und rasend geworden, zu einem halsbrecherischen Sprung ansetzt, schickt sie sich an, das Äußerste zu wagen; sie will Gott versuchen, sie will ihn erpressen. ›Wenn Du ihn uns nicht zurückgibst, dann wirst Du auch meine Seele verlieren.‹ Aber noch ehe sie diese Worte zu Ende gedacht hat, weiß sie, daß es Torheit ist, so zu denken. Es ist nicht einmal eine Art von Blasphemie, es ist einfach Torheit. Aber kann eine Torheit fähig sein, einen klaren, vernünftigen Geist wie den Danielas so maßlos zu erschrecken? Sie fühlt, wie ihre Stirn sich mit kaltem Schweiß bedeckt. In tiefer Furcht spricht sie mit dem Unsichtbaren: O Gott, nimm es nicht ernst, was ich sagte. Nimm nichts ernst von allem, was ich jetzt denke. Ich bin verwirrt. Ich bin außer mir. Dieser seltsame Abend hat alle Ordnung zerstört.
Kaum bewußt, was sie tut, flüstert sie: Wenn Du ihn zurückgibst, Gott, dann wirst Du auch meine Seele bekommen.
Ein Angebot. Sie handelt mit Gott. Und was verspricht sie sich von diesem Handel? Sie weiß es nicht. Sie ist plötzlich erschöpft, sie merkt jetzt erst, daß sie noch immer an der Tür steht, und in einem raschen Entschluß geht sie hinaus.
Der Nebel ist kalt, er macht sie augenblicklich nüchtern. Verwundert erinnert sie sich an ihr Gespräch mit Gott. Was ist nur in sie gefahren? Dieses verfluchte Moor, es wird ihr den Verstand rauben. Sie beschließt, vor derartigen Anfällen sich künftig zu hüten. Und jetzt wird sie nach Hause gehen. Sie hat mit dieser ganzen Sache nichts zu schaffen.
Nein? Wirklich nicht? Nach vier, fünf zögernden Schritten bleibt sie stehen. Wie kam es denn eigentlich, daß der Verwalter erstochen wurde? Nun, der alte, aufgespeicherte Haß des Wirts gegen den Pfarrer, den Gegenspieler, hat sich endlich Luft gemacht, es war lang schon zu erwarten. Ja, aber vielleicht wäre der Mord nicht geschehen, hätte sie, Daniela, sich nicht eingemischt, hätte sie den Wirt nicht daran gehindert, den Pfarrer zu ohrfeigen, wonach es ihn so brennend

gelüstete, vielleicht wäre damit sein wilder Durst gestillt worden und nichts weiter hätte sich ereignet.
Das ist ein Gedanke, der ganz klar erscheint und der sich dennoch vor der nüchternen Vernunft als Rauch und Nebel erweist, um nichts weniger töricht als ihre Herausforderung Gottes. Vernunft, Vernunft — was ist ihre helle und ein wenig naive Stimme gegen die mächtige stumme Anklage aus einer Tiefe, die tiefer ist als alle Vernunft . . .
Langsam kehrt Daniela zur Kantine zurück. Dort ist jetzt ihr Platz. Sie gehört dazu.
So leise sie die Tür öffnet, sie kann nicht verhindern, daß die rostigen Angeln knarren. Zwei Gesichter wenden sich ihr zu. Der Wirt läßt den Blick gleich wieder auf die Zeitung fallen, diese Ankommende interessiert ihn nicht. Aber der Pfarrer. Wie sieht er aus, was haben diese Augen gesehen? Sie sind starr und fremd, sie sind furchtbar. Dann aber kehrt das Leben in sie zurück, in einem fast zu heftigen Anprall, und er erkennt Daniela. Seine Lippen versuchen ein Lächeln, aber die Starre seiner Züge erlaubt es noch nicht. So sehen sie sich einige Augenblicke lang an, dann wendet er langsam sein bleiches Gesicht wieder dem Toten zu.
Einige Minuten später tritt die Mordkommission ein. Die Szene ist kurz. Der Arzt untersucht die Leiche und stellt den Totenschein aus, der Kommissar befragt der Reihe nach die vier Anwesenden; es ist, wie zu erwarten war, ein unergiebiges, ein ergebnisloses Verhör. Niemand hat gesehen, wie es geschah, und das ist vielleicht wahr, denn auch der Wirt, blind vor Wut, hat nichts gesehen. Die Namen der Zeugen? Nicht festzustellen. Sie waren alle gerade im Aufbruch. Hatte einer Feindschaft mit dem Toten? Niemand. Er war beliebt bei allen, ein guter Verwalter. Das Messer ist nicht zu finden, jeder hier hat ein Messer in der Tasche, ein kräftiges Messer zum Schneiden von Brot und Weidenruten. Fingerabdrücke? Da sind allzu viele, sie sagen nichts. Wer hat das Messer entfernt? Achselzucken. Wer weiß das? Nun, das Ganze war ein Unfall, weiter nichts. Dabei wird es bleiben. Und die Torfstecher, die den Wirt hassen? Werden sie diese günstige Gelegenheit ungenützt verstreichen lassen? Sie werden schweigen. Er ist einer der Ihren. Sie verraten keinen, auch nicht den, den sie hassen.
Die Leiche wird ins Auto geladen. Der Pfarrer gibt dem Toten einen letzten Segen. Das Auto fährt in den Nebel hinein, es ist sofort geisterhaft verschwunden. Der Wirt und die Wirtin beginnen den Fußboden vom Blut zu säubern. Die Kantinentür wird geschlossen. Daniela und der Pfarrer sind allein.

Ohne zu sprechen gehen sie fort, nebeneinander, sie kennen ihren Weg auch in der dichtesten Finsternis. Ihre Schritte sind fast lautlos, der Boden ist vom Nebel durchtränkt und aufgeweicht, und doch hört Daniela voller Bangigkeit, daß die Schritte des Pfarrers immer langsamer werden und schleppender, und schließlich bleibt er stehen. Noch spricht er nicht. Diese atemlose Pause von unabsehbarer Länge... Daniela erträgt sie nicht. Was immer er jetzt denkt und was er sagen möchte — sie wird ihm diesmal zuvorkommen. Sie überspringt nicht die hohe Schranke, die das Schweigen und der Tod zwischen ihnen von neuem und viel höher noch aufgerichtet haben, aber sie drängt sich nah genug an diese glühende Barriere. Es muß sein.
Herr Pfarrer!
Sie weiß, ohne es zu sehen, daß er sie jetzt ansieht mit seinem todernsten Lächeln.
Sie wird fast erwürgt von ihren eigenen Worten, ehe sie beginnt sie auszusprechen, aber dann kommen sie merkwürdig gewichtlos.
Herr Pfarrer, ich weiß, daß ich schuld bin an dem Ausgang dieses Abends.
Sie? Sein Ausruf enthält ein grenzenloses Erstaunen, nicht einmal Bestürzung, fast eher Belustigung. Aber wie kommen Sie nur auf diesen Gedanken?
Mit der zwingenden Folgerichtigkeit einer Wahnsinnigen, so scheint es, entwickelt sie ihm den Hergang der Tat. Und wirklich, so wie sie es schildert, könnte man ihr glauben. Er hört ihr zu ohne sie zu unterbrechen, selbst als sie schließlich schweigt, spricht er nicht sofort. Dann aber sagt er unbeschreiblich sanft das Unerwartete: Wir beide, wir beide, nicht Sie allein, wir alle.
Aber lauter und mit einem furchtbaren Ernst, der Daniela fast gefrieren läßt wie ein plötzlicher eisiger Windstoß, fährt er fort: Es ist ein schreckliches Schicksal, der Eckstein zu sein, an dem sich alle stoßen. Auch Sie...
Er redet nicht weiter. Seine Stimme ist plötzlich erstickt. Aber als er von neuem beginnt zu sprechen, klingt sie weich wie unter still fließenden Tränen: Verzeihen Sie mir, ich bin verwirrt, ich bin sehr traurig, hören Sie nicht auf meine Worte und vergessen Sie alles, was ich sagte und tat. Ich will jetzt in die Kirche gehen und für den Toten beten. Und Sie, gehen Sie zu dem Mädchen, es wird warten.
Ich kann nicht, flüstert Daniela, ich kann das nicht.
Aber plötzlich fremd und voll kühler Würde und Befehlsgewalt, wiederholt er: Gehen Sie zu dem Mädchen, jetzt gleich, es soll die Nachricht durch niemand als durch Sie bekommen.

Bitten Sie Gott, daß er Ihnen die rechten Worte gibt. Und denken Sie nicht mehr an das, was Sie Ihre Schuld nennen. Es ist nichts.
Ein leises Wehen in der Luft, dicht vor ihrer Stirn, läßt sie erschauern. Wahrscheinlich segnet er sie. Dann geht er allein weiter. Daniela bleibt lange stehen, dann geht auch sie.
Grete hat noch Licht. Es ist noch nicht Mitternacht. Sie wird wach liegen und warten. So spät kam der Verwalter sonst nicht nach Hause. Daniela steht lange vor ihrer Tür. Nun soll sie also diesem Mädchen sagen: der, den Sie lieben, ist tot. ›Bitten Sie Gott, daß er Ihnen die rechten Worte gibt‹, hatte der Pfarrer gesagt. Ja, gut, aber die rechten Worte sind die Wahrheit, und die Wahrheit ist hart. Was sind hier Worte. Und doch, die Stirn an die feuchte Mauer gelehnt, so versucht Daniela ein Gebet zu sprechen. Aber wie schwer ist das. Sie kann es nicht. Sie gibt es wieder auf. Doch während sie die Tür leise öffnet, flüstert sie: ›Gib ihr Kraft, sei bei ihr, sie ist allein.‹ Ein Gebet, das nicht adressiert ist. Zu wem hat sie gesprochen? Gleichviel: es wird den erreichen, den es erreichen soll. Es gibt nur Einen, der solche Worte hört.
Grete schläft. Ach, dieses unordentliche Mädchen im zerrissenen Nachthemd, dieses zerwühlte, unsaubere, kaum ist aufgeschüttelte Bett, und unter dem Stuhl die Hausschuhe des Verwalters und auf dem Tisch seine Krawatte. Gretes Hand hält ein zerknülltes Taschentuch, es ist naß. Ihr Gesicht ist geschwollen, die Augen sind gerötet, sie ist im Weinen eingeschlafen, nun schläft sie tief und still. Daniela ruft sie leise beim Namen, zwei-, dreimal. Dann legt sie ihre Hand auf Gretes Arm und rüttelt ihn. Schlaftrunken greift Grete nach dieser Hand und rückt beiseite, sie lächelt, dann schlägt sie die Augen auf.
Sie? Was tun Sie hier, Fräulein?
Augenblicklich verwandelt sich ihr Gesicht, es zeigt Argwohn, dann Angst. Ist etwas passiert?
Daniela hat keine Zeit für ›gute Worte‹. Auf diese Frage gehört die nackte Antwort.
Ja, Grete, es ist etwas passiert. Es war eine Rauferei in der Kantine...
Sie braucht nicht weiterzusprechen. Grete weiß alles. Sie sagt nichts als: ›Tot.‹ Das ist keine Frage, es ist Gewißheit. Keine Hoffnung auf einen tröstlichen Widerspruch Danielas. Dann aber bricht sie in eine ungeheure Klage aus. Nie hat Daniela jemand so klagen hören. Ein verwundetes Tier heult, in lang an- und abschwellenden Tönen, tränenlos und ohne Ende. Daniela versucht ihren Arm um sie zu legen, aber sie stößt ihn zurück. Sie will allein sein mit ihrem tierischen Jammer.

Es ist weit nach Mitternacht, als sie endlich fähig ist zu fragen: Wo ist er? Wohin hat man ihn gebracht?
Daniela weiß es nicht genau. In die Stadt. Wahrscheinlich liegt er noch bei der Polizei oder im Krankenhaus zur Untersuchung des Messerstichs.
Grete steht wortlos auf, sie heult nicht mehr, sie kleidet sich an ohne sich um Daniela zu kümmern, sie zieht Schuhe und Mantel an.
Wohin wollen Sie denn gehen, Grete?
In die Stadt, zu ihm.
Aber doch nicht jetzt mitten in der Nacht und bei dem Nebel!
Grete hört nicht mehr, sie geht wortlos fort, sie schließt nicht einmal die Türen hinter sich. Daniela ist ratlos. Soll sie das Mädchen mit Gewalt zurückhalten? Sie kann es nicht. Bis sie jemand weckt — und wen denn? — ist es längst in der Finsternis verschwunden. Soll sie mit ihr gehen? Nein. Es ist Gretes Sache ganz allein. Laß sie gehen.
Schon ist Grete untergetaucht im Nebel, sie ist fort. Sie wird nicht mehr wiederkehren. Nie wird sie in der Stadt ankommen, nie mehr wird jemand sie sehen, die Polizei wird auch nicht eine Spur von ihr finden.
Als Daniela nach einer schlaflosen Nacht in der Morgendämmerung aus dem Fenster blickt, ist der Nebel verschwunden und der erste Schnee fällt. Auf der Böschung läuft eine frische feuchte Spur, die Spur des Pfarrers, der eben aus der Kirche heimgekehrt ist, in der er diese Nacht verbracht hat.

Zweiter Teil

Aus dem Notizheft des Pfarrers

28. Januar. Warum blieb mir das nicht erspart? Dieser lächerliche Kampf, den ich doch längst überwunden habe. Aber das ist es ja nicht. Wäre es nur dies. Ein Kinderspiel, es zu überwinden. Das Fleisch hat keine Macht mehr über mich. Selbst an jenem Abend spürte ich nichts als den strengen Schauder, den die Berührung eines ganz reinen Menschen erweckt. Gottes Geschöpft, sein besonders geliebtes Geschöpf, ich weiß es, und ich weiß auch, daß nichts sie zerstören kann. Aber ich ... Was ist mit mir geschehen? Die verschiedenen Stufen des Kampfes: der Verzicht darauf mit ihr zu sprechen. Der Verzicht darauf sie anzusehen. Dann das Fasten. Das Gebet. Umsonst. Dann Aufgeben des Widerstands. Die demütige Hinnahme der Schickung. Kein Vermeiden von Zusammentreffen mehr. Gespräch mit ihr, wenn es sich ergab. Umsonst. Die immerwährende Unruhe. Ein tödlicher Gedanke: habe ich falsch gewählt, bin ich nicht zum Priester bestimmt? Und immer dabei das Bewußtsein (das *Bewußtsein!*), daß nicht der Teufel, sondern Gott diese Schlinge ausgeworfen hat, in der er sie und mich fing.

Die Unschuld in ihrem Blick! Diese unbedingte Reinheit, die der fruchtbarste Boden der Leidenschaft ist. Aber kein Zeichen der Verwirrung. Sie arbeitet. Sie erreicht was sie will. Die Kinder hängen an ihr. Der Schulleiter hat einen Ausdruck von tölpelhafter Zärtlichkeit, wenn er mit ihr spricht, aber er glaubt, niemand bemerke es. Zu Weihnachten hat sie sämtliche Kinder ihrer Klasse neu eingekleidet. Sie hat begonnen, eine Bibliothek für die Kinder einzurichten. Woher sie das Geld hat? Sie spricht nicht darüber. Genug, sie hat es! Sie muß unaufhörlich tätig sein, um das alles zu erreichen.

Kurz vor Weihnachten überraschend eine Unterredung von Bedeutung; sie erklärte, sie wolle während der Ferien hierbleiben. Aber diese Feststellung war sonderbarerweise im Ton einer Frage gestellt. Deutlich zu fühlen, daß sie nicht ganz sicher war. Ich fragte sie, ob ihre Eltern nicht betrübt darüber wären. Eine außerordentlich ernste Antwort: ›Ich habe mit ihrer Welt nichts mehr gemeinsam.‹ Plötzlich aber die Frage: ›Meinen Sie, ich soll hinfahren?‹ Unklar, ob es eine kindlich vertrauensvolle Frage war oder eine versucherische. Meine Antwort: ›Wenn es Ihnen schwerfällt es zu tun: ja!‹ Sie schien

sehr befriedigt von dieser Antwort. In ihren Augen war plötzlich ein Ausdruck von starker Freude.
Heute nacht die Überlegung: um Versetzung zu bitten. Alsbald verworfen. Vielleicht sollte ich mit meinem Beichtvater darüber sprechen. Aber wie soll ich mich verständlich machen? Wer wird begreifen, worin die Versuchung liegt? Gott hat zwischen sich und mich dieses Mädchen gestellt wie den Mond zwischen Sonne und Erde. Aber — furchtbare, unwiderlegbare Einsicht: ich werde nicht zu Ihm kommen ohne dieses Mädchen.

Erstes Kapitel

Niemand war auf diesen rücksichtslos heftigen Einbruch des Frühlings gefaßt. Mitte Februar, der Schnee schmolz über Nacht, und schon ist es so warm, daß die nasse Moorerde zu gären beginnt, der Boden dampft, er ist voll gierig saugender, schamlos schlürfender Laute, er hat einen Geruch nach wahlloser, schmutziger Zeugung. Selbst das Licht unter dem Himmel hat seine Reinheit eingebüßt, es ist aufdringlich und tückisch glänzend.
Daniela fühlt sich nicht wohl, sie ist müde, zum erstenmal spürt sie, wie sehr die Arbeit des Winters sie angegriffen hat, diese Arbeit, die so verzweifelte Ähnlichkeit hat mit dem Hürdenlauf eines jungen unerfahrenen Pferdes, dem ein teuflisch ehrgeiziger Trainer unaufhörlich neue Hindernisse in den Weg stellt.
Ein Augenblick der Schwäche und der häßlichen Traurigkeit. Er wird vorübergehen. Daniela ist auf dem Weg zu Agnes, dem blassen aufgedunsenen Kind, das sie vor allen liebt. Es ist drei Tage nicht zur Schule gekommen. ›Ohrenweh‹, berichten die Kinder. Das klingt harmlos, aber Daniela läßt sich nicht täuschen. Sie treibt sich zur Eile an, aber ihre Füße sind schwere Gewichte, es kostet unbeschreibliche Kraft, sie Schritt für Schritt aus dem aufgeweichten, ekelhaft schmatzenden Schlamm des Wegs zu ziehen. Eine kleine Rast am Saum eines Erlenwäldchens. Der Boden ist dort bereits abgetrocknet, er ist warm wie ein Herdrand. Durch das Unterholz schimmert einer der unzähligen Moortümpel mit öligem Wasser, braun wie Jauche, von einer grünen Schlammschicht überzogen. Ein großer toter Frosch schwimmt darauf, den weißen geschwollenen Bauch nach oben gekehrt.
Daniela ekelt dieser Anblick, aber gelähmt von Ekel und Müdigkeit zugleich vermag sie weder den Blick abzuwenden noch fortzugehen. Sie ergibt sich der vergifteten Müdigkeit

dieser Stunde, und schließlich schläft sie ein. In den schweren Schlaf hinein hört sie Kinderstimmen, das Brechen von morschen Zweigen, Geraschel im dürren Laub, und bis in den Schlaf hinein fühlt sie Widerwillen und Angst. Sie erwacht. Lange weigert sie sich, die Augen zu öffnen. Sie versucht zu glauben, es sei nichts weiter als ein häßlicher Traum. Schamloses Geplauder, unzweideutig. Worte, die Daniela nie gehört hat und deren Sinn sie widerstrebend versteht. O Gott, laß es nicht wahr sein ... Es sind Kinder. Daniela sieht mit einem einzigen Blick, was geschieht. Ein Kindervergehen, vielleicht nicht anders gemeint als ein Spiel, den Erwachsenen abgeschaut. An Danielas unversehrter Unschuld gemessen wird es zum schaurigsten Ereignis. Dieser erfahrene Junge, er ist acht Jahr alt, ein Kind ihrer Klasse. Und das kleine Mädchen, es geht noch nicht zur Schule. Die beiden magern nackten Körperchen starren vor Schmutz. Kein lauschendes Innehalten, kein vorsichtiger Blick, nichts verrät, daß diese Kinder, mit finsterm Eifer in ihr Spiel vertieft, auch nur die leiseste Spur von schlechtem Gewissen haben.
Daniela verbirgt zitternd ihr Gesicht in den Händen. Was sonst soll sie tun: aufspringen und vor Entsetzen schreien? Oder die Kinder sanft und ernst darüber belehren, daß es böse ist, was sie tun? Nutzlos und gefährlich das eine wie das andere. Vergeblich auch sich vorzulügen, daß es sicher nur diese beiden Kinder sind, die derlei tun; die andern ... Ach, die andern sind nicht besser, sie weiß es plötzlich mit brennender Schärfe. Erinnert sie sich der Kinder, die durchs Schlüsselloch die Umarmung ihrer Eltern beobachteten? Das hat sie mit eigenen Augen gesehen, und darum hätte sie wissen müssen, daß eine Szene wie diese hier eine alltägliche unter den Kindern ist. Und was hat sie getan, um Szenen wie diese zu verhindern?
Sie gräbt ihr Gesicht in das dürre harte Moorgras, sie preßt ihre Hände auf die Ohren, törichte und rührende Bewegungen eines ratlosen Kindes. Niemand ist Zeuge der verzweifelten Worte, die sie murmelt, den Mund dicht an diesem verfluchten Moorboden: Ich kann nicht mehr, ich sehe, daß alles umsonst war was ich tat, alles war Spielerei, das Wichtigste habe ich nicht getan und ich werde es nicht tun können, niemand wird es tun können, niemand wird etwas ändern an diesem Leben hier, alle Arbeit ist vergeblich und verloren, der Schulleiter hat recht, er hat es mir gesagt, ich aber in meinem Hochmut habe es nicht geglaubt, ich habe geglaubt Kraft zu haben, weil ich sie nur da eingesetzt habe, wo leichte Erfolge zu erringen waren, und diese kleinen törichten Dinge hielt ich für wichtig...

Ein langes Stöhnen, vom schwarzen Boden gleichgültig verschluckt, beendet diese bittern Vorwürfe, die niemand hörte und die niemand zu widerlegen imstande wäre.
Nun gut, wenn alles vergeblich ist, wozu dann diese Klage, diese Selbstanklage? Laß es gehen wie es will. Die Verzweiflung verliert ihren Schrecken, sie wird süß; wunderbar angenehm zu denken: nun bist du geheilt von diesem Wahn, ach, endlich leben dürfen ohne getrieben zu sein ...
Versuchung, sanft entspannend wie der Schlaf der ersten Nachtstunden.
Daniela liegt noch immer auf der Erde. Die Kinder sind längst fort. Endlich richtet sie sich auf. Ihr Gesicht ist scharf gefurcht von den Spuren der harten Gräser, in die sie es gedrückt hatte. Das Gesicht einer kummervollen, plötzlich gealterten Frau. Aber schon bricht durch dieses gezeichnete Gesicht, aus diesen erschrockenen Augen ein Schimmer des Lichts, das seinen Ursprung jenseits alles Vernünftigen hat. Wenige Minuten später befindet sich Daniela bereits auf dem Weg zu der Mutter des kleinen Verführers. Niemand bemerkt, daß ihre Lippen zittern und ihre Knie fast versagen. Das Gesicht zeigt eine helle, schmerzliche Entschlossenheit.
Die Frau wohnt in der Kaltenbacher Siedlung. Daniela hat längst gelernt, einen Umweg um das Haus der Näherin zu machen und doch wird sie das Gefühl nicht los, daß diesem kleinen grauen Gespenst keiner ihrer Besuche hier entgeht und daß es auf rätselhafte, unheimliche Weise jeden ihrer Schritte kennt. Heute macht Daniela keinen Umweg, sie nimmt sich dazu keine Zeit, sie macht sich nicht einmal die Mühe, den Kopf wegzuwenden von dem Fenster, hinter dem das stets wachsame dürre, böse Mausgesicht lauert. Was erhofft sich Daniela von diesem Gang? Sie wird mit der Mutter des Jungen sprechen, sie wird, ihr Beben verbergend, berichten, was sie gesehen hat, sie wird ... ja, was dann, was weiter? Sie weiß es nicht. Aber auch wenn dieser Gang nutzlos und wenn jedes Wort verloren sein sollte — sie wird gehen, sie wird sprechen.
Die Frau steht am Waschtrog vor der Baracke. In einem eisernen Kessel im Freien kocht die Wäsche. Die Luft ist voller Dampf und Torfrauch, es riecht dumpf und scharf nach schlechter Seife und altem Schmutz. Auf dem Boden, mitten in den Pfützen voll dreckiger Seifenlauge, hocken drei von ihren neun Kindern. Mit dem zehnten geht sie schwanger. Diese Frauen hier — ihre Fruchtbarkeit ist tierisch, sie ist ekelhaft. Nur eine Närrin wie Daniela kann bisweilen noch Mitleid empfinden mit diesen unaufhörlich trächtigen Weibern, die ihren Wurf ebenso leicht begraben wie sie ihn

empfangen und gebären. Ein Wunder, daß dieser hier nicht mehr als zwei gestorben sind, sie kümmert sich kaum darum.
Die Leute in der Siedlung sind an Danielas Besuche gewöhnt, sie haben nichts davon zu fürchten, wenn auch diese sonderbare Lehrerin manchmal unbequeme Ansichten von Kinderzucht hat.
Die Frau taucht mit krebsrotem Gesicht und bis zum Ellbogen roten und triefenden Armen aus dem Dampf. Ja, was ist denn?
Kann ich eine Minute allein mit Ihnen reden?
Die Frau folgt ihr mißtrauisch hinter die Baracke. Dort wird das Gegacker der Hühner ihr Gespräch den Ohren der neugierigen Nachbarn unverständlich machen.
Wo ist denn Ihr Paul?
Der? Was weiß ich. Warum?
Ich habe ihn eben gesehen, im Moor, und er hat etwas getan, was abscheulich ist.
Die Frau schaut sie neugierig an, sie sagt kein Wort.
Daniela ist gezwungen deutlicher zu werden: Er und ein kleines Mädchen, sie waren nackt und ... Aber so begreifen Sie doch!
Daniela stöhnt vor Ungeduld und Empörung. Langsam kommt in die stumpfen Augen der Frau eine Spur von Leben.
Na, und? Sie fragt es gleichgültig.
›Na, und!!‹ Der Bub ist acht Jahre alt, ein Kind!
Die Frau zuckt die Achseln: Kinder ...
Dann lächelt sie. Was für ein Lächeln! Bitter und tückisch belustigt, vergiftet von trüber Erfahrung. Um so besser, murmelt sie.
Daniela starrt sie fassungslos an.
Ja, um so besser, wiederholt die Frau laut und bösartig. Da kann wenigstens noch nichts dabei passieren.
Nichts passieren? Mein Gott! Wenn schon die Kinder ...
Der Satz wird ihr abgeschnitten durch einen Laut, der wie ein scharfer Schrei klingt, aber schon einen Augenblick später sich als Gelächter erweist, ein langes, wildes Gelächter, hin und wieder unterbrochen durch atemlose Worte einer wüsten Belustigung, von denen Daniela nichts versteht als einen einzigen Satz, der sie zu Stein erstarren läßt: Was wollen Sie denn, Fräulein, ein paar Jahre später *muß* ers doch tun!
Das Gelächter hat die Nachbarn herbeigelockt, sie schieben sich allmählich näher, auch die dürre Näherin ist da, auch Kinder, Männer, sie alle versuchen das besessene Gelächter der Frau und das vor Entsetzen totenbleiche Gesicht der Lehrerin zu enträtseln. Niemand lacht mit, niemand stellt eine

Frage. Langsam geht Daniela zwischen ihnen hindurch fort. Eine Weile später erst bricht hinter ihr ein vielstimmiges Gelächter los.
Hat sie etwas anderes erwarten können? Sie hat ihre Pflicht getan. Alles weitere entzieht sich ihrer Macht. Alles weitere. Alles...
Das Gelächter in der Siedlung nimmt kein Ende, es prasselt wie ein Hagelschauer hinter Daniela her, und sie kann es sich nicht einmal gestatten zu laufen, wegzulaufen wie ein grob gedemütigtes Kind, sie darf sich nicht schluchzend in den nächstbesten Graben fallen lassen, solange die Blicke ihr noch folgen können. So geht sie Schritt für Schritt als wäre nichts geschehen. Eine Weile später ist es ihr, als ob jemand folgte. Sie dreht sich nicht um. Der aufgeweichte Boden verschluckt das Geräusch der Schritte. Wer immer ihr folgt — er kann nichts bringen, was schlimmer wäre als das Gelächter in der Siedlung. Mag ihr folgen wer will. Sie geht, als könnte sie um nichts in der Welt ihre Schritte beschleunigen oder stillstehen lassen.
Der Verfolger holt sie bald ein, er zupft sie am Ärmel: Fräulein, gut, daß ich Sie wieder einmal treffe; schon lang wollte ich Ihnen sagen, daß Sie noch Stoffreste bei mir liegen haben, vielleicht könnte ich noch ein oder zwei Kleidchen daraus machen, Sie brauchen es nur zu sagen.
Harmlose Sätze. Im Mund dieses hämischen Gespensts werden sie zum bösartigen Gezischel einer Schlange.
Daniela hat jetzt nicht die Kraft, die Näherin abzuschütteln. Sie duldet es schweigend, daß sie neben ihr hergeht, mit ungleichmäßigen Schrittchen, die an das Gehüpfe irgendeines kleinen aufgeregten Tieres erinnern.
Natürlich, fährt die Näherin mit ihrer unbeschreiblich flinken Zunge flüsternd fort, natürlich werden Sie jetzt keine Lust mehr dazu haben. Kein Wunder. Die sinds nicht wert.
In sonderbar korrektem Hochdeutsch fügt sie hinzu: Dieses Volk kennt keine Dankbarkeit.
Daniela zeigt mit keinem Wort und keinem Blick, daß sie auch nur eine Silbe gehört hat, aber die Näherin erwartet kein Zeichen, sie braucht keines um zu wissen, daß jetzt jedes ihrer Worte scharfes Salz auf eine frische Wunde ist.
Ja, aber Sie haben ja nicht hören wollen. Ich habs Ihnen schon vor Monaten gesagt: was man denen hier tut, das hat man überhaupt nicht getan. Gib ihnen Geld, sie versaufen es. Gib ihnen Kleider, sie lassen sie verkommen, sie nähen keinen Knopf fest und keinen heruntergerissenen Saum und keine geplatzte Naht. Und gibt man ihnen Essen, so schlingen sies hinunter wie es ist und keine kann kochen und einteilen und

sparen. Und was man ihnen sagt, Gutes oder Böses, sie hörens nicht, es ist ihnen ebensoviel wie Katzengeschrei. Da tu einer was für dieses Pack. Und Sie, Fräulein, Sie glaubens nicht. Noch immer glauben Sies nicht. Sie denken, Sie haben noch zuwenig getan, drum ändert sich nichts. Sie denken, wenn Sie noch ein Jahr und noch zwei Jahre hier arbeiten und alles tun was Sie nur können, dann würde sich was ändern. Ich sage Ihnen: es ändert sich nichts.

Daniela erwidert kein Wort, obwohl sie einiges erwidern könnte. Sie könnte sagen: Die Kinder haben fast keine Läuse mehr, und die Tuberkulösen sind in Heilstätten, und alle Kinder haben Schuhe, und wir bekommen einen Duschraum in der Schule, und die Kinder haben längst keine Angst mehr vor der Schule, und ... Ach, es lohnt nicht, davon zu sprechen. Es ist wirklich wenig, es ist nichts, das Gespenst hat recht. Daniela schweigt, aber der Näherin entgeht nichts, nicht einmal die kleine Bewegung, mit der Daniela ihre Lippen fester aufeinanderpreßt.

Fräulein, flüstert sie, Sie tun mir leid. So jung wie Sie sind, und der Vater ein hoher Beamter, und einen Bräutigam haben Sie auch ...

Eine kleine Pause, ausgefüllt mit Lauern. Vergeblich. Keine Frage: Woher wissen Sie das denn? Nichts. Daniela geht weiter. Sie schweigt nicht aus Hochmut oder Zorn, sie schweigt nicht vorsätzlich, sondern weil ihr Mund streng versiegelt ist vor Scham. Wann wird dieses bösartige Gespenst von ihr ablassen? Oh, es hat noch etwas zu sagen, nicht mehr viel für diesmal, aber eines noch unbedingt: Warum wollen Sie durchaus hierbleiben? Haben Sie nicht gehört, wie die über Sie lachen? So lachen sie schon lang. Und wissen Sie, warum sie lachen? Weil sie Mitleid mit Ihnen haben. Die nützen Sie aus und haben dabei Mitleid. Und warum haben sie Mitleid? Weil sie selber am besten wissen, daß alles, was man für sie tut, umsonst ist und weil der, der versucht ihnen zu helfen, dabei selber zugrunde geht. Jawohl: zugrunde.

Welchen Genuß bereitet dem zischelnden Maul dieses Wort. Sie wiederholt es noch einmal, diesmal für sich selber, es ist ein schönes Wort: zugrunde.

Nun kann sie ruhig zurückbleiben und die Lehrerin weitergehen lassen, die sie keiner Antwort gewürdigt hat. Schadet nichts. Sie, die kleine Näherin, hat ihre Aufgabe für diesen Tag erfüllt, sie kann zufrieden nach Hause gehen und hinter ihren Fenstern darauf warten, daß diese Person das Dorf wieder verläßt, bei Nacht und so leise wie ein geschlagener Hund. Sie, die kleine Näherin, weiß, woran dieses stolze Mädchen scheitern wird. Es gibt nur einen, der, ebenso un-

schuldig wie das Mädchen, sie in Schuld verstricken kann, und er wird es tun, alle Zeichen sprechen dafür, schon redet man öffentlich darüber, daß der Pfarrer und die Lehrerin viele Stunden lang beisammen sind; freilich hat noch keiner der Aufpasser irgend etwas zu melden, worüber zu lästern es sich lohnte, aber man wartet darauf, eine ganze Gemeinde wartet voller Spannung darauf. Nur Geduld. Die Zeit wird arbeiten, die Zeit wird sie mürbe machen, die beiden, den Pfarrer und die junge Lehrerin.
Die Näherin bleibt stehen, sie schaut Daniela nach, die immer noch gleich langsam weitergeht. Wer hat das kleine graue Gespenst je anders als grämlich aufmerksam gesehen? Niemand hört, wie sie jetzt lacht, mit kleinen glucksenden Lauten und mit zuckenden Schultern als hätte sie Schüttelfrost. Sie lacht über ihre eigene Schlauheit, der nichts entgeht, und sie lacht über die Gerissenheit, mit der sie, wie sie glaubt, Daniela an das Dorf bindet, indem sie ihr wieder und wieder dringend zum Fortgehen rät. Gutgemeinte Warnungen — sie stacheln den trotzigen Stolz dieses Mädchens zu immer härterm, zu sinnlosem Widerstand auf. Dieser Trotz wird sie in die Hände des Dorfes spielen...
Daniela läuft ziellos durchs Moor, mit brennenden Augen und schmerzenden Füßen, betäubt von einem nicht enden-wollenden Gefühl, das zweifellos Scham ist. Aber worüber schämt sich dieses seltsame Mädchen? Daß sie sich zum Opfer des Gelächters einer verkommenen Bande von Torfstechern gemacht hat? Daß sie die Bedeutung einer Kindersünde, die vielleicht nicht einmal eine ist, so maßlos übertrieben hat? Ach, sie schämt sich ihrer Unerfahrenheit und ihrer Unschuld, als wären sie ein arger Mangel. Man muß wissen, wissen! So sagt sie sich. Aber wie kann man wissen, ohne daß man das Leben dieser Torfstecher gelebt und ihre Sünden begangen hat? Daniela ist ratloser als je zuvor. Wer wird ihr raten können? Es gibt nur einen hier, mit dem sie darüber sprechen kann. Aber vielleicht wird auch er darüber lächeln, er kennt das Leben, er, der so viele Beichten entgegennimmt, Beichten auf dem Sterbebett, wenn man nichts mehr zu verbergen wagt... Nun, wenn er lächelt, dann wird auch dies gut sein und sie wird daraus lernen, sich nicht mehr erschrecken zu lassen.
Welch unaussprechliche Wohltat, die wirre Last dieser Überlegungen für eine Weile abzuwerfen, einem andern aufzubürden, der geübter ist im Tragen solcher Bürden. Die Sonne steht schon tief, der vorzeitige Frühlingstag ist kurz, bald wird der Moornebel kommen, Daniela muß sich beeilen, wenn sie vorher noch das Haus der kleinen Agnes erreichen will,

diese armselige Hütte, die ganz allein liegt wie an den Rand der Welt gedrängt und dort vergessen.
Die Kleine muß von weitem Danielas lautlose Schritte gehört haben, sie erscheint plötzlich am Fenster im grauen Hemdchen, ein Tuch um den Kopf gebunden, dessen Zipfel lächerlich in die Höhe starren. Sie winkt. Dieses müde Winken gleicht der traurigen Bewegung einer vergessenen, feuchten Bohnenranke im Novemberwind.
Arme Kleine, sie ist kränker als Daniela ahnen konnte. Das blasse Gesichtchen ist dick geschwollen, zwischen Ohr und Kiefer fühlt es sich sonderbar hart an, obgleich keine Entzündung zu bemerken ist. Die Mutter versucht sich zu trösten: Es wird Mumps sein oder irgend so eine Kinderkrankheit, die kommt und geht. Daniela verrät nichts von ihrer Befürchtung. Aber sie wird am gleichen Tag noch den Arzt anrufen und das Krankenhaus. Nichts wird sie darüber zu täuschen vermögen, daß das Kind gefährlich krank ist, auch wenn es sich jetzt munter zeigt und mit dem hart geschwollenen Gesichtchen tapfer lacht und die Ohrenschmerzen für eine halbe Stunde beinahe vergißt. Was immer für eine Krankheit es ist — das Kind wird keine Widerstandskraft haben in diesem schlechtgenährten, aufgeschwemmten Körperchen, das erschreckend genau die bläulich-weiße Farbe giftiger Kartoffeltriebe hat. Daniela hat ein paar schmerzstillende Tabletten mitgebracht und Geld, das ist alles, womit sie hier helfen kann. Die Mutter ist enttäuscht. Was denn hat sie von Daniela erwartet? Ach, diese Leute hier, wer lernt sie verstehen. Die einen lachen über Daniela, und die andern erwarten irgend etwas Unmögliches von ihr, einen grenzenlosen Trost, eine Art Wunder. Sie wollen die Wahrheit nicht hören: ›Das Kind ist sehr krank, es muß ins Spital.‹ Nein. Wozu. Es soll hierbleiben, wer wird das Spital zahlen? Und überhaupt: es wird so krank nicht sein, man hat ohnedies Sorgen genug, man kann keine Krankheit brauchen.
Was für ein Blick, mit dem die Frau sich von Daniela verabschiedet, ein Blick voller Haß und hündisch erwartungsvoller Demut. Daniela geht hastig fort, sie stolpert über die Schwelle ins Freie, ihr Fortgehen ist eine Flucht.
Die Sonne ist verschwunden und die verfrühte fiebrige Wärme. Das schamlose Licht erlosch, und unsäglich verlassen liegt das Moor unter dem stumpfen Himmel, der rasch erkaltet. Daniela kommt erst nach Einbruch der Dunkelheit ins Dorf. Sie tut was sie kann: sie ruft sofort den Arzt an. Sie braucht ihn nicht zweimal zu bitten am nächsten Morgen zu kommen. Er ist ihr ein guter Freund geworden in den wenigen Monaten. Er glaubt nicht an eine harmlose Kinder-

krankheit. Nach Danielas Beschreibung hält er es für eine Tuberkulose der Lymphdrüsen. Die gewöhnliche Folge der Unterernährung. Man wird schneiden müssen. Ob es zu spät sein könnte? Kaum. Aber wer kann es wissen bei diesen Moorleuten. Der eine übersteht eine Lungenentzündung ohne Arzt, der andere stirbt an einem Riß im Daumen.
Einen Augenblick lang überlegt Daniela, ob sie ihm erzählen soll... Auch er kennt das Leben von jener Seite, die häßlich ist und nackt. Doch sie schweigt, sie weiß: er wird versuchen, sie darüber hinwegzutrösten, aber sie will keinen Trost, sie will lernen zu begreifen. Begreifen? Was denn will sie begreifen? Das Unbegreifliche: das Elend, die Verlassenheit, die Sünde und den, der dies alles zuläßt.
Wie vertraut ist ihr dieser schmale verwilderte Weg zum Pfarrhof und dieses armselige Studierzimmer, das seit einigen Wochen nicht einmal mehr nach Zigaretten riecht, sondern nach dem billigen schlechten Pfeifentabak, den die Torfstecher rauchen. Nie unterläßt es der Pfarrer, das Fenster weit aufzureißen und die kurze Pfeife auszuklopfen, wenn er Danielas Schritte hört.
Zwischen ihnen bedarf es keiner verlegenen Einleitung. Sie verschwenden keine Worte. Er sieht sie an, wie sie über die Schwelle kommt, und er, dessen Augen gelernt haben, aus den stumpfen und verschlossenen Gesichtern seiner Pfarrkinder mit einem Blick zu erfahren, was ihr verstockter, grober, höhnisch verzogener Mund mit Gewalt zu verschweigen sucht — er braucht keine Frage an Daniela zu stellen um augenblicklich zu wissen, daß irgend etwas sie furchtbar verstört hat. Aber er sieht auch, daß sie bereits sein Mitleid nicht mehr braucht. Jeder andere, der sie so hätte sitzen sehen, die Hände im Schoß verschränkt und das blasse erregte Gesicht zu ihm hochgehoben, der hätte sie für ratlos und trostbedürftig gehalten. Er aber kennt dieses Gesicht so gut, daß es ihn nicht täuschen kann. Etwas darin erschreckt ihn, eine neue und besondere Art von Entschlossenheit. Er kann nicht wissen, wozu sich dieses merkwürdige Mädchen entschlossen hat, aber er sieht mit tiefer Bestürzung, daß es etwas Äußerstes ist, etwas, das der Verzweiflung gleichkommt. Ihr Mund ist wie versiegelt, er möchte sich öffnen, er möchte sich bewegen, aber die Lippen pressen sich immer fester aufeinander. Ihr Gesicht ist fremd und streng wie das einer Botin, die einen ungeheuerlichen und unabweisbaren Auftrag überbringt.
Der Pfarrer friert. Es hilft nichts, daß er das Fenster gegen die rauhe Kühle der Februarnacht schließt. Er friert vor Furcht. Wenn Daniela gesprochen haben wird, dann wird sie nicht wissen, welchen Auftrag sie ihm überbracht hatte, sie

wird ihn versiegelt und ungelesen übergeben haben. Er aber wird begreifen, und damit wird die furchtbarste Zeit seines Lebens beginnen.
Zunächst atmet er ein wenig erleichtert auf. Was sie berichtet, betrübt ihn, aber derlei Dinge bringen ihn nicht mehr aus der Fassung. Ihn rührt, daß sie zu ihm kommt in ihrer Ratlosigkeit, und ihn rührt es, wie tapfer sie sich bemüht, die Dinge beim rechten Namen zu nennen, ganz sachlich und hart, während ihre Lippen zittern und die Scham über ihre eigenen Worte ihr das Gesicht rötet.
Er hört zu, aufmerksam und mit dem Ernst des verantwortlichen Seelsorgers. Aber sein Gesicht ist weich und voll von einer Wärme, die, er weiß es, nicht den Kindern, sondern Daniela gilt, die viel mehr seiner bedarf als jene Kinder.
Und? fragt sie unsicher. Und Sie finden es nicht schlimm? Aber noch ehe er antwortet, sagt sie trotzig: Ich weiß, Sie halten mich für unerfahren und Sie haben recht, ich bin es, ich bin eben ein allzu wohlbehütetes Kind gewesen...
Ach, sagt er leise, viele sind wohlbehütet und früh verdorben. Aber sie hört nicht auf ihn. Ihre Verzweiflung bricht sich plötzlich wilde Bahn. Nein, ruft sie, sagen Sie jetzt nichts, ich weiß alles, ich weiß, daß die Leute recht haben, wenn sie über mich lachen, auch Sie würden im Recht sein, wenn Sie es täten, denn sie alle haben längst gesehen, daß meine Arbeit hier vergeblich ist. Gutgemeint aber umsonst. Ich allein habe es nicht gewußt. Es war höchste Zeit, daß mich das Gelächter belehrt hat. Jetzt weiß ich es: ich kann diesen Leuten nicht helfen, weil ich nicht zu ihnen gehöre, weil ich ihre Erfahrungen nicht kenne. Sie lachen über mich wie über ein Kind, das noch nicht richtig sprechen kann und schon die Erwachsenen belehren will. Ich mit meinen Erfahrungen!... Die eines gutbürgerlichen Mädchens...
Mit welcher Bitterkeit verhöhnt sie ihre Unschuld, die ihr nichts weiter mehr bedeutet als ein Hemmnis!
Was weiß denn ich vom Leben. Wie kann ich denn urteilen über diese Menschen hier. Man muß sich zum Gefährten dieser Menschen machen, man muß leben wie sie.
Eine Bewegung in seinem Gesicht läßt sie für einen Augenblick betroffen innehalten, dann fährt sie fast zornig fort: Ich weiß, was Sie sagen wollen, ich weiß, daß es unmöglich ist, natürlich kann ich nicht Torf stechen und natürlich brauche ich nicht verkommen zu sein wie sie es sind, aber ich weiß auch, daß nichts mich schärfer von ihnen trennt als meine Unerfahrenheit. Es ist ja gar nicht meine Herkunft, die mich den Leuten fremd macht, und es ist nicht meine andere Art zu leben, auf all das pfeifen sie. Aber sie werden nie, nie auf

mich hören, solange sie spüren, daß ich ihre Sünden nicht kenne, weil ich sie nicht am eigenen Leib erfahren habe.
Sie wirft einen herzzerreißenden Blick auf ihn, einen Blick, den er kaum erträgt.
Aber, fragt er leise und angstvoll, was wollen Sie tun?
Ihre Antwort erschreckt ihn tödlich: Ich kann nichts tun, aber ich hoffe, daß ich bald in irgendeine Sünde falle, die diesen furchtbaren Wall einreißt, der mich vom echten Leben trennt. Es gibt keinen andern Weg für mich.
Plötzlich bemerkt sie die furchtbare Blässe seines Gesichts. Warum sehen Sie mich so an? Ist das so schlimm, was ich sagte? Können Sie es nicht begreifen?
Mein Gott — sie kann nicht wissen, wie sehr, wie tief er sie begriffen hat. Was aber soll er ihr antworten? Er tut seine Pflicht, er sagt: Niemals wird durch Böses das Gute geschaffen. Niemals wird die Sünde Sie erlösen. Welch furchtbare Vermessenheit, sich in die Gefahr der Trennung von Gott zu stürzen. Wer sagt Ihnen, daß die Sünde nicht stärker ist als Sie und, einmal begangen, Besitz von Ihnen ergreift? Wissen Sie denn nicht, daß Sünde jede Ordnung zerstört? Die von Gott gewollte Ordnung...
Ordnung! Sie unterbricht ihn streng. Was für eine Ordnung ist das, in der die Sünder und die sogenannten Gerechten hundertmal tiefer voneinander getrennt sind als die Reichen und die Armen? Das kann die rechte Ordnung nicht sein. Es muß gestattet sein, diese Ordnung zu durchbrechen, um eine andere herzustellen. Ich weiß nichts weiter, vielleicht ist dies alles töricht oder auch wie Sie sagen: vermessen. Aber ich weiß, daß mein Leben, so wie es ist, unfruchtbar ist. Wenn die Sünde helfen kann — warum soll ich sie nicht wollen?
Er sieht sie mit furchtbarem Ernst an, während seine Hände, in den Ärmeln seiner Soutane verborgen, zittern: Wer sagt Ihnen, daß Sie ohne Sünde sind? Ist Ihr Bewußtsein, ohne Sünde zu sein, nicht die gefährlichste aller Sünden? Der Stolz. Der geistige Hochmut...
Sie erwidert seinen Blick erstaunt. Ich habe doch nicht gesagt, daß ich ohne Sünde bin. Ich...
Sie senkt ihre Augen und errötet von neuem: Ich habe bis heute nicht wirklich darüber nachgedacht. Ich habe viele Fehler.
Sie schlägt die Augen wieder zu ihm auf, ihr Blick ergreift ihn so, daß er sich kaum der Tränen zu erwehren vermag. Ich bin wirklich voller Fehler, glauben Sie mir. Aber das sind nur Fehler, es sind lästige Dinge, sie sind klein, und eben weil sie klein sind, liegen sie mir wie Steine im Weg, viel unüber-

windlicher als eine große Schuld. Ich bin voller Ungeduld, und ich bin ehrgeizig...
Da er sie verwundert ansieht, wiederholt sie bekräftigend: Sehr ehrgeizig. Glauben Sie nicht selbst, daß ich diese Arbeit hier übernommen habe, weil ich mir und weiß Gott wem beweisen will, daß ich sie leisten kann? Und ich bin...
Sie weiß nicht, daß sie eine Beichte ablegt. Nichts bleibt ihm verborgen aus ihrem Leben. Es ist so dunkel geworden im Zimmer, daß sie nicht sehen kann, wie ihm die Tränen über das Gesicht rinnen, unaufhaltsam. Sie sieht auch nicht, daß er die Hand bewegt, während seine Lippen lautlos die Worte der Befreiung formen: Absolvo te...
Sie hat längst zu Ende gesprochen und er schweigt noch immer. Warum sagen Sie nichts? fragt sie schließlich verwirrt. Ist es so lächerlich, was ich sagte oder ist es schlimmer als ich dachte? Ich weiß nicht... Bitte sprechen Sie doch, oder machen Sie Licht, das ist unerträglich.
Da er sich nicht rührt, steht sie auf, um nach dem Lichtschalter zu tasten.
Nein, schreit er, lassen Sie das. Kein Licht jetzt!
Seine eigene Stimme bringt ihn zur Besinnung. Verzeihen Sie, murmelt er kaum hörbar. Es ist nur... Sie müssen wissen, daß Sie an Fragen gerührt haben, die mich seit langem beschäftigen. Sehr heftig beschäftigen. Die Sünde... Sie erinnern sich an die Predigt im November. Ich weiß, daß Sie sich erinnern. Auch ich...
Er spricht nicht weiter. Daniela wagt sich nicht zu bewegen. Sie steht noch immer mitten im Zimmer. Nichts durchbricht die seltsame, die vollkommene Stille, die nach seinen letzten abgerissenen Worten langsam den Raum zu füllen begann, bis er zum Bersten voll davon ist.
Nach langer Zeit hört Daniela den Pfarrer aufstehen; er tut es mit einer heftigen Bewegung, er stößt den Stuhl zurück. Zwischen ihm und ihr ist der Tisch, voll von Büchern und Zeitschriften. Er ist daran gestoßen, ein Stapel Bücher fällt krachend zu Boden.
Die Stimme des Pfarrers ist rauh, und die Worte, die er jetzt hervorstößt, sind ein heiserer Schrei: Was wollen Sie von mir?
Daniela ist entsetzt zurückgefahren. Was soll sie darauf antworten? Weiß sie denn, was sie von ihm will? Kann sie wissen, was durch ihren Mund von ihm verlangt wird?
Er bekommt, so scheint es, sich sofort wieder in die Gewalt. Seine Stimme verrät kaum mehr etwas von seiner Erregung, es ist seine gewöhnliche Stimme, nur leiser als sonst und eindringlicher: Sie dürfen sich nicht die Sünde wünschen. Dies

wäre ein freventlicher Weg zur Selbsterlösung. Und Sie wissen: wir können uns nicht selbst erlösen. Ich werde für Sie beten. Das ist alles, was ich tun kann. Aber — nun ist seine Stimme kaum mehr verständlich — ich weiß, daß Gott Sie führt. Und niemand kann sich weigern, sein Werkzeug zu sein. Gehen Sie jetzt, gehen Sie in Frieden, und verzeihen Sie mir ... Ich selbst bin nur ein schwacher Mensch.
Diese letzten Worte stößt er wieder mit einer Erregung hervor, die seine Ruhe Lügen straft. Sie sind nichts anderes als ein Stöhnen. ›Ich kann nicht mehr‹ — er braucht es nicht zu sagen, seine Stimme, ganz zerbrochen und ohne Ton, verrät es.
Daniela geht im Dunkeln und ohne Abschied fort. Sie begreift gar nichts. Sie weiß nicht mehr, was sie von ihm erwartet hat, und sie weiß nicht, ob er ihr gegeben hat, was sie erhoffte. Sie versteht nicht, was sie ihn so erregt hat. Hat sie denn etwas so Schreckliches gesagt? Und an welche Wunde seines Wesens hat sie unwissend gerührt?
Da sie den Pfarrhof verläßt, glaubt sie ein Geräusch zu hören wie von einem nahezu lautlosen Sprung und von rieselndem Gemäuer. Jemand scheint jetzt dicht an die Wand gepreßt zu stehen. Mag sein. Daniela hat sich daran gewöhnt, beobachtet zu werden. Ohne Eile geht sie fort. Auf halbem Weg blickt sie zurück. Das Fenster des Pfarrers ist ohne Licht. Eine Stunde später ist es noch immer dunkel. Ist er fortgegangen? Oder liegt er im Dunkeln auf den Knien? Sie wird es nie erfahren. Was würde sie tun, wüßte sie, daß er zu jenen Waffen gegriffen hat, die Heilige aller Zeiten im Kampf gegen den Teufel benützten ... Aber werden ihm diese Waffen helfen können im Kampfe gegen Gott?
Daniela fühlt, daß ein tiefer Trost darin liegen würde, zur selben Zeit dasselbe zu tun wie er; sie kann nichts anderes annehmen, als daß er betet. Aber sie hat jetzt keine Kraft dazu, sie ist zu Tod erschöpft. Auch hat sie vergessen Feuer im Ofen zu machen. Es ist kalt. Sie schaudert. Das Bett ist die einzige Zuflucht, die ihr bleibt; das Bett, die Dunkelheit, der betäubende Schlaf. Ein kurzer Aufschub noch, eine kleine Ruhepause, ohne Bedeutung.

Zweites Kapitel

Noch immer, vier Tage nach dem Gespräch mit dem Pfarrer, herrscht dieses unordentliche, frech gleißende Licht überm Moor, dieser falsche, vorzeitige Frühling. Es ist Fasching. Hat man denn hier Geld um Fasching zu feiern? Und woher will dieser finstere Menschenschlag die Laune nehmen zu feiern?

Die Wirtin schmückt die Kantine. Über Danielas Kopf werden beim Mittagessen Papiergirlanden aufgehängt, von Lampe zu Lampe, kümmerliches Zeug, ausgebleicht und zerfetzt. In zerbrochene Maßkrüge und halslose Flaschen werden gelbe und rote Wachspapierrosen gesteckt, genau dieselben, die man in die Totenkränze flicht. Das ist der Tischschmuck. Am Abend wird der Ball sein.

Da versaufen sie ihr letztes Geld, sagt die Wirtin voller Überdruß; hinterher kommen sie dann und betteln um ein Glas Schnaps auf Kredit, wie die Hunde können sie betteln. Es ist ekelhaft.

Niemand haßt die Torfstecher mehr als die Wirtin. Niemals wird sie es ihnen verzeihen, daß einer von ihnen sie dazu gebracht hat, ihn zu heiraten und hierzubleiben. Dieser Haß bringt sie an manchen Tagen fast um den Verstand.

Aber lassen Sie doch, sagt Daniela sanft; es ist ihr einziges Vergnügen.

Vergnügen! Als ob das ein Vergnügen für sie wäre. Sie tanzen ein- oder zweimal, dann saufen sie, dann gibts ein Geraufe und dann gehen sie heim und machen Kinder und haben kein Geld mehr um Brot zu kaufen am andern Tag.

Erbittert fügt sie hinzu: Verbieten sollte mans ihnen. Der Pfarrer müßte es verbieten, wofür ist er da.

Aber das kann er doch nicht, sagt Daniela erstaunt; das könnte nur die Polizei verbieten, aber auch sie ... warum ...

Er kann es nicht? Was glauben Sie! Wenn *der* wollte!

Daniela ist bestürzt über die Heftigkeit, mit der die Wirtin diese Worte hervorstößt.

Wenn der nur wollte, wiederholt die Wirtin zornig und mit einem Ausdruck wilder Gläubigkeit in dem harten Gesicht, der Daniela erschreckt. Sie wagt nicht mehr zu widersprechen.

›Wenn der nur wollte‹ ... Was will die Wirtin damit sagen? Welche Kraft schreibt sie dem Pfarrer zu? Und sie ist nicht die einzige im Ort, die von ihm etwas erwartet, das einem Wunder gleichkommt. Und auch Daniela, hat sie nicht, unwissend, eine maßlose, eine erbarmungslose Forderung an ihn gestellt?

Gegen Abend wird Daniela von einer großen Unruhe gepackt. Wenn sie den Fasching der Torfstecher mitmachen würde, wenn sie mit ihnen trinken und mit ihnen tanzen würde, verschwitzt wie sie und nach Schnaps riechend, und Hüfte an Hüfte mit ihnen, vermischt mit diesen schmutzigen Röcken und Jacken ...

Niemand, so glaubt sie, kann sehen, wie sie in der Dunkelheit vor der Kantine steht, das Gesicht an die kalte Fensterscheibe gepreßt, die Augen voller Begierde nach Gemeinschaft

mit jenen, vor denen sie Angst hat und Widerwillen. Dreimal verläßt sie ihren Platz am Fenster, um sich der Tür zu nähern. Aber selbst wenn sie es täte, wenn sie eintreten würde — sie käme in der Rüstung ihrer Unversehrtheit, und nichts könnte sie tiefer trennen von ihnen allen als dies.
Sie will es nicht glauben, sie hält es für ihre eigene Feigheit, was sie hindert endlich die Tür zu öffnen, sie ist zornig über sich selbst, aber selbst ihr Zorn vermag sie nicht über die Schwelle zu jagen. Plötzlich steht jemand neben ihr, sie hat niemand kommen hören; die Tanzmusik, so kümmerlich sie ist, hat seine Schritte übertönt. Sie erkennt ihn sofort am Geruch. Niemand andrer als der Schulleiter strömt diesen durchdringenden Schnapsgeruch aus, auch wenn er nicht betrunken ist. Jedes seiner Kleidungsstücke, selbst sein aufgequollenes Fleisch scheint durchtränkt zu sein vom Alkohol. Doch hat Daniela ihn schon lange nicht mehr betrunken gesehen. Nicht als ob er es nie mehr wäre! Der Pfarrer hat ihn erst eine Woche zuvor im Morgengrauen schlafend im Straßengraben gefunden, so schwer betrunken, daß selbst eine kalte Abreibung mit Schnee ihn nur vor dem Erfrieren bewahrte, nicht aber ernüchtern konnte. Doch hütet er sich mit kindischer Angst, Daniela zur Zeugin solcher Szenen zu machen. Er hat es sich sogar angewöhnt, morgens, ehe er in die Schule geht, die Zähne zu putzen. Sein mächtiges Gurgeln ist im ganzen Haus zu hören.
Auch jetzt ist er nüchtern. Er hat eine besondere Art, ›Fräulein‹ zu Daniela zu sagen. Es klingt ein wenig spöttisch, wie eine Art übertriebener Huldigung, aber seine Stimme drückt eine rührende und zärtliche Unsicherheit aus, deren er sich schämen würde, käme sie ihm je zum Bewußtsein.
Fräulein —! Was tun Sie denn hier?
Sie versucht zu lachen. Das sehen Sie doch; ich schaue zu.
Er geht auf ihren Ton ein: Wollen wir tanzen gehen, wir zwei?
Der Ernst und Eifer, mit dem sie antwortet: Ja, wollen wir hineingehen, wirklich! — dieser Ernst bestürzt ihn.
Aber ich bitte Sie, das ist doch nichts für Sie.
Er hätte nichts sagen können, was sie in diesem Augenblick mehr aufbrächte als dies.
Warum ist das nichts für mich? Glauben Sie, ich bin zu gut dafür? Wenn ich ihre Kinder unterrichte, kann ich dann nicht auch mit den Vätern tanzen?
Ihre Heftigkeit kommt so überraschend, daß er keine Antwort findet. Gewiß verwünscht er bereits seinen Einfall sie anzusprechen. Aber zu spät! Er muß ihr standhalten, da sie voller Ungeduld seinen Arm ergreift und trotzig ihre Frage

wiederholt: Warum soll ich nicht hineingehen? Sagen Sie doch.
Diese Hartnäckigkeit in einer Sache, die ihm nicht wichtig erscheint, sondern höchst abwegig, macht ihn verwirrt. Er beginnt zu stottern.
Weil... Aber das wissen Sie doch selbst... Die da drinnen und Sie... das ist... Hören Sie: die da, die sind eine verschworene Bande. Die halten zusammen. Da weiß einer zuviel vom andern. Die haben ihre schlimmen Geheimnisse. Verjährte Verbrechen und neue. Ein Sumpf. Am besten —
Daniela versucht ihn zu unterbrechen: Ja, ja, ich weiß, wie Sie über diese Leute denken. Aber Sie haben nicht recht, so nicht...
Er fährt ihr heftig ins Wort: Ach, schweigen Sie doch! Warten Sie, ob Sie nicht eines Tages auch wünschen werden wie ich's seit Jahren tu: daß ein Moorbrand, im August, wenn alles ganz dürr ist und kein Wasser zum Löschen in den Gräben und ein heißer trockener Wind weht, daß da ein Brand dies alles hier vernichten würde, alles. Dann vielleicht wäre die Luft hier wieder rein.
Sie hat ihn mit niedergeschlagenen Augen angehört ohne ihn noch einmal zu unterbrechen. Jetzt aber hebt sie ihr Gesicht zu ihm auf, und das trübe Licht aus dem Fenster zeigt ihm, wie angstvoll gespannt es ist, verzehrt von einem Gefühl, dessen Bedeutung er nur dunkel zu ahnen vermag. Leise sagt sie: Fürchten Sie sich nicht vor Ihrer eigenen Unbarmherzigkeit? Wenn man auch über Sie so richten würde?
Dann legt sie ihm ihre Hand auf den Arm: Aber ich weiß, aus Ihnen spricht die verschmähte Liebe.
Er starrt sie verblüfft an, dann wendet er sich heftig und wortlos ab um zu gehen. Aber Daniela folgt ihm in die Dunkelheit.
Nein, sagt sie, gehen Sie jetzt nicht. Ich weiß, wie Sie gelitten haben. Aber warum können Sie nicht verstehen, daß Sie und ich und wir alle, die diesen Leuten hier helfen wollen, auf dem verkehrten Wege sind? Wir bieten ihnen etwas an: zu essen und Kleider und Sauberkeit und Ordnung, aber wissen wir denn, was sie wirklich brauchen?
Er ist stehengeblieben. Und was wäre das, was sie wirklich brauchen?
Nicht Almosen, nicht diese hochmütige Art von Fürsorge und nicht meine Geschäftigkeit. Glauben Sie mir: ich weiß, das alles zählt nicht vor diesen Leuten, und sie haben recht.
Er zuckt die Achseln und sagt zornig: Ich versteh Sie nicht. Was wollen Sie eigentlich. Ich finde, Sie können zufrieden sein mit dem, was Sie hier erreicht haben. Sie haben alles ge-

tan, was man diesem gottverdammten Pack Gutes tun kann. Und alles andere ... Hören Sie: es gibt Grenzen, die selbst Gott nicht verwischen will. Ich sage ›Gott‹, um irgendeine höhere Instanz zu nennen, Sie verstehen.
Er lacht laut und rauh vor Verlegenheit, dann fügt er in sonderbarer Wut hinzu: Sie haben getan, was Sie tun konnten. Mehr tun wollen, das ist ... das ist strafbar. Wir haben schon einmal darüber gesprochen, wie mir scheint. Zum Teufel, zwingen Sie mich nicht zu einer Predigt über die Vermessenheit.
Daniela antwortet nicht sogleich. Dann sagt sie so leise, daß er, den das Alter und das ewige Motorradgeknatter schwerhörig gemacht haben, kaum ein Wort davon verstehen kann: Ich glaube nicht mehr an meine eigne Kraft. Aber ich muß an eine andere, eine grenzenlose Kraft glauben dürfen.
Obgleich es dunkel ist, schlägt sie die Augen nieder, sie schämt sich ihres Bekenntnisses, es ist ihr neu und fremd, sie hat es in diesem Augenblick zum erstenmal mit durchdringender Kraft begriffen.
Der Schulleiter schweigt. Niemand erfährt, was er denkt. Wie könnte er, der einsame, verstockte alte Mann, Worte über seine Lippen bringen, die er in seinem Leben nicht gesprochen hat und die er nicht einmal im Traum zu sagen wagt. Und niemand sieht den Blick, den er auf Daniela ruhen läßt. Es ist der Blick angstvoller Liebe.
Plötzlich aber hebt Daniela den Kopf. So wie man den Schmerz einer frischen Wunde viel später spürt, scheint sie jetzt erst verstanden zu haben, was er lang zuvor gesagt hat. Mit einer Bitterkeit, die ihm das Herz zerreißt, ruft sie aus: Ach, Sie glauben, daß ich alles getan habe, was ich tun kann? Daß ich am Ende bin, wo ich geglaubt habe erst anzufangen? Nicht wahr, das meinten Sie?
Er schweigt noch immer. Aber der aufgehende Mond, der sich unversehens über das schiefe Kirchendach gehoben hat, zeigt Daniela das zerrissene Gesicht eines Mannes, der ein furchtbares Geheimnis in sich trägt, das er mit niemand teilen kann.
Mit einem rauhen Stöhnen wendet er sich ab und taucht unter in der Finsternis des Grabens. Daniela starrt ihm nach. In diesem Augenblick fühlt sie zum erstenmal, was Verzweiflung ist: der endgültige Verzicht auf Hoffnung. Eine tiefe Schwäche überkommt sie, ihre Knie versagen und sie muß sich setzen. Die Böschung ist feucht vom Bodennebel, der Kies ist kalt und kantig wie zerschlagenes Flaschenglas, aber Daniela merkt es nicht. Den Kopf auf die hochgezogenen Knie gelegt, versucht sie ihrer furchtbaren Bangigkeit

Herr zu werden. Vergeblich sagt sie sich: Seine Niederlage ist nicht die meine.
Ein mächtiges, uraltes Wissen aus einem unermeßlich dunkeln Abgrund sagt ihr, daß die Niederlage das dem Menschen bestimmte Los ist. Endlose Niederlagen... In dieser Endlosigkeit könnte ein seltsamer Trost liegen. Die Süßigkeit des Verzichts, das müde Einverständnis mit der Schwäche und Verlassenheit, die Schwermut...
Danielas Verzweiflung ist der Biß einer Schlange, der man das Gift genommen hat. Schon kurze Zeit später könnte ein aufmerksamer Beobachter auf diesem blassen, gespannten Gesicht ein triumphierendes Lächeln sehen, wie man es zeigt, wenn man jemand mit großer Schlauheit überlistet hat. Die Versuchung bleibt hinter ihr liegen wie ein baufälliges Haus, das man achselzuckend verläßt.
Ist es Sache des Menschen, Sieg oder Niederlage zu sehen? Daniela ahnt zum erstenmal den hohen Wert der blinden Demut. Freilich, sie ist noch weit davon entfernt, das kaum greifbare Geheimnis zu verstehen. Aber genug, die Tröstung die ihm entströmt, dunkel zu fühlen, und sei es nur für einen Augenblick. Die zarte Spur, von diesem flüchtigen Augenblick gegraben, ist nicht mehr zu verwischen.
Der Mond ist langsam höhergestiegen, sein Licht liegt wie milchiger Rauch über dem Moor. Das Schindeldach der Kirche glänzt, und weit hinaus ins Moor schimmert das Industriegeleis. Es ist noch lange nicht Mitternacht. Daniela hat keinen Schlaf, sie will noch nicht nach Hause gehen, sie folgt der schwarzglänzenden eisernen Spur. Ein kleiner nächtlicher Gang, zwischen Graben und Geleis, bis zum Torfwerk, nicht weiter.
Es wäre besser, Daniela wäre dieser tückisch lockenden Straße nicht gefolgt. Aber hat sie nicht gewünscht ›zu wissen‹? Es ist nicht von großer Bedeutung, was sie zu sehen bekommt, noch ehe sie das Torfwerk erreicht, aber für Daniela wird es ein bitterer Anblick sein. Doch ist die Zeit der Schonung für sie vorüber.
Dieser verfluchte Moorboden, der alle Schritte lautlos macht! Das Paar, das im Schatten einer Torfhütte auf einem Haufen Schilf liegt, dicht am Geleis, ist allzu heftig mit sich selbst beschäftigt um zu hören. Daniela, schon zu nah um nicht sehen zu müssen, bleibt verstört stehen. Das Mädchen — wer hat eine so weiße Haut wie dieses da, und so wildes rotes Haar, selbst bei Nacht verrät es sich. Die Tochter des Bürgermeisters. Die Kleine ist vierzehn Jahre alt. Den, der über ihr kniet, kennt Daniela nicht. Es ist kein junger Mann.
Daniela schließt die Augen, und so, mit geschlossenen Lidern,

zieht sie sich zurück, Schritt für Schritt, bis in das dichte Schattengeflecht junger Weidensträucher. Sie vermag keinen Ekel in sich zu entdecken, nur kaltes Entsetzen. Diese Umarmung — nie zuvor hat Daniela etwas gesehen was unerbittlicher gewesen wäre als dies; ohne Scham und ohne Lust.
Die Kleine ist Danielas Schülerin in der Fortbildungsschule. Ein Kind. Gibt es nicht ein Gesetz, das den Mann bestraft, der es wagt, ein Kind zu mißbrauchen? Aber wer ist dieser da? Daniela kennt die Kleine, sie ist verstockt, niemand wird ihr seinen Namen entreißen können, wenn sie ihn nicht sagen will. Und wenn man ihn bestrafte, was ist damit getan? Er und die andern, sie werden in Zukunft ein wenig vorsichtiger sein, und ihre kurze armselige Lust wird vergiftet von jämmerlicher Angst vor Polizei und Strafe.
Daniela versucht nachzudenken. Was sich hier begibt, das begibt sich hundertmal, überall, die Nacht ist voll davon, dies ist die Art wie hier Leben weitergegeben wird, eilig, stumm, wahllos und böse. Ein schlimmes Kapitel, zu verstehen nur im Zusammenhang, und zu ändern nur, wenn man das Ganze ändert. O Gott. Und Daniela ist ganz allein, selbst ein Kind, mitten in der Verlassenheit des Moors, und voller Furcht.
Wovor fürchtet sie sich? Daß man sie wieder mit Gelächter überschütten könnte? Ach, sie hat das Gelächter einer ganzen Siedlung ertragen. Oder fürchtet sie, daß der Kerl sie niederschlagen könnte? Diese Art von Furcht kennt Daniela nicht. Sie hat den Mut eines zaghaften Vogels, den die Gefahr von einem Augenblick zum andern zum tollkühnen Angreifer macht. Aber während sie, viel langsamer als es ihr erlaubt scheint, das kurze Wegstück wieder zurückgeht, stellt sie sich ernsthaft die Frage, ob sie nicht im Begriffe ist, die Rolle einer alten Jungfer zu spielen. Nachts durchs Moor zu schleichen und in den Scheunenschatten zu schnüffeln ... Es beleidigt ihren Stolz. Aber was bedeutet dieser Stolz? Da vorne liegt ein Kind in der gewaltsamen Umarmung eines gewissenlosen Kerls, der sich einen Dreck darum kümmert, wenn die Kleine schwanger wird und daran stirbt.
Es kostet Daniela eine namenlose Überwindung, aus dem Schatten der Weiden zu treten und laut ›Katharina‹ zu rufen.
Die beiden fahren auseinander. Einen Augenblick lähmt sie die Überraschung, dann springen sie auf. Der Kerl ist nicht verlegen, er ist wütend.
Was wollen Sie? schreit er, während er seine Hose hochzieht.
Die Kleine murmelt etwas, er versteht es nicht.
Verdammt, wer sind Sie und was wollen Sie?
Von Ihnen nichts, sagt Daniela mit klarer Stimme, die keine

Furcht mehr verrät. Sie geht ein paar Schritte auf das Mädchen zu, das mit trägen Bewegungen seine Bluse zuknöpft.
Der Mann tritt ihr in den Weg. Seine Schultern machen eine freche, herausfordernde Bewegung, während er den Gürtel seiner Hose schließt, ohne die Augen von Daniela zu lassen. Aber jetzt hat Daniela ihren tollkühnen Augenblick: sie schiebt den Kerl einfach beiseite, mit einer entschiedenen Bewegung ihres kleinen ohnmächtigen Ellbogens drängt sie ihn aus ihrem Weg. Er starrt sie mit einer Art wilder, fassungsloser Belustigung an, ohne sich zu rühren.
Katharina, sagt Daniela ruhig und fest, komm jetzt mit nach Hause, ich bring Dich zurück, wir haben denselben Weg.
Die Kleine tut, als hätte sie nicht gehört. Man kann ihr Gesicht nicht sehen, es ist über ihre Hände gebeugt, die nicht fertig werden mit dem Zuknöpfen der zerknitterten Bluse. Aber diese Hände zittern keineswegs, und nichts an diesem trägen Geschöpf verrät Angst oder Verlegenheit. Das Gesicht des Mannes verzieht sich langsam zu einem höhnischen Grinsen. Aber noch ehe sich seine Wut in einem bösen Gelächter entladen kann, sieht ihn Daniela ruhig an und sagt beinahe sanft: Gehen Sie jetzt.
Vielleicht ist er froh, der Szene auf solche Weise zu entkommen ohne erkannt zu werden, oder er hat bereits das Interesse an der Kleinen verloren, oder aber, und jeder kluge Beobachter würde sich entscheiden zu sagen: der Blick der Unschuld, dessen unwissende Stärke furchtbar zu ertragen ist für den Unreinen, schlägt ihn in die Flucht. Ohne ein Wort zu sagen nimmt er sein Rad, das an der Hüttenwand lehnt, schwingt sich hinauf und fährt davon.
Das Mädchen hat sich noch immer nicht bewegt.
Katharina! sagt Daniela freundlich, komm jetzt. Die Kleine hebt langsam den Kopf. Ihr Gesicht ist ohne jeden Ausdruck. Das blasse Mondlicht läßt es weiß und leer erscheinen. Daniela legt den Arm um ihre Schultern, aber mit der ebenso trägen wie geschickten Bewegung einer Katze entzieht sie sich der Berührung. Ihre naive Klugheit läßt sie schweigen. Dieses Schweigen ist ihre einzige Waffe. Daniela wird sie ihr nicht entreißen, sie versucht es nicht einmal. Aber als sie sich zum Gehen wendet, folgt ihr die Kleine langsam und stumm, ein paar Schritte hinter ihr, Daniela hört die nackten Füße über den Boden schleifen.
Kurz vor der Bäckerei, dem Haus des Bürgermeisters, bleibt Daniela stehen. Katharina, sagt sie leise, wenn Du mich brauchst, dann komm zu mir.
Die Kleine antwortet nicht. Ihr Gesicht verrät nicht, was sie denkt. Ein paar Augenblicke später ist sie zwischen Haus und

Schuppen verschwunden wie ein Tier, das in seinen Bau geschlüpft ist.
Wem soll Daniela diese ihre neue Erfahrung mitteilen? Sie wird sie in sich verschließen.

Drittes Kapitel

Wie traurig der Frühling hier ist. Kurz vor Palmsonntag. Die Schwermut der Karwoche beginnt schon jetzt die stille Luft mit unfaßbarer Bangigkeit zu durchtränken. Noch zwei Tage, dann fangen die Osterferien an.
Die Kinder sind auf der Wiese vor dem Schulhaus, es ist Vormittagspause. Der Himmel ist leicht verhängt, die Wärme liegt dicht über der trockenen Erde. Am Graben blühen die Weiden, von unzähligen Bienen leidenschaftlich beflogen. Es riecht durchdringend nach Veilchen. Der Schulleiter hat vor Jahren ein Beet am Zaun entlang damit bepflanzt, nun wuchern sie auf allen Wegen, und selbst die magere, von hundert Kinderfüßen zertrampelte Wiese, die sich nie erholen kann von ihrer Armut, sie hat jetzt einen süßen Schimmer von tiefem Violett.
Daniela sitzt mit ihren Kindern am Grabenrand, sie sind still und müde von der Wärme. Selbst die wilden Großen aus der Oberklasse lümmeln faul und verdrossen an der Schulhausmauer herum. Der Schulleiter ist in seinem Garten. Jede freie Minute verbringt er dort. Sogar während der Unterrichtsstunden geht er von Zeit zu Zeit für ein paar Augenblicke hinaus, um zwei, drei Unkräuter auszureißen, einen Rosenstock hochzubinden oder auch nur einen Blick auf die Narzissen zu werfen, die blendend weiß sich über der fetten schwarzen Erde erheben. Seinem Garten gönnt er, wenn er sich allein weiß, Blicke der tiefsten unverbrauchten und hemmungslosen Zärtlichkeit. Kein Mann kann seinen Erstgeborenen mit einem Blick begrüßen, der entzückter und stolzer wäre als der, mit dem der alte einsame Mann irgendeinen struppigen Strauch betrachtet, der noch nichts weiter zeigt als nackte bedornte Zweige und den Ansatz winziger harter Knospen. Mehr als einmal hat Daniela gesehen, wie seine mächtigen, gelben, rötlich behaarten Hände über die Wunde eines frisch okulierten Astes oder einen Blumenstengel strichen, ganz zart und viele Male — dieselben Hände, die ein paar Stunden früher oder später wie ein Dreschflegel unermüdlich auf einen gekrümmten Kinderrücken niedersausen oder ihre häßlichen Spuren in ein blasses angstvolles Kindergesicht drücken konnten.

Es ist ein Zufall, daß Daniela gerade jetzt zu ihm hinüberschaut, in dem Augenblick, in dem sie sehen kann, was für sonderbare Bewegungen er macht. Er greift unbestimmt in die leere Luft, es scheint fast, als wollte er ungeschickt einen Vogel oder dergleichen fangen, dabei torkelt er drei, vier Schritte vorwärts, während er den Kopf von einer Seite auf die andere wirft. Ein lächerlicher und beängstigender Anblick. Plötzlich stürzt er schwer zu Boden, im Sturz ein Stück des Gartenzauns mit sich reißend.
Es folgt eine große Stille. Die Kinder sind starr vor Schrecken. Daniela, die nichts anderes denken kann als daß er, zu ungewöhnlicher Zeit betrunken, über den Steinrand eines Gartenbeets gestolpert ist, nähert sich unschlüssig der schweren dunklen Masse quer über dem Veilchenbeet. Er liegt auf dem Rücken, das Gesicht nach oben, seine Augen sind offen, er lächelt.
Was haben Sie denn? sagt Daniela bestürzt. Haben Sie sich verletzt?
Er antwortet nicht, er lächelt weiter. Da sie sich über ihn beugt, merkt sie, daß das, was sie für ein Lächeln gehalten hat, eine Grimasse ist. Sein Mund ist sonderbar schiefgezogen.
Können Sie nicht aufstehen? fragt sie ängstlich und in sinnloser Ungeduld.
Keine Antwort. Zögernd berührt sie seine Hand und seine Schläfe, er ist warm, der Puls klopft.
Aber was ist denn, was ist denn? flüstert Daniela ratlos, während sie zu begreifen beginnt. Die Kinder stehen stumm und betreten herum, bis eins der größern Mädchen entschlossen sagt: Der ist tot.
Nein, erwidert ein anderes überlegen, tot ist der nicht, den hat bloß der Schlag getroffen.
Das ist so gut wie tot, erwidert ein drittes; da lebt er höchstens noch zwei, drei Tage, dann ist es aus, ich kenn das von meinem Großvater, da wars genauso.
Es entspinnt sich eine trockene und lebhafte Unterhaltung darüber, ob der, der da hingestreckt auf der Erde liegt, noch hören kann oder nicht, ob er wohl noch einmal ein Wort wird sagen können und die Hand bewegen, oder ob er, so wie er ist, in den Sarg gelegt werden wird.
Seid still, sagt Daniela, seid still und geht. Geht heim. Ihr habt jetzt Ferien.
Aber was sind Ferien im Vergleich zu diesem Ereignis! Welches von diesen Kindern will sich das Schauspiel entgehen lassen, den fürchterlichen Mann ohnmächtig zu sehen, die Hände lächerlich kraftlos zwischen den Veilchenbüscheln, diese schwe-

ren plumpen Hände, deren sich jedes von ihnen mit Grauen an irgendeiner Stelle des Körpers erinnert, und diesen Mund, so jämmerlich schief und stumm, den Mund, der grob wie der eines Viehtreibers auf sie einbrüllen konnte, in der Wut Speichel über drei, vier Bankreihen verspritzend. Sie weichen zurück, aber sie wollen nicht gehen; selbst als Daniela in einem kurzen Anfall von Zorn sie anschreit, ziehen sie sich nur hinter die Friedhofsmauer zurück. Dort lagern sie sich zwischen den Gräbern, bereit, viele Stunden in lautloser Gier auszuharren und den Triumph über den gestürzten Feind bis zur Neige zu kosten.
Daniela hat einen der großen Buben zum Pfarrer geschickt, einen zum Mesner und einen zum Wirt. Man muß den Schulleiter in sein Bett schaffen. Bis jemand kommt, wird Daniela allein sein mit ihm. Neben ihm kauernd, sucht sie aufmerksam in seinem verquollenen gelben Gesicht nach einer Spur von Bewußtsein. Vergeblich. Er scheint nichts mehr zu fühlen, und diese wässerigen Augen, starr gegen den verhängten Himmel gerichtet, scheinen nichts mehr zu sehen. Er ist weit fort. Trotzdem — Daniela ist nicht sicher, ob er sie nicht hören kann. Nah an seinem schwerhörigen Ohr, aus dem rötliche Haarbüschel hängen, sagt sie sanft wie zu einem Kind: Keine Angst haben. Es ist nicht so schlimm. Sie liegen in ihrem Garten. Das ist gut, ganz gut ist das.
Sie pflückt eine Handvoll Veilchen und hält sie ihm dicht vors Gesicht. Dann schämt sie sich ihrer kindischen Regung, sie läßt die Veilchen fallen und blickt verwirrt um sich. Noch immer keine Schritte. Ameisen beginnen eilig über sein Gesicht zu kriechen und Daniela beschäftigt sich damit, sie behutsam wegzustreifen. Eine tiefe Traurigkeit engt ihr das Herz ein. Nie zuvor hat sie gewußt, wie gern sie diesen alten Trunkenbold hat, diesen einsamen Mann, der mit so schrecklicher Folgerichtigkeit den Weg der Verzweiflung und Selbstzerstörung zu Ende gegangen ist. Sie blickt ihm scheu ins Gesicht. Ist dies das Gesicht eines Verlorenen? Dieses Lächeln, ist es wirklich nur die Grimasse der Lähmung? Je länger Daniela das verwüstete Gesicht ansieht, desto deutlicher glaubt sie zu bemerken, wie es langsam von diesem seltsamen Lächeln überflutet wird, das niemand gilt wenn nicht dem Tod, der sich freundlich naht, um dieses Leben in der Hölle endlich zu beenden. Ohne Zweifel: dieses alte Säufergesicht, es verwandelt sich auf ehrfurchtgebietende Weise. Die Hand eines Engels löscht sanft die scharfen Spuren der Verzweiflung.
So spät, denkt Daniela erschüttert. Zu spät...
Langsam füllen sich ihre Augen mit Tränen. Diese Tränen,

sie gelten nicht dem alten unglücklichen Mann allein, sie gelten dem Menschen, diesem Geschöpf, dem es bestimmt ist Schauplatz und Opfer eines unerbittlichen Spiels zu sein, dessen Ablauf, so wirr und regellos er scheint, mit furchtbarer Genauigkeit zu eben jenem Punkt geführt wird, an dem der Alte angelangt ist...
Aber dieses Lächeln? Lächeln die Unterlegenen so? Wer ist jetzt der Sieger? Besteht denn wirklich noch ein Zweifel über den Ausgang des Spiels? Hingestreckt auf der fetten schwarzen Moorerde, die er so oft verflucht hat, mitten zwischen den Veilchen, die sie ihm, seiner Flüche ungeachtet, in so wilder Fülle trägt... Gleicht dieser Sturz nicht einer späten, einer wunderbaren Versöhnung, die alles einbegreift?
Es ist unendlich still. Selbst die Kinder hinter der Mauer, zwischen den Gräbern hingekauert, wagen sich nicht zu rühren.
Die Schritte des Mesners, der als erster gelaufen kommt, sind eine überlaute Störung. Der kleine alte Mann ist durch nichts zu erschüttern. Er bekreuzigt sich und beginnt, wie er es gewöhnt ist, laut zu beten. Daniela stößt ihn erschrocken an. Er ist doch nicht tot! flüstert sie.
Aber der Alte läßt sich nicht stören.
Das kann dem auch nicht schaden, wenn er noch lebt, murmelt er ungerührt und betet das Vaterunser laut und leiernd zu Ende, und unvermittelt fügt er hinzu: Jetzt hats ihn doch einmal erwischt, lang hat ers getrieben; was der gesoffen hat in seinem Leben, das Geld möcht einer haben.
Daniela legt ihm entsetzt die Hand auf den bärtigen Mund. Jetzt sind Sie aber still, flüstert sie zornig. Sehen Sie denn nicht...
Aber der Mesner unterbricht sie eigensinnig: Der hört nichts mehr, der geht hinüber.
Er betrachtet den Schulleiter mit den schamlosen Blicken eines Abdeckers. Da, murmelt er, sehen Sie nicht?
Er hebt die Hand des Liegenden hoch und läßt sie wieder fallen. Ganz ohne Leben, sagt er mit sonderbarer Befriedigung.
Dann zuckt er die Achseln. Aber freilich, man weiß nie, wie lang so einer noch liegt. Das kann ein paar Wochen dauern und ist eine arge Last. Die können dann nichts mehr halten, das ist schlimm.
Daniela erträgt sein Geschwätz nicht mehr, sie steht auf um dem Pfarrer entgegenzugehen, der atemlos gelaufen kommt. Aber plötzlich fühlt sie das heftigste Verlangen, ihm und dieser ganzen Szene aus dem Weg zu gehen. Nun wird auch er noch beten oder sonst irgend etwas tun, was ihm sein Beruf für derartige Fälle zu tun vorschreibt, und der arme alte

Mann, der da, zu Boden geworfen, liegt, wird sich mit keinem Fluch mehr wehren können. Es wird unerträglich sein.
Aber sie irrt. Der Pfarrer tritt schweigend vor den Kranken und lächelt ihn an, als erwiderte er herzlich das bewußtlose Lächeln des Gelähmten. Dieses ganz sinnlose Lächeln, es schafft zwischen den beiden eine Art von grenzloser Übereinstimmung, die nicht von dieser Welt ist. Für einen Augenblick scheint die verworrene Traurigkeit des Lebens sich zu zerteilen wie trüber Nebel, und ein Schimmer jener verheißenen Versöhnung, die dem Menschen in unsäglicher Ferne winkt, fällt über die kleine stille Gruppe am zertretenen Veilchenbeet.
Der Wirt bricht als erster das Schweigen: Soll ich das Krankenhaus anrufen, damit man ihn abholt?
Daniela wagt später nicht mehr mit Sicherheit zu sagen, daß sie bei diesen Worten — laut genug, um selbst von einem Halbtauben gehört zu werden — die starren Augen des Schulleiters sich angstvoll hat weiten sehen. Gleichgültig ob sie richtig sah oder nicht — sie sagt ebenso laut und sehr bestimmt: Er kommt nicht ins Krankenhaus, er bleibt hier, er will es so.
Der Pfarrer sieht sie erstaunt an, und der Wirt murmelt: Na, und wer pflegt ihn dann? Sie vielleicht, wie?
Daniela zögert nicht einen Augenblick. Klar und fest sagt sie, als wäre es längst überlegt und beschlossen: Wir werden eine Krankenschwester kommen lassen.
Der Mesner stößt ein kurzes böses Schnauben aus, ohne Zweifel hat er etwas einzuwenden, aber ein Blick des Pfarrers läßt ihn schweigen.
Es ist nicht leicht, den mächtigen Körper des Gelähmten über die steile Stiege zu tragen. Mehr als einmal muß Daniela befürchten, daß er den Männern entgleitet, und wieder und wieder muß sie mit anhören, wie die leblos nachschleifende Hand des Kranken hart an das Geländer stößt. Nichts ist herzzerreißender als dieser unmenschliche Laut, der schon die künftige Todesstarre zu verraten scheint.
Kurze Zeit später liegt der Kranke in seinem Bett, im Nachthemd und mit saubern Händen. Der Pfarrer hat Wirt und Mesner entlassen, er hat Daniela gebeten, in der kleinen Küche zu warten, und mit einer Umsicht, die man ihm nicht zugetraut hätte, hat er in aller Eile das Nötige getan. Dann erst ruft er Daniela.
Mit einem Seufzer überblickt sie die Unordnung im Zimmer. Wie lang hat hier niemand aufgeräumt? Das Fenster! Durch diese Scheiben, fast blind vor Staub und Fliegenschmutz, fällt das süße Licht des Märztags nur als trübe Helligkeit. Aber der Kranke, wie friedlich liegt er da, als hätte er nie die schau-

erlichsten Flüche ausgestoßen und nie seine Verzweiflung wie Galle um sich verspritzt. Er hat jetzt seine Augen geschlossen. Das sonderbare Lächeln aber ist geblieben.
Ist er jetzt bei Bewußtsein? flüstert Daniela.
Der Pfarrer zuckt die Achseln. Schwer zu sagen; aber es wird gut sein, wenn wir damit rechnen, daß ers ist. Ich telephoniere jetzt das Krankenhaus an. Die Schwester kann gegen Abend hier sein. Bleiben Sie so lange?
Daniela nickt. Er wirft ihr einen kurzen Blick zu, der nichts weiter auszudrücken scheint als nüchterne Anerkennung, dann schickt er sich an zu gehen. Aber er geht nicht. Die Hand auf der Klinke, bleibt er stehen. Daniela denkt nichts anderes, als daß er noch irgend etwas zu sagen hat. Sie sieht ihn erwartungsvoll an. Dann aber bemerkt sie, daß er ganz und gar abwesend ist. Seine Augen sind groß, wie von stillem Entsetzen geweitet, auf das trübe Fenster gerichtet, durch das nichts zu sehen ist als der schindelgedeckte Giebel der armseligen Kirche. Wie lange er so steht! Was bereitet sich vor in diesem furchtbar ernsten Gesicht? Daniela starrt es an, und plötzlich, mit Schrecken, erkennt sie, wie tief vertraut es ihr ist. Sie hat nie einen Bruder gehabt. So wie dieser da, denkt sie, sähe er aus. In diesem Augenblick erwacht der Pfarrer aus seiner Starre, und nichts erscheint Daniela natürlicher als das, was jetzt geschieht: er geht auf sie zu, ergreift ihre Hände und drückt sie, während er kaum hörbar murmelt: Sie müssen mir helfen.
Daniela nickt stumm, sie begreift nicht wirklich, worum er sie bittet, sie kann nichts anderes annehmen, als daß er sagen will, sie müsse ihm beistehen im Mitansehen des langsamen Hinsterbens dieses alten Mannes, den er liebt. Aber wenn sie nicht begreift — warum bebt sie dann?
Noch immer ihre Hände in den seinen, fragt sie leise: Wird er sterben? Wirds lange dauern?
Er flüstert zurück: Ich fürchte, er wird sehr lange leiden müssen.
Und man kann ihm nicht helfen? Eine erlösende Spritze, wenn keine Aussicht mehr ist?
Er schüttelt den Kopf. Wir haben kein Recht dazu, ihm die große Gelegenheit zu rauben. Er muß seinen Weg ganz zu Ende gehen. Er selbst wird es so wollen, glauben Sie nicht? Wir kennen ihn gut genug, wir beide.
Langsam lösen sich ihre Hände auseinander.
Und wenn, fragt Daniela sehr leise, wenn er doch plötzlich, während ich allein hier bin, sterben würde, was soll ich tun?
Nichts, antwortet er ernst. Auch ich würde nichts tun als für ihn beten.

Und nicht ... Ich meine: müßte ich Sie holen, damit Sie ihm die Sakramente geben?
Nicht ohne daß er es verlangt. Ihn habe ich längst aus der Hand gegeben und in eine andere gelegt. Er ist bei Gott.
Daniela blickt verwundert zu ihm auf. Er lächelt.
Aber die Sanftheit dieses Lächelns vermag Daniela nicht zu täuschen: darunter liegt eine neue, tiefe Furcht: jene Art von Bangen, mit der man, den Atem anhaltend, den Zugriff einer unsichtbaren Hand aus dem dunkeln erwartet.
Nachdem er das Zimmer verlassen hat, plötzlich und sehr hastig, öffnet Daniela mühsam das verquollene Fenster. Die warme Märzluft beginnt augenblicklich den Raum mit ihrem schweren süßen Duft zu füllen. Die Kinder, noch immer hinter der Friedhofsmauer hockend als hätten sie dort Lager für alle Zeit bezogen, schauen in wilder Neugier auf das Fenster. Sie hoffen ohne Zweifel, daß ihr Feind den Mittag nicht überleben wird und sie erwarten jetzt gespannt die Todesbotschaft. Als nichts weiter erfolgt, als daß ›das Fräulein‹ die Hand beschwörend auf den Mund legt, lassen sie die Köpfe enttäuscht sinken. Aber eine Stunde später sind sie noch alle da. Merkwürdig still, in verbissener Geduld, ohne Mittagbrot und ohne Raufereien harren sie den ganzen Nachmittag aus. Erst gegen Abend zerstreuen sie sich langsam über das Moor hin. Noch spät, bis Daniela das Fenster gegen den Abendnebel schließt, hört sie aus der Ferne ihr wildes Geschrei, in dem sich endlich die lang gestaute Spannung löst. Erst mit einbrechender Dunkelheit wird es ganz still.
Die Krankenschwester ist nicht gekommen. Daniela macht sich aus Decken ein Lager in der kleinen Küche, die sie am Nachmittag gesäubert hat. Es hat Stunden gedauert, bis sie diesen verfilzten fettigen Schmutz abgewaschen hatte. Ein stundenlanger Kampf gegen den Ekel, der sie würgt. Einer jener stillen Kämpfe Danielas, deren niemand achtet, am wenigsten sie selber.
Jetzt ist es Nacht. Der alte Mann hat sich nicht ein einziges Mal bewegt. Ehe Daniela sich schlafen legt, beugt sie sich noch einmal über ihn. Ach, dieses irre, geheimnisvolle Lächeln ... Wäre es nicht viel natürlicher, dieses Gesicht wäre zu einer Grimasse der verzweifelten Wut oder doch des Ekels, der großen Verachtung erstarrt? Es lächelt, als ob dies sein gewohnter Ausdruck wäre, der zugehörige und einzig angemessene.
Danielas Augen füllen sich mit Tränen. Welche andere Antwort könnte dieses wunderbare Lächeln herausfordern als Tränen.
Der alte Mann atmet tief und ruhig, er scheint zu schlafen.

Daniela, plötzlich von einem heftigen Gefühl getrieben, das der Reue über ewig Versäumtes, über eine unfaßbare Schuld merkwürdig ähnlich ist, beugt sich über die Hände des Kranken, diese mächtigen, groben, rot behaarten, hilflos gelähmten Hände, und legt für einen Augenblick ihr blasses, verweintes Gesicht darauf. Da sie sich wieder aufrichtet, ruht der Blick des Alten voll auf ihr. Sie erschrickt, aber sie begreift sogleich, daß in diesem Blick nichts Erschreckendes liegt. Er drückt nichts aus als eine große Stille, eine unermeßliche Ferne, und, wie ein winziges Blatt schwimmend auf einem unbewegten Teich, eine Botschaft an Daniela. Eine Botschaft von weither; sehr wichtig, doch schwer zu entziffern.
Dann fallen ihm langsam die geschwollenen Lider zu, er schläft.
Daniela schläft nicht in dieser Nacht. Ihr Lager ist hart und kalt, sie wagt kein Feuer im Ofen zu machen, um den Kranken nicht zu wecken, sie hat kein Buch zu lesen, sie hat nichts als sich selber in der Dunkelheit und die Sorge um den Kranken, zu dem sie viele Male auf bloßen Füßen eilt, um angstvoll auf seinen Atem zu horchen. Nach Mitternacht hat es begonnen zu regnen und es regnet die ganze Nacht. Es ist ein stiller Regen, kaum zu hören, nur die Tropfen, die aus der durchlöcherten Dachrinne einzeln auf den Blechrand von dem Fenster fallen, sie machen ein Geräusch, das dem Ticken einer großen alten Wanduhr gleicht. Unaufhörlich. Stunde um Stunde.
Gegen Morgen glaubt Daniela deutlich zu hören, daß der Kranke sich bewegt. Sie hat sich nicht getäuscht. Er ist wach, er ist bei vollem Bewußtsein. Auch scheint die Lähmung der rechten Seite langsam zu weichen, er kann eine der beiden Hände ein wenig bewegen, es sieht aus, als versuche er Daniela zu winken. Die Morgendämmerung ist erst an ihrem Beginn, aber schon zeigt das zarte graue Licht das bärtige Gesicht des Kranken zwischen den noch immer glatten, wie unbenützten Kissen. Es scheint, als versuche der arme schiefgezogene Mund Worte zu formen. Noch dringt kein Laut über die verzerrten, aufgesprungenen Lippen, die sich wie zwei rauhe Mahlsteine gegeneinander bewegen. Es ist herzzerbrechend anzusehen, mit welch äußerster und aussichtsloser Anstrengung er arbeitet. Schon scheint er es mit einem müden Seufzer aufzugeben, da kommt plötzlich der erste Laut. Kein Wort, sondern ein erstickter, gurgelnder Schrei, der nichts Menschliches hat, langhingezogen wie das rauhe Heulen eines Wolfes in der Falle. Ein entsetzlicher Laut, in dem sich alle Qual dieses mißhandelten Lebens noch einmal zu sammeln scheint. Daniela gerinnt das Blut vor Angst, sie

ist unfähig sich zu rühren, sonst würde sie fliehen. Langsam wird das Geheul schwächer und dann ist es still, außerordentlich still, selbst der Regen klopft nicht mehr auf das Blech. Dann beginnt die Morgenglocke zu läuten, diese kleine, blecherne, armselige Glocke, die einzige im Turm. Sie klingt, als hätte sie einen Sprung, oft hat Daniela sich vor diesem Ton die Ohren zugehalten, jetzt aber enthält er eine geheimnisvolle Tröstung. Der Kranke hat die Augen wieder geschlossen, er liegt ruhig, und dann sieht Daniela, wie ihm eine große Träne über das verquollene Gesicht rinnt und schließlich in den Bartstoppeln hängen bleibt.
Nie wird jemand erfahren, ob diese Träne nichts weiter war als ein Tropfen Wasser, durch die furchtbare vergebliche Anstrengung zu sprechen erpreßt, oder ob in dieser einen starken Träne sich die Verzweiflung seines ganzen Lebens gelöst hat. Von diesem Augenblick an kann der Kranke sprechen. Es ist nicht mehr viel, was dieser noch immer gewaltsam verzerrte Mund zu sagen hat, und es ist schwer zu verstehen, es sind abgerissene Sätze, aber sie kommen aus dem vollen Bewußtsein, aus einer letzten scharfen Klarheit.
Zu Ende, sagt er. Aus. Es ist gut. Ah, es ist gut. Ich hab keine Angst. Alles ist gut.
Dann tastet er nach Danielas Hand, die vor Erregung zittert. Obgleich seine Kraft gebrochen ist, hält er sie wie in einem Schraubstock fest: Sie ... Daniela!
Zum erstenmal — und es wird auch das letzte Mal sein — nennt er sie beim Namen, und was legt er in diesen Ausruf ... Welcher Liebe wäre dieser Mann fähig gewesen! Er sieht sie lange an aus dick verquollenen Augen.
Dann, als wäre jemand mit ihnen im Zimmer, vor dem ein Geheimnis zu wahren ist, zieht er sie näher an sich und murmelt: Der Pfarrer ... es ist so schwer für ihn.
Seine Worte werden immer leiser, seine Kraft schwindet rasch dahin, aber mit einem tödlichen Aufwand von Kraft stößt er die letzten Sätze seines Lebens, an einen Menschen gerichtet, hervor:
Ihm müssen Sie jetzt helfen. Sie werden sehen ... Aber alles wird gut ... Und sagen Sie den Kindern, ich bitte sie, zu verzeihen ... Alle ... Es war zu schwer ...
Dann gibt er ihre Hand frei und schließt die Augen. Sein Mund formt unaufhörlich Worte, aber sie sind nicht mehr zu verstehen. Er ist jetzt ganz allein mit sich. Daniela zieht sich in die Ecke des Zimmers zurück. Von dorther wird sie Zeugin des unsäglich sanften Todes des alten Mannes.
Als der Pfarrer kurz vor sieben Uhr, ehe er zur Morgenmesse in die Kirche geht, leise die Tür des Krankenzimmers öffnet,

findet er Daniela auf dem Boden liegend, sie schläft tief und erschöpft neben dem Toten, der bereits erkaltet ist.

Der Pfarrer betet lautlos die Sterbegebete; nie in seinem Leben hat er sie mit größerer Gewalt gebetet als jetzt, obgleich er kaum mehr Kraft genug hat, sich aufrecht zu halten. Sein Gesicht zeigt überdeutlich die Spuren einer völlig durchwachten Nacht. Er hat sie auf den Knien verbracht, aber selbst mit ungeheuerlichster Anstrengung hat er nicht vermocht, auch nur ein einziges Gebet zu seiner Rettung vor der Versuchung zu sprechen.

Gegen Morgen gab er den Kampf auf, und augenblicklich zog eine Art triumphierenden Friedens in ihn ein, den er nicht anders verstehen konnte als den endgültigen Sieg des Teufels über seine Seele. Ein freventlicher, ein entsetzlicher Friede. Der Friede des unwiderruflich Aufgebenden, des Verlorenen ... Das Bild Gottes verdrängt vom Bild eines Mädchens ... Er wütet gegen diesen wunderbaren Frieden, dieses Vorgefühl der von Gott getroffenen Entscheidung, er glaubt sich verloren in dem Augenblick, in dem das Werk seiner Rettung in vollem Gange ist.

Nun steht er vor dem Toten und vor dem kindlich schlafenden Mädchen, die Augen blind vor Müdigkeit, kaum weniger bleich als der Tote, und plötzlich fühlt er seine Kraft zu beten wiedergekehrt. Alles, was ihm in der Nacht versagt war, bricht wie eine wunderbare Regenflut über seine brennende Dürre und Angst herein, und unter die Sterbegebete mischen sich ihm wie eine starke Musik die Worte aus dem Korintherbrief:

›Dann werden die Toten auferstehen, unverweslich, und auch wir werden umgewandelt werden ... Verschlungen ist der Tod im Siege.‹

Es ist Zeit, die Messe zu beginnen; er segnet den Toten, dann verläßt er lautlos das Zimmer.

Kurze Zeit später wird Daniela grob geweckt. Jemand klopft kräftig an die Tür und reißt sie sogleich auf. Die Krankenschwester. Sie ist mit dem Motorrad gekommen, ihr Gesicht ist rot vom scharfen Morgenwind. Sie wirft ihre Tasche auf den Stuhl, über die Kleider des Toten, dann sieht sie, daß für sie nichts mehr zu tun ist. Mit fachkundiger Hand greift sie nach der spitz gewordenen Nase des Toten und befühlt sie kurz, dann hebt sie die Bettdecke, schnuppert nach dem durchdringenden Geruch und betastet die dick geschwollenen Beine, um gleich darauf mit resigniertem Achselzucken die Decke wieder fallen zu lassen.

Dann wendet sie sich an Daniela, die, noch halb schlafend, kaum begreift, was diese Fremde von ihr will, die auf sie ein-

zureden beginnt: Aber hören Sie! Der ist ja schon seit mindestens zwei Stunden tot. Und da lassen Sie mich eigens noch herfahren? Warum haben Sie nicht telephoniert? Aber Sie haben wohl geschlafen und nicht gemerkt, daß er hinüber ist, wie? Und kein Pfarrer. Kein Kreuz. Keine Kerze. Ja, sind Sie denn eine Heidin?
Oh, sie hätte noch viel zu sagen; aber plötzlich ist Daniela wach. Schweigen Sie, sagt sie ruhig. Sie verstehen nichts von dem, was hier vorgegangen ist.
Das ist keine Erklärung und keine Rechtfertigung, aber es ist etwas in dieser jungen klaren Stimme, das die zornige Frau betroffen verstummen läßt.
Er ist sehr friedlich gestorben, fügt Daniela hinzu; kurz nach sechs Uhr. Er hat nicht mehr gelitten.
Die Krankenschwester zuckt die Achseln. Na, dann kann ich ja wieder gehen, murmelt sie.
Ja, sagt Daniela, falls es nicht zu Ihren Aufgaben gehört, den Toten zu waschen.
Nein, sagt die Krankenschwester verdrossen, ich bin keine Leichenfrau. Aber stellen Sie wenigstens ein Schälchen mit Weihwasser her und machen Sie das Fenster auf, riechen Sie denn nichts?
Sie macht mit ihren harten, von vieler schwerer Arbeit knotig gewordenen Händen die Bewegung des Aussprengens von Wasser über den Toten, dann greift sie nach ihrer Tasche und geht. Sie hat keine Zeit zu verlieren, auf sie warten Kranke.
Daniela öffnet das Fenster, dann eilt sie in den Garten. Sie pflückt Hände voll regenfeuchter Veilchen und streut sie, ehe sie den Toten für eine Weile allein läßt, über sein Lager.
Sie tritt aus dem Haus gerade in dem Augenblick, in dem die Messe zu Ende ist und die Leute in kleinen grauen Gruppen über den Friedhof kommen. Auch Kinder sind dabei. Aus ihren aufgeregten Reden hört Daniela schon von weitem, daß sie bereits wissen, was geschehen ist. Der Pfarrer hat schon das Totengebet in der Kirche gesprochen. Aber der erwartete Jubel über die endgültige Vernichtung ihres alten Feindes will sich nicht einstellen. Sie werfen bedrückte Blicke zu dem offenen Fenster hinauf, hinter dem sie den Toten wissen, und schleichen sonderbar still davon. Sie gehen der Lehrerin sichtlich aus dem Wege.
Daniela trifft den Pfarrer in der Sakristei beim Ablegen der Meßgewänder.
Ihre Botschaft überrascht ihn nicht. Aber woher weiß er? Es ist jetzt keine Zeit sich darüber zu wundern. Sie haben beide genug zu tun an diesem Vormittag. Wie schrecklich wäre es dem alten Mann, könnte er sehen, wie viele Schritte, Ge-

spräche und Schriftstücke sich aus seinem so raschen, leisen Tod ergeben! Aber er liegt schon einige Stunden später frisch gewaschen auf der Bahre in seinem Motorradschuppen, bewacht von der alten Leichenfrau und unter soviel Blumen, wie er sichs nie hätte träumen lassen. Unaufhörlich schleichen Kinder heran mit eilig gepflückten, regenfeuchten, unordentlichen Büscheln aus Schneeglöckchen, Frühlingsheidekraut und blühenden Weiden. Stumm und in scheuer Hast, als täten sie Verbotenes, legen sie die Sträuße an der offenen Schuppentür nieder, neben der das alte Motorrad lehnt. Es ist jämmerlich zerbeult. Der Schulleiter hat es ein paar Tage zuvor an einem Baum im Morgengrauen zuschanden gefahren.

Viertes Kapitel

Der alte Mann wird am Palmsonntag begraben. Es regnet noch immer. Ein endloser, warmer, gleichmäßig stiller Frühlingsregen. Daniela ist am sehr frühen Morgen noch einmal bei dem Toten, ehe der Sarg zugenagelt wird. Die Dämmerung im Schuppen ist noch dicht, eine der beiden Kerzen ist bis auf den Rest heruntergebrannt und nahe am Erlöschen, die andere flackert im leisen Windzug. Neben der Bahre sitzt eine dunkle, tief gebückte Gestalt. Daniela hält sie für die Leichenfrau, die über ihren endlosen Rosenkranzgebeten eingeschlafen ist, und achtet nicht auf sie.
Das Gesicht des Toten ist noch unbedeckt, dieses Gesicht, das nichts mehr verrät von jener wüsten Verkommenheit, die dieser Mensch in seiner Verzweiflung sich auferlegt hatte und die im Augenblick seines Sturzes ins Veilchenbeet von ihm gefallen ist wie eine geborgte Maske. Das Lächeln scheint schwächer geworden zu sein. Die Leichenfrau hat das Gesicht mit einer Kinnbinde hochgebunden. Nun hat es eine Unnahbarkeit, die keine Liebe und kein Mitleid mehr gestattet. Fremd. Verwandelt. Ist es derselbe Mann, der, mit dem Gesicht im Schlamm, sinnlos betrunken im Straßengraben lag? Derselbe, der in unmenschlicher Wut auf die Kinder einschlug? Was ist der Mensch ... Daniela empfindet eine Art von triumphierender Furcht.
Plötzlich richtet sich die dunkle Gestalt neben der Bahre auf. Es ist der Pfarrer. Daniela erschrickt vor diesem Gesicht. Es ist furchtbar abgemagert in den letzten Tagen. Die Augen liegen tief in den Höhlen, sie haben einen verzehrenden Glanz. Wie er Daniela anstarrt, scheint es ihr der Blick eines Irren zu sein. Aber dieser Pfarrer hat große Gewalt über sich selbst. Er zwingt sich zu einem Lächeln, und aufstehend flüstert er

Daniela zu: Die Leichenfrau war gestern abend stockbetrunken. Sie hat in der Motorradtasche eine Flasche Schnaps gefunden, denken Sie. Da habe ich sie nach Hause geschickt und dafür selber die Nachtwache übernommen.
Auch Daniela faßt sich sofort. Sie werden müde sein, flüstert sie; bitte, gehen Sie jetzt, Sie können noch gut eine Stunde schlafen. Ich werde hierbleiben.
Er sieht sie nicht an. Sie werden sich fürchten, murmelt er.
Daniela lacht ein wenig. Fürchten? Vor dem Toten? O nein. Ich habe ihn manchmal gefürchtet als er lebte. Aber jetzt ...
Plötzlich sieht er sie scharf an. Wieder dieser Blick eines Wahnsinnigen, und lauter als es der Ort erlaubt, stellt er eine Frage, deren Sinn Daniela nicht begreift und die sie doch schaudern macht: Fürchten Sie denn gar nichts?
Aber noch ehe Daniela antworten kann, sagt er rauh und heftig: Gehen Sie jetzt. Lassen Sie mich allein mit dem Toten. Er war mein Freund.
Daniela zögert noch einen Augenblick, sie versucht seine Heftigkeit zu verstehen, aber er wiederholt gereizt: Gehen Sie. Lassen Sie mir diese eine Stunde.
Daniela hört, wie seine Zähne aufeinanderschlagen. Voller Mitleid denkt sie: Wie sehr der Tod des Alten ihn angegriffen hat. Und diese durchwachte Nacht. Er müßte schlafen, lange schlafen ...
Aber auch ihre Zähne schlagen in seltsamer Erregung aufeinander.
An der Schulhausecke prallt sie mit zwei Frauen zusammen. Augenblicklich erkennt sie die Näherin und an ihrem Arm die Leichenfrau.
Ach, das Fräulein!
Sofort setzt sich die teuflische Mühle dieses alten Gespensts in Gang.
Das ist schön, daß Sie dem Herrn Pfarrer Gesellschaft geleistet haben beim Totengebet. Dieses alte Schwein da — sie versetzt der Leichenfrau einen Rippenstoß — hat sich ja sauber benommen. Man soll ihr das Amt nehmen. Das ist doch die Höhe, nicht wahr? Findet man sie stockbesoffen neben dem Sarg, und laut hat sie gesungen, der Herr Pfarrer hat sie gehört wie er vorbeigegangen ist am späten Abend. Na, es paßt ja nicht schlecht zu dem Alten. Genau die Art von Gesellschaft und von Totengebet, die der braucht. Wie im Leben, so im Tod.
Die Leichenfrau, noch sehr unsicher auf den Beinen, versucht zu erklären, aber ihre Zunge ist schwer. Ich kann doch nichts dafür, er hat mir ja den Schnaps direkt aufgedrängt.
Wer? Wer hat ihn Dir aufgedrängt?

Na, der Tote halt. Wenn er ihn aus der Motorradtasche herausschauen läßt und meinen Blick drauf lenkt ...
Daniela flieht schweigend. Nichts hätte ihr unangenehmer sein können als diese Begegnung zu dieser Stunde.
Die Beerdigung ist um acht Uhr. Schon lange vorher ist der Platz vor dem Schulhaus schwarz von Menschen. Die Kinder drängen sich still zwischen den Erwachsenen durch, um sich schließlich wie eine zähe Mauer vor dem offenen Schuppen zusammenzuballen. Der Mesner hat Mühe, für sich und den Pfarrer einen Weg zu bahnen. Nie war der kleine Friedhof so voll von Menschen wie an diesem Morgen. Achtlos steigen sie über die Gräber und zertrampeln frischgepflanzte Blumen, um möglichst nah an der offenen Grube zu stehen, in die der riesige Fichtensarg hintergelassen wird, nahe an der Kirchenmauer. Die Leute haben einen merkwürdig gierigen Ausdruck, als erhofften sie sich irgend etwas Unvorhergesehenes, einen Skandal oder dergleichen. Die Kinder benehmen sich äußerst seltsam. Sie halten die Gesichter tief über ihre schlampigen Blumenbüschel geneigt und machen den Eindruck von Tieren, die fürchten, jeden Augenblick weggejagt zu werden, aber äußerst entschlossen sind, ihre Stellung zu halten.
Doch es geschieht nichts. Nicht das leiseste Hohngelächter wird hörbar, als der Schulrat, mit dem Zylinder in der Hand, die ›langjährige aufopferungsvolle Arbeit des Entschlafenen‹ würdigt, niemand weint über das laute traurige Lied ›Ruhe sanft‹, vom Quartett des Lehrervereins gesungen, und niemand murmelt spöttisch bei der kurzen stotternden Rede des kleinen dicken Bürgermeisters, die er von einem zerknitterten Zettel abliest. Schon scheint die düstere Feier unter dem sanften Frühlingsregen ihrem Ende zuzugehen, als der Pfarrer das Wort ergreift. Ganz zuletzt, da niemand mehr es erwartet. Es scheint, als habe er selbst noch einen Augenblick vorher nicht gewußt, daß er sprechen würde. Sein Gesicht ist ausgehöhlt und seine Augen haben einen fremden bohrenden Ausdruck.
Es geht eine Bewegung wie von einem Windstoß durch die Versammlung, als er zu sprechen beginnt, leise, rauh und heiser von der Nachtwache im feuchten Schuppen, aber selbst in der hintersten Reihe verständlich:
Ihr seid alle gekommen, meine Pfarrkinder, zu dieser Trauerfeier. Warum seid Ihr gekommen?
Er macht eine kurze Pause um Atem zu holen, es fällt ihm schwer. Die Leute starren ihn erwartungsvoll an.
Ihr denkt, Ihr seid gekommen, weil es so üblich ist, und weil Euch die Neugierde treibt. Eine solche Beerdigung ist eine

kleine Abwechslung in Eurem langweiligen Leben, nicht wahr. Nun, Ihr habt gehabt, was Ihr haben wolltet. Jetzt aber werde ich Euch sagen, warum Ihr gekommen seid. Euch trieb heute etwas her, das Ihr nicht zu kennen glaubt. Euch treibt das Gefühl Eurer Schuld. Ihr wißt es nicht, aber es ist so, und Ihr ahnt es: der Tod dieses Mannes ist Euer Werk. Ihr habt ihn auf dem Gewissen.
Seine Stimme ist noch immer leise. Nicht das geringste Geräusch unterbricht ihn, als er fortfährt:
Ihr wißt nicht, wer er war. Ein Säufer, sagt Ihr, und ein schlechter Lehrer, der unsere Kinder noch mehr schlug als wir es selber tun in unsrer Wut. Ich sage Euch: er war ein großer Mensch. Als er vor zwanzig Jahren zu Euch kam, war er voller Liebe zu Euch. Er kam, um Euch zu helfen. Nicht mit Geld. Er wußte, daß Euch mit Geld nicht zu helfen ist. Er kam, um Euch zu lieben. Ihr begreift nicht. Er kam, weil er sich getrieben fühlte, Euer Elend und Eure Verlassenheit mit Euch zu teilen, um Euch kennenzulernen, um zu erfahren, was Euch wirklich not tut und womit Euch zu helfen ist. Er hat an Euern Tischen gesessen und mit Euch geredet und getrunken, er hat seine Vergangenheit vergessen und seine Zukunft fahrenlassen, um Euer Gefährte zu sein. Er wollte Euch zeigen, daß Ihrs wert seid, geliebt zu werden; wollte Euch zeigen, daß man mitten in der Armut ein gutes Leben führen kann. Aber Ihr habt ihn ausgelacht. Ihr wolltet keine Hilfe. Ihr wolltet keine Rettung. Euch war wohl in Eurer Verkommenheit. Ihr haßt jeden, der Euch die schmutzige Gewohnheit Eures Lebens vergällen will, damit Ihr frei davon würdet. So habt Ihr ihn gehaßt. Ihr habt sein Geld genommen — ich weiß es. Ihr habt ihn angebettelt und ihn schamlos ausgenützt, und als er nichts mehr hatte, habt Ihr gelacht. Sagt, daß es nicht wahr ist!! Ihr schweigt. Da hat er es schließlich aufgegeben, und wer mags ihm zum Vorwurf machen. Aber er ist bei Euch geblieben. Und dies, Pfarrkinder, dies war das größte Zeichen seiner Liebe. Da er Euch nicht hatte retten können, wollte er mit Euch zugrunde gehen. Er hat sich auf die Waagschale geworfen, auf der Ihr liegt, freiwillig hat er sich zu Euch geschlagen, denn er hat eine Rettung verschmäht, die nicht zugleich die Eure war. Er hat sich zerstört, mit Vorbedacht, um ganz einer der Euren zu sein. Er hat sich vor sich selber erniedrigt und vor uns allen; denn was lag ihm noch an sich selber, da er gescheitert war an Euch! Er glaubte sich von Gott verlassen, und in seiner Verzweiflung hat er versucht, böse zu werden. Darum trank er, darum fluchte er auf Euch und darum schlug er Eure Kinder. Weil er Euch liebte! Aber er liegt nicht mehr auf der Waage! Gott hat ihn aufge-

hoben, denn er hat sein Opfer angenommen. Und nun geht hin, Ihr, die Ihr diesen Menschen verachtet habt in Eurer Blindheit, geht hin und wagt es, sein Opfer zu schänden! Geht hin und ...
Daniela hörte nicht ganz zu Ende, denn plötzlich ist neben ihr in der Gruppe der Fortbildungsschülerinnen eine ohnmächtig zu Boden gesunken. Katharina, die kleine Rothaarige. Niemand außer den Mädchen hat es bemerkt, die standen dicht an der Friedhofstür, und unauffällig hat Daniela die Kleine, die rasch wieder zu sich kam, aber zu schwach ist um heimgehen zu können, draußen an die Mauer hinter einen schützenden Holunderstrauch gebettet. Von dort aus hört sie nur mehr das murmelnde Gebet der Leute.
Die Kleine liegt mit geschlossenen Augen, ihr ist furchtbar übel. Daniela wischt ihr den Schweiß von der niedrigen weißen Stirn. Sie braucht nichts zu fragen.
Plötzlich steht der Bürgermeister vor ihnen, sie haben seine Schritte nicht gehört. Er sieht furchtbar aus. Sein Gesicht ist noch röter als sonst. Er blickt, die Hände geballt in den Hosentaschen, schweigend auf seine Tochter hinunter, die ihn noch nicht einmal bemerkt hat. Daniela fragt leise: Katharina, ist Dir jetzt besser?
Die Kleine schlägt langsam die Augen auf. Sie blinzelt träg wie eine erwachende Katze. Da fällt ihr Blick auf den Vater. Nichts in ihrem weißen Gesichtchen verrät, was jetzt in ihr vorgeht. Sie sieht ihn einfach an. Wahrscheinlich weiß sie aus vielfacher Erfahrung, daß dies ihre stärkste Waffe ist, oder auch es ist ihr augenblicklich klar, daß sie in diesem Kampf von vornherein verloren hat. Und sie nimmt das Unvermeidliche mit träger und stumpfer Geduld entgegen.
Steh auf! Er sagt es leise und drohend. Sie gehorcht sofort. Einige Augenblicke lang sieht er sie rätselhaft ruhig, fast — so könnte es scheinen — zärtlich an. Schon glaubt Daniela, die ratlos daneben steht, daß seine Schwerfälligkeit über seinen Zorn gesiegt habe, da bricht eine Flut der wüstesten Schimpfworte aus seinem Mund. Die Kleine hört sie regungslos an. Die Trauergäste drängen sich, neugierig, langsam näher. Keiner sagt ein Wort.
Das Gebrüll des Bürgermeisters übertönt das Läuten der zersprungenen Glocke, die zum Gottesdienst ruft. Niemand verläßt den Platz an der Mauer, um in die Kirche zu gehen. Hier ist ein Schauspiel zu sehen, das nach ihrem Sinne ist. Gleich wird der Bürgermeister seine dicken Hände aus den Hosentaschen nehmen und sie wie Keulen auf die Kleine niedersausen lassen. Keiner ist unter ihnen, der nicht sofort verstünde. Aber *dafür* ein Mädchen zu schlagen... Das ist

nicht üblich hier, es ist unerhört, es ist ungeheuerlich. Der Bürgermeister schlägt seine Tochter, weil sie ein Kind bekommt! Er schlägt sie vor allen Leuten, er schlägt sie vor der Kirche, nach der Beerdigung... Keiner, der nicht dunkel die schwere Bedeutung dieser Tat begriffen hätte. Langsam wenden sich die Köpfe dem Pfarrer zu, der sich bestürzt nähert. Mit schiefen, finstern Blicken ziehen sie sich zurück. Auch der Bürgermeister hört auf, seine Tochter zu prügeln, er wendet sich ab und geht davon, ohne auch nur einmal umzuschauen. Niemand bleibt mehr als der Pfarrer und Daniela und zwischen ihnen die Kleine, die noch immer regungslos dasteht, ohne sich das Blut abzuwischen, das ihr übers Gesicht rinnt.
Daniela und der Pfarrer sehen sich an über den gesenkten Kopf des Mädchens hinweg. Aber Daniela kann den Blick aus diesem ausgehöhlten Gesicht nicht mehr ertragen, sie hat plötzlich Angst davor, es ist so entsetzlich fremd und voll von einer harten Traurigkeit. Sie entzieht sich ihm verstört.
Komm, Katharina, sagt sie, geh mit mir, Du mußt Dich waschen.
Die Kleine rührt sich nicht.
Hast Du Angst nach Hause zu gehen?
Katharina schüttelt den Kopf.
Willst Du nicht lieber erst einmal ein paar Stunden bei mir bleiben?
Die Kleine setzt den freundlichen Fragen Danielas nichts anderes entgegen als ein ausdrucksloses Schweigen. Schließlich wendet sie sich ab und geht langsam fort. Sie geht nach Hause.
Daniela und der Pfarrer schauen ihr nach, dann trennen auch sie sich, unvermittelt und stumm. Diese Trennung gleicht einer überstürzten Flucht in letzter Stunde.
Niemand ist Zeuge als der Totengräber und die Näherin, die sich am Grab noch eine Weile mit den Kränzen zu schaffen machte. Ihr genügt es, dies gesehen zu haben.

Fünftes Kapitel

Ungewöhnlich lang hat in diesem Jahr die Regenzeit gedauert. Bis weit über Mitte Mai hinaus war es kalt und naß gewesen, dann kam ohne Übergang der Sommer, und augenblicklich begann das Moor sich zu beleben. Das Torfstechen hat angefangen, viel zu spät im Jahr. Wenn nicht ein sehr heißer langer Sommer kommt, wird der Torf nicht trocknen, es wird keine festen, harten, speckig glänzenden Stücke geben, sondern nur schwere, weiche, schlampige Brocken. Aber das kann den Leuten gleichgültig sein. Sie werden so oder so bezahlt. Obgleich sie keineswegs die Arbeit lieben, weder diese noch irgendeine, stürzen sie doch am ersten trockenen Morgen an die Torfabstiche wie zu einem lang erwarteten Fest. Arbeit im Torfstich, das bedeutet Geld und Schnaps und sonntags Fleisch im Topf, und Geschwätz und Geschrei von Graben zu Graben, und heiße Mittagsstunden, im Schatten eines schiefen Torfschuppens verbracht, traumlos schlafend oder einen verschwitzten braunen Körper im Arm, den die Hitze und der wilde Geruch des knisternd trockenen Heidekrauts scharf gemacht hat. Für einige Wochen verleugnet das Moor seine Verlassenheit und Trauer. Dann freilich werden die Rufe langsam verstummen, Sonne und Torfstaub werden die Kehlen austrocknen und die Augen verkleben, die Leute werden verdrossen und in böser Verbissenheit ihr Tagwerk tun: in den Gräben stehend die nasse Torferde abstechen, die schweren Stücke auf knarrende Schiebkarren laden, sie auf schwankenden Brettern über das ölig-braune Grundwasser zu den Trockenplätzen fahren und dort den Weibern vor die Füße leeren, die sie in der Sonne auslegen, Reihe um Reihe; später werden sie sie dann fluchend und mit schmerzenden Rücken aufschichten zu unzähligen kleinen braunen Türmen, die das Moor weithin bedecken.

Jetzt aber ist es noch nicht soweit, jetzt ist das Moor noch voll vom Geschrei der überschüssigen Kraft.

Es tut Daniela weh in den Ohren, denn sie kommt eben von einem Krankenbett. Die kleine Agnes ist wieder daheim, man hat sie aus dem Krankenhaus entlassen, sie ist unheilbar, nun wird sie zu Hause sterben, langsam und qualvoll. Daniela macht jeden Tag den weiten Weg, um eine Stunde bei der Kleinen zu sitzen, die mit brennenden Augen auf diesen Besuch wartet, der sie unendlich belohnt für die langen schrecklichen Stunden des Alleinseins, wenn die Mutter im Torfstich arbeitet und niemand sich findet, der am Krankenbett eines rettungslos verlorenen Kindes sitzen möchte.

Das Geschrei der Torfstecher, das selbst durch die geschlossenen Fenster des Krankenzimmers dringt, erreicht das eiterzerfressene Ohr der Kleinen nicht mehr, aber es zerreißt Danielas Herz. Ach, die alte Klage, die tausendmal und ewig vergeblich wiederholte Frage: Warum leben die da weiter, die Groben und Stumpfen, die Verkommenen, und diese Kleine, die inmitten des schmutzigen Schlammes unberührt von ihm blieb, dieses zarte und deutliche Versprechen eines reineren Lebens, muß sterben, so martervoll langsam sterben ... Agnes

spricht kaum mehr, aber heute hat sie nach dem Pfarrer gefragt; sie vermißt seinen Besuch, er war drei Tage nicht bei ihr. Er ist nicht da, er ist verreist, er macht Exerzitien in einem Kloster, er wird noch eine Woche oder länger ausbleiben. Daniela ist sonderbar erleichtert darüber, fast so wie ein Kind, das für die Dauer kurzer Ferien dem allzu hohen Anspruch eines strengen und immer gegenwärtigen Lehrers entronnen ist. Wäre nicht ihr Herz schwer von Kummer über die sterbende Kleine, sie fühlte sich fast versucht, in das Geschrei der Torfstecher mit einzustimmen. Dieses Geschrei ist mitreißend. Je weiter Daniela das Haus der armen Kleinen hinter sich läßt, desto fröhlicher wird sie. Eine Art von kindlicher, von jeder Verantwortung befreiter Heiterkeit ergreift sie. Nie hat sie weniger mit Schwierigkeiten zu kämpfen gehabt als gerade jetzt. Der Duschraum ist endlich fertiggebaut, die Kinder benützen ihn mit wildem Eifer; der Bürgermeister hat in einem Anfall von Großmut, oder was immer es war, aus eigener Kasse das Geld für Vorhänge ins Schulzimmer gestiftet, und eben, ehe sie wegging, hat der Wirt auf seinem Botenwagen eine große Kiste mitgebracht, die Kleider enthält, abgelegte Kleider von Danielas Mutter und ihren Freundinnen. Daniela hatte noch keine Zeit auszupacken, sie wird es jetzt dann tun, sie freut sich darauf. Die Kiste ist sehr groß.
Daniela geht so achtlos heiter dahin, daß sie nicht bemerkt, wie bei ihrem Näherkommen jemand sich vom Grabenrand erhebt, um ihr entgegenzugehen. Jeden Tag zur selben Zeit an derselben Stelle die gleiche Begegnung. Der neue Lehrer. Er ist nur zur Aushilfe da, ein junger Kerl noch, aber von einem merkwürdig trockenen Ernst. Er hat im Handumdrehen Ordnung in die verwahrloste Klasse des Schulleiters gebracht, eine Ordnung, allzu rasch und reibungslos aufgerichtet, als daß Daniela nicht fürchten müßte, sie würde von den übertrieben gehorsamen Kindern bereits unterwühlt. Wahrscheinlich betreiben sie es als ein abenteuerliches, riskantes Spiel. Vorerst regiert er ohne Stock und Ohrfeigen, aber ganz ohne Freundlichkeit. Er ist ihrer nicht fähig. Daniela mag ihn nicht. Sein gnadeloser trockener Ernst befremdet sie. Sie hat bemerkt, daß er auf sie wartet wo er nur kann, aber es ist ihr gleichgültig, sie erwidert kurz seinen Gruß und läßt ihn stehen.
Heute tritt er ihr offen in den Weg. Er ist erhitzt und bemüht sich vergeblich, seine Unruhe zu verbergen. Daniela blickt erstaunt auf. Er stottert ein paar Worte, die sie kaum versteht, dann, halb betäubt von der Hitze, vom heftigen Geruch des warmen Heidekrauts und vom Geraschel der Schlangen, verführt vom Rausch der Torfstecher, tut er etwas

seiner trockenen Natur ganz und gar Fremdes: er versucht Daniela kurzerhand zu umarmen. Er tut es so ungeschickt, daß sie beide fast das Gleichgewicht verlieren. Seine Verlegenheit darüber gibt Daniela einen Vorsprung: ohne Hast und ohne Zorn versetzt sie ihm einen beiläufigen Schlag auf die Hand, nicht heftiger, als wehrte sie ein lästiges Kind ab, ein wenig lächelnd wie eine erfahrene Mutter, die mit der Strafe zugleich die heilende Verzeihung gibt. Der kleine Zwischenfall hat nicht vermocht, ihre Heiterkeit zu stören; er scheint nicht einmal ganz in ihr Bewußtsein gedrungen zu sein, sie wird nicht die geringste Erinnerung daran behalten und sie wird nie erfahren, daß ihre stille Abwehr diesen törichten jungen Menschen in einem einzigen Augenblick zum Manne gemacht hat. Das Geheimnis der schon wissenden Jungfräulichkeit, für Sekunden in ihren klaren Augen offen vor ihm liegend, wird sein ferneres Leben bestimmen. Der Blick, den er ihr folgen läßt, solange er sie sehen kann, ist voll von einer tiefen Scham, die weit entfernt ist vom dummen Beschämtsein eines Abgewiesenen, der seine Eitelkeit verletzt fühlt.

Danielas heitere Stimmung verwandelt sich nach und nach in eine Art von Freudigkeit, die ihr selbst unerklärlich ist und die auf ein Ziel gerichtet scheint, das Daniela keineswegs kennt. Aus tiefer Erfahrung weiß sie, daß diese Freude ebenso verletzlich ist wie sie stark ist; sie hütet sich, ihr auf den Grund kommen zu wollen, sie nimmt sie hin als ein Geschenk. Aber diese Art von Geschenken, sie bergen einen Anspruch in sich, sie sind nicht ohne hohe Berechnung gegeben: ihr Kern ist der Verzicht. Aber worauf soll Daniela denn noch verzichten? Hat sie nicht genug verlassen von dem, was ihr vertraut war und angenehm? Lebt sie nicht das Leben einer Armen hier, abgeschnitten von dem, was ihr früher unentbehrlich war?

Dieses freudige Lamm ... Daniela ist weit davon entfernt zu begreifen, daß sie in Bälde auf etwas wird verzichten müssen, von dem sie noch nicht einmal ahnt, daß sie es besitzt. Es wird ihr im gleichen Augenblick genommen sein, in dem es ihr zugeworfen wird.

Sie macht sich verschiedenes zu tun, ehe sie nach Hause geht. Erst sieht sie nach den drei Mädchen, die im Schulzimmer sitzen und die neuen Vorhänge säumen; dann gießt sie frisches Weihwasser in das ausgetrocknete Steinschälchen am Grab des Schulleiters, dann redet sie mit der Kantinenwirtin darüber, ob man den Kindern, deren Mütter im Torfstich arbeiten, nicht mittags eine billige Suppe geben könnte, und dann erst geht sie heim.

Was ist mit ihrer Tür? Sie hat sie nicht versperrt. Niemand im Moor sperrt seine Tür ab, hier wird nicht gestohlen. Jetzt aber ist ihre Tür verschlossen, von innen verriegelt. Eine leise heisere Stimme fragt: Wer ist da?
Daniela antwortet erstaunt. Der Riegel wird zurückgeschoben. Einen Augenblick später steht sie dem Pfarrer gegenüber. Wie sieht er aus! Der schwarze Anzug ist grau vom Straßenstaub, die Haare kleben feucht an seinen Schläfen, er ist unrasiert und so schrecklich abgemagert, daß die Kleider an ihm hängen als wären es nicht die seinen. Am furchtbarsten sind seine Augen. Sie liegen tief in den knöchernen Höhlen, sie haben einen verzehrenden, irren Glanz.
Mein Gott, will Daniela rufen, wie sehen Sie aus, was ist geschehen?
Aber sie starrt ihn nur wortlos an mit weit aufgerissenen Augen. Wie grauenhaft vertraut ist er in diesem Augenblick! Sie erkennt dieses Bild, als hätte sie es von Ewigkeit her in sich verwahrt.
Er versucht zu lächeln, ein wirres martervolles Lächeln. Ich bin seit gestern abend unterwegs, es fuhr kein Zug, da bin ich zu Fuß gegangen ...
Seine Stimme ist heiser, seine Lippen sind von Staub und Hitze aufgesprungen. Er sieht Daniela an mit dem Blick eines Mannes, der auf einem messerscharfen Grat steht —: ein unzeitiger Anruf, eine kaum merkliche Bewegung kann ihn zum tödlichen Absturz bringen.
Daniela hebt die Hände, als wollte sie sie zu einer Gebärde des Jammers oder der angstvollen Bitte zusammenlegen, dann aber, nach einem winzigen Zögern, breitet sie die Arme mit unendlicher Sanftheit aus. Er stürzt mit einem unterdrückten Schrei an ihre Brust, und, da sie ihn nicht halten kann, gleitet er an ihr zu Boden, bis er zu ihren Füßen liegt. Sie kauert sich neben ihn, sein Kopf liegt auf ihren Knien, und seine wilde Spannung löst sich in einem furchtbaren tränenlosen Schluchzen, das ihn wie ein Anfall schüttelt. Langsam wird er ruhiger und schließlich schläft er ein, noch immer auf dem Boden, in den Armen Danielas, die sich nicht zu rühren wagt. Sie zittert nicht einmal mehr, sie ist jetzt vollkommen ruhig. Es ist nichts Überraschendes geschehen, es hat sich nur etwas erfüllt, was lange vorherbestimmt war, und selbst das noch nicht Geschehene ist schon vollzogen. Daniela hat ihr Schicksal in wortloser Demut angenommen, sie hat es gesehen, einen einzigen Augenblick lang hat sich jener schauerlich schwere und dunkle Vorhang bewegt, der den Menschen trennt vom wirklichen Begreifen dessen, was auf Erden geschieht. Daniela hat begriffen. Sie ist bereit.

Als der Pfarrer endlich erwacht, blickt er in Danielas Augen; sie sind wie ein voller Brunnen, dem selbst seine Tiefe nichts von der starken ruhigen Klarheit raubt.
Die Rufe der Torfstecher dringen durchs weit offne Fenster. Niemand schließt es und kein Engel stellt sich schützend davor. Welch ein Anblick für die Torfstecher: ihr Pfarrer in den Armen eines Mädchens, das die Lehrerin ihrer Kinder ist! Doch niemand geht vorüber.
Im Morgengrauen verläßt der Pfarrer ohne Vorsicht das Haus, um in der Stadt den Frühzug zu erreichen, der ihn in das Exerzitienkloster zurückbringen wird, aus dem er entflohen ist. Eine Woche später wird er wiederkommen, um seinen Dienst hier aufzugeben. Er wird in Zukunft sein priesterliches Amt nicht mehr ausüben. Es ist in dieser Nacht beschlossen worden.
Der erstaunte Mesner findet, da er zum Morgenläuten durch das dämmerige Kirchenschiff geht, Daniela in einer Ecke knien. Er behält diese Beobachtung vorerst für sich. Eine rätselhafte Scheu verwehrt ihm, gegen seine Gewohnheit, irgend jemand davon zu erzählen.

Aus dem Notizheft des Pfarrers

2. Juni. Die Entscheidung ist gefallen. Ich habe gewählt. Ich bereue nicht, ich knüpfe keine außerordentliche Erwartung daran, alles steht unter einem unantastbaren Gesetz, es heißt: Notwendigkeit. Ein hartes Wort, aber mir ist jede Härte willkommen.
3. Juni. Ich bin nicht der erste Priester, der abtrünnig wird, es ist der Welt kaum mehr ein Ärgernis und selbst innerhalb der Kirche kein allzu erschütterndes Ereignis. Eine Erkenntnis, die mich, statt zu beruhigen, tief erschreckt.
4. Juni. Heute habe ich mich meinem Beichtvater eröffnet. Hartnäckiger Widerstand. Er verbietet mir, meinen Posten zu verlassen. Furchtbare Stunden.
6. Juni. Tage der Verzweiflung. Zwei Nächte in der Kapelle. Umsonst. Ich habe umsonst gebetet. Gott hat mich verlassen. ›Ich habe mich entschieden‹ und ›Ich bin entschlossen‹ — so habe ich gesagt. Er nimmt mich beim Wort, Er überläßt mich mir selber. Aber was bin ich ohne Ihn. Mein Gott, was bin ich ohne Dich. Ich fürchte mich.
7. Juni. Letzter Exerzitientag. Merkwürdiger Friede. Ich werde gut daran tun, ihm zu mißtrauen. Vielleicht ist er nichts weiter als Erschöpfung. Wer aber kann mit Sicherheit sagen, daß es nicht jene entsetzliche Stumpfheit ist, die den überfällt, der von Gott endgültig aufgegeben wurde? Auch

Satan hat seinen Frieden zu vergeben. Ich wage nicht zu glauben, es könnte jene Ruhe sein, die dem gewährt wird, der bis über die Grenze seiner Kraft hinaus gekämpft hat, und den Rest — ach, den unvergleichlich größern, den unermeßlich großen Teil der Aufgabe — blindlings Gott überläßt. Ich weiß nichts mehr.
Am Morgen vor der Abfahrt. Wenn ich mich frage, was ich jetzt, heute, morgen, in Wirklichkeit zu tun habe, dann höre ich zuletzt aus dem undurchdringlichen Gewirr der streitenden Stimmen eine einzige, hoch und triumphierend über allen; doch ich verstehe sie nicht. Ich höre nur, daß sie eine Verheißung enthält, die nicht von dieser Welt sein kann. Wunderbarste aller Erfahrungen: selbst der heftigste Gedanke an Daniela vermag diesen klaren hohen Ton nicht zu stören; ja: die Erinnerung an Danielas Stimme vermischt sich ohne Mißklang rein und feierlich mit diesem Ton.
O Gott, nimm mir nicht das Vermögen der Unterscheidung zwischen Deinem Ruf und dem Satans. Wie täuschend vermag er oft Deine Stimme nachzuahmen. Erbarme Dich meiner.

Sechstes Kapitel

Der Nachmittag desselben Tages findet den Pfarrer auf dem Weg zu seinem Dorf. Er hat es verschmäht, den Botenwagen des Wirts zu benützen, er hat nur seinen armseligen kleinen Koffer aufgeladen, er selbst geht zu Fuß. Es ist ein heißer Tag, der Weg ist schattenlos, die Sonne brennt ohne Erbarmen auf den schwarzen Anzug des Pfarrers nieder. Er könnte sich ohne Bedenken einige kleine Erleichterungen gewähren, etwa den engen gestärkten Kragen oder sogar den Rock ablegen; kein Mensch wird ihm zu dieser Stunde begegnen. Aber es kommt ihm vermutlich nicht einmal in den Sinn, dies zu tun. Er geht wie ein Schlafwandler, dessen Schritte, vom dicken Straßenstaub gedämpft, nicht einmal den Feldhasen aufzuscheuchen vermögen, der dicht am Weg, am Grabenrand, zwischen hohen Disteln schläft.
Es ist ein Wunder, daß dieser von vielen harten Nachtwachen erschöpfte Mann sich überhaupt noch auf den Füßen zu halten vermag. Aber er besitzt jetzt, noch ohne es zu wissen, die nahezu grenzenlose Kraft jener, deren Niederlage Gottes höchste Großmut unwiderstehlich herauszufordern pflegt.
So geht er ohne Unterbrechung und ohne Eile, tief in Gedanken, unendliche Male jenes Gespräch sich wiederholend, das er wenige Tage zuvor mit seinem Beichtvater geführt hat.

Dieses Gespräch hat ihn furchtbar erregt, obgleich er es noch nicht einmal vollkommen verstanden hat. Noch wenige Stunden, dann wird er begreifen. Jetzt versucht er, an Klarheit des Denkens gewöhnt, sich dieses Gesprächs in seinem Ablauf genau zu erinnern.

Es war ein Gespräch im Beichtstuhl, in einer der kleinen Nebenkapellen der Klosterkirche. Er hat sich dem alten Pater eröffnet, der ihn angehört hat, ohne eine einzige Frage zu stellen. Selbst nach dem Ende des Bekenntnisses antwortet er nicht sogleich. Dann sagt er ruhig: Die Kirche pflegt solche Fälle mit kluger und weiser Nachsicht zu behandeln.

Der Pfarrer erschreckt ihn mit einem heftig aufbrausenden Ausruf: Ich will keine Nachsicht, ich verzichte auf die stillschweigende Vergebung, ich bin entschlossen, jede Konsequenz zu ziehen, ich gebe mein Amt auf. Die letzten Monate haben mir mit aller Schärfe gezeigt, daß ich nicht zum Priester berufen bin. Ein schöner Priester, der es nicht fertigbringt, einem verzweifelten alten Manne die Tröstung der Kirche zu vermitteln! Ein schöner Priester, der zu feige ist, eine schwangere Magd im Haus zu behalten und der sie in den Tod gehen läßt . . .

Er hat schon in der Beichte das beschämende Bekenntnis seiner Schuld abgelegt, jetzt wirft er es dem alten Pater noch einmal, von unmäßiger Bitterkeit durchtränkt, zu Füßen. Der hört es ruhig an. Jetzt aber sagt er sanft: Mein armer Mitbruder, wie sehr bedrängt Sie Gott!

Aber dieses Wort bringt den Verzweifelten nur noch mehr auf, gegen ihn und gegen sich selbst.

Nein, ruft er, heftiger als er wollte, auch damit werden Sie mich nicht halten. Ich habe mich entschieden. Es gibt kein Zurück mehr. Sogleich nach Abschluß der Exerzitien werde ich zum Bischof gehen.

Diesmal läßt ihn der Pater nicht zu Ende sprechen. Mit einer Stimme, die fürchterlich widerhallt in der leeren Kapelle, ruft er: Das werden Sie nicht tun. Ich verbiete Ihnen als Ihr Beichtvater, Ihren Posten zu verlassen und auch nur ein einziges Wort zu einem Ihrer Obern darüber fallenzulasssen.

Der verstörte Pfarrer versucht zornig zu widersprechen, aber der Pater schlägt mit seiner alten knöchernen Faust auf den Rand des Beichtstuhls und wiederholt drohend: Ich verbiete Ihnen jeden eigenmächtigen Schritt in dieser Angelegenheit.

Der Pfarrer, außer sich vor Erregung, springt zitternd auf, um Beichtstuhl und Kapelle ohne Absolution zu verlassen; er ist in diesem Augenblick bereit zu einem furchtbaren Fluch auf die Kirche, die es wagt, einem Manne das Recht der freien Entscheidung zu rauben.

Aber der alte Pater hat sich ebenfalls erhoben; er, sonst am Stock gehend, ist dem Flüchtenden mit solcher Behendigkeit gefolgt, daß er ihn noch vor der Kapellentür einholt. Er legt ihm die Hand auf den Arm, und so ihn festhaltend, sagt er gelassen: Welche Torheit! Bezähmen Sie Ihre Heftigkeit. Was jetzt von Ihnen erwartet werden muß, ist Besonnenheit und — bleiben Sie ruhig — ist Gehorsam.
Welches Wort wäre weniger geeignet, den Erregten zu beruhigen. Gehorsam! ruft er mit aller Erbitterung, zu der ihn dieses Wort herausfordert. Gehorsam — was soll mir jetzt diese Forderung. Ich bin nicht mehr allein, vergessen Sie das nicht. Jeder Entschluß, den ich jetzt treffe oder der über mich gefällt wird, geht nicht mehr mich allein an, sondern auch die Frau, für die ich jetzt Verantwortung trage. Was sollte aus ihr werden, wäre ich ›gehorsam‹!
Der alte Pater schüttelt den Kopf wie über ein Kind, das kindische Torheiten äußert. Mit großer Mühe gelingt es dem Pfarrer, seinen Zorn zu bezähmen und halbwegs ruhig zu antworten: Wie viele Gespräche haben Sie mit mir über die Verantwortung des Menschen geführt! Sie waren es, der mich gelehrt hat, jegliche Verantwortung anzunehmen, die mir auferlegt wird, und nicht den leisesten Versuch zu machen, mich ihr zu entziehen. Sie haben mich gelehrt, jede List des Satans zu durchschauen, der unsern Verstand behend hundert kluge und stichhaltige Ausreden finden läßt, um die Verantwortung von uns zu schütteln. Wie können Sie jetzt von mir verlangen ...
Der Pater unterbricht ihn: Sie kämpfen gegen Windmühlen, mein Bruder. Wer spricht davon, daß Sie sich der Verantwortung entziehen sollen? Im Gegenteil: es wird von Ihnen erwartet, daß Sie sich ihr stellen.
Nun also! will der Pfarrer rufen, aber der alte Pater fällt ihm ins Wort: Im Gehorsam werden Sie Ihre volle Verantwortung kennenlernen. Schweigen Sie. Ich erwarte nicht, daß Sie mich in diesem Augenblick begreifen. Sie sind wie ein Knabe allzu erpicht auf Ihren eigenen Willen, um mich zu hören. Ich gebe Ihnen nur eines zu bedenken: ein Priester steht kraft seiner Weihe innerhalb einer Ordnung, die er durch eigenen menschlichen Wunsch und Willen nicht zu durchbrechen vermag.
Damit schickt er sich an zu gehen. Aber seine letzten Worte haben den Pfarrer in eine ungeheure Erregung versetzt. Er kann den Pater so nicht gehen lassen, er kann nicht allein zurückbleiben mit diesen furchtbaren Worten in den Ohren. Er fürchtet jetzt in der Erinnerung, daß er sich geradezu zwischen ihn und die Kapellentür geworfen hat, er entsinnt

sich des krachenden Aufpralls seines Körpers auf dem Eichenholz und der Worte, die er in bitterer Verzweiflung ausgerufen hat: Ach, Sie wissen so gut wie ich, daß die Priesterweihe nicht genügt, um einen Mann zum Priester zu machen.

Die Antwort des Paters besteht in einem rätselhaften Lächeln, das den aufs äußerste Überreizten dazu bringt, seinen Beichtvater wütend anzuschreien: Oh, ich durchschaue Sie! Sie sprechen als Advokat der Kirche! Sie vertreten die Interessen der Kirche. Ihnen und der Kirche ist es gleichgültig, daß hier ein Mensch steht, ein Mann, über den das Schicksal bestimmt hat.

Nun scheint der alte Pater fast zornig. Schicksal! sagt er wegwerfend; Sie reden wie ein junges Mädchen, das zum erstenmal liebt. Schämen Sie sich. Habe ich Sie so lange Jahre geführt, um ein derart törichtes, oberflächliches Wort aus Ihrem Mund hören zu müssen! Jedem andern würde ich sagen: Dieses Ihr Schicksal, es ist nichts weiter als ein Aufflammen schlecht unterdrückter, nicht wirklich überwundener männlicher Triebe. Ihnen aber sage ich: es ist nicht einmal eine Versuchung Satans, nicht einmal eine Prüfung, die Gott über Sie verhängt. Es ist ein Akt seiner Gnade. Und nun will ich kein Wort mehr darüber hören, bis Sie mit sich ins reine gekommen sind. Beten Sie. Jetzt ist nichts anderes zu tun.

Er schiebt sein verstörtes Beichtkind beiseite, um die Kapelle zu verlassen, aber der Blick des Pfarrers muß derart verzweifelt und jammervoll gewesen sein, daß er noch einmal innehält. Er sieht den Verzweifelten mit seltsamer Aufmerksamkeit an, dann legt er ihm beide Hände auf die Schultern, er muß sich dabei mühsam hochrecken, denn sein Beichtkind ist viel größer als er. Der Pfarrer, der jetzt auf der heißen Landstraße dahinwandert, kann nicht mehr mit Sicherheit sagen, ob ihn diese Gebärde, die unendlich erschütternd war, vor dem alten Pater in die Knie zwang, oder ob ihm seine Scheu im letzten Augenblick verbot, sich zu Boden zu werfen; aber er erinnert sich der ganz und gar ungewohnten Wärme, mit der ihn der alte Pater ansah, während er leise sagte: Sie sind ein eigensinniges Kind, mein Bruder. Warum wüten Sie gegen Ihre Einsicht? Sie sind Priester, nicht weil Sie die Weihen empfangen haben, sondern weil Sie dazu berufen und auserwählt sind von Ewigkeit her.

Damit geht er hinaus und überläßt sein Beichtkind der furchtbarsten Erschütterung seines Lebens. Niemand kommt in die kleine Kapelle, wo der tödlich Erschöpfte, von einer gnädigen Ohnmacht umfangen, auf dem Pflaster neben den Altarstufen liegt, bis ihn der Gesang der Mönche in der Klosterkirche weckt.

Der Pfarrer, der allmählich sich dem steilen Wegstück durch den Kiefernwald nähert, schämt sich dieser Ohnmacht. Er schämt sich der ganzen Szene. Wie kindisch hat er sich benommen! Wie konnte er sich, entschlossen wie er war, so tief verwirren lassen! Mit tiefer Beschämung erinnert er sich, daß er den alten Pater am nächsten Tag noch einmal mit Fragen behelligte, im Ton eines aufsässigen Kindes gestellt. Was, so hat er herausfordernd gesagt, soll ich tun, wenn die Frau ein Kind von mir empfangen hat? Raten Sie mir auch dann noch zum Gehorsam?
Wie sehr hoffte er, damit der Ruhe seines Beichtvaters einen groben Stoß zu versetzen, aber wie wenig wurde seine Erwartung erfüllt. Dann, sagte der alte Pater, dann wird sie es zur Welt bringen und sich glücklich nennen um dieses Kindes willen.
Ach, rief der verstörte Pfarrer, und das Schicksal eines Kindes ohne Vater ...
Mit ungewöhnlicher Strenge fiel ihm der Pater ins Wort: Kümmern Sie sich jetzt um sich selber und suchen Sie nicht eigenmächtig und freventlich nach Bürden, die Ihnen nicht bestimmt sind.
Der verstörte Pfarrer verspürte eine wahnsinnige Lust, diesen alten Priester in irgendeiner Schlinge zu fangen. Mit einer tückischen List, die seinem Wesen fremd ist, fragt er: Aber, gesetzt den Fall, ich gehorchte Ihnen und bliebe in meiner Pfarrei, wie Sie befehlen — wie werde ich das Ärgernis verantworten können, das ich unweigerlich geben muß? Unterschätzen Sie nicht die Stärke meines Gefühls zu dieser Frau. Und meine Pfarrgemeinde hat wachsame Augen.
Aber der alte Pater antwortet mit unerschütterlicher Ruhe: Gott wird für Sie handeln.
Oh, wie ihn der verzweifelte Pfarrer für diesen Satz haßt! Halb ohnmächtig vor Wut schleudert er ihm die Worte ins Gesicht: Und diese Frau — Sie befehlen mir also, ich soll sie der Schande und der Verlassenheit übergeben? Und wenn sie daran zugrunde geht — wer trägt die Verantwortung? Sie? Die Kirche? Wen straft Gott dafür?
Nun ist es genug, sagt der alte Pater leise; diesmal zittern seine Lippen. Endlich scheint seine Ruhe erschüttert. Der Pfarrer sieht es mit freventlicher Genugtuung. Aber die Weisheit und die weltliche Klugheit des alten erfahrenen Paters erringen einen neuen Sieg. Eine Frau, sagt er, deren sich Gott als Werkzeug seiner Gnade bedient, steht, das dürfen wir annehmen, unter seinem besondern Schutz. Sie wird es darum auch sein, durch die Sie begreifen werden. Die Entscheidung dieser Frau kann nur im Sinne Gottes fallen.

Dann, ohne daß der Pfarrer darauf vorbereitet war — sie standen im Kreuzgang des Klosters —, sagt er: Knien Sie nieder. Sie haben die Absolution noch nicht erhalten. Ich werde sie Ihnen jetzt geben.
Nein, rief der Pfarrer tief erschrocken, wie können Sie das tun, da ich nicht bereue!
Aber er befahl von neuem: Knien Sie nieder. Sie bedürfen der Versöhnung mit Gott, um das zu ertragen, was auf Sie wartet.
Zitternd empfing sein Beichtkind Lossprechung und Segen.
Jetzt, langsam der steilen Straße durch den Kiefernwald folgend, versucht der arme Pfarrer vergeblich, seinen festen Entschluß in Übereinstimmung zu bringen mit jener tiefen Einsicht, die durch die Worte des alten Paters in ihm so mächtig geweckt wurde, daß sie nicht mehr einzuschläfern ist. Aber er kommt damit zu keinem Ende. Nur mit äußerster Anstrengung gelingt es ihm, das letzte Stück seines Wegs zurückzulegen.
Er hat große Furcht, in das Moordorf zurückzukehren. Er wird Daniela nicht mehr dort finden, sie wird, so ist es verabredet, bereits fort sein, wenn er zurückkommt.
Aber wie sehr bedürfte er jetzt ihrer!

Siebentes Kapitel

Daniela hat den Tag nach dem Besuch des Pfarrers in tiefer Betäubung verbracht. Sie gleicht einem jungen Baum, den in der Nacht der Blitz getroffen hat; er scheint bis ins Mark hinein verbrannt, zersplittert und verloren. Das Licht des nächsten Morgens aber zeigt ihn unverletzt und wunderbar erfrischt.
Daniela hat begonnen zu packen. Sie besitzt nicht viel, noch weniger als bei ihrer Ankunft. Die Arbeit ist in ein paar Stunden getan. Wieder gleicht das Zimmer dem kahlen Warteraum eines kleinen weltverlorenen Bahnhofs, in dem eine einzige Reisende ihre Koffer abgestellt hat, bis der Anschlußzug kommt.
Daniela wird nicht mehr hierher zurückkehren, wenn sie einmal fort sein wird. Man wird ihr die Koffer nachschicken, einige Zeit später, wenn es schon gleichgültig geworden ist, ob jemand sich darüber wundert, daß sie, die vorgab, nur für kurze Zeit zu verreisen um ihren kranken Vater zu besuchen, bereits ihre ganze Habe verpackt hat. Noch drei Tage Frist hat sie sich gestellt, dann wird sie den Schulrat anrufen und eine Woche Urlaub erbitten. Von diesem Urlaub wird sie nicht zurückkehren. Der Pfarrer, um jedes Aufsehen zu vermeiden,

wird noch einige Zeit hierbleiben, dann wird er ihr folgen, um irgendeine Stelle in der Stadt anzunehmen, als Bibliothekar vielleicht; irgend etwas wird sich finden. Bis dahin werden er und Daniela sich nicht mehr sehen. Dies ist ein Opfer, das sie sich auferlegt haben. Daniela wird das Moordorf bereits verlassen haben, wenn der Pfarrer aus dem Exerzitienkloster zurückkommt; so haben sie es in jener Nacht beschlossen. Noch drei Tage. Warum reist Daniela nicht sofort? Was hat sie hier noch zu suchen? Ihre Zeit ist abgelaufen. Mit welch seltsamer Hartnäckigkeit schreibt sie sich diese drei Tage Wartezeit vor!
Später wird sie Zeit haben sich zu fragen, warum sie darauf bestanden hat, und sie wird die Antwort wissen und erschrecken. Noch ahnt sie nichts. Sie ist jetzt glücklich, sie ist von einer starken und freudigen Erregung erfüllt. Ihr Glück ist so tief und kräftig und so außerordentlich, daß es nicht verborgen bleiben kann. Die Kinder beobachten sie stumm fragend, in ihren Blicken liegt ein ahnungsvolles Mißtrauen, das Daniela, die in diesen Augen zu lesen gelernt hat, bestürzen müßte, nähme sie es überhaupt wahr. Aber sie scheint blind zu sein, blind und taub gefangen in einem verwirrend starken Traum.
Sie allein ist nicht befallen von der tödlichen Lähmung, mit der seit Einbruch der großen Hitze die Leute im Moor geschlagen sind. Sie scheint nicht einmal zu spüren, wie grausam die Sonne auf den schattenlosen Weg am großen Graben herunterbrennt, senkrecht fast am frühen Nachmittag. Sie geht mit hocherhobenem Kopf, ohne die Augen gegen das heftige Licht zu schirmen; ihr Gesicht zeigt jenes stille Lächeln, zwischen Triumph und Demut schwebend, das nur Liebenden eigen ist. Für kurze Zeit bekommt dieses Lächeln einen Zug von Belustigung, fast von Übermut: Daniela erinnert sich an das Gespräch mit der Kantinenwirtin beim Mittagessen.
Sie sind aber heut guter Laune, Fräulein! rief die Wirtin, und sich über Daniela beugend, flüstert sie: Mir scheint, Sie haben etwas vor.
Daniela erschrak. Sie hatte das Gefühl, unversehens in eine Fallgrube gestürzt zu sein. Aber sie hatte sich fest in der Gewalt.
Ja, sagte sie mit einer Schlagfertigkeit, über die sie sonst nicht verfügte und die ihr nur in den Augenblicken höchster Gefahr zu Gebote stand, ja, Sie haben recht, ich hab gerade an eine Reise gedacht, die ich bald machen werde; es dauert nicht mehr lange bis zu den Sommerferien . . .
Die Wirtin warf ihr einen schiefen und listigen Blick zu. Eine

Reise, erwiderte sie, ja, eine Reise, von der Sie nicht mehr zurückkommen; werden Sie nur nicht rot. Mir machen Sie nichts vor. Ich weiß, was ich weiß.
Daniela fühlte die scharfe Kälte eines Fangeisens um ihren Hals.
So? fragte sie, fast erstickend an ihren Worten; und was ist es, das Sie wissen?
Na ja, sagte die Wirtin, was werd ich schon wissen! Daß Sie nicht lang hierbleiben, das hab ich immer gewußt. Daß Sie es so lang ausgehalten haben, das ist ein Wunder. Und daß Sie jetzt fortgehen, weil Sie endlich einsehen, wie wenig Sie hier zu suchen haben, das ist kein Wunder, besonders wenn einer in der Stadt ist, der auf Sie wartet, auch wenn Sie ihn fortgeschickt haben damals im November, beim allerärgsten Nebel.
Daniela verspürte den heftigsten Wunsch, der Wirtin hemmungslos ins Gesicht zu lachen. Aber sie erlaubte sich nicht einmal einen Seufzer der Erleichterung, nichts als eine kleine, ruhig und scherzhaft hingeworfene Bemerkung: So? Glauben Sie? Vielleicht ist es so, wer weiß.
Welches Spiel mit chiffrierten Worten! Es jagte ihr eine Welle von betäubender Süße durch den Körper; ein Glücksgefühl, das an der äußersten Grenze des Erträglichen stand, das aber schon einen Augenblick später sich unversehens an einer rätselhaften Barriere brach und qualvoll rasch in ein dunkles Unbehagen verwandelte. Jetzt, eine Stunde danach, erinnert sich Daniela schon nicht mehr an den Schrecken, der diesem plötzlichen Absturz gefolgt war; sie fühlt nichts mehr als helle freudige Erwartung. Während überall im Moor die Torfstecher im Schatten der verfallenden Hütten oder in den feuchten tiefen Gräben mürrisch die erstickende Mittagshitze verschlafen, geht Daniela ihren Weg, als sei sie von einem geheimnisvollen kühlen Wind getrieben.
Die zweite Warnung aber erreicht sie am Bett der kranken Agnes. Die Kleine liegt allein zu Hause, die Mutter ist im Torfstich, die Kammer ist trotz der offenen Fenster voll vom furchtbaren Zersetzungsgeruch der kleinen Sterbenden, aus deren Ohren und Nase unaufhörlich eitriges Blut sickert. Schon kreisen dicke Fliegen wie kleine Aasgeier über diesem gequälten Körper, der kaum mehr zuckt, wenn eine von ihnen versucht, über das formlos gewordene Gesichtchen zu kriechen. Die Nähe Danielas verfehlt nie ihre wunderbare Wirkung auf die Kleine: sie schlägt sofort die halbverklebten Augen auf und richtet ihren Blick wach und strahlend auf ›das Fräulein‹. Aber heute greift sie heftig nach Danielas Hand, sie klammert sich daran mit einer Kraft, die man nicht

mehr in ihr vermuten konnte, und ihre Augen zeigen plötzlich einen Ausdruck von irrer Angst, so, als sei Daniela im Begriff, ihr einen ungeheuerlichen Schmerz zuzufügen. Dieser stumme Ausbruch, so kurz er ist und so wenig sicher Daniela ihm entnehmen kann, ob er ein ahnungsvolles Wissen der Kleinen vom Abschied verrät — er bestürzt sie maßlos. Mit einer Art Entsetzen versucht sie sich den heißen feuchten Kinderhänden zu entziehen, aber sie müßte große Gewalt anwenden, um sich zu befreien. So von der Kleinen wortlos überwältigt, bleibt Daniela nichts anderes übrig, als sich auf den Rand des schmutzigen Bettes zu setzen. Sofort schließt das Kind seine Augen, und das arme kleine Gesicht zeigt plötzlich einen Ausdruck tiefer stiller Zufriedenheit.

Kaum hat der angstvoll wachsame Kinderblick sie freigegeben, versucht Daniela das Glücksgefühl zurückzurufen, das sie noch kurze Zeit zuvor mit aller Kraft erfüllt hat. Vergeblich. Statt dessen wird sie plötzlich von qualvollen Überlegungen bedrängt, Überlegungen, die so naheliegen, ihr so natürlich sein müssen, daß sie sich jetzt selbst voller Bestürzung fragt, wie es möglich war, sie auch nur für eine Stunde zu vergessen. Was wird aus der Kleinen, wenn sie, Daniela, fort sein wird? Wer kümmert sich um das Kind? Wer besorgt ihm Obst — das einzige, was der kleine Magen noch behält?

Aber das ist doch sehr einfach: sie wird dem Kantinenwirt Geld geben, damit er, sooft er in die Stadt kommt, Obst besorgt, so wie er es auch bisher getan hat. Kein Grund zu einem Schuldgefühl... Gut ausgedacht. Warum aber läßt sich diese peinliche, diese tief beschämende Empfindung nicht beiseite schieben? Ist sie denn verpflichtet, um dieses Kindes willen hierzubleiben? Die Kleine wird ohnedies bald sterben...

Daniela, die keine Übung darin hat, sich tröstlichen Täuschungen zu überlassen, weiß plötzlich scharf und genau: Es geht nicht um dieses Kind allein. Sie hat hier eine Aufgabe übernommen, und nun ist sie im Begriff, eben diese Aufgabe zu verraten und die Partei der Armen und Verlorenen zu verlassen, der sie sich vor nicht einmal einem Jahr mit solcher Begeisterung verschrieben hat — ach, mit solch eilfertiger und hochmütiger Ausschließlichkeit, mit solch lächerlicher Sicherheit...

Wie grausam sie zu sich selber ist! Sie gewährt sich nicht die geringste Schonung. Mit dem harten und wilden Eifer eines Büßers, der sich für seine Schuld durch Geißelhiebe bestraft, sagt sie sich: Ich habe versagt, alle wußten, daß ich versagen würde, alle haben recht gegen mich, ich werde furchtbar bestraft für meinen Hochmut, nicht einmal ein Jahr habe ich

ausgehalten, was ich erreicht habe ist nichts, ich bin fahnenflüchtig schon bei Beginn des Gefechts, ich bin gescheitert, nach kurzer Zeit ...
Sie schämt sich. Diese Scham ist so heftig, daß kein anderes Gefühl stark genug ist, um sie auch nur für einen Augenblick zu verdrängen oder zu besänftigen.
Vergeblich meldet sich jetzt eine andere Stimme, die klar und vernünftig ist und durchaus ein Recht darauf hat, gehört zu werden: Es ist töricht, was Du denkst; Du verläßt ja Deine Arbeit nicht, weil Du ihrer müde bist; Du kannst ja nicht bleiben; hast Du denn vergessen, was geschehen ist? Du gehst, weil Du eine andere Aufgabe übernommen hast. Vielleicht bist Du überhaupt nicht deshalb hierhergekommen, um diesen Menschen zu helfen. Mußtest Du nicht kommen, um eine ganz andere, eine höhere Aufgabe zu finden?
Fern davon, in dieser Überlegung eine starken Trost zu finden, fühlt sie sich noch qualvoller verwirrt. Diese andere Aufgabe — wer sagt denn, daß es wirklich die ihre ist? Vielleicht ist es nichts weiter als eine entsetzliche Versuchung ...
Daniela, betäubt von der Hitze und dem üblen Geruch der sterbenden Kleinen und furchtbar verwirrt von diesen marternden Überlegungen, glaubt sich einer Ohnmacht nahe. Aber nicht einmal die Wohltat einer flüchtigen Bewußtlosigkeit ist ihr gegönnt. Statt dessen nähert sich eine neue Qual: Der Pfarrer, wird er bei seiner Entscheidung bleiben? Er war so sicher in jener Nacht. Aber wie wird er wiederkehren nach diesen Tagen im Kloster? Und sie selbst ...
Mit äußerster Kraft schiebt sie den Zweifel von sich, und mit wilder Hartnäckigkeit versucht sie sich dorthin zu retten, wo ihr inmitten dieses Aufruhrs eine winzige sichere Zuflucht zu winken scheint. Noch ist sie jung genug, um zu glauben, daß es keine stärkere Macht auf Erden gibt als die Liebe zwischen Mann und Frau, aber doch ahnt sie schon von ferne, daß auch diese Insel voll von furchtbaren, tückisch versteckten Gefahren ist.
Die Hitze wird immer dichter. Unvermerkt hat sich im Westen eine Gewitterwand hochgeschoben, hinter der plötzlich die Sonne versinkt ohne auch nur die geringste tröstliche Helligkeit zurückzulassen. Daniela erschrickt. Sie möchte vor Ausbruch des Gewitters nach Hause kommen. Aber wie könnte sie jetzt das Kind allein lassen in der zunehmenden Finsternis.
Sie versucht sanft ihre Hände aus denen des Kindes zu lösen, das zu schlafen scheint, aber augenblicklich spürt es die Absicht und verstärkt seine kleine eigensinnige und flehentliche Gewalt. Aber Agnes, sagt Daniela, ich geh doch nicht fort,

hab keine Angst, ich will nur die Lampe anzünden, es wird so dunkel.
Die Kleine antwortet mit einem Blick, der eine abgründige Beschwörung enthält. Überwältigt von diesem Blick flüstert Daniela: Wirklich, glaub mir, ich geh nicht fort, solange Du mich brauchst. Glaubst Du mir?
Die Kleine nickt, dann öffnet sie mit einem Seufzer ihre Hände. Daniela, endlich befreit, bleibt wie gelähmt sitzen. Was hat sie eben gesagt? Sie hat dem Kind ein Versprechen gegeben, das sie nicht halten kann. Die todgeweihte Kleine, sie kann noch wochenlang leben, so wie sie schon seit Wochen langsam hinstirbt. Daniela darf nicht so lange bleiben. Sie darf nicht mehr hier sein, wenn der Pfarrer zurückkommt. Sie darf nicht mit ihm zusammen im Dorf sein. Jeder noch so vorsichtige Blick, den sie tauschen, und jedes harmlose Wort, das sie sich sagen, wird sie verraten. Daniela, so unerfahren sie ist, weiß doch, daß Liebe weit schwerer zu verbergen ist als Haß oder Gleichgültigkeit.
Aber, so fragt sie sich plötzlich verwundert, aber warum muß es denn verborgen bleiben? Ist es denn jetzt nicht schon gleichgültig, ob es die Leute erfahren oder nicht? Was ist zu verbergen? Ist es etwas, dessen man sich schämen muß? Braucht ihr hohes Spiel sich vor Zeugen zu verstecken? Danielas Stolz springt wild und ungebrochen auf. Was geht es diese Leute hier an? Sie verstehen nichts. Mögen sie denken was sie wollen ...
Was für einen seltsamen Schmerz, genau und scharf wie ein Schlangenbiß, verspürt sie plötzlich bei diesen hochmütigen Gedanken? ›Diese Leute‹, ach, es sind genau dieselben, die sie liebt und die der Pfarrer liebt. Nie zuvor hat sie so überaus deutlich gewußt, wie wenig es in ihrer Macht liegt, sich von den Menschen hier zu trennen. Gehört sie nicht schon zu ihnen? Wer einmal sich zu den Armen und Verlorenen schlägt und die Bitterkeit dieser Liebe gekostet hat, der wird nie mehr heimisch werden bei den andern, den Selbstgerechten, den zufriedenen und überaus geschäftigen Besitzern dieser Erde.
Daniela sieht den Abschied plötzlich wie ein furchtbares Unglück vor sich. Wie verloren wird sie in Zukunft sein, wie fremd unter jenen, mit denen sie das tiefe Wissen von der Armut nicht wird teilen können!
Es ist ganz finster geworden. Noch immer steht Daniela vor dem Bett der Kleinen, die nun friedlich schläft, während draußen der Aufruhr des Gewitters beginnt. Der Wind hat sich plötzlich mit solcher Heftigkeit erhoben, daß er die Tür aufsprengt. Der starke Luftzug treibt die ekelhafte Wolke der Fliegen hinaus, ehe sie in irgendeiner Ecke Schutz finden kann.

Daniela schließt rasch die Läden, dann bringt sie mit Mühe den verkohlten Docht der kleinen stinkenden Petroleumlampe zum Glühen. Das Gewitter entlädt sich heftig über dem Moor. Die kleine Hütte zittert im Sturm und die schlecht verkitteten Fensterscheiben klirren bei jedem Donnerschlag. Die Kleine aber schläft tief und in Frieden.
Daniela hat einen Stuhl ergriffen, um ihn ans Bett zu tragen, aber sie vergißt, daß sie es tun wollte; plötzlich nehmen ihre Gedanken, dem Fluchtweg eines verzweifelten verfolgten Hasen ähnlich, eine unvorhergesehene Richtung: Wie, wenn sie hierbliebe? Wenn sie es auf sich nähme, in Sünde hier zu leben? Vor den Augen der Leute? Sie weiß mit einemmal: diese Leute hier würden das Geheimnis beschützen. Mit dieser Sünde würde sie ihnen gleich sein. Dies würde der Schlüssel zu diesen verstockten Herzen sein. Mit triumphierendem Schaudern erinnert sie sich an ihr Gespräch mit dem Pfarrer: ›Man muß sündigen wie diese hier. Solange man nicht ihr Leben lebt und sündigt wie sie, kann man ihnen nicht helfen...‹
Nun: jetzt wird ihr diese Sünde geboten. Sie wird der Kampfpreis für diese Seelen sein. Warum zögert sie, ihn zu bezahlen? Sie wird es wagen. Sie ist bereit. Sie wird das Kind, das sie in jener Nacht — sie weiß es — empfangen hat, hier zur Welt bringen. Niemand außer den Torfstechern wird wissen, wer der Vater ist. Und sie werden schweigen. Die Sünde ist ihr eigenes Geheimnis, sie werden es verteidigen wie ihr Leben.
Das Glück dieser Erkenntnis ist unbeschreiblich tief, aber es ist nicht von Dauer. Schon der nächste Donnerschlag zerstört es. Wie kann Daniela erwarten, daß der Pfarrer bereit sein wird, den gleichen Preis zu zahlen? Darf er es denn? Hat er das Recht, über sein Leben zu bestimmen? Er ist nicht frei. Er hat seine Freiheit aufgegeben, um einer höhern und überaus strengen Ordnung willen. Ihm ist verboten, was ihr erlaubt ist. Plötzlich schaudert sie. Irgend etwas hat sie berührt; eine unheimlich fremde, eine gewalttätig ordnende Hand greift ein. Mit einer harten Bewegung wendet diese Hand Danielas Gesicht zu der Kleinen. Neben dem Kissen liegt ein Buch: die Kinderbibel. Es ist die des Pfarrers. Er hat sie der Kleinen geschenkt ehe er abfuhr. Dieselbe, die er wie einen Schild in beiden Händen hielt, als ihn Daniela zum erstenmal sah. Was für eine seltsame plötzliche Erinnerung... Diese Erinnerung ist stark genug, Danielas mühsame Überlegungen zu zerbrechen wie ein Bündel dürrer Holzspäne.
Aber wer kann von Daniela verlangen, daß sie diese entsetzliche Erkenntnis erträgt! Sie war zu jedem Opfer bereit,

aber nicht zu diesem. Und gerade dieses wird mit fürchterlicher Deutlichkeit von ihr verlangt.
Aber das Kind... Sie hat doch ein Kind von ihm, zählt das nicht? Gibt es ihr nicht das Recht, ihn zu behalten? Das Opfer zu verweigern?
Ach, hier zählt kein Kind. Hier gilt nichts mehr als das einmal erkannte, das ewige Gesetz: Wen Gott für seinen besondern Dienst ausgewählt hat unter Tausenden, den entläßt er nicht mehr, es sei denn um den Preis des Verderbens.
Daniela zittert, aber sie bricht nicht in Tränen aus, sie versucht keine Ausflucht mehr, sie weiß jetzt, was zu geschehen hat. Mit grausam scharfer Klarheit sieht sie den einen einzig möglichen Weg vor sich. Es gibt nichts mehr zu überlegen: sie wird bleiben, solange die Kleine lebt, dann wird sie gehen, irgendwohin, sie wird das Kind zur Welt bringen und dann eine andere Stelle finden, das wird nicht schwierig sein. Der Pfarrer wird hierbleiben; sie weiß, sie weiß es mit aller Deutlichkeit, daß er es tun wird. So wird es sein.
Dieses Wissen läßt keinen Raum für Bitterkeit in ihr, kaum für Trauer. Einen Augenblick lang sagt sie sich sucherisch: ›Wie furchtbar bin ich gescheitert.‹ Aber dieser Gedanke hat keine Kraft und keine Wirklichkeit, ist nichts weiter als Rauch und Nebel. Die Wahrheit lautet anders; aber Daniela, weit entfernt davon zu ermessen, welchen Sieg sie errungen hat, versagt sich in aller Demut jede weitere Überlegung.
Das Gewitter, ebenso heftig wie kurz, ist vorüber. Der Regen versiegt, Daniela öffnet leise die Läden. Die Luft ist wunderbar gereinigt, der Tag ist wiederhergestellt, frisch wie am Morgen. Überall kriechen die Torfstecher aus den Hütten, in denen sie Schutz vor dem Regen gesucht hatten. Die Erde beginnt sich neu zu beleben. Jetzt kann Daniela nach Hause gehen.
Auf dem Heimweg begegnet ihr die Näherin, die mit einem Korb am Arm aus dem Dorf zurückkommt. Sie läßt sich sonst keine Gelegenheit entgehen, Daniela etwas giftig Unangenehmes zu sagen; auch jetzt schickt sie sich an, den Mund zu öffnen, schon arbeitet die Bosheit hastig in ihrem kleinen gelben Gesicht, aber eine plötzliche Scheu hindert sie heute daran, mehr als einen Gruß zu sagen. Zehn Schritte weiter bleibt sie stehen, verblüfft über sich selber, voller Reue über die unwiederbringlich versäumte Gelegenheit, irgendeine Unverschämtheit anzubringen.

Achtes Kapitel

Der Pfarrer kommt drei Tage später zurück. Er glaubt Daniela seit mehr als vierundzwanzig Stunden in der Stadt. Als er sich, erhitzt und zu Tod erschöpft, seinem armseligen Pfarrhof nähert, sieht er sie über den hölzernen Steg gehen. Sie kommt vom Friedhof, sie trägt die kleine Gießkanne in der Hand, mit der sie die Blumen auf dem Grab des Schulleiters zu gießen pflegt. Ein harmloser und lieblicher Anblick, der geeignet sein müßte, ihn zu entzücken. Aber ein furchtbarer Schrecken raubt ihm fast die Besinnung. Seine Füße, von Blasen bedeckt, tragen ihn kaum mehr, aber alle Müdigkeit und Vorsicht außer acht lassend, eilt er augenblicklich auf sie zu. Er ist zu tief erschöpft, um den neuen Ausdruck ihres Gesichts sofort zu bemerken.
Daniela! will er rufen, aber seine Stimme, ausgedörrt von Hitze, Straßenstaub und Angst, gehorcht ihm nicht. Der Anruf gleicht einem rauhen Stöhnen.
Kommen Sie, sagt sie sanft, Sie sind furchtbar müde. Kommen Sie ins Kühle.
›Sie?‹ fragt er bestürzt. Warum sagst Du ›Sie‹? Ist irgend etwas geschehen?
Es ist vor den Leuten, sagt Daniela leise.
Aber Daniela: weit und breit kann uns niemand hören. Nein, sag mir: was ist geschehen? Du verschweigst mir etwas! Warum bist Du noch hier?
Wie heftig er ist!
Komm, sagt Daniela, wir können hier nicht stehenbleiben. Es ist etwas geschehen, ja, aber nichts, was Dich erschrecken wird.
Seine Furcht ist geweckt, sie verleiht ihm ein äußerstes Ahnungsvermögen. Kaum hat sich die Tür hinter ihnen geschlossen, reißt er Daniela mit zorniger Leidenschaft an sich.
Warum bist Du noch hier? wiederholt er. Warum hältst Du unsre Abmachung nicht ein? Du hast einen Grund dafür. Quäl mich nicht, ich ertrage das nicht, jetzt nicht.
Leise sagt Daniela: Ich kann Agnes nicht im Stich lassen, ich kann nicht fortgehen, solange sie lebt. Es wird nicht mehr lange dauern. Dann geh ich fort. Sieh doch: es ist ja schon alles gepackt.
Er wirft nicht einmal einen flüchtigen Blick auf die Koffer.
Nein, ruft er, Du verschweigst mir etwas. Du bist verändert. Du bist fremd.
In plötzlichem Mißtrauen schiebt er sie von sich. Du bereust? Nicht wahr, Du bereust?

Ehe sie antworten kann, fährt er fort: Du hast es Dir überlegt. Du hast jetzt Zeit gehabt darüber nachzudenken, wie schwer es sein wird, die Frau eines entlaufenen Pfarrers zu sein, nicht wahr?
Ihr Blick, von Qual verdunkelt, bringt ihn zu sich. Mein Gott, flüstert er; verzeih, ich bin außer mir, ich bin sehr müde, die Hitze ... Und mein Schrecken, Dich noch hier zu finden.
Mit einer Gebärde, die ihr selbst neu und ungewohnt ist, streicht sie ihm über das Gesicht, während sie, von einer plötzlichen Einsicht überwältigt, stockend sagt: Du hast furchtbare Tage hinter Dir, ich weiß. Du brauchst nichts zu verbergen vor mir.
Er sieht sie mit angstvoller Bestürzung an. Was weißt Du? Was meinst Du damit? Ich bin unverändert. Ich stehe zu meinem Entschluß.
Ja, sagt sie leise, das tust Du. Aber dieser Entschluß kostet Dich mehr als Du wahrhaben willst.
Er verbirgt mühsam seine tiefe Betroffenheit. Aber Daniela, — kannst Du etwas anderes erwarten? Wäre es Dir lieber, ich würde weniger bezahlen für diesen Entschluß?
Ja, sagt sie kaum hörbar; ja, es wäre mir lieber.
Dann sieht sie ihn voll an. Aber wofür bezahlst Du diesen hohen Preis?
Ihre Frage versetzt ihn in eine ungeheure Verwirrung. Wofür? Das fragst Du? Für Dich, Daniela! Das ist die Antwort.
Eine plötzliche tiefe Erschöpfung läßt ihn verstummen. Im nächsten Augenblick aber ruft er in einer äußersten Erregung, die der Wut und dem Hasse gleicht: Warum versuchst Du mich?
Sein Gesicht, noch eben von der Sonne und vom Zorn gerötet, wird plötzlich leichenblaß. Er beginnt zu zittern. Seine verzweifelte Anstrengung, diese krampfhafte schreckliche Bewegung zu unterdrücken, scheint sie nur noch zu verstärken. Er gleicht einem Tier in der Falle, mit gesträubtem Fell und geschüttelt von Todesangst. Mit einer rauhen Stimme, die kaum mehr menschlich ist, schreit er: Was willst Du von mir?
Diese Frage, sie ist nicht mehr an Daniela gerichtet, sie gilt dem, der ihn in diesem Augenblick mit fürchterlicher Unausweichbarkeit stellt.
Daniela schweigt. Sie weiß, daß von ihr jetzt keine Antwort erwartet wird. Sie scheint ganz ruhig, sie sieht den Verzweifelten an, ihre Augen sind voll von der geduldigen und wilden Kraft der Liebe.

Aber er ist blind für diesen Blick, er begreift nichts mehr als die unerträgliche Härte des geforderten Verzichts. Noch einmal, zum letztenmal, versucht der über alles Maß Gemarterte eine wilde Auflehnung.

Ich kann nicht, ruft er außer sich; ich kann es nicht, nichts und niemand kann mich zwingen, Dich zu verlassen, wenn ich nicht will, ich brauche Dich, ich liebe Dich.

Wann ist dieses Wort in tieferer Verzweiflung ausgesprochen worden! Aber er verhallt wie der Schmerzenslaut eines Vogels in einem unermeßlich großen Raum. Es fällt ins Leere. Es ist wie nicht gesprochen. Gott hat es überhört, und auch Daniela ist mit geheimnisvoller Taubheit geschlagen.

In diesem Augenblick beginnt sich eine grauenhafte Kälte auszubreiten und ein Abgrund von Hoffnungslosigkeit scheint sich langsam aufzutun vor dem entsetzten Blick des Verzweifelten.

Er macht eine schwache Bewegung der Arme, als versuchte er irgendwo einen Halt zu finden, vielleicht an Daniela, aber er greift ins Leere. Nichts mehr ist da, woran er sich halten könnte, er scheint jetzt von allem verlassen zu sein. Schon beginnt sein totenblasses Gesicht die gefährliche Stumpfheit jener zu verraten, die bereit sind, sich fallen zu lassen und den Absturz als unendliche Wohltat hinzunehmen.

Daniela sieht die Veränderung in seinem Gesicht, sie erschrickt; nichts als ein Laut der tiefsten Besorgnis kommt über ihre Lippen, kaum zu hören, aber stark genug, um den zu erreichen, dem es gilt. Der Blick, mit dem er sie jetzt ansieht, ist voll feindlicher Abwehr wie der eines Schläfers, der plötzlich und ohne Rücksicht geweckt worden ist.

Sie läßt ihm Zeit, sie spricht kein Wort, sie senkt die Augen, sie gestattet ihrem Blick nicht, ihn zu bedrängen.

Dann legt sie mit unendlicher Behutsamkeit ihre Hände auf die seinen, die er, zu Fäusten geballt, auf seine Brust gepreßt hat. Einen Augenblick lang hat es den Anschein, als wollte er sich dieser Berührung mit Heftigkeit entziehen, dann aber, mit großem Widerstreben und unbeschreiblich langsam, ergibt er sich. Endlich öffnet er die von hartem Druck blutleer gewordenen Fäuste, dann nimmt er Danielas Hände und hält sie stumm und voller Kraft. Er bewegt seine Lippen als wollte er sprechen, aber er schweigt.

Daniela hebt langsam ihre Augen zu ihm auf, sie sehen sich an; die unabwendbare Trennung zeichnet scharfe harte Spuren in ihre Gesichter. Daniela vermag als erste ein Lächeln aufzubringen, unendlich mühselig nur und kaum merklich, aber stark genug, um auch auf sein zermartertes Gesicht einen flüchtigen Widerschein zu locken.

Daniela, sagt er leise und bebend, was tust Du für mich, und was habe ich Dir angetan!
Sie schüttelt sanft den Kopf. Nichts, sagt sie fest, gar nichts. Ich bin sehr glücklich.
Er sieht sie einen Augenblick voll tiefer Bestürzung an, aber da er in ihrem klaren blassen Gesicht nichts weiter liest als die Wahrheit dessen, was sie sagt, überläßt er sich endlich der tiefen barmherzigen Erschöpfung, die sich jetzt seiner bemächtigt.
Leb wohl, sagt Daniela, ich muß jetzt gehen, Agnes erwartet mich. Ich denke, es ist besser, wenn wir nicht mehr miteinander sprechen, solange ich noch hier bin, nicht wahr? Und später dann... Wir werden uns später wiedersehen dürfen. Leb wohl...
Ihre letzten Worte ersticken in Tränen. Sie geht rasch hinaus ohne umzuschauen, aber im Hinausgehen hört sie den harten Aufprall, mit dem er auf die Knie fällt. Doch selbst dieser furchtbare Laut vermag sie jetzt nicht mehr zurückzurufen.

Bitte umblättern:

auf den nächsten Seiten informieren wir Sie über weitere interessante Fischer Taschenbücher.

LITERATUR DER GEGENWART

Ilse Aichinger
Die größere Hoffnung
Roman. Bd. 1432
-Meine Sprache und ich
Erzählungen. Bd. 2081

Emile Ajar
Du hast das Leben noch vor Dir
Roman. Bd. 2126
-Monsieur Cousin und Die Einsamkeit der Riesenschlangen
Roman. Bd. 2174

Wolfgang Bächler
Traumprotokolle
Bd. 2041

Yves Berger
Großer Traum Amerika
Roman. Bd. 2242

Johannes Bobrowski
Levins Mühle
Roman. Bd. 956

Beat Brechbühl
Nora und der Kümmerer
Roman. Bd. 1757

Joseph Breitbach
Bericht über Bruno
Roman. Bd. 1752
-Die Rabenschlacht
Erzählungen. Bd. 1914
-Das blaue Bidet
Roman. Bd. 2104

Günter de Bruyn
Buridans Esel
Roman. Bd. 1880

Charles Bukowski
Aufzeichnungen eines Außenseiters
Bd. 1332
-Fuck Machine
Erzählungen. Bd. 2206
-Kaputt in Hollywood
Erzählungen. Bd. 5005

Hermann Burger
Schilten
Roman. Bd. 2086

Elias Canetti
Die Blendung
Roman. Bd. 696
-Die gerettete Zunge
Geschichte einer Jugend
Bd. 2083
-Die Stimmen von Marrakesch
Aufzeichnungen einer Reise
Bd. 2103

Truman Capote
Andere Stimmen, andere Räume
Roman. Bd. 1941
-Eine Weihnachtserinnerung/ Chrysanthemen sind wie Löwen
Zwei Erzählungen. Bd. 1791
-Die Grasharfe
Roman. Bd. 1086
-Die Reise-Erzählungen
Bd. 2234

Fischer Taschenbücher

LITERATUR DER GEGENWART

Jacques Chessex
Mona
Roman. Bd. 2210
-Der Kinderfresser
Roman. Bd. 2087

Hilde Domin
Das zweite Paradies
Roman. Bd. 5001

Ingeborg Drewitz
Wer verteidigt Karin Lambert?
Roman. Bd. 1734

Hubert Fichte
Versuch über die Pubertät
Roman. Bd. 1749

Ota Filip
Die Himmelfahrt des Lojzek
aus Schlesisch Ostrau
Roman. Bd. 2012
-Maiandacht
Roman. Bd. 2227

Gerd Gaiser
Schlußball
Roman. Bd. 402

Lars Gustafsson
Eine Insel in der Nähe von
Magora
Erzählungen und Gedichte.
Bd. 1401
-Herr Gustafsson persönlich
Roman. Bd. 1559
-Sigismund
Roman. Bd. 2092
-Der Tod eines Bienenzüchters
Roman. Bd. 2106

Peter Härtling
Eine Frau
Roman. Bd. 1834
-Hubert oder Die Rückkehr
nach Casablanca
Roman. Bd. 2240
-Zwettl
Roman. Bd. 1590

Joseph Heller
Catch 22
Roman. Bd. 1112
-Was geschah mit Slocum?
Roman. Bd. 1932

Stefan Heym
Collin
Roman. Bd. 5024
-Der Fall Glasenapp
Roman. Bd. 2007
-5 Tage im Juni
Roman. Bd. 1813
-Der König David Bericht
Roman. Bd. 1508
-Die richtige Einstellung
Erzählungen. Bd. 2127

Edgar Hilsenrath
Nacht
Roman. Bd. 2230
-Der Nazi & der Friseur
Roman. Bd. 2178

Aldous Huxley
Schöne neue Welt
Roman. Bd. 26

Fischer Taschenbücher

LITERATUR DER GEGENWART

Hermann Kant
Die Aula
Roman. Bd. 931

Marie Luise Kaschnitz
Tage, Tage, Jahre
Bd. 1180

Walter Kolbenhoff
Von unserem Fleisch und Blut
Roman. Bd. 2034

Jerzy Kosinski
Der bemalte Vogel
Roman. Bd. 2213
-Cockpit
Roman. Bd. 5002

August Kühn
Zeit zum Aufstehn
Bd. 1975
-Münchner Geschichten
Bd. 1887

Günter Kunert
Tagträume in Berlin und andernorts
Prosa, Erzählungen, Aufsätze.
Bd. 1437
-Im Namen der Hüte
Roman. Bd. 2085

Reiner Kunze
Der Löwe Leopold
Fast Märchen, fast Geschichten.
Bd. 1534
-Die wunderbaren Jahre
Bd. 2074

Ledda Gavino
Padre Padrone
Mein Vater, mein Herr
Roman. Bd. 2232

Siegfried Lenz
So zärtlich war Suleyken
Masurische Geschichten.
Bd. 312

Angelika Mechtel
Die Träume der Füchsin
Erzählungen. Bd. 2021

Elsa Morante
La Storia
Roman. Bd. 2000
-Arturos Insel
Roman. Bd. 1884

Caroline Muhr
Huberts Reise
Roman. Bd. 2209

Kenzaburo Oe
Eine persönliche Erfahrung
Roman. Bd. 5025

Robert M. Pirsig
Zen und die Kunst,
ein Motorrad zu warten
Roman. Bd. 2020

Fischer Taschenbücher

LITERATUR DER GEGENWART

Konstanze Radziwill
Eine Art von Verwandtschaft
Roman. Bd. 5019

Luise Rinser
Mitte des Lebens
Roman. Bd. 256
-**Ein Bündel weißer Narzissen**
Erzählungen. Bd. 1612
-**Bruder Feuer**
Roman. Bd. 2124
-**Hochebene**
Roman. Bd. 532

Philip Roth
Professor der Begierde
Roman. Bd. 5007

Peter Rühmkorf
Auf Wiedersehen in Kenilworth
Bd. 2199

George Saiko
Auf dem Floß
Roman. Bd. 2236
-**Der Mann im Schilf**
Roman. Bd. 2203

Gerold Späth
Unschlecht
Roman. Bd. 2078
-**Stimmgänge**
Roman. Bd. 2175

Erwin Strittmatter
Ole Bienkopp
Roman. Bd. 1800
-**Nachtigallgeschichten**
Erzählungen. Bd. 2171

Dieter Wellershoff
Einladung an alle
Roman. Bd. 1502
-**Ein Gedicht von der Freiheit**
Erzählungen. Bd. 1892
-**Die Schönheit des Schimpansen**
Roman. Bd. 2089

Gabriele Wohmann
Ernste Absicht
Roman. Bd. 1297
-**Frühherbst in Badenweiler**
Roman. Bd. 2241

Christa und Gerhard Wolf
Till Eulenspiegel
Bd. 1718

Alexander Ziegler
Die Konsequenz
Roman. Bd. 3407

Fritz Zorn
Mars
Roman. Bd. 2202

Fischer Taschenbücher

Collection S. Fischer

Neue deutschsprachige Literatur im Fischer Taschenbuch Verlag

Herbert Brödl
Silvana
Erzählungen. Bd. 2312

Hermann Burger
Diabelli
Erzählungen. Bd. 2309
-Kirchberger Idyllen
Gedichte. Bd. 2314

Karl Corino
Tür-Stürze
Gedichte. Bd. 2319

Clemens Eich
Aufstehn und gehn
Gedichte. Bd. 2316

Ria Endres
Am Ende angekommen
Dargestellt am
wahnhaften Dunkel der
Männerporträts
des Thomas Bernhard.
Bd. 2311

Dieter Forte
Jean Henry Dunant oder
Die Einführung der
Zivilisation
Ein Schauspiel.
Bd. 2301

Marianne Fritz
Die Schwerkraft der
Verhältnisse
Roman. Bd. 2304
Ausgezeichnet mit dem
Robert-Walser-Preis
1978

Wolfgang Fritz
Zweifelsfälle
für Fortgeschrittene
Bd. 2318

Wolfgang Hilbig
Abwesenheit
Gedichte. Bd. 2308

Collection S. Fischer

Neue deutschsprachige Literatur im Fischer Taschenbuch Verlag

Klaus Hoffer
Halbwegs
Bei den Bieresch 1
Bd. 2306

Lothar Jordan/
Axel Marquardt/
Winfried Woesler (Hrsg.)
Lyrik – von allen Seiten
Zusammenhänge
deutschsprachiger
Gegenwartslyrik
Bd. 2320

Peter Stephan Jungk
Stechpalmenwald
Bd. 2303
-Rundgang
Roman. Bd. 2323
in Vorbereitung

Otto Marchi
Rückfälle
Roman. Bd. 2302

Monika Maron
Flugasche
Roman. Bd. 2317

Gert Neumann
Die Schuld der Worte
Bd. 2305

Hanns-Josef Ortheil
Fermer
Roman.
Bd. 2307

Gerhard Roth
Circus Saluti
Erzählung.
Bd. 2321

Wolf Christian Schröder
Dronte
Eine Geschichte aus der
Freizeit
Bd. 2310

LUISE RINSER

Mitte des Lebens
Roman. Band 256

Die gläsernen Ringe
Erzählung. Band 393

Der Sündenbock
Roman. Band 469

Hochebene
Roman. Band 532

Abenteuer der Tugend
Roman. Band 1027

Daniela
Roman. Band 1116

Die vollkommene Freude
Roman. Band 1235

Ich bin Tobias
Roman. Band 1551

Ein Bündel weißer Narzissen
Erzählungen. Band 1612

Septembertag
Erzählung. Band 1695

Der schwarze Esel
Roman. Band 1741

Bruder Feuer
Roman. Band 2124

Mein Lesebuch
Band 2207

Baustelle
Eine Art Tagebuch
Band 1820

Gefängnistagebuch
Band 1327

Grenzübergänge
Tagebuch-Notizen
Band 2043

Kriegsspielzeug
Tagebuch 1972-1978
Band 2247

Nordkoreanisches Reisetagebuch
Informationen zur Zeit
Band 4233

Fischer Taschenbücher